Marie Force
Blütenzauber auf Gansett Island

Montlake
Romance

Das Buch

Seit Riley McCarthy das Dach des alten Ferienhauses repariert hat, kann er Nikki Stokes, die Enkelin der Besitzerin, nicht mehr vergessen. Nikki war nur kurz auf der Insel, bevor sie wieder in ihr turbulentes Leben als Managerin ihrer berühmten Schwester zurückgekehrt ist. Als Riley erfährt, dass Nikki sich nach einem weiteren Skandal wieder auf der Insel aufhält, ist er entschlossen, die Chance zu nutzen, die bezaubernde junge Frau besser kennenzulernen.

Nikki hat genug von den Eskapaden ihrer Schwester, einem Reality-TV-Star, und sucht Zuflucht im Haus ihrer Großmutter auf Gansett Island, das ihr aus glücklichen Sommern in der Kindheit vertraut ist. Insgeheim hofft sie, den attraktiven Handwerker wiederzutreffen, der im vorigen Herbst das undichte Dach repariert hat. Nikki ist nach einer schlimmen Erfahrung eigentlich vorsichtig, was Männer betrifft, doch Riley McCarthy weckt Gefühle in ihr, zu denen sie sich gar nicht mehr fähig gehalten hatte ...

Die Autorin

Marie Force ist Autorin von zahlreichen zeitgenössischen Liebesromanen, von denen etliche sich auf den Bestsellerlisten der New York Times, der USA Today und des Wall Street Journal platziert haben. Neben der erfolgreichen »Gansett Island«-Reihe ist in deutscher Sprache bisher die Erotikserie »Quantum« erschienen.

Marie Force wurde in Rhode Island geboren, wo sie auch heute wieder mit ihrem Mann, ihren beiden fast erwachsenen Töchtern und zwei Hunden lebt.

Marie Force

Blütenzauber auf Gansett Island

Roman

Aus dem Amerikanischen
von Lotta Fabian

Montlake
Romance

Die amerikanische Ausgabe erschien 2018 unter dem Titel »Mine After Dark« bei HTJB, Inc., Portsmouth, Rhode Island.

Deutsche Erstveröffentlichung bei
Montlake Romance, Amazon Media EU S.à r.l.
38, avenue John F. Kennedy, L-1855 Luxembourg
April 2019
Copyright © der Originalausgabe 2018
By HTJB, Inc.
All rights reserved.
Copyright © der deutschsprachigen Ausgabe 2019
By Lotta Fabian

Die Übersetzung dieses Buches wurde durch AmazonCrossing ermöglicht.

Umschlaggestaltung: bürosüd⁰ München, www.buerosued.de
Umschlagmotiv: © Hello Lovely / Getty; © Sundari / Shutterstock;
© Perfect Pictures for You / Shutterstock;
© Mina Dimitrovski / Shutterstock; © Kitja Kitja / Shutterstock; © Aleksei
Isachenko / Shutterstock; © AN NGUYEN / Shutterstock; © indira's work
/ Shutterstock
Lektorat: Ute-Christine Geiler und Birte Lilienthal, Agentur Libelli GmbH
Gedruckt durch:
Amazon Distribution GmbH, Amazonstraße 1, 04347 Leipzig /
Canon Deutschland Business Services GmbH, Ferdinand-Jühlke-Str. 7,
99095 Erfurt /
CPI books GmbH, Birkstraße 10, 25917 Leck

ISBN 978-2-91980-715-4

www.montlake-romance.de

KAPITEL 1

Riley McCarthy brachte die hydraulische Nagelpistole auf der Gipskartonplatte, die sein Bruder Finn hielt, in Position und nagelte die Platte an den Holzbalken. *Peng, peng, peng.* An der einen Seite runter, an der oberen Kante entlang, an der anderen Seite runter und am unteren Rand entlang. Nachdem sie mit dieser Platte fertig waren, begannen sie mit der nächsten, richteten sie aus, befestigten sie, bevor es mit einer weiteren von vorn losging. Die gleichmäßige Routine dieser Arbeit passte zu Rileys düsterer Stimmung, während er dem Januarwind lauschte, der um das McCarthy's Wayfarer heulte, Gansett Islands neuestes Strandrestaurant, Event-Location, Strandbar und Hotel.

Die gesamte Familie McCarthy hatte sich zusammengetan, um den Kauf des heruntergewirtschafteten Anwesens zu finanzieren, das sich in einer Top-Lage in unmittelbarer Nähe zum Fähranleger befand. Die Baufirma von Rileys Cousin Mac führte die Renovierungen durch, was den Großteil der Zeit beanspruchte, die ihnen außerhalb der Saison blieb, um es rechtzeitig für den Sommer fertig zu haben. Riley und Finn waren vor fünfzehn Monaten zur Hochzeit ihrer Cousine Laura nach Gansett gekommen und waren noch hier, arbeiteten für Mac, dem die Aufträge nicht ausgingen.

Da die winterlichen Temperaturen unterhalb des Gefrierpunkts in der letzten Zeit jegliche Arbeit am Bau unmöglich gemacht hatten, hatte Riley zu viel Zeit, um darüber nachzugrübeln, wie es bei ihm weitergehen sollte. Seine Karriere und sein persönliches Leben, sein Liebesleben – oder eher dessen Nichtvorhandensein – und ob er wieder zurück aufs Festland umziehen sollte, um alles mal aufzumischen. Nicht, dass er auf Gansett Island unglücklich wäre, wo er mit seinem Bruder zusammenwohnte, unweit von ihrem Vater, ihren Onkeln und Cousins, Cousinen und Freunden. Er war nicht unglücklich, aber er war … irgendwie vage unzufrieden.

Dabei war er auf der Insel mehr als ein Jahr lang zufrieden gewesen. Doch in den letzten paar Monaten hatte sich etwas für ihn geändert, ohne dass er genau hätte sagen können, zu welchem Zeitpunkt die Insel ihren Reiz für ihn verloren hatte oder wann die Rastlosigkeit ihn erfasst hatte, die ihn alles infrage stellen ließ.

»Riley«, drang Finns Stimme in seine Gedanken.

Riley blickte auf. »Was denn?«

»Hörst du mir überhaupt zu?«

»Sorry. Was hast du gesagt?«

»Ich habe dich gefragt, wo du gerade bist, und als du nicht geantwortet hast, hat mir das bestätigt, dass du jedenfalls nicht hier bist.«

»Was? Ich bin genau hier.«

»Vielleicht, aber dein Kopf ist irgendwo ganz anders, was mich ein bisschen nervös macht, wenn du gleichzeitig mit einer Nagelpistole auf meine Hände zielst. Was ist eigentlich mit dir los? Du bist viel geistesabwesender als sonst, und du willst auch gar nicht mehr Party machen oder sonst irgendwas.«

»Es herrscht eine Eiseskälte.«

»Das hat dich sonst nie aufgehalten.« Finn hob eine weitere Gipskartonplatte hoch und wartete darauf, dass Riley sie festnagelte.

Riley kam bei den meisten Leuten mit Ausflüchten davon. Der Bruder, der ihn besser kannte als sonst irgendjemand auf der Welt, gehörte jedoch nicht dazu. »Ich weiß nicht, warum ich keine Lust habe, abends wegzugehen. Es ist einfach so.«

»Ich weiß, warum«, erklärte Finn mit einem selbstgefälligen Grinsen.

»Ich kann's gar nicht erwarten, deine Theorie zu hören.«

»Es ist wegen Nikki, dem Mädchen mit dem Dach.«

Riley drehte lange genug den Kopf zu ihm, um sich beinahe selbst einen Nagel durch die Hand zu jagen. »Wovon redest du?«

»Deine miese Stimmung hat begonnen, als sie einfach gegangen ist, ohne sich zu verabschieden.«

»Was für eine ›miese Stimmung‹? Und wieso soll mich das stören, wenn sie geht, ohne Auf Wiedersehen zu sagen? Ich kenne sie ja kaum.«

»Aber du *mochtest* sie. Gib's zu.«

Riley zuckte die Achseln, hoffte, dass er wesentlich lässiger wirkte, als er sich fühlte. »Sie schien echt nett zu sein.«

Finn lachte prustend, und Riley erwog tatsächlich einen Moment lang, die Nagelpistole auf ihn zu richten. Allerdings nur für einen Sekundenbruchteil. Meistens mochte er seinen Bruder, der zudem sein bester Freund war, recht gern. Leider war gerade jetzt keine dieser Zeiten.

»›Sie schien echt nett zu sein‹«, machte sich Finn über ihn lustig. »Ist das deine Version der Geschichte, und bleibst du dabei?«

Riley legte die Nagelpistole hin und ging weg.

»Riley!«, rief ihm Finn hinterher. »Komm schon. Ich hab dich doch bloß ein bisschen aufgezogen. Was hast du denn? Wo willst du hin?«

»Hey, Riley«, schaltete sich Mac ein, der auf einer Leiter stand. »Was ist los?«

Er blieb nicht stehen und antwortete auch nicht, ging einfach durch die Tür nach draußen zum Strand, wo mindestens zehn Grad minus herrschten und der eisige Wind dafür sorgte, dass es sich wie hundert anfühlte. Die heftigen Böen wirbelten den Sand zu Mini-Zyklonen hoch, und riesige Wellen brachen sich am Strand. Möwen flogen hoch über der Brandung, schienen sich nicht darum zu kümmern, dass es viel zu kalt war, als dass irgendein Lebewesen sich hier draußen aufhalten konnte.

Riley zog den Reißverschluss seiner gefütterten Jacke zu, die er zur Arbeit in dem Gebäude trug, das sich nicht so leicht heizen ließ, selbst wenn sie inzwischen ein Hochleistungsheizsystem mit Klimaanlage eingebaut und es fast betriebsbereit hatten. Nur hatte niemand Lust, die Unsummen aufzubringen, um den riesigen Kasten warm zu kriegen, daher packten sie sich dick ein und froren sich bei der Arbeit die Hintern ab. Er holte seine Arbeitshandschuhe aus den Jackentaschen, streifte sie über und zog die warme Wollmütze tiefer über seine Ohren. Er wollte lieber hier draußen sein, als da drin zu hocken und zuzuhören, wie Finn seinen Seelenzustand analysierte. Das mussten sie oft genug von ihrem Vater, dem Seelenklempner, ertragen.

Riley wünschte sich, er wäre Raucher, damit er in seiner spontanen Auszeit etwas anderes zu tun hätte, als unkontrollierbar zu zittern. Irgendwas, das ihm etwas zu tun oder zu denken gäbe, damit er sich von der Wahrheit hinter dem, was Finn gesagt hatte, ablenken könnte, einer Wahrheit, die Riley sich selbst nicht einmal eingestanden hatte, bevor sein Bruder sie ihm vor den Latz geknallt hatte.

Wie konnte er jemanden vermissen, den er kaum kannte?

Denn er kannte Nikki Stokes, die Enkelin von Mrs Hopper, einem der Sommerstammgäste der ersten Stunde, gar nicht wirklich. Nikki war letzten Herbst mit ihrer Zwillingsschwester

Jordan hergekommen und hatte in dem Ferienhaus der Familie auf der Insel gewohnt. Jordan, ein Reality-TV-Star, hatte sich hier vor dem Medienrummel verstecken wollen, nachdem ihr Mistkerl von einem Ehemann ein Sexvideo ins Netz gestellt hatte, in dem sie die weibliche Hauptrolle spielte. Das Dach des Ferienhauses hatte nach einem heftigeren Sturm eine undichte Stelle gehabt. Mac hatte ihn hingeschickt, damit er das reparierte. Bei der Gelegenheit hatte Riley ein paarmal mit Nikki gesprochen.

Das war das ganze Ausmaß seiner sogenannten Beziehung mit der Frau.

War er wie vor den Kopf geschlagen gewesen, als er eines Tages zur Arbeit an dem Haus gekommen war und die Schwestern abgereist waren? Sicher, aber das war Monate her, und was hatte das mit ihm zu tun? Er hatte sie mal ganz beiläufig gegoogelt, jedoch keine Nachrichten über Jordan gefunden, seit sie so plötzlich die Insel verlassen hatten. Er hoffte, dass Nikki, wo auch immer sie waren, auf sich aufpasste und nicht all ihre Zeit und Energie ihrer problematischen Schwester widmete.

Davon abgesehen, was ging es ihn an, wo sie war?

Der eisige Wind wehte ihm ins Gesicht, beinahe, als versuchte er, seine Aufmerksamkeit zu erregen, ihn zu der Einsicht zu führen, dass Finn recht hatte. Seine Niedergeschlagenheit hatte ungefähr zu der Zeit begonnen, als Nikki plötzlich die Insel verlassen hatte. Verdammte Hölle.

Riley hätte ohne die Erkenntnis leben können, die ihn dazu nötigte, darüber nachzudenken, warum es ihm nicht egal war und ihre Abreise ihm seit Monaten schlechte Laune bescherte. Er hatte sich immer große Mühe gegeben, sämtliche Verwicklungen zu vermeiden, die bei anderen Männern dazu führten, dass sie sich für Frauen zum Affen machten. Es passte gar nicht zu ihm, dass ihm eine Frau derart unter die Haut ging.

Und wie genau war ihr das eigentlich gelungen, wo sie doch nur ein paarmal miteinander gesprochen hatten und es sich dabei außerdem vor allem um das undichte Dach gedreht hatte? Es ergab überhaupt keinen Sinn.

Die Tür schwang auf, und sein Cousin Shane kam raus, zog den Reißverschluss seiner Jacke gegen die eisige Luft zu. »Was zur Hölle tust du hier?« Shane musste schreien, damit Riley ihn über den Wind hinweg verstehen konnte.

»Ich mach eine Pause.«

»Was? Am kältesten Ort der ganzen Welt?«

»Warum nicht?«

»Riley, was ist los?«

»Nichts. Ich wollte einfach nur eine Pause. Das ist schließlich nicht verboten, oder?«

»Du weißt genau, dass das erlaubt ist, aber alle können erkennen, dass du in letzter Zeit nicht du selbst bist. Falls etwas nicht in Ordnung ist, können wir dir helfen, allerdings nicht, wenn wir nicht Bescheid wissen.«

»Verdammte Scheiße«, wollte Riley sagen, tat es dann aber nicht. Shane war ein netter Kerl, und sein Angebot, zu helfen, war aufrichtig gemeint. Ihre älteren Cousins hatten die Neigung, ihn und Finn zu bemuttern, weil sie die jüngsten McCarthy-Enkel waren, und meistens fand er das auch witzig. Heute war er jedoch nicht in der Stimmung dafür.

»Alles okay.« Riley verspürte null Lust, über seine Laune oder die Tatsache zu reden, dass es anderen auffiel, dass er irgendwie nicht er selbst war. Jetzt, da er wusste, was – oder wer – dafür verantwortlich war, konnte er anfangen, herauszufinden, was er dagegen unternehmen konnte. Er war niemand, der es sich gestattete, lange über Negatives nachzudenken, noch zerbrach er sich den Kopf über Frauen. Sicher, er mochte Frauen. Er mochte sie sogar sehr, aber es hatte nie eine gegeben, wegen der er lange den Kopf hatte hängen lassen oder die ihn dazu gebracht hatte, seine Entscheidungen bezüglich seines Lebens zu überdenken.

Bis zu Nikki.

Mein Gott, sei endlich still! Ich hab sie ja bloß zwei Mal getroffen!

In seinem Kopf stritt er mit Finn. Doch in Wirklichkeit führte er das Streitgespräch mit sich selbst.

Seine Cousins hatten ihr ganzes Leben für die Frauen, die sie liebten, auf den Kopf gestellt, was für sie großartig funktionierte, aber einfach nicht sein Stil war. Noch nicht, jedenfalls. Mit erst achtundzwanzig verspürte er nicht den Wunsch, eine Familie zu gründen oder sesshaft zu werden oder irgendetwas, das nach Bindung oder Verantwortung klang. Das war etwas für sein nächstes Lebensjahrzehnt.

Trotzdem konnte er nicht abstreiten, dass Finn recht hatte. Er war in letzter Zeit ein echter Langweiler geworden, und das würde sich ändern, und zwar sofort. Er folgte Shane zurück ins Gebäude, wo das Fehlen des eisigen Windes sofort angenehm auffiel.

Er zog sich seine Handschuhe aus und ging zurück zu der Stelle, wo Finn an der Gipskartonwand lehnte, die sie angebracht hatten. Er spürte den Blick seines Bruders auf sich, als er den Reißverschluss wieder aufzog und nach der Nagelpistole griff.

»Hast du Lust, heute Abend was zu unternehmen?«, fragte er Finn, während sie die nächste Gipskartonplatte ausrichteten.

»Ja, klar.«

So. Wieder in der Spur.

Ein Abend in der Bar zusammen mit Finn war genau das, was ihm helfen würde, sich zu fangen. Vielleicht lernte er ja jemanden kennen, der ihn von den lästigen Gedanken ablenkte, die ihn seit Kurzem plagten, obwohl es mitten im Winter weniger Single-Frauen auf der Insel gab als während des

Sommers. Egal. Es würde genug sein, mal rauszukommen, ein paar Bier zu trinken und mit seinem Bruder Witze zu reißen, Spaß zu haben. Vielleicht würde ja auch der eine oder andere von ihren Cousins dazustoßen. Mit denen wurde es nicht langweilig, und es gab immer jede Menge zu lachen.

Das war alles, was er brauchte, um seine schlechte Laune ein für alle Mal zu den Akten zu legen.

* * *

Ungläubig verfolgte Nikki, wie ihre Schwester Jordan Kleidungsstücke in eine Reisetasche warf, Sachen vom Boden aufhob, kurz an ihnen roch, bevor sie sie in die Tasche stopfte oder wieder fallen ließ. Wann war das letzte Mal gewesen, dass sie Wäsche gewaschen hatte? Allerdings war das eigentlich auch egal, wenn man mehr Klamotten besaß, als man in seinem ganzen Leben anziehen konnte – selbst wenn man drei oder vier verschiedene Outfits am Tag trug.

»Das ist ein Witz, richtig?«, fragte Nikki, spürte gleichzeitig ihre Wut zunehmen und ihren Blutdruck steigen.

»Was ist ein Witz?«, antwortete Jordan, ahnungslos wie immer.

»Dass du zu ihm zurückgehst, nach dem, was er dir angetan hat. Das muss ein Witz sein, weil keine Frau mit auch nur einem Funken Selbstachtung einem Typen wie ihm nach so was eine zweite Chance geben würde.«

Jordan besaß immerhin den Anstand, verlegen zu wirken. »Er hat sich entschuldigt und das Video gelöscht. Er hat erklärt, er hätte das getan, weil er mich zurückwollte.«

»Er hat ein Video von dir beim Sex ins Netz gestellt, weil er dich zurückhaben wollte? Und du glaubst so einen Quatsch?«

»Du verstehst das nicht.«

»Richtig. Das verstehe ich nicht.«

»Ich liebe ihn, Nik. Ich habe ihn immer geliebt. Das weißt du.«

Das mochte stimmen, aber alles, woran Nikki denken konnte, war, wie sehr Jordan letzten Herbst am Boden zerstört gewesen war, als der Mann, den sie liebte, ein Video gepostet hatte, in dem sie Sex hatten – ein Video, von dessen Vorhandensein Jordan nichts geahnt hatte, bis es veröffentlicht worden war. Auf einer Skala der Sachen, die absolut gar nicht und unter keinen Umständen gingen, wäre das bei Nikki unangefochten auf Platz eins, egal wie sehr sie den Typen »liebte«. Dass er sie in einem solchen Moment ohne ihre Zustimmung, ja sogar ohne ihr Wissen aufgenommen hatte, würde für sie reichen, um ein für alle Mal Schluss zu machen.

Doch Jordan hatte eine Schwäche für Zane, den Rapper, der bloß unter seinem Vornamen bekannt war, und war blind für seine Fehler. Von dem Moment an, in dem Jordan ihn vor fünf Jahren getroffen hatte, war ihre Beziehung ungesund und chaotisch gewesen, und Nikki hatte endgültig die Nase voll.

Sie nahm alle Kraft zusammen und erwiderte den Blick ihrer Schwester, die genauso aussah wie sie, sich allerdings in jeder anderen Beziehung so sehr von ihr unterschied, wie es nur möglich war. »Ich kündige.«

»Übertreib nicht, Nik. Du kündigst nicht.«

»Ich übertreibe nicht, und ich kündige wirklich. Ich weiß es ehrlich zu schätzen, was du mir dadurch ermöglicht hast, dass du mir den Job als deine Assistentin gegeben hast. Trotzdem möchte ich jetzt andere Ziele verfolgen. Es ist ohnehin höchste Zeit, dass wir beide anfangen, unser eigenes Leben zu leben.«

»Du bist sauer wegen Zane. Das verstehe ich. Er hat mir schon prophezeit, dass du das sein würdest.«

Das machte Nikki bloß noch wütender. Sie und ihr Schwager hatten bestenfalls höflich koexistiert, die meiste Zeit wenigstens. Nachdem er das Video veröffentlicht hatte, das ihre

Schwester so tief verletzt hatte – wenn auch nur vorübergehend, wie es schien –, war er für Nikki gestorben. Wenn er nur auch für Jordan gestorben wäre, doch leider hatten sie nicht so viel Glück. Die Definition von Wahnsinn lautete, dieselbe Sache immer wieder und wieder zu tun, aber unterschiedliche Ergebnisse zu erwarten. Ihre Schwester war demnach völlig übergeschnappt, wenn sie jetzt zu ihm zurückwollte. Allerdings konnte ihr das niemand sagen, nicht einmal ihre Zwillingsschwester, die ihr näher stand als sonst jemand.

Oder wenigstens war das so gewesen, bis Zane ihren Weg gekreuzt hatte und so viele Sachen ruiniert hatte, das besondere Band zwischen ihr und ihrer Schwester eingeschlossen. In ihrer unruhigen Kindheit, in der sie zwischen ihren geschiedenen Eltern hin- und hergeschoben worden waren, die sich jahrelang über das Sorgerecht gestritten hatten, hatten sie bloß ganz selten einmal eine Meinungsverschiedenheit gehabt, bis Jordan Zane begegnet war und alles den Bach runtergegangen war – in jeder nur möglichen Hinsicht.

Nikki würde wetten, dass er Jordan nicht treu war, aber weder die nicht verstummen wollenden Gerüchte von Affären noch die Bedrohung durch Geschlechtskrankheiten schienen ihre Schwester zu stören. Nachdem das Video aufgetaucht war, hatte Nikki sogar anfangs eine gewisse Erleichterung verspürt – und gleich darauf hatte sie Schuldgefühle bekommen, weil sie so erleichtert war, während ihre Schwester am Boden zerstört war. Sie hatte gehofft, das Video würde endlich der Schlusspunkt dieser desaströsen Ehe sein.

Während der Wochen im letzten Herbst, die sie im Ferienhaus ihrer Großmutter auf Gansett Island verbracht hatten, hatte Nikki sich der Hoffnung hingegeben, dass Jordan die Sache ein für alle Mal beenden würde. Doch dann hatte Jordan plötzlich nach Hause, nach Los Angeles, fliegen wollen. Dann hatte sie angefangen, ganze Tage lang zu verschwinden. Nikki hatte Zanes Konzerttermine überprüft und festgestellt, dass er genau dann ebenfalls in der Stadt gewesen war. Sie hatte zwei und zwei zusammengezählt.

Es war an der Zeit, die Notbremse zu ziehen. Sie hatte genug, selbst wenn Jordan noch nicht so weit war. Sie würde irgendwann ebenfalls an diesen Punkt kommen, dessen war sich Nikki sicher, aber sie wollte nicht dabeistehen und warten, bis ihr alles um die Ohren flog. Sie hatte schon so genug gesehen, dass es ihr für den Rest ihres Lebens reichte und in ihr den Wunsch weckte, Männern und der Ehe an sich ein für alle Mal abzuschwören.

»Mach Urlaub«, schlug Jordan vor. »Du bist schon längst überfällig für eine Auszeit, und ich schick dich überallhin, wohin du willst. Zane wird dir den Privatjet zur Verfügung stellen, nachdem er mich für seine Show in Houston abgesetzt hat. Du musst nur sagen, wohin.«

Nikki wollte über die Ironie lachen, dass es Zane war, der es ihr ermöglichte, so weit wie möglich von ihm fortzukommen. Das würde sie beide froh machen. Er mochte sie kein bisschen mehr als sie ihn – vermutlich, weil er wusste, dass sie ihn durchschaute und nicht auf seinen Mist reinfiel, so wie Jordan es tat.

»Danke, ist nicht nötig.« Zane war der letzte Mensch auf Erden, dem sie etwas schulden wollte, egal was. »Ich kümmere mich selbst darum, sobald ich meine Sachen hier gepackt und irgendwo eingelagert habe.«

Jordan unterbrach, was sie gerade tat, und schaute sie an. »Du meinst das ernst.«

»Todernst«, antwortete Nikki, mehr als frustriert. Diese Unterhaltung war so typisch, dass es fast komisch war – Jordan hörte bestenfalls jedes zweite Wort, das Nikki sagte, und tat dann überrascht, wenn sie endlich etwas mitbekam, das Nikki ihr bereits viermal erzählt hatte. Bloß dass es eben nicht mehr komisch war. Für sie wenigstens nicht. »Es ist an der Zeit,

Jordan«, erwiderte sie sanft. »Wir sind siebenundzwanzig und leben quasi wie siamesische Zwillinge.«

»Na und? Die Kardashians sind älter als wir und verbringen jede Minute des Tages zusammen. Niemand hält das für seltsam.«

Wenn sie auch nur noch ein Mal den Namen Kardashian hören musste, den der Sippe, die Jordan immer und überall als leuchtendes Beispiel hinstellte, dem alle Reality-TV-Stars nacheifern sollten, würde sie durchdrehen. »Äh, *alle Leute* halten sie für seltsam. Alle außer dir natürlich.«

»Und den zwanzig Millionen, die jeden ihrer Schritte verfolgen«, entgegnete Jordan. Eines von Jordans Lebenszielen war, so viele Twitter-Follower wie Kim zu haben. Sie war mit ihren drei Millionen Followern schon auf dem besten Weg dorthin gewesen, als das Sexvideo sie schlagartig auf zehn Millionen gebracht hatte. In Jordans verzerrter Sichtweise hatte sie es Zane zu verdanken, dass sie so bekannt geworden war, auf die gleiche Weise, wie ein Sexvideo seinerzeit Kim weltweite Berühmtheit beschert hatte.

Nikki ertrug diese verzerrte Sicht und die ganze verdrehte Welt, in der Jordan und Zane lebten und arbeiteten, nicht mehr. Natürlich würde Nikki Jordans Villa in Bel Air fehlen, die in den letzten drei Jahren ihr gemeinsames Zuhause gewesen war. Nikkis Apartment war abgetrennt von dem Teil des Hauses, in dem Jordan mit Zane lebte, aber sie konnte keinen einzigen Tag mehr unter dem gleichen Dach wohnen wie dieser Mann.

Nein, das einzige Dach, unter dem sie wohnen wollte, war das neue, das Riley McCarthy auf dem Ferienhaus ihrer Großmutter auf Gansett Island errichtet hatte. Allerdings ließ sie der Gedanke an Gansett Island im Januar kurz innehalten. Sie war nie im Winter dort gewesen, doch wenigstens konnte sie sich darauf verlassen, dass das Dach dicht war. Riley war ein Mann, der zu seinem Wort stand. Nikki hatte ihn nur flüchtig kennengelernt, aber das wusste sie … und dass das Dach so solide wäre wie er.

Vielleicht würden ihr ein paar Wochen unter diesem sicheren Dach, abseits der Katastrophen, aus denen das Leben ihrer Schwester zu bestehen schien, den Raum verschaffen und die Perspektive geben, die sie brauchte, um herauszufinden, wer sie selbst eigentlich war, außer Jordan Stokes' eineiiger Zwillingsschwester und Assistentin. Sie brauchte ein eigenes Leben und eine eigene Identität. Hoffentlich würde ihr eine Auszeit an ihrem liebsten Ort auf der Welt bei der Entscheidung helfen, wie ihr Leben in Zukunft aussehen sollte.

KAPITEL 2

Der erste große Unterschied zwischen Gansett im Sommer und Gansett im Winter war die Überfahrt mit der Fähre. *Ach du Scheiße*, dachte Nikki, als das Schiff sich durch eine riesige Welle nach der anderen kämpfte. Sie war nie zuvor in ihrem Leben seekrank gewesen, aber diese Fahrt brachte sie dicht davor, mit dieser Tradition zu brechen, vor allem da alle Leute um sie herum sich mehr oder weniger diskret übergaben.

Luft – sie brauchte frische Luft, und das sofort. Sie zog sich den Reißverschluss der dicken Jacke, die sie für diese Reise gekauft hatte, bis unters Kinn zu, setzte sich eine Mütze auf und streifte sich Handschuhe über, bevor sie in die Eiseskälte trat. Der Himmel war grau und stürmisch, das Meer aufgewühlt und die Insel in eine dicke Wolke gehüllt, während die Fähre sich mit dem Seegang hob und senkte.

So fühlt sich also Abenteuer an, dachte Nikki, wie befreit, nachdem sie sich für unabhängig von ihrer Schwester erklärt hatte, die ihr mit ihrem nicht enden wollenden Drama, das sie offenbar wie das tägliche Brot zum Leben brauchte, alle Energie entzog. Nikki stand an der Reling und musste sich gut festhalten, um nicht auszurutschen. Trotz ihrer äußerlichen Ähnlichkeiten – selbst ihre eigene Mutter brachte sie gelegentlich durcheinander – waren Nikki und Jordan immer komplett unterschiedlich gewesen. Während Nikki gewöhnlich damit zufrieden war, mit einem guten Buch zu Hause zu bleiben, wollte Jordan immer unterwegs sein, sehen und gesehen werden. Wenn Nikki wandern oder spazieren gehen wollte, hatte Jordan Lust auf eine Shoppingtour. Nikki aß praktisch alles, während Jordan Vegetarierin war, ab und zu auch Veganerin, und zudem jede Diät mitmachte, die gerade hip war.

Der Job als Jordans Assistentin hatte Nikki erschöpft. Jordans Schwester zu sein war mindestens genauso anstrengend geworden. Die Zeit getrennt voneinander würde ihnen beiden guttun. Sie hätten schon längst beginnen müssen, ihr eigenes Leben und ihre eigene Identität zu finden. Selbst nach ihrer Hochzeit mit Zane hatte Jordan immer noch mehr Zeit mit ihrer Schwester als mit ihrem Ehemann verbracht. Vielleicht war das teilweise der Grund dafür, dass die Ehe so eine Katastrophe war. Wenn die beiden es irgendwie hinbekommen wollten, dann musste sie aus dem Weg sein – und es gab nichts, was sie sich mehr wünschte, als weit, weit weg von Zane und Jordan und ihrer Freakshow zu sein.

Warum dachte sie überhaupt an ihre Schwester, wo sie doch fast fünftausend Kilometer weit gereist war, um ihr und dem ganzen Wahnsinn, der stets um sie herum herrschte, zu entkommen? Obwohl, zuerst an Jordan zu denken war ihr nach den letzten drei Jahren als ihre Assistentin einfach zur zweiten Natur geworden. In der Zeit war Jordan von der Teilnehmerin einer Dating-Show zu einem der bedeutenderen Reality-TV-Stars des Landes, dann zur Ehefrau eines der wichtigsten Musikstars und schließlich zur Sexvideo-Queen geworden. Nikkis Job hatte daraus bestanden, sich um die zahllosen Details zu kümmern, die dazugehörten, Jordan Stokes zu sein.

Nikki würde einen Exorzismus brauchen, um diese Denkweise loszuwerden und sich nicht länger auf ihre Schwester zu konzentrieren, damit sie ihr eigenes Leben auf die richtige

Spur setzen konnte. Sie hatte nicht wirklich viel eigenes Leben gehabt, seit sie angefangen hatte, für Jordan zu arbeiten. Wann war das letzte Mal gewesen, dass sie etwas einfach nur für sich selbst getan hatte?

Gestern, dachte sie und hatte dabei vor Augen, wie sie das Flugzeug bestiegen hatte, für eine Reise, die nichts mit ihrer Schwester zu tun hatte. Ansonsten konnte sich Nikki ehrlich nicht an das letzte Mal erinnern, dass sie etwas getan hatte, das nicht in irgendeiner Form mit Jordan zusammenhing. Als sie letzten Herbst hergekommen waren, nachdem Zane das Video online gestellt hatte, das sofort viral gegangen war, hatte sie das mit und für Jordan getan.

Jordan hatte irgendwo unterschlüpfen wollen, wo niemand sie finden konnte. Nikki hatte sogleich an das Ferienhaus ihrer Großmutter auf Gansett Island gedacht, wo sie in ihrer Kindheit die Sommer mit ihrer Mutter und ihrer Großmutter verbracht hatten. Diese Sommer gehörten zu den schönsten Zeiten in ihrem Leben, und Jordan war sofort mit Nikkis Vorschlag einverstanden gewesen, sich auf Gansett zu verkriechen, wo niemand auf die Idee käme, nach ihr zu suchen.

Auf der Insel war es so erholsam gewesen, wenigstens für Nikki, aber Jordan war nach zwei Wochen rastlos geworden und hatte heimkehren wollen. Nikki hatte vermutet, dass ihre Schwester mit ihrem Mann Kontakt gehabt hatte und ihre überstürzte Abreise damit zusammenhing. Es war nicht schwierig gewesen, dahinterzukommen, dass Zane tatsächlich der Grund dafür war, dass sie nach Kalifornien zurückgeflogen waren, gerade als es anfing, interessant zu werden. Wenn man ein neues Dach interessant nennen konnte.

Der Mann, der die Arbeiten am Dach ausgeführt hatte, war jedenfalls überaus interessant. Und freundlich. Und gut aussehend. Und unfassbar sexy. Sie hatte sich gern mit ihm unterhalten, und sie war beeindruckt gewesen, wie rasch er die undichte Stelle repariert hatte, die für den hässlichen Fleck an der Zimmerdecke in ihrem Schlafzimmer verantwortlich gewesen war. Er wirkte auf sie wie ein tatkräftiger Typ, der Sachen erledigte. Als jemand, der ebenfalls zupackte, bewunderte Nikki diese Eigenschaft bei anderen.

Sie hatte während der Monate, seit sie die Insel verlassen hatte, oft genug an ihn gedacht. Weil Jordan es so eilig gehabt hatte, nach Hause zu kommen, hatte Nikki nicht die Gelegenheit gehabt, sich von ihm zu verabschieden. Vermutlich war das der Grund, weshalb er ihr nicht aus dem Kopf ging. Sie hatte sich schlecht gefühlt, weil sie einfach abgereist war, während er dabei gewesen war, das Dach zu erneuern.

Es war nicht so, dass er sie vor Ort brauchte, um die Arbeit auszuführen, aber sie hatte sich nicht wohl dabei gefühlt, ohne ein Wort zu verschwinden. Hoffentlich würde sie ihm bald über den Weg laufen, wenn sie erst einmal auf der Insel angekommen war. Wenn er überhaupt noch da war. Schließlich konnte er ja einfach den Sommerjob beendet haben und aufs Festland zurückgekehrt sein, zu seinem normalen Leben, wo auch immer das war. Sie wünschte sich, sie hätte daran gedacht, ihn zu fragen, ob er das ganze Jahr auf der Insel lebte oder bloß während der Saison.

Sie wünschte, sie hätte daran gedacht, ihn eine Menge Sachen zu fragen.

Wie beispielsweise, ob er eine Freundin hatte.

Nikki lachte in die steife Brise. Ein freundlicher, netter Kerl, der so aussah wie er, hatte vermutlich mehr als genug Freundinnen. Wenn sie sich erlaubte, zu glauben, dass er ein Frauentyp war, fühlte sie sich besser bei dem Gedanken, dass sie die Chance, ihn näher kennenzulernen, ungenutzt hatte verstreichen lassen.

Die Fähre erklomm eine riesige Welle, hing einen Moment oben und tauchte dann in das Wellental, so steil und so schnell, dass Nikkis Magen sich unangenehm hob. Sie stürzte nur nicht, weil sie sich vorsichtshalber gut festgehalten hatte.

Links von ihr erklang ein Ruf, und sie blickte in die Richtung, sah einen auf raue Weise attraktiven Mann auf sich zulaufen. Er trug eine Strickmütze und eine dicke Jacke mit der Aufschrift »CREW« unter dem Logo der Gansett-Island-Fährgesellschaft.

»Sie müssen reingehen, Ma'am«, schrie er über das Tosen des Windes hinweg. »Hier draußen ist es zu gefährlich.«

Ihr fiel der wunderschöne irische Akzent in seiner Stimme auf. »Allen Leuten da drinnen ist schlecht, und sie übergeben sich. Hier draußen fühl ich mich viel wohler.«

»Nicht wenn Sie über Bord gehen«, erklärte er. »Ich fürchte, ich muss darauf bestehen.« Er deutete auf die Tür, und Nikki trat hindurch, und der Gestank nach Erbrochenem schlug ihr entgegen.

Der Mann war direkt hinter ihr.

»Verstehen Sie, was ich meine? Hier drin wird mir schlecht. Dort draußen nicht.«

»Dann kommen Sie mit.« Er führte sie zu einem Treppenaufgang, über den sie auf die Brücke gelangten, wo die Tür einen Spaltbreit offen stand, um frische Luft reinzulassen. »Setzen Sie sich dorthin.« Er deutete auf den Platz neben dem Mann, der am Steuerruder stand.

»Da draußen ist es ziemlich hässlich, Seamus«, bemerkte der Captain. »Ich glaube, wir müssen den Verkehr nach dieser Überfahrt für heute einstellen.«

»Ja, da hast du meine Gedanken gelesen. Ich ruf gleich an.« Er benutzte sein Handy, um das Telefonat zu führen. »Hier ist Seamus. Wir stellen für den Rest des Tages alle weiteren Fahrten ein.« Er hörte eine Minute lang zu. »Sag ihnen, es tut uns leid. Sie werden morgen wiederkommen müssen. Für die Benzin-Trucks ist die See ohnehin zu rau.« Nachdem er wieder eine Weile zugehört hatte, antwortete er: »Wir geben morgen früh

Bescheid. Bis dann.« Er beendete den Anruf und blickte sie an. »Alles okay?«

»Ja«, bestätigte Nikki. »Danke.«

»Sind Sie das … das Mädchen aus dem Fernsehen?«, wollte der andere Mann wissen. »Jordan Stokes?«

»Nein, ich bin ihre Zwillingsschwester.«

»Sie ist ganz schön sexy.«

Nikki war sich niemals sicher, was sie auf solche Kommentare über ihre eineiige Zwillingsschwester erwidern sollte. Jordan war sexy, aber Nikki offensichtlich nicht. Natürlich hatte Nikki nie die Hauptrolle in ihrem eigenen Sexvideo gespielt, das durfte man nicht vergessen. »Wenn Sie das sagen«, meinte sie zu dem grinsenden Kapitän der Fähre.

»Ah, ja … und das Video … Wow.«

»Halt die Klappe, und fahr das Schiff.« Seamus bedachte den jüngeren Mann mit einem finsteren Blick, bevor er seine Aufmerksamkeit wieder auf Nikki richtete. »Tut mir leid. Manche Leute reden, bevor sie denken.«

»'tschuldigung«, meinte der jüngere Mann.

»Ist schon okay«, lenkte Nikki ein und bemerkte erleichtert, dass die Hafenmole von South Harbor in der Ferne in Sicht kam. Ihr ganzes Leben lang hatte der Steinhaufen, der den Eingang zum Hafen markierte, sich für sie wie *zu Hause* angefühlt. Obwohl sie immer nur für die Sommer hergekommen waren, hatte sich Nikki nie irgendwo mehr zu Hause gefühlt als in dem Ferienhaus ihrer Großmutter auf der Insel.

Wegen des Sorgerechtsstreits ihrer Eltern hatten sie und Jordan eine sehr unruhige Kindheit gehabt. Der Kompromiss, der schließlich erzielt worden war, hatte dazu geführt, dass die Mädchen das Schuljahr bei ihrem Vater verbrachten und die Ferien und die Sommer mit ihrer Mutter, deren psychische Labilität im Zusammenspiel mit ihren Suchtproblemen alles nicht einfacher gemacht hatte.

Nikki hatte also schon mehr Chaos hinter sich, als sie eigentlich ertragen konnte. Irgendwie war es schon faszinierend, dass sie vor dem Drama, das ihr Leben während ihrer Kindheit und Jugend bestimmt hatte, die Flucht ergriff, während Jordan darin aufzugehen schien. Die friedliche Ausstrahlung der Insel war genau das, was Nikki brauchte, um Bilanz zu ziehen und zu entscheiden, was ihr nächster Schritt sein sollte. Es bereitete ihr Sorgen, dass Jordan ihrer Mutter nachzueifern schien. Sosehr sich Nikki auch um ihre Schwester sorgte, sie konnte nicht ihr Leben für sie leben oder sie davon abhalten, zerstörerische Entscheidungen zu treffen. Sie würde sich jetzt erst einmal ausschließlich auf sich selbst konzentrieren.

In den Jahren, in denen Nikki für sie gearbeitet hatte, war Jordan überaus großzügig bei ihrer Bezahlung gewesen, sodass sie jetzt genug Geld hatte, um eine ganze Weile lang davon zu leben, was alles erleichterte. Ihre Großmutter hatte ihr gesagt, sie solle sich in dem Haus gemütlich einrichten und so lange dortbleiben, wie sie wollte. Nikki würde beim Supermarkt vorbeifahren, um alles Nötige einzukaufen, es sich dann mit ihrem E-Book-Reader gemütlich machen und die nächsten paar Wochen das Haus nicht mehr verlassen. Eine Auszeit war genau das, was sie nach den letzten paar Monaten brauchte.

Der jüngere Kapitän verließ die Brücke, um am Heck mit der dortigen Steuerung die riesige Fähre zu wenden und rückwärts in den Hafen zu setzen. Nikki war wie jedes Mal fasziniert davon, wie leicht das aussah.

Sie hielt Seamus die Hand hin. »Danke, dass ich hier oben sitzen durfte.«

Er überraschte und bezauberte sie, indem er ihr einen Handkuss gab. »Es war mir ein Vergnügen. Ich hoffe, Sie genießen Ihren Aufenthalt auf der Insel.«

Sie bemerkte einen glänzenden Ehering an seiner linken Hand. Zu schade. Sonst hätte sie ihn vielleicht gefragt, ob er

Lust auf einen Drink hätte. Der Mann sah wirklich einfach zu gut aus – und er war charmanter, als gut für sie war. »Das werde ich sicher. Es ist mein absoluter Lieblingsplatz.«

»Ja, meiner auch. Man trifft sich in der Stadt.«

»Hoffentlich. Schönen Tag.« Sie eilte die beiden Metalltreppen hinab zu dem Deck mit den Autos und setzte sich hinters Lenkrad des schwarzen SUV, den sie für einen Monat gemietet hatte. Wie immer dauerte es nach dem Anlegen ungefähr zehn Minuten, bis die ersten Autos von der Fähre fuhren. Gewöhnlich herrschte hier reges Treiben aus Gästen mit Koffern und Kinderwagen, Fahrradfahrern, Autos und Gabelstaplern. Heute jedoch fühlte sie sich wie in einer Geisterstadt.

Der Unterschied zwischen Gansett im Sommer und Gansett im Winter war … wie Tag und Nacht. Zum ersten Mal, seit sie den Plan gefasst hatte, auf die Insel zu kommen, verspürte sie einen leisen Anflug von Sorge darüber, hier im Winter allein zu sein. Sie hatte ihrer Großmutter versprochen, sich täglich bei ihr zu melden, und im Gegenzug hatte die Kabelfernsehen und Internet freigeschaltet. Es gab ein paar Dinge, ohne die man nicht auskommen konnte. Heimwerker-TV, Netflix und Instagram standen ganz oben auf ihrer Must-have-Liste, zusammen mit dem Essen, das sie gleich im Supermarkt der Insel kaufen wollte. Auch der Laden lag verlassen da. Als Nikki reinkam, hatte die Frau an der Kasse die Füße hochgelegt und las in einem Buch.

»Hey«, begrüßte sie sie. »Wir schließen in zwanzig Minuten.«

»Kein Problem.« Nikki ging flott an den Regalen entlang, lud die notwendigen Lebensmittel in ihren Korb – Sojamilch, die hier auf Gansett zu finden sie stets erstaunte, Vollkornmüsli, Joghurt, Salatzutaten, Truthahnbraten-Aufschnitt, Hühnerbrust und Kartoffelchips. Die gehörten zu dem absolut Überlebensnotwendigen dazu, so wie auch die

M&M's und die Hochglanzmagazine, die sie aus dem Ständer an der Kasse nahm.

Das ist Urlaub, sagte sie sich, daher benötigte sie Lesestoff. »Warten Sie eine Sekunde«, bat sie die Frau und trat zu dem Ständer mit den Taschenbüchern. Sie suchte sich ein paar Liebesromane aus und einen Thriller, der gerade verfilmt wurde, und fügte sie ihrem Einkauf hinzu. Seltsamerweise waren ihr Taschenbücher manchmal lieber, wenn sie hier war.

Netflix, Bücher und Chips. Was brauchte sie sonst noch, um glücklich zu sein? Ihre Kamera, die sie stets in Griffweite hatte. Nachdem sie zu Weihnachten, als sie dreizehn gewesen war, von ihrem Vater eine 35-Millimeter-Kamera geschenkt bekommen hatte, war Nikki vom Fotografieren fasziniert. Und sie fühlte sich nie mehr inspiriert als hier auf der Insel, deren raue Schönheit und deren viele Aussichtspunkte mit Blick aufs Meer unendlich viele Motive für spektakuläre Landschaftsaufnahmen boten.

Plötzlich verspürte sie wieder die alte Aufregung. Morgen würde sie rausgehen, Fotos machen und sich endlich dem widmen, was sie gerne tat. Während sie damit beschäftigt gewesen war, für Jordan die Flammen zu löschen, hatte sie wenig Zeit für sich gehabt. Jetzt hatte sie mehr als genug Zeit, und während sie zu Eastward Look fuhr, dem gemütlichen Ferienhaus ihrer Großmutter, das durch die direkte Strandlage einen wunderschönen Meerblick hatte, konnte Nikki es gar nicht erwarten, endlich allein zu sein.

* * *

Nach der Arbeit duschte Riley, rasierte sich und zog sich ein Flanellhemd sowie eine gute Jeans an, die als solche galt, weil er sie bisher nie bei der Arbeit getragen hatte. Er legte sogar ein bisschen Aftershave auf. Man wusste schließlich nie, wann man jemand Besonderes treffen würde. Am besten war es, auf alles vorbereitet zu sein.

»Bist du damit fertig, dich herauszuputzen, Schönling?«, rief ihm Finn zu. »Na dann mal los!«

»Duschen zählt nicht als Herausputzen«, unterrichtete Riley seinen Bruder. »Und morgen machen wir hier sauber.«

»Halt die Klappe, Dad.«

»Ehrlich, Finn, es ist widerlich. Wir haben hier nicht mehr geputzt, seit Dad vor zwei Monaten ausgezogen ist.«

»Du kannst ja putzen. Ich hab jedenfalls vor, den ganzen Tag zu schlafen.«

»Du wirst mir helfen.« Riley machte einen Schritt über einen Haufen schmutziger Wäsche im Wohnzimmer. »Das meiste von der Unordnung ist ohnehin dein Zeug.«

»Das Leben ist zu kurz, um aufzuräumen.«

»Dein Leben wird noch kürzer sein, wenn du das Bad nicht putzt, weil ich dich persönlich umbringen und das, was von dir übrig ist, im Garten hinterm Haus verscharren werde. Habe ich mich klar genug ausgedrückt?«

»Jaja. Können wir jetzt einen trinken gehen?«

»Das ist mein Ernst, Finn! Das Haus hier ist so unordentlich und schmutzig, dass es mir Angst macht.«

»Na gut. Morgen wird geputzt, aber heute Nacht gehen wir was trinken. Okay?«

Riley bedachte seinen Bruder, der nur ein Jahr jünger als er selbst war, mit einem Augenverdrehen und schob sich an ihm vorbei, um sich eine Flasche Wasser aus einem Kühlschrank voller wissenschaftlicher Experimente zu nehmen. Ihr Vater würde einen Anfall kriegen, wenn er das Haus jetzt sehen könnte, in dem sie zu dritt gewohnt hatten, bis er mit seiner Verlobten Chelsea zusammengezogen war.

Jetzt versuchten die beiden, ein Baby zu bekommen, was bedeutete, dass seine Söhne wesentlich weniger von ihm sahen als in dem Jahr, in dem sie gemeinsam hier gelebt hatten. Unter den Argusaugen ihres Vaters war alles immer makellos sauber gewesen, aber seit er fort war, hatte eine Abwärtsspirale eingesetzt.

Während Finn den Wagen in die Stadt fuhr, leerte Riley die Wasserflasche, die ihn morgen vor dem Kater bewahren würde. »Wer kommt sonst noch?«

»Ich hab Mac davon erzählt, und er war nicht abgeneigt. Er hat gesagt, er wollte schauen, ob Maddie etwas dagegen hätte, wenn er den Abend außer Haus verbringt, und er wollte auch alle anderen informieren. Ich denke, wir werden es gleich sehen.«

»Eine Frau zu haben scheint mir verdammt ähnlich zu sein, wie eine Mutter zu haben«, stellte Riley fest.

»Nur mit regelmäßigem Sex.«

Riley verschluckte sich an seinem Wasser. »Halt verdammt noch mal die Klappe«, stieß er hervor und musste husten, wischte sich dann das Wasser vom Kinn. »Meine Güte, du bist widerlich.«

Finn konnte sich gar nicht wieder einkriegen vor Lachen.

»Das Kopfkino halte ich nicht aus.«

»Wo wir gerade von Mom red…«

Riley stöhnte. »Hör auf!«

»Mal ernsthaft, hast du letztens mal mit ihr gesprochen?«

»Seit ein paar Wochen nicht. Du?«

»Nope. Sie ist auffällig still, seit sie das letzte Mal zu Besuch hier war. Ich denke, es hat sie echt kalt erwischt – und überrascht –, dass Dad das mit Chelsea so ernst ist.«

»Warum sollte sie das eigentlich sein? Schließlich ist sie es gewesen, die ihn verlassen hat. Und Dad ist wirklich ein Supertyp. Hat sie ehrlich geglaubt, er würde den Rest seines Lebens allein verbringen?«

»Wer weiß schon, was sie gedacht hat?« Nach einer Pause sagte Finn: »Glaubst du, sie bereut es?«

»Natürlich. Das war klar zu erkennen, als sie hier war. Ich kann aber gut verstehen, dass Dad sich das nicht antun und nicht alles ein weiteres Mal mit ihr durchkauen wollte. Es ändert ja ohnehin nichts.«

»Du klingst, als wärst du immer noch sauer auf sie.«

War er das? Er hatte bisher nicht wirklich darüber nachgedacht. Er versuchte allerdings auch, nicht zu oft an seine Mutter zu denken oder daran, auf welche Weise sie beschlossen hatte, eine dreißigjährige Ehe zu beenden.

»Bist du's?«, wollte Finn wissen und sah ihn an. »Sauer auf sie?«

»Ich weiß nicht. Vielleicht ein bisschen. Denk nur dran, dass sie es hat fallen lassen, als wäre es der letzte Mist. Wenn man genug hat, soll man sich scheiden lassen, aber mit einem Jüngeren abhauen und den Ehemann, mit dem man dreißig Jahre verheiratet war und der ein echt guter Kerl ist, blamieren? Das ist einfach bloß …«

»Schäbig?«

»Unter anderem. Ich bin so froh, dass wir nicht mehr in Westport leben, wo die ganze Stadt weiß, was sie getan hat. Ich kann auch kaum glauben, dass sie immer noch dort ist.«

»Genau, da weiter zu wohnen, wo alle Bescheid wissen … Schrecklich.«

»Exakt.« Riley hatte in Bezug auf die sozialen Medien Zurückhaltung geübt, seit seine Mutter seinen Vater verlassen hatte. Er verspürte nicht den geringsten Wunsch, zu erfahren, was die Leute zu Hause über seine Familie redeten.

»Warum sprechen wir eigentlich überhaupt über diesen Scheiß?«, erkundigte sich Finn, während er scharf nach links auf den Parkplatz hinter dem Beachcomber abbog.

»Weil du mit dem Thema ›Regelmäßiger Sex mit deiner Mutter‹ angefangen hast.«

29

»Ach, halt die Klappe«, rief Finn lachend. »Das habe ich so nie gesagt.«

Auf dem Parkplatz, der im Sommer stets überfüllt war, standen vielleicht fünf Autos, von denen eines Chelsea gehörte und ein anderes Finns und Rileys Dad.

»Sieht ganz so aus, als sei der alte Mann hier«, bemerkte Riley.

»Wie gewöhnlich, wenn Chelsea arbeitet. Lass uns reingehen und nachschauen, was los ist.«

Eine heftige Windböe vom Wasser traf Riley im Gesicht, als er hinter Finn her zu den Stufen lief, die zum Hintereingang des malerischen, weiß gestrichenen Hotels gehörten, das das Stadtzentrum von Gansett bildete, wenn man denn eine Ansammlung von Hotels, Restaurants und ein paar Läden als Stadt bezeichnen konnte. Sie betraten die Bar, wo ihr Vater mit zwei anderen Männern saß, während Chelsea sich um die Getränke kümmerte.

»Hey!« Bei ihrem Anblick leuchtete Kevin McCarthys attraktives Gesicht auf, und er lächelte strahlend. Seine offensichtliche, bedingungslose Liebe für sie war seinen Söhnen früher, als sie noch jünger waren, manchmal peinlich gewesen. Jetzt hatten sie sich daran gewöhnt – und wussten sie zu schätzen. »Da sind ja meine Jungs. Riley, Finn, ihr kennt Shannon O'Grady, aber ich glaube, ihr habt Niall Fitzgerald noch nicht getroffen. Die beiden Typen hier haben mich beinahe davon überzeugt, mal eine Reise nach Irland zu unternehmen.«

»Hey, nett, dich kennenzulernen.« Riley schüttelte Niall die Hand, und Finn tat es ihm nach. »Und schön, dich wiederzusehen, Shannon.«

»Gleichfalls«, antwortete Shannon.

»Was habt ihr beide heute vor?«, fragte Kevin.

»Das Gleiche wie du – Bier und Essen«, sagte Finn. »Und zwar in der Reihenfolge.«

»Dann setzt euch zu uns«, lud Kevin sie ein, und Shannon und Niall rutschten zur Seite, um ihnen Platz zu machen.

»Hallo, Jungs«, begrüßte Chelsea sie und kam lächelnd rüber. »Schön, dass ihr hier seid. Wollt ihr das Übliche?«

»Wäre super«, erwiderte Finn und schwang sich auf den Barhocker neben seinem Vater.

»Für mich auch«, erklärte Riley. »Danke, Chelsea.« Riley mochte die Frau, in die sein Vater sich Hals über Kopf verliebt hatte, aber manchmal war es immer noch komisch, ihn mit jemandem zu sehen, der nicht seine Mutter war. Während des vergangenen Jahres hatten er und Finn sich jedoch zunehmend daran gewöhnt.

Chelsea stellte eine Flasche Bud vor Finn hin und ein Amstel Light vor Riley.

»Zählt das Zeug überhaupt als Bier?«, fragte Finn, wie er das immer tat.

Riley beachtete ihn nicht weiter – wie er es seinerseits immer tat – und nahm einen großen Schluck aus der Flasche.

»Wollt ihr was essen?«, erkundigte sich Chelsea.

»Ja, Ma'am«, antwortete Finn. »Ich hätte gern eine Schüssel Muschelsuppe und einen Cheeseburger mit allem, bitte.«

»Ich nehme das Gleiche, aber bei mir bitte …«

»Ohne alles«, sagten Kevin, Chelsea und Finn im Chor.

»Ein Burger ohne Krempel, kommt sofort«, verkündete Chelsea und benutzte Rileys Lieblingswort für all die widerlichen Sachen, die alle anderen sich so begeistert auf ihrem Essen wünschten.

Riley schnitt eine Grimasse. *Ihr könnt mich mal*, dachte er. *Ich mag meine Burger einfach nicht überladen mit irgendwelchem Mist.* »Das Wort habe ich mir als Handelsmarke schützen lassen.«

»Wir ziehen dich ja nur auf«, erklärte Kevin und stieß Riley mit der Schulter an. »Und das weißt du auch.«

»Stimmt.« Riley konzentrierte sich auf sein Bier, erkannte niedergeschlagen, dass es keinen Unterschied machte, ob er zu Hause blieb oder ausging. Er fühlte sich immer noch furchtbar.

Das Gefühl verflog auch nicht, während sie aßen und sich mit ihrem Vater, Shannon und Niall unterhielten. Shannons Cousin Seamus gesellte sich zu ihnen, und Mac, Shane und Adam stießen nacheinander dazu, die alle von dem spontanen Männerabend mitten in der Woche begeistert zu sein schienen. Evan, ihr Musiker-Cousin, war diesen Winter auf einer Tour durch Europa, in Begleitung seiner Ehefrau Grace, und Grant weilte in Los Angeles, wo er mit an dem Film arbeitete, der auf der Lebensgeschichte seiner Ehefrau Stephanie basierte.

Mac drückte Rileys Schulter. »Wie geht's?«

»Gut, und dir?«

»Prima. Ich hab mit meiner Frau und den Kindern zu Abend gegessen und bin dann vom Kinder-ins-Bett-Bringen freigestellt worden, um ein Bierchen mit meinen Jungs zu trinken. Das Leben ist super.«

Riley fand es schon witzig, dass das alles war, was Mac brauchte, um glücklich zu sein. Was würde für ihn nötig sein, dass er so etwas sagte? Riley wusste es nicht. Vielleicht war es an der Zeit, dass er es herausfand. Die Rast- und Ziellosigkeit, die ihn in letzter Zeit plagte, begann ihn zu nerven.

Nach und nach füllte sich die Bar mit Leuten, die er kannte – seine Onkel Big Mac und Frank, zusammen mit Big Macs bestem Freund Ned Saunders. Alex und Paul Martinez stießen ebenfalls dazu, gefolgt von Joe Cantrell und Luke Harris.

»Mist«, bemerkte Chelsea lächelnd. »Und ich dachte allen Ernstes, es würde heute wieder so ein stiller Winterabend werden.«

»Da ist nichts still, wenn die McCarthys aufkreuzen«, verkündete Kevin.

»Als ob ich das nicht wüsste«, erwiderte sie und zapfte ein Bier nach dem andern.

»Chelsea, können wir für das Spiel der Bruins auf den Sportkanal schalten?«, wollte Finn mit finsterem Blick zu dem Flachbildfernseher über der Bar wissen, auf dem eine Unterhaltungsshow lief, in der über die Golden-Globe-Verleihung berichtet wurde.

»Ich bekomme Hockey, nachdem sie genug Klatsch über Promis gehört hat«, antwortete Kevin. »Das ist unsere Abmachung.«

Finn verdrehte die Augen.

Riley beugte sich zu seinem Bruder vor.

»Was ist los?«

»Ich wollte mich bloß bei dir bedanken. Du weißt schon, weil du die Jungs gebeten hast, heute herzukommen.«

»Ich musste sie praktisch gar nicht zwingen.«

»Trotzdem, ich weiß, warum du's gemacht hast, und das war echt nett.«

»Kein Problem. Ich hab übrigens rausgefunden, was mit dir los war.«

»O Mann, ich kann es kaum erwarten, deine Analyse zu hören.«

»Ich hab im Fernsehen was über saisonal-affektive Störungen gesehen. So nennt man das, wenn Leute zu bestimmten Jahreszeiten depressiv werden. Und du hast den Winter nie wirklich gemocht. Das könnte es bei dir sein: Winterdepression.«

Riley liebte seinen Bruder. Wirklich. Es gab niemanden, mit dem er lieber Zeit verbrachte – meistens wenigstens. Anstatt ihn einfach auszulachen – er meinte das offensichtlich todernst –, nickte Riley nur und sagte: »Könnte sein.«

»Dann frag doch mal Dad dazu.«

»Frag Dad wozu?«, schaltete sich Kevin ein, der den Schluss mitgehört hatte.

Klasse, dachte Riley. *Genau das, was mir noch fehlt: eine Sitzung mit Dr. McCarthy.*

»Ich glaube, Riley hat 'ne Winterdepression.«

Kevins entspannte Miene wurde sofort ernst. »Wie kommst du darauf?«

»Er ist niedergeschlagen und schlecht gelaunt. Und das seit Wochen.«

»Finn! Himmel. Ich bin nicht niedergeschlagen oder schlecht gelaunt.«

»Doch, bist du, und zwar beides.«

»Finn, kann ich mal kurz unter vier Augen mit deinem Bruder sprechen?«

»Klar, gerne.« Finn warf Riley einen bedeutungsvollen Blick zu, drängte ihn stumm, mit ihrem Vater zu reden, dann ging er, um sich an den langen Tisch zu setzen, den Mac und die anderen durch das Zusammenschieben mehrerer kleinerer Tische erhalten hatten.

»Was ist denn los?«, erkundigte sich Kevin und bedeutete Chelsea, ihnen nachzuschenken.

Sie stellte die Biere vor sie auf die Theke.

»Danke, Süße«, sagte Kevin mit einem liebevollen Lächeln für sie. Dann blickte er Riley an und hob eine Augenbraue. Er konnte eine Menge erreichen mit dieser einen Augenbraue. »Also ...«

»Ich weiß überhaupt nicht, was Finn hat«, begann Riley, hatte keine Lust, die Gereiztheit und Antriebslosigkeit, die eingesetzt hatten, nachdem Nikki so plötzlich abgereist war, mit seinem Vater zu diskutieren, der alles unweigerlich analysieren wollte. Es war passiert. Es war scheiße. Er hatte es überwunden. Ende der Geschichte. »Alles ist in bester Ordnung.«

»Ich hab nicht viel von dir gesehen, seit ich bei Chelsea eingezogen bin.«

»Telefonieren geht von beiden Seiten, Dad.«

34

»Stimmt«, antwortete Kevin mit einem verlegenen Grinsen. »Ich vermute, ich hab mich dran gewöhnt, dass du derjenige bist, der sich bei mir meldet, statt andersrum. Du bist offensichtlich besser als ich dabei, Kontakt zu halten, daher, vermute ich, fällt es auf, wenn du länger nicht anrufst.«

»Ich hatte einfach wirklich viel zu tun. Wir stecken mitten in den Arbeiten für das Wayfarer und setzen alles daran, es rechtzeitig fertig zu kriegen. An den meisten Tagen bin ich nach der Arbeit ziemlich erschöpft, sodass alles, was ich tun will, essen und schlafen ist.«

»Du bist aber nicht krank oder so, oder?«, fragte Kevin beunruhigt.

»Könntest du bitte aufhören, Arzt zu sein? Mir geht's prima.«

Kevin musterte ihn eindringlich, während er von seinem Bier trank. Er hatte Riley erklärt, dass er maximal zwei an den Abenden trank, an denen Chelsea arbeitete, damit er keinen Bierbauch bekam. Mit zweiundfünfzig war dick zu werden das, worüber Kevin McCarthy sich am wenigsten Sorgen machen musste. An einem schlechten Tag würde man ihn auf höchstens vierzig schätzen, und er versuchte gerade, mit seiner deutlich jüngeren Freundin ein Kind zu bekommen. Achtzehn Monate nach dem jähen Aus seiner Ehe hatte er mit Chelsea ein völlig neues Leben gefunden.

»Wenn du mich brauchst, weißt du ja, wo du mich findest. Richtig?«

»Ja, Dad. Ich weiß immer, wo du bist. Danke für deine Sorge, doch es gibt wirklich keinen Grund dafür.«

Seamus kam zur Bar, um sich ein weiteres Bier zu bestellen. Er blickte auf den Fernseher und bemerkte beiläufig: »Hey, heute habe ich ihre Zwillingsschwester hergebracht.«

Riley schaute auf und musste zweimal hinsehen, als er Jordan Stokes in einer Fernsehshow erkannte. Dann stellte er fest, dass sie mit Zane dort war, dem Rapper/Ex-Mann, der das berüchtigte Sexvideo veröffentlicht hatte. Die Schlagzeile am unteren Rand des Bildschirms lautete: *Wieder vereint und überglücklich.*

O Gott! Sie ist wieder mit dem Kerl zusammen? Nach allem, was er ihr angetan hat?

Aber noch besser: Nikki war zurück auf der Insel? Riley holte sein Portemonnaie raus, warf einen Zwanzig-Dollar-Schein auf die Bar und wandte sich an seinen Vater: »Wenn ich mir dein Auto leihe, nimmt Chelsea dich dann mit nach Hause? Ich bring es dir morgen früh zurück.«

»Wo willst du hin?«

»Da ist etwas, das ich tun muss, und Finn ist hergefahren. Ja oder nein wegen des Autos?« Riley war nicht in der Lage, auch nur noch eine Minute länger darauf zu warten, hier wegzukommen.

Kevin reichte ihm die Schlüssel. »Es ist Jahre her, dass sich einer von euch mein Auto geliehen hat.«

»Danke, Dad. Ich pass gut drauf auf.« Riley verließ flucht-artig die Bar, bevor ihn jemand aufhalten konnte oder Fragen stellen oder ihm in die Quere kommen …

Er war bereits auf dem Parkplatz, als er innehielt und sich fragte, was zur Hölle das sollte, dass er alles stehen und liegen ließ und zu ihr rannte, sobald er gehört hatte, dass sie wieder auf der Insel war. Er saß im Auto seines Vaters, in dem der Zitrusduft des Rasierwassers in der Luft hing, das Kevin so lange benutzte, wie Riley sich erinnern konnte, und starrte eine lange Weile durch die Windschutzscheibe nach draußen.

Lang genug, dass Finn die Zeit blieb, ihm nachzulaufen und ans Fenster zu klopfen.

Widerstrebend öffnete Riley es. »Was?«

»Wo willst du hin?«

»Ich hab was zu erledigen.«

»Draußen beim Hopper-Haus vielleicht?«

»Lass mich in Ruhe, Finn, und geh wieder rein, okay?«

Statt das zu tun, lehnte sich sein Bruder ans Auto, als wolle er es sich für ein kleines Schwätzchen gemütlich machen. »Was wird das, Riley?«

»Das geht dich nichts an.«

»Seit wann geht mich dein Leben nichts an? Wir mischen uns doch ständig gegenseitig ein.«

Dem konnte Riley nicht widersprechen. Aber aus irgendeinem Grund, den er nicht erklären konnte, nicht mal sich selbst, geschweige denn seinem Bruder, wollte Riley für sich behalten, wohin er wollte und warum. Wenigstens bis er selbst besser verstand, was es mit dem schier unwiderstehlichen Drang auf sich hatte, zu ihr zu fahren, in dem Moment, in dem er gehört hatte, dass sie zurück war. »Könnte ich einfach ein bisschen Raum für mich haben? Ist das zu viel verlangt?«

»Nein, natürlich nicht, solange es nicht der Anfang von einem neuen Verhaltensmuster ist, bei dem du so tust, als ginge es mich nichts an, was mit dir los ist.«

»Ist es nicht«, antwortete Riley, der dringend loswollte.

»Gut. Daran werde ich dich erinnern.«

»Gerne.«

»Gut. Dann mach deine Erledigung.« Finn stieß sich vom Wagen ab und kehrte wieder in die Bar zurück, mit dem unverwechselbaren Gang, der Riley so vertraut war wie alles im Leben seines Bruders.

Riley startete den Motor und fuhr rückwärts vom Parkplatz. Sein Herz klopfte vor Aufregung schneller, wie er sie noch nie verspürt hatte, wenn es um irgendeine Frau gegangen war. Warum empfand er so bei jemandem, den er exakt zwei Mal in seinem Leben gesehen hatte, bevor Nikki vor Monaten ohne ein Wort des Abschieds verschwunden war?

Er wollte verdammt sein, wenn er das wusste, aber er fühlte sich einfach zu ihr hingezogen. Er hatte Fragen, und er hoffte, sie würde Antworten liefern können. Vielleicht würde er ruhiger werden, nachdem sie miteinander gesprochen hatten, und würde diesen Wahnsinn – und die dazugehörige düstere Stimmung – ein für alle Mal hinter sich lassen. Das wäre eine Erleichterung.

Er fuhr zum nördlichen Ende der Insel, wo das Haus von Nikkis Großmutter stand. Das letzte Mal war er im Herbst hier gewesen, als die Blätter bunt geworden waren und die Sonne am klaren, strahlend blauen Himmel gestanden hatte. Heute waren die Straßen dunkel und mit einer dünnen Eisschicht überzogen, die das Autofahren schwierig machte.

Er bewegte sich nur im Schritttempo. Das Letzte, was er gebrauchen konnte, war, den geliebten BMW seines Vaters zu schrotten, nur weil er es so eilig hatte, Nikki zu sehen. Als er in die Einfahrt der Hoppers einbog, brach das Heck aus, doch glücklicherweise gelang es ihm, gegenzusteuern. Riley fragte sich allerdings, ob die Elemente ihm einen Fingerzeig sandten, dass dieser Ausflug zum Haus der Hoppers mitten in der Nacht vielleicht nicht die beste Idee war, die ihm je gekommen war.

Ihm fiel wieder ein, wie nervös Nikki gewesen war, als sie am helllichten Tag mit ihm gesprochen hatte, und das weckte in ihm die Sorge, dass es ihr am Ende Angst machen würde, wenn er einfach so aufkreuzte. Und was, wenn sie eine Waffe im Haus hatte? Riley wünschte sich, er hätte ihre Telefonnummer, damit er anrufen und ihr sagen könnte, dass er es war, aber so weit waren sie nicht gekommen, als sie im Herbst hier gewesen war.

Das Verandalicht ging an, zusammen mit der Sicherheitsbeleuchtung entlang der Auffahrt und im Garten.

Er ließ den Motor laufen und das Licht an, stieg aus und hielt beide Hände hoch, falls sie ein Gewehr hatte. »Ich bin's,

Riley McCarthy«, rief er. »Ich hab gehört, du bist zurück, und ich wollte dich sehen.«

Er hörte, wie mehrere Schlösser aufsprangen und Riegel zurückgeschoben wurden, und dann war sie da. Ihre großen braunen Augen waren genau so, wie er sie in Erinnerung hatte, der beherrschende Zug in einem erstaunlich hübschen Gesicht, das er genau erkennen konnte. Ihr langes dunkles Haar war auf dem Kopf zu einem dieser lässig-unordentlichen Knoten hochgesteckt, die bei manchen Frauen unglaublich sexy wirkten, und sie war eine von ihnen.

Als klar wurde, dass sie keine Waffe hatte, ließ er die Arme sinken. »Ich wollte dir keine Angst machen.«

»Was tust du hier?«

In dem Moment ging ihm auf, dass diese seltsame Anziehung, die er bei ihr verspürte, am Ende einseitig war und er sich komplett zum Affen gemacht hatte, indem er im Dunkeln hier rausgekommen war, um sie zu sehen. »Ich … Ich bin mir nicht wirklich sicher.«

Sie schien so verwirrt zu sein, wie er sich plötzlich fühlte. »Meine Großmutter hat mir erzählt, dass du das Dach fertig repariert hast.«

»Ja, stimmt.«

»Also …«

»Ich hab gehört, deine Schwester ist wieder mit Zane zusammen, und dass du hier bist. Da hab ich mich gefragt, ob …«

»Was hast du dich gefragt?«

Himmel, er war ein absoluter Idiot und zudem total auf dem Holzweg. Da es ohnehin nicht noch schlimmer werden konnte, blieb er bei der Wahrheit. »Ich hab mich gefragt, ob du vielleicht einen Freund brauchst.«

Sie schwieg so lange, dass er zu zweifeln begann, ob sie ihn überhaupt gehört hatte. Dann sagte sie: »Möchtest du reinkommen?«

»Ich will nicht stören.«

»Ich hab bloß ferngesehen und dazu eine Fertigpizza gegessen. Du störst nicht.«

»Lass mich nur rasch den Motor abstellen.« Er lehnte sich ins Auto und machte es aus. Die Lichter wurden automatisch gesteuert und würden gleich von selbst erlöschen. Er joggte zur Haustür und ermahnte sich dabei, sich zu beruhigen und es ganz locker angehen zu lassen. Oh, und aufzuhören, sich wie ein Idiot zu benehmen. Das wäre ebenfalls gut.

Kapitel 3

Während Nikki das Herz bis zum Hals schlug, beobachtete sie, wie Riley zur Haustür kam, die sie geöffnet hatte, damit sie mit ihm reden konnte. Und jetzt würde gleich ein Mann, den sie erst zweimal in ihrem Leben getroffen hatte, das Haus betreten, wo sie allein wären. Das war nicht gut. Es war überhaupt nicht gut. So etwas tat sie nicht, so ein Risiko ging sie nicht ein. Nicht mehr.

Aber letzten Herbst war er so nett zu ihr gewesen. Als das Dach undicht gewesen war und sie dazu eine völlig am Boden zerstörte Schwester gehabt hatte, hatte er alle Hebel in Bewegung gesetzt, um ihr zu helfen. Sie wusste, die Familie McCarthy war auf der Insel angesehen. Natürlich bedeutete nichts von dem, was sie sich in den zwei Minuten versicherte, die er benötigte, um den Motor auszuschalten und ins Haus zu kommen, dass ihr von ihm keine Gefahr drohte.

Diese Lektion hatte sie auf die harte Tour gelernt – auf den ersten Blick nette Jungs aus guten Familien waren nicht immer, was sie zu sein schienen.

»Hi«, sagte er lächelnd, als er in die Diele trat und die Tür hinter sich zuzog.

Das klickende Geräusch, mit dem das Schloss einschnappte, hätte genauso gut ein Pistolenschuss sein können, der Wirkung nach zu urteilen, die es auf sie hatte. Allein. Mit einem Mann. In einem Haus auf Gansett Island. Wenn das hier schiefging, würde niemand kommen, um sie zu retten.

»Nikki?« Er neigte den Kopf fragend zur Seite. »Alles in Ordnung?«

»Ich … versuche gerade damit klarzukommen, dass ich dich kaum kenne, du aber trotzdem bei mir in diesem Haus bist.«

»Ich gehe sofort«, erklärte er, ohne zu zögern. »Ich wollte dich nicht beunruhigen. Ich hab nur immer an dich denken müssen, nachdem du weg warst, und als ich gehört hab, dass du zurück bist … Ich weiß nicht, was ich gedacht habe … Egal, ich gehe.«

»Nein«, widersprach sie, und ihre Sorge verflog angesichts seiner Bereitwilligkeit, wieder zu verschwinden, wenn sie das wollte. Die schlimmen Männer gingen nicht, wenn man sie darum bat. »Bleib. Es tut mir leid, ich bin nämlich albern.«

»Nein, bist du nicht. Du bist vorsichtig, und ich hätte nicht zu dieser Stunde herkommen sollen. Ich hab es nicht durchdacht, bis ich gemerkt habe, dass du Angst hattest.«

»Jordan sagt immer, ich wäre ein Weichei und müsste mich abhärten.«

»Das ist nicht nett.«

»Sie ist oft nicht nett zu mir«, entgegnete Nikki mit einem Lachen, bei dem ihr hübsches Gesicht förmlich aufstrahlte. »Das ist ihr Job als meine Schwester.«

»Ich hab einen Bruder mit dem gleichen Job.«

Sie bedeutete ihm, ihr in die Küche zu folgen, wo eine große Pizza auf einem Schneidebrett lag. »Möchtest du was?«

»Ich nehme ein Stück, wenn du was übrig hast.«

»Ich werde ganz bestimmt nicht die ganze Pizza essen«, erwiderte sie und lachte wieder.

»Versuchst du da wirklich, einen Weihnachtsbaum aufzustellen? Im Januar?« Er deutete auf die Schachteln, die um einen großen künstlichen Baum im gemütlichen Wohnzimmer herumstanden.

»Ertappt«, antwortete sie mit einem schüchternen, absolut bezaubernden Lächeln. »Jordan war dieses Jahr nicht in der Stimmung für Weihnachten, daher haben wir es ausfallen lassen. Ich jedoch liebe Weihnachten und dachte mir: Wer würde es schon erfahren, wenn ich hier einen Baum aufstelle?«

»Bei mir ist dein Geheimnis sicher.« Er setzte sich auf einen der Barhocker an der Kücheninsel und nahm, nachdem er die Peperoni runtergepflückt hatte, einen Bissen von dem Pizzastück, das sie auf einem Teller vor ihn gestellt hatte. Eigentlich war er gar nicht hungrig, schließlich hatte er im Beachcomber schon was gegessen. »Das schmeckt köstlich.«

Sie quittierte sein Kompliment mit einem Augenverdrehen. »Tiefkühlpizza ist eine meiner wenigen kulinarischen Spezialitäten. Was möchtest du trinken? Ich hab Eistee, Wasser und Bier.«

»Bier klingt gut.« Sein zweites an der Bar hatte er nicht ausgetrunken, daher würde eins gerade noch gehen.

Sie holte zwei Flaschen Importbier, für die man einen Flaschenöffner brauchte, und stellte eine vor ihn.

»Prost«, sagte er und hielt seine Flasche hoch. »Willkommen zurück auf Gansett Island.«

»Danke.« Sie stieß mit ihrer Flasche an seine. »Es ist gut, hier zu sein.«

Sie genossen ein paar Minuten schweigend die Pizza und das Bier, bevor Riley beschloss, das Thema, das unübersehbar wie ein Elefant im Zimmer stand, anzusprechen.

»Ist sie wirklich zu ihm zurück?«, begann er, zögerte kurz, denn das Ganze musste trotz allem ein wunder Punkt für sie sein.

»Ja, ist sie«, antwortete Nikki mit einem Seufzen. »Woher weißt du es?«

»Ich hab's in einer Unterhaltungsshow gesehen. Die Verlobte meines Vaters hatte sie in der Bar laufen.«

»Dann hat es ja nicht lange gedauert, bis es raus war. Es muss eine Meganachricht sein, wenn man bedenkt, was ihre Trennung überhaupt erst ausgelöst hat.«

»Wieso geht man zu jemandem zurück, der einem so etwas angetan hat?«

»Keine Ahnung, aber das Video hat meiner Schwester sieben Millionen neue Twitter-Follower beschert und drei Millionen neue Instagram-Fans, daher ist es für Jordan ein Gewinn.«

»Ich kann das einfach nicht verstehen.«

»Mach dir nichts draus. Ich tu es auch nicht.« Sie erwiderte seinen Blick über die Arbeitsfläche zwischen ihnen hinweg. »Ich hab meinen Job als ihre Assistentin gekündigt.«

»Wow. Wie hat sie's aufgenommen?«

»Etwa so gut, wie zu erwarten war. Sie hat mich gebeten, es mir noch einmal zu überlegen, und ich hab im Gegenzug sie gebeten, das in Bezug auf Zane ebenfalls zu tun. Keine von uns beiden war bereit, einzulenken, daher bin ich hier. Sie ist mit ihm in Nashville, oder wenigstens war sie das gestern Abend. Wer weiß schon, wo er heute Nacht spielt? Das ist nicht länger meine Angelegenheit.«

»Wenn du meine Meinung wissen willst: Du hast das Richtige getan.«

Sie musterte ihn prüfend. »Das bedeutet mir viel. Ich habe mir schon die Frage gestellt, ob es richtig war, doch ich ertrage dieses ununterbrochene Drama nicht mehr. Sie liebt es, ich halte es einfach nicht aus.«

»Dann war es auf jeden Fall klug, eine Pause einzulegen.«

»Es ist keine Pause, es ist vorbei. Und es war höchste Zeit. Wir sind siebenundzwanzig, und wir sind beide überfällig dafür, unsere Leben getrennt zu führen.«

»Ich bin achtundzwanzig, beinahe neunundzwanzig, wenn man's genau nimmt, trotzdem lebe ich immer noch mit meinem Bruder zusammen. Die einzige Zeit, in der das nicht so war, war mein erstes Jahr am College. Er ist dann an die gleiche Uni gekommen, und seitdem teilen wir uns eine Wohnung.«

»Das hilft mir, dass ich mich ein bisschen besser dabei fühle, dass ich so lang bei Jordan geblieben bin.«

»Sie hat dich ja schließlich dafür bezahlt, bei ihr zu sein. Manchmal denke ich, Finn sollte mich ebenfalls dafür bezahlen, dass ich bei ihm wohne. Er ist so ein Chaot. Wir haben uns vorhin erst über den Saustall gestritten, zu dem unsere Wohnung verkommen ist.«

Nikki lachte über die Grimasse, die er schnitt. »Würde er dir fehlen, wenn du ausziehst?«

»Ja, schon. Auch wenn ich mit ihm zusammen arbeite, sodass ich ihn trotzdem jeden Tag sehen würde. Wird dir Jordan fehlen?«

»Nicht sofort, aber ich bin mir sicher, irgendwann. Die Dinge haben sich in der Tat geändert zwischen uns, seit sie Zane getroffen und die Show bekommen hat.«

»Die habe ich mir sogar ein paarmal angeschaut«, gestand er.

Sie hob die Augenbrauen. »Ach, echt? Du gehörst jedenfalls nicht zur Zielgruppe.«

»Es lief nichts anderes.«

Sie lachte. »Lahme Ausrede.«

»Und«, fuhr er fort, zögerte eine Sekunde, »ich war neugierig, was aus dir geworden ist, nachdem du letzten Herbst verschwunden warst.«

»Ein Grund für unsere Abreise war, dass Jordan durch ihre Verträge gezwungen war, nach L. A. zurückzukehren, sonst wäre sie verklagt worden. Später habe ich herausgefunden, dass sie zudem mit Zane gesprochen hatte, und er hatte sie angefleht, heimzukommen, damit sie sich versöhnen konnten.«

»Das erklärt, warum ihr praktisch über Nacht weg wart.«

»Die Produktionsfirma hat uns ein Flugzeug geschickt, und wir mussten los. Ich wollte dich informieren, aber ich wusste nicht, wie ich dich erreichen kann.«

Zu hören, dass sie mit ihm hatte reden wollen, bevor sie gegangen war, war ein wirksames Heilmittel für seine Niedergeschlagenheit und bescherte ihm ein echtes Hochgefühl. »Ich war wie vor den Kopf gestoßen, als ich feststellen musste, dass du nicht mehr hier warst.«

»Ach, echt?«

Er nickte.

»Wie kommt's?«

»Ich hab gern mit dir geredet.«

»Ich auch mit dir. Ich hab noch oft an dich gedacht, nachdem wir weg waren, und hab gehofft, dass du das Dach reparieren konntest, ohne runterzufallen. Meine Großmutter sagt, du hättest es super hinbekommen.«

»Das ist nett von ihr. Und PS: Ich bin Fachmann, ich fall nicht runter.«

Sie lachte, und das Geräusch bewirkte etwas in ihm, weckte ein merkwürdiges und unerwartetes Gefühl. Er wollte sie wieder zum Lachen bringen, bloß damit er den fröhlichen Laut noch einmal hören konnte. »Ich wollte dich nicht in deinem Stolz kränken.«

»Entschuldigung angenommen«, verkündete er. »Aber du könntest es trotzdem wiedergutmachen, indem du dich einverstanden erklärst, morgen Abend mit mir essen zu gehen.« Die Worte hatten seinen Mund verlassen, bevor er in Ruhe durchdenken konnte, was es hieß, sie offiziell um ein Date zu bitten. Zur Hölle mit den Folgen. Er mochte sie. Sie schien ihn ebenfalls zu mögen. Und schließlich hatte sie schon gestanden, an ihn gedacht zu haben, nachdem sie fortgegangen war. Das war doch etwas, oder?

Sie blickte auf ihren Teller, wirkte alles andere als begeistert von diesem Vorschlag. »Ist denn irgendwas auf zu dieser Jahreszeit?«

»Ein paar Restaurants schon. Domenic's zum Beispiel.«

»Das ist mein Lieblingsrestaurant auf der ganzen Insel.«

»Dann ist es beschlossen: Wir gehen zu Domenic's. Nur wenn du magst, natürlich.«

»Das wäre schön. Danke.«

Sie schien sich dazu zwingen zu müssen, Ja zu sagen, aber er beschloss, nicht weiter nachzubohren, da sie nicht abgelehnt hatte. »Soll ich dir bei dem Baum helfen?«

»Das wäre super. Gerade habe ich überlegt, dass ich vermutlich eine Leiter brauche, um an die Zweige weiter oben heranzukommen.«

»Das mache ich für dich.« Er brachte die Teller zur Spüle, wusch sie ab und stellte sie auf das Trockengestell. Als er sich umdrehte, entdeckte er, dass sie ihn beobachtete und dann vor Verlegenheit ganz rot wurde. »Was denn?«, fragte er, während er sich die Hände am Handtuch abtrocknete. »Hast du noch nie einen Mann abwaschen sehen?«

»Genau genommen nein.«

»Dann hast du dich mit den falschen Kerlen eingelassen.«

»So viel steht fest.«

Da war es wieder, diese unruhige Unterströmung, die er schon bemerkt hatte, als er sie zum Essen eingeladen hatte. Jemand hatte sie verletzt. Tief. Bei dem Gedanken hätte er am liebsten vor Wut gebrüllt. Doch er unterdrückte den Impuls und folgte ihr ins Wohnzimmer, wo sie ihm eine Lichterkette zeigte, die zu einem wahren gordischen Knoten verheddert war.

»Warum habe ich das Gefühl, als wäre ich gerade gründlich manipuliert worden?«, erkundigte er sich und hob amüsiert eine Augenbraue.

Das kleine Lachen … Das stellte Dinge mit ihm an, komische, verrückte Dinge, die bewirkten, dass er sesshaft werden und es sich mit ihr gemütlich machen wollte. War es so für Mac gewesen, als er Maddie getroffen hatte, oder für Evan, als er Grace begegnet war? Hatten sie zum ersten Mal in ihrem Leben den Wunsch verspürt, ihr Single-Dasein aufzugeben?

Gedanken, die ihn noch vor gar nicht langer Zeit beunruhigt hätten, ihn aber jetzt lediglich dazu verleiteten, sich Fragen zu stellen, an die er zuvor keine Sekunde verschwendet hatte, während er eine Dreiviertelstunde lang mit ihr auf dem Sofa saß und die Lichterkette entwirrte, wobei sie immer wieder über seinen Frust lachte.

»Wissen wir überhaupt, ob diese Lichter noch funktionieren?«

»Das habe ich noch nicht ausprobiert.«

Er sah sie gespielt verärgert an. »Ehrlich? Haben wir gerade eine Stunde unserer kostbaren Lebenszeit, die wir nie wieder zurückerhalten, daran verschwendet, eine Lichterkette zu entwirren, die nicht mal funktioniert?«

»Vielleicht«, erwiderte sie mit einem Lächeln.

Riley schüttelte den Kopf und blickte von ihr fort, obwohl das das Letzte war, was er tun wollte. »Der Moment der Wahrheit.« Er ging mit dem Stecker zur nächsten Steckdose. »Bereit?«

»So bereit, wie ich jemals sein werde.«

Er stöpselte den Stecker ein und sah, wie alle Lichter angingen.

Nikki klatschte begeistert in die Hände, und aus ihren Augen leuchtete ein Gefühl, das nur als Freude bezeichnet werden konnte. »Was für eine Erleichterung. Ich war mir ziemlich sicher, dass es das gewesen wäre, wenn das jetzt nicht funktioniert hätte. Ich hab so die vage Vermutung, dass Weihnachtslichterketten hier im Januar schwer zu kriegen sind.«

»Hier ist im Januar alles schwer zu kriegen. Wir hatten drei Tage rund um Weihnachten, als die Fähren wegen des Schneesturms nicht fahren konnten und uns hier das *Bier* ausgegangen ist. Das war eine ausgewachsene Krise in der Familie.«

»Gott behüte. Drei Tage ohne Bier!«

»Du hast ja keine Ahnung, was wir durchgemacht haben. Ich hatte schon Sorge, es könnte zu einem richtigen Aufstand kommen, wenn die Fähren nicht bald wieder den Dienst aufnehmen würden. Ich war zufällig in der Stadt, als das erste Schiff nach dem Sturm eintraf und gleich als Erstes drei riesige Paletten Bier abgeladen wurden. Die Leute auf den Straßen haben gejubelt, und an dem Abend herrschten auf der ganzen Insel eitel Glück und Sonnenschein.«

»Das ist lustig«, bemerkte sie und reichte ihm die Lichterkette an, die er von oben nach unten um die Zweige drapierte. »Ich sehe Paraden und Freudenfeiern.«

»Das ist gar nicht so weit von der Wahrheit entfernt. Es war jedenfalls ein allgemeines Gefühl von Erleichterung festzustellen.«

Mit seinen knapp eins neunzig hatte er keine Probleme, an die Spitze zu kommen. Als sie so neben ihm stand, fiel ihm auf, dass er einen Kopf größer war als sie.

»Wie viele Leute leben eigentlich durchgehend das ganze Jahr über auf der Insel?«

»In der *Gansett Gazette* stand diese Woche erst ein Artikel, in dem von neunhundertneunundvierzig regulären Bewohnern die Rede war.«

»Es wundert mich, dass es so viele sind.«

»Es kommt einem jedenfalls viel weniger vor zu dieser Jahreszeit, wenn sich alle zu Hause verkriechen.«

»Bin ich komisch, weil ich den Winter liebe?«

»Ja.«

Über die wie aus der Pistole geschossene Antwort von ihm lachte sie wieder. »Ich weiß! Es ist völlig falsch, aber ich liebe die Kälte und den Schnee und Weihnachten und das Kaminfeuer und wie alle zusammenrücken, bis es vorbei ist. Es ist einfach meine liebste Jahreszeit, ganz besonders hier. In Südkalifornien gibt es nicht wirklich Winter, und mir fällt kein Ort ein, an dem ich dann lieber wäre als hier.«

Während er sich die Gründe anhörte, weshalb sie den Winter liebte, entschied er, dass er leicht ein Fan der Jahreszeit werden könnte, die er bislang am wenigsten hatte leiden können, doch nur, wenn er sie mit ihr verbringen konnte. »Also ich bin jedenfalls glücklich und zufrieden, dich als unseren neunhundertfünfzigsten Bewohner hier auf der Insel zu haben.«

Kapitel 4

Riley kam am nächsten Morgen in entschieden besserer Laune zur Arbeit als am Tag zuvor, was seinem Bruder und seinen Cousins natürlich auffiel.

»Und, hattest du gestern Nacht Sex?«, fragte Finn ihn vor allen andern, während sie den Kaffee tranken, den Mac ihnen jeden Morgen mitbrachte.

»Halt die Klappe, verdammt noch mal.« Das sagte er nicht weniger als sechs Mal am Tag zu dem Bruder, den er abwechselnd komisch fand und einfach bloß unmöglich.

»Also raus damit, hattest du?«, hakte Finn ungerührt nach.

»Nicht, dass es dich das Geringste anginge, aber nein. Hatte ich nicht.«

»Hm … Beinahe hättest du mich auf die falsche Fährte gelockt. Du hast diesen frisch befriedigten Ausdruck im Gesicht.«

Riley wandte sich Hilfe suchend an seinen Cousin. »Mac …«

»Halt die Klappe, Finn«, meinte auch Mac. »Lass ihn in Ruhe.«

»Mit euch macht es einfach keinen Spaß«, beklagte sich der so Zurechtgewiesene.

Shane grinste. »Ich könnte viele, viele Leute benennen, die etwas völlig anderes behaupten. Wir sind dafür bekannt, dass man mit uns eine prima Zeit haben kann.«

Luke Harris lachte schnaubend. »Das kann ich bestätigen.«

»Mit allen außer Riley«, entgegnete Finn. »Mit ihm konnte in letzter Zeit niemand Spaß haben.«

Er hatte gestern Abend eine verdammt gute Zeit mit Nikki gehabt, und er war ziemlich sicher, dass sie die gemeinsam verbrachten Stunden ebenfalls genossen hatte. Er konnte es gar nicht erwarten, sie nach der Arbeit wiederzusehen.

Heute setzten sie die Fenster ein, was zu dieser Jahreszeit praktisch eine Garantie für Frostbeulen war. Riley war dankbar dafür, dass es eine so anstrengende Arbeit war, weil sein Bruder auf diese Weise zu beschäftigt war und es zudem viel zu kalt war, als dass er ihn weiter ärgern konnte. Am späten Nachmittag waren sie restlos erschöpft und halb erfroren.

»Okay, Schluss für heute, ihr könnt alle heimgehen«, erklärte Mac um halb fünf, als sie mehr als zwanzig Fenster eingebaut hatten, die vom Restaurant und von der Bar aus eine herrliche Aussicht auf den Strand und das Meer bieten würden. »Schaut, dass ihr wieder warm werdet, morgen früh geht es weiter.«

Das ließ sich Riley nicht zweimal sagen. Nachdem er seine Werkzeuge weggeräumt hatte, eilte er zur Eingangstür.

»Riley, warte«, rief ihm Finn hinterher. »Was wollen wir heut Abend essen? Ich hätte Lust auf Pizza.«

»Ich hab was vor.«

»Was denn?«

»Etwas von der Sorte, bei der man was mit Leuten tut, die nicht der eigene Bruder sind.«

»Autsch. Das verletzt meine Gefühle.«

»So was hast du doch gar nicht.«

»Haha«, erwiderte Finn. »Aber mal ernsthaft … Was machst du heute?«

»Ich geh essen.«

»Allein?«

»Nein.«

»Also hat sie sich gefreut, dich zu sehen, was?«

Riley ignorierte die Frage und senkte den Kopf gegen den eiskalten Wind, während er zu seinem Pick-up lief, dankbar, dass er und Finn heute getrennt voneinander hergefahren waren. Finn hatte noch geschlafen, als Riley um acht Uhr aufgebrochen war, um möglichst bald auf der Baustelle anzufangen, damit er auch möglichst früh fertig war und zum besten Teil des Tages übergehen konnte – nach der Arbeit.

Finn fasste ihn am Arm und drehte ihn zu sich um. »Komm schon. Sei kein Idiot.«

»Ich bin kein Idiot, bloß weil ich nicht drüber reden möchte.«

»Selbst mit mir nicht?«

»Ganz besonders mit dir nicht.«

»Was zur Hölle meinst du damit?«

»Ich möchte nicht, dass du mich deswegen aufziehst. Das meine ich damit.«

Finn hob beschwichtigend die Hände. »Ich werde mich mustergültig benehmen. Versprochen.«

Riley warf ihm einen skeptischen Blick zu, während er seinen schwarzen Pick-up aufsperrte.

»Ganz bestimmt! Das mein ich ernst.«

»Wir sehen uns gleich zu Hause.« Riley stieg in den Wagen und startete den Motor, stellte die Heizung auf volle Leistung. Er war bis auf die Knochen durchgefroren nach dem langen Tag. Heute war eine Ausnahme gewesen, denn die meiste Zeit arbeiteten sie im Gebäude. Nach Macs Planung würden sie mit der Fassade und den anderen Außengewerken anfangen, sobald das

Wetter wärmer wurde. Die Arbeiten am McCarthy's Wayfarer würden sie für den Rest des Winters bis weit in den Frühling hinein beschäftigt halten. Ihr Ziel war es, am Memorial-Day-Wochenende alles so weit zu haben, dass sie eröffnen konnten, und der Zeitplan war ausgesprochen sportlich.

Aber wenn irgendjemand das rechtzeitig schaffen konnte, dann Mac. Er hatte es echt drauf, die Lieferungen der Baumaterialien auf die Insel perfekt zu koordinieren, was voller Tücken und Fallstricke war. Praktischerweise war sein Schwager Joe Eigentümer der Fährgesellschaft, was die Sache erheblich erleichterte. Mac konnte für Laster praktisch, wann immer er es brauchte, Platz auf einer Fähre buchen, vor allem zu dieser Jahreszeit, wo es auf der Insel ruhiger zuging.

Auf dem Heimweg hielt Riley an dem einzigen Laden an, in dem man Alkohol kaufen konnte, und erstand einen Sixpack Bier. Er war kein Trinker, doch nach einem langen Tag voll körperlicher Arbeit war er einem Bier nicht abgeneigt.

Als er heimkam, war Finn bereits da und hatte begonnen aufzuräumen. Dazu hatte er so laut einen Hip-Hop-Sender laufen, dass eine Unterhaltung unmöglich war, was Riley nur recht war.

Er wollte schon Fotos machen, um das nie zuvor beobachtete Ereignis, dass sein Bruder Ordnung schaffte, für die Nachwelt festzuhalten, andererseits wollte er nicht, dass er damit aufhörte. Daher schwieg er und half mit. Es dauerte eine Stunde, dann waren Küche und Bad sauber und eine Ladung Schmutzwäsche in der Waschmaschine.

Riley belohnte seinen Bruder, indem er das Bier mit ihm teilte, das er gekauft hatte.

Sie öffneten jeder eine Flasche und stießen an.

Finn legte den Kopf in den Nacken und leerte seine mit einem einzigen Zug fast komplett.

Riley ließ sich etwas mehr Zeit. Er hatte nicht vor, sich zu betrinken, wenn er bald schon Auto fahren wollte. Er hatte Nikki gesagt, er werde gegen halb sieben bei ihr sein. In der Mittagspause hatte er einen Tisch bei Domenic's reserviert, selbst wenn das zu dieser Jahreszeit eigentlich nicht nötig war. Heute Abend wollte er nichts dem Zufall überlassen.

Er zog sich in sein Zimmer zurück, um Nikki eine Nachricht zu schreiben. Gestern Abend hatten sie Handynummern ausgetauscht, ein entscheidender Schritt in die richtige Richtung. Es freute ihn, dass er imstande war, sie zu erreichen, selbst wenn sie aus irgendeinem Grund plötzlich abreisen müsste. Bin heute früher mit der Arbeit fertig. Brauchst du vielleicht vor dem Dinner Hilfe beim Baumschmücken?

Sie antwortete sofort. Während die Pünktchen blinkten, als sie tippte, hielt er die Luft an. Das wäre klasse. Ich bin heute noch gar nicht dazu gekommen.

Bin in ungefähr dreißig Minuten da.

Klingt super! Sie fügte ein paar Weihnachtsbaum-Emojis hinzu, die ihm ein Lächeln entlockten.

»Schickt dir deine kleine Freundin Sex-Nachrichten?«, wollte Finn wissen und versuchte über Rileys Schulter auf das Display zu gucken, das Riley rasch vor ihm versteckte, ehe er zum Duschen in dem sauber riechenden Bad verschwand.

Während er unter dem warmen Wasser stand, musste Riley daran denken, dass es vielleicht doch an der Zeit war, sich eine eigene Wohnung zu besorgen.

* * *

Voll nervöser Energie lief Nikki durchs Haus und räumte Sachen auf, die gar nicht aufgeräumt werden mussten. Sie klopfte

Kissen im Wohnzimmer auf und wischte die abgenutzten Arbeitsflächen in der Küche ab, die förmlich nach Renovierung schrien. Was würde sie nicht dafür geben, in der Lage zu sein, hier im Haus mal Hand anzulegen und all die Sachen, die sie beim stundenlangen Konsum des Heimwerker-Kanals gelernt hatte, in die Tat umzusetzen.

Die Küche und die Bäder waren in bedauerlichem Zustand und restlos veraltet, das Parkett war so abgenutzt und verkratzt, dass die Versiegelung an vielen Stellen schon ab war. Sie überlegte, ihre Großmutter zu fragen, ob es in Ordnung wäre, wenn sie sich hier ein wenig austobte, wollte sie aber gleichzeitig nicht kränken, schließlich war sie so gut zu ihr gewesen.

Vielleicht konnte sie es beim nächsten Telefonat geschickt in die Unterhaltung einfließen lassen, wenn ihre Großmutter morgen anrief, wie sie es für jeden Tag versprochen hatte, solange Nikki allein hier war.

Außerdem hatte sie kein Wort von Jordan gehört, was ein Anzeichen für eine echte Versöhnung mit Zane war. Denn das war nicht das erste Mal, dass die beiden einfach abgetaucht waren. Nikki konnte nur hoffen, dass Jordan einen klaren Kopf behielt, sich gegen ihren willensstarken Ehemann behauptete und sich nicht einfach von ihm herumschubsen ließ.

Nikki musste sich dazu zwingen, Jordan keine Nachricht zu senden. Der Impuls war so fest verwurzelt, dass er beinah automatisch war. Es gelang ihr, weil sie sich sagte, dass Jordan als erwachsene Frau ihr eigenes Leben führen musste und mit allem fertigwerden würde. Wenigstens hoffte Nikki das …

Eine Autotür, die zugeworfen wurde, kündete von Rileys Ankunft. Den Tag über hatte sie versucht, nicht zu viel an ihn zu denken, an die Verabredung, die sie heute Abend hatten – für sie die erste echte Verabredung seit Jahren –, oder irgendetwas jenseits der nächsten paar Minuten. Doch als sie seine

Nachricht erhalten hatte, hatte ihr Herz schneller geklopft vor Glück, weil sie ihn bald wiedersehen würde.

In dem Moment hatte sie begriffen, dass er die erste echte Bedrohung für die Regeln war, die sie für sich selbst vor Jahren für den Umgang mit Männern aufgestellt hatte – Regeln, deren Wichtigkeit und Berechtigung ihr Schwager und sein Umgang mit Jordan ihr erneut vor Augen geführt hatten.

Männern, das hatte sie früh im Leben herausfinden müssen, konnte man nicht vertrauen. Ihre Eltern hatten sich getrennt, nachdem ans Licht gekommen war, dass ihr Vater eine komplette Familie mit einer anderen Frau hatte. Beinah fünfzehn Jahre später fiel es Nikki immer noch schwer, das zu glauben. Nachdem diese abgeschmackte Geschichte bekannt geworden war, waren sie und Jordan gezwungen gewesen, bei ihm und seiner neuen Familie zu leben, nachdem das Gericht ihm statt ihrer emotional labilen Mutter das Hauptsorgerecht übertragen hatte.

Das war ihre erste Lektion gewesen, dass man Männern einfach nicht trauen konnte, aber nicht die letzte. Während sie zur Tür ging, um Riley aufzumachen, schwor sie sich, seine Freundschaft zu genießen, ohne irgendetwas von ihm zu erwarten. Sich nichts zu erhoffen war, so hatte sie gelernt, ein erster Schritt dazu, sich vor Dingen zu schützen, mit denen sie nicht klarkam.

Jordan hatte sie einmal beschuldigt, emotional verkrüppelt zu sein. Das zu hören hatte sie tief verletzt, allerdings hauptsächlich, weil es der Wahrheit entsprach. Als sie Riley die Tür öffnete und sein lächelndes Gesicht sah, verspürte sie den heftigen Wunsch, dass die Dinge anders lägen und sie eine Frau wäre, die sich aufrichtig über die Aussicht auf einen neuen Mann in ihrem Leben freuen konnte, vor allem wenn es sich um so einen sündhaft attraktiven, sexy und von Grund auf guten Kerl wie Riley handelte.

Doch Nikki war keine typische junge Frau und war es auch eine lange Zeit nicht gewesen. Im Moment bestand ihr Plan darin, Rileys Gesellschaft zu genießen, bis er beschloss, dass sie die Mühe und den Aufwand nicht wert war, auf etwas zu warten, das ohnehin nicht passieren würde.

»Hey«, sagte er und brachte einen Schwall frischer Luft und den Hauch eines sehr angenehm duftenden Rasierwassers mit sich. »Du siehst gut aus.«

»Danke.« Sie wollte das Kompliment erwidern, aber sie musste vorsichtig sein, damit sie zu nichts ermutigte, was über eine platonische Freundschaft mit ihm hinausging. Obwohl es einerseits natürlich schön wäre, einen Freund auf der Insel zu haben, hatte sie andererseits keine Ahnung, wie lange sie bleiben würde, und es wäre nicht klug, sich auf zu viel mit ihm einzulassen.

Freundschaft schaffte sie. Romantische Liebe? Eher nicht.

Er trug einen braunen Pullover zu einer ausgewaschenen Jeans, die ihm perfekt passte. Nicht, dass sie hinschaute, als er vor ihr ins Wohnzimmer ging, wo der Weihnachtsbaum darauf wartete, dass letzte Hand angelegt wurde. Sie schaute nicht hin. Also, nicht wirklich …

»Wie war dein Tag?«, fragte er und machte dort weiter, wo sie gestern aufgehört hatten, als sie beide zu gähnen begonnen hatten.

»Gut. Ich hab einen langen Spaziergang um die Klippen unternommen, ein paar Fotos geschossen und veganes Kürbisbrot gebacken. Nichts Besonderes.«

Er blickte sie an. »Bist du Veganerin?«

»Nein, Jordan ist es allerdings meistens, daher backe ich entsprechend.«

»Ah, verstehe. Wie schmeckt denn veganes Kürbisbrot?«

»Möchtest du mal probieren?«

»Ja, gerne.«

Amüsiert über seine Begeisterung ging Nikki, um ihm eine dicke Scheibe abzuschneiden. Sie hatte jahrelang mit verschiedenen Rezepten experimentiert und fand insgeheim, dass ihr das Kürbisbrot besonders gut gelungen war, aber sie wollte abwarten, was er dachte. Sie brachte es ihm zusammen mit einem Glas Milch.

»Danke«, sagte er und nahm von ihr Teller und Glas entgegen, stellte beides auf den Couchtisch. Er brach ein Stück Brot ab und steckte es sich in den Mund, während er weiter Weihnachtsbaumschmuck an die oberen Äste des Baumes hängte. »Das ist wirklich gut.«

»Freut mich, dass du es magst.«

»Also ist Jordan nur Teilzeit-Veganerin? Wie geht das?«

»Was weiß ich? Sie macht jede Modediät mit. Am einen Tag ist es veganes Essen, dann Paleo und schließlich die South-Beach-Diät. Ich komm da gar nicht mehr mit. Vegan hat bislang am längsten angehalten, und ich hab dabei gemerkt, dass ich veganes Gebäck lieber mag. Wenn weniger Zucker drin ist und weniger Kohlehydrate, kann man mehr von allem haben, was auch immer es ist.«

»Das stimmt natürlich«, pflichtete er ihr bei und steckte sich das letzte Stückchen in den Mund. »Gibt es noch mehr von dem Brot?«

»Natürlich«, antwortete sie und freute sich, dass es ihm so sichtlich schmeckte. »Kannst du dann trotzdem Dinner essen?«

»Süße«, erklärte er lächelnd, »eine Sache, die du über mich wissen solltest, ist, dass es niemals eine Zeit geben wird, wo ich nichts essen kann.«

Verlegen wegen seiner Verwendung des Kosewortes und seines strahlenden Grinsens, erwiderte sie: »Kapiert. Noch eine Scheibe Kürbisbrot, kommt sofort.« Sie ging in die Küche und schnitt ihm mehr ab, ermahnte sich dabei, sich nicht so leicht aus dem Konzept bringen zu lassen. *Du bist es gar nicht mehr gewohnt*, dachte sie. Es war Jahre her, dass sie mit einem Mann allein gewesen war.

Nicht mehr seit …

Nein.

Ihr wurde am ganzen Körper kalt bei dem Gedanken an den Typen, der sie für immer verändert hatte.

Nikki hatte keine Ahnung, wie lange sie dagestanden und durch das Fenster über der Spüle nach draußen geschaut hatte, verloren in Erinnerungen, die zu vergessen sie alles geben würde, als Riley auf der Suche nach ihr in die Küche kam.

»Hey«, meinte er leise. »Alles okay?«

Erschüttert, dass sie von den Gedanken überfallen worden war, die sich jederzeit in den Vordergrund drängen konnten, zwang sich Nikki zu einem Lächeln. »Sorry, ja. Hier, bitte.«

Er nahm den Teller von ihr entgegen und stellte ihn auf die Arbeitsfläche. »Du siehst nicht aus, als ginge es dir gut. Ist was passiert?«

»So vieles«, rutschte ihr heraus, bevor sie sich überlegen konnte, ob sie über solche Sachen mit einem Mann sprechen sollte, den sie kaum kannte.

»Was denn?«, wollte er wissen und musterte sie besorgt.

»Es ist lieb von dir, dass du mit mir Zeit verbringen möchtest, aber du solltest vermutlich wissen … Ich bin ziemlich kaputt.«

Er zog die Brauen auf eine Weise zusammen, die ihn noch attraktiver wirken ließ. Er sah so verdammt gut aus und war so sexy, kurz: ein Typ, der am Ende in der Lage wäre, ihre Meinung über Männer im Allgemeinen zu ändern. »Nein, bist du nicht.«

Sie stieß ein Lachen aus. »Bin ich wirklich. Du hast keine Ahnung.«

»Kann ich dir etwas sagen, das dich vielleicht überrascht?«

Sie verschränkte die Arme vor der Brust, blickte zu ihm hoch, war gespannt auf das, was er ihr mitteilen wollte. »Natürlich.«

»Als du im Oktober fort bist?«

Sie nickte.

»Das hat mich völlig kalt erwischt. Genau genommen war ich sogar am Rande einer Depression, wenn man meinem Bruder Glauben schenken darf.«

Nikki hatte keine Ahnung, was sie darauf erwidern sollte. Er war traurig gewesen, weil sie abgereist war?

»Wenn du jetzt nichts sagst, denke ich, dass du mich ziemlich merkwürdig findest.«

»Nein, gar nicht«, stellte sie klar. »Und es ist echt lieb von dir, wenn du behauptest, dass unsere Abreise dich kalt erwischt hat.«

»Nicht deine und Jordans Abreise, sondern *deine*, Nikki. Ich war wie am Boden zerstört, weil du gegangen bist, bevor ich eine Chance hatte, dich richtig kennenzulernen.«

»Oh«, antwortete sie und warf ihm einen prüfenden Blick zu, als versuchte sie einzuschätzen, ob er das ernst meinte. »Wirklich?«

»Wirklich. Und diese Niedergeschlagenheit hat angehalten, bis ich dich wiedergesehen habe, denn da war sie wundersamerweise einfach weg.«

Nikki hatte keine Ahnung, was sie mit dieser Information anfangen sollte.

»Also sag mir bitte nicht, dass du kaputt bist oder irgendetwas anderes, das mich wieder traurig macht, weil ich nämlich im Moment wirklich, *wirklich* glücklich bin, dass du wieder zurück auf die Insel gekommen bist, sodass ich nicht länger so niedergeschlagen sein muss. Laut meinem Bruder bin ich monatelang ein absoluter Langweiler gewesen.«

Seine Aufrichtigkeit entlockte ihr ein Lächeln. Wie auch nicht? »Du bist wirklich süß, Riley McCarthy.«

»Ach was.«

»Doch, bist du.«

»Wenn du meinst.«

»Aber so was von«, erwiderte sie nachdrücklich, erleichtert, weil er sie nicht gefragt hatte, warum sie sich als »kaputt« bezeichnete. Wenn es nach ihr ging, würde er die Gründe dafür nie erfahren.

»Was meinst du, sollen wir deinen Baum fertig schmücken, damit wir loskönnen und was zu essen bekommen?«

»Ich bin direkt hinter dir.«

Er nahm den Teller mit der zweiten Scheibe Kürbisbrot mit, als er zurück ins Wohnzimmer ging, wo sie den Fernseher angelassen hatte, auf dem wie üblich ihr Lieblingssender lief.

»Ich liebe diese Shows mit den Strandhäusern«, erklärte sie und wollte dringend zurück zu dem unbeschwerten Unterton. »Ich kann einfach nicht glauben, wie günstig die Leute Häuser direkt am Wasser bekommen.«

»Hier würde das nie passieren.«

»Echt?« Immobilien auf Gansett Island waren begehrt und erzielten Toppreise. Das Ferienhaus ihrer Großmutter, das sie vor ungefähr fünfzig Jahren für vierzigtausend Dollar gekauft hatte, war inzwischen Millionen wert. Oder wäre es, wenn es instand gesetzt und renoviert würde. »Ich liebe einfach, wie sie diese Häuser herrichten.«

»Ich habe noch nie irgendeine von diesen Shows gesehen«, gestand er ihr und zwinkerte dazu. »Das wäre wie ein Mediziner, der sich Arztserien reinzieht.«

»Du weißt ja gar nicht, was dir entgeht. Ich kann das stundenlang schauen und mich keine Sekunde langweilen. Ich wünschte, ich wüsste, wie man all das macht.«

»Was alles?«

»Renovieren. Ich träume davon, hier mal Hand anzulegen und alles zu modernisieren.«

»Ich kann's dir zeigen.«

»Ehrlich?«

»Ja«, sagte er und lachte über ihre erstaunt aufgerissenen Augen. »Ich arbeite auf dem Bau, seit ich sechzehn war. Wenn es eine Sache gibt, die ich aus dem Effeff beherrsche, dann ist es das.«

»Führ mich nicht in Versuchung. Bevor du weißt, wie dir geschieht, steckst du bis zum Hals darin, mir zu zeigen, wie ich hier die Bäder und die Küche neu fliese, das Parkett abschleife, versiegele und alles neu streiche.« Nikki erschauerte vor Begeisterung bei der Vorstellung. Und als sie die Augen aufschlug, betrachtete Riley sie mit kaum verhohlenem Verlangen, das die Atmosphäre zwischen ihnen aufheizte.

Die Erkenntnis, dass er sie mehr als nur als Freundin mochte, machte sie nervös, aber sie verspürte trotzdem nicht den Drang, wegzulaufen, wie das bei jedem anderen der Fall gewesen wäre. Seit er das erste Mal zu ihrer Rettung hergekommen war, als das Dach die undichte Stelle gehabt hatte, hatte er ihr keinen einzigen Grund geliefert, vor ihm Angst zu haben. Er war das gewesen, was ihre Großmutter als einen in jeder Beziehung »perfekten Gentleman« bezeichnet hätte.

Und doch, obwohl all ihre Instinkte ihr sagten, dass sie sich bei ihm entspannen könnte, hielt sie tief im Inneren, wo ihre dunkelsten Ängste hausten, an der Wachsamkeit fest, die sie vor Männern warnte, die ihr etwas antun könnten. Sie hatte auf die harte Tour herausgefunden, dass sich selbst jemand, dem sie vertraute, in ein Monster verwandeln konnte.

Sie hatte *ihn* ein ganzes Jahr lang gekannt, bevor sie begriffen hatte, dass sich unter der charmanten Oberfläche eines Freundes eine dunklere Seite versteckte, die er gut verborgen hielt. Nikki erschauerte. Immer, wenn sie an *ihn* dachte, wurde ihr ganz kalt, weswegen sie sich große Mühe gab, das nicht zu tun.

»Frierst du?«, fragte Riley, der ihr Erschauern falsch deutete.

»Nein, alles okay.«

Sie arbeiteten in einvernehmlichem Schweigen und behängten den Baum mit dem restlichen Schmuck, den ihre Großmutter im Lauf der Jahre angesammelt hatte. Als sie ihr Haus außerhalb von Boston verkauft und ihre Eigentumswohnung in Florida erworben hatte, um die Winter in der Sonne zu verbringen, hatte sie den Großteil ihrer Weihnachtsdekorationen hier im Ferienhaus deponiert. Nikki hatte Weihnachten nie bei ihrer Mutter verbracht, da dieser Feiertag ihrem Vater gehört hatte, daher hatte sie die meisten Anhänger noch nie zuvor zu Gesicht bekommen.

»Das hier mag ich«, erklärte Riley und hielt eine Miniatur-Gansett-Island-Fähre hoch.

»Die sieht genauso aus wie die echten.«

»Ich verrate dir mal eine interessante Tatsache: Der Ehemann meiner Cousine ist der Besitzer der Fährgesellschaft.«

»Das muss ein Geschäft sein, das Spaß macht.«

»Es ist vor allen Dingen ein Geschäft, das Geld bringt, wenn man bedenkt, dass praktisch jeder und alles auf dieser Insel auf einem seiner Schiffe hierhergelangt ist.«

»Stimmt.«

Riley schaute auf seine Armbanduhr. »Wir sollten jetzt los, wenn wir rechtzeitig im Restaurant sein wollen. Falls du noch immer gehen möchtest.«

»Klar möchte ich.« Sie hatte Hunger, und ihr war nicht nach einem Abend allein zu Hause. Er war nett und war freundlich zu ihr gewesen, was in ihr den Wunsch weckte, ihn besser kennenzulernen.

Wie viel besser, das blieb abzuwarten.

KAPITEL 5

Riley half ihr in den Mantel, wodurch er weitere Pluspunkte sammelte, und außerdem hielt er ihr auch die Tür des Pickups auf. Vorn an dem schwarzen Wagen war ein Schneepflug montiert.

Nikki war noch nie mit jemandem ausgegangen, der ihr die Autotür geöffnet hatte. Ihre Großmutter würde Riley McCarthy aus vollem Herzen billigen. Verdammt, das tat sie ohnehin nach dem herausragenden Job, den er beim Dach gemacht hatte.

Auf der Fahrt zu Domenic's bemerkte sie: »Ich wollte dir schon die ganze Zeit sagen, dass das Dach wirklich gut geworden ist.«

»Freut mich, dass du das denkst«, erwiderte er. »Es ist ein ziemliches Monster mit all den Gauben und Fenstern. Und riesig ist es auch noch. Aber wir haben es geschafft.«

»Meine Großmutter ist echt glücklich darüber, wie ihr Jungs das hinbekommen habt.«

»Schön, das zu hören. Mein Cousin Mac hat erzählt, dass sie eine wirklich nette Frau ist.«

»Das stimmt. Sie musste sich allein durchschlagen, nachdem ihr Ehemann ganz unerwartet verstorben war. Er ist einfach an seinem Schreibtisch zusammengebrochen. Es heißt, er war tot, bevor irgendjemand überhaupt begriffen hatte, was passiert war. Sie hat meine Mutter und ihre anderen Kinder ganz allein großgezogen.«

»Das ist wirklich bewundernswert. Ich kann mir gar nicht vorstellen, wie man das schaffen soll.«

»Sie ist eine tolle Frau. Glücklicherweise hatte mein Großvater eine gute Versicherung, und ihm gehörte eine erfolgreiche Firma, sodass sie nicht arbeiten musste, als die Kinder klein waren. Aber später, als alle in der Schule waren, hat sie die Leitung der Firma übernommen und sie dreißig Jahre lang geführt.«

»Das ist großartig. Welche Art von Firma ist es?«

»Maschinenbau. Sie stellen Bauteile für Düsentriebwerke her. Meine Tante ist die Geschäftsführerin.«

»Wie cool! Hat deine Großmutter je wieder geheiratet?«

»Nein. Seit dem Tod meines Großvaters hat sie kein einziges Date gehabt. Sie hat immer gesagt, dass sie ihre große Liebe bereits gefunden habe und niemand je seinen Platz einnehmen könne.«

Riley seufzte.

Und dieses Seufzen sorgte dafür, dass sich in Nikki etwas verschob und der Möglichkeit Raum gab, dass er anders sein könnte – besser – als die meisten Männer, die sie in der Vergangenheit gekannt hatte.

»Das macht mich traurig, obwohl ich ihn gar nicht kannte«, erklärte Riley und bestätigte damit erneut ihren guten Instinkt, wenn es um ihn ging.

»Es gibt Bilder von ihnen zusammen im Haus. Man kann erkennen, wie glücklich sie waren.«

»Die würde ich mir gerne mal anschauen.« Er lenkte den Pick-up auf den Parkplatz von Domenic's und stellte ihn neben einem großen schwarzen SUV ab. »Oh, sieht so aus, als würdest du meinen Cousin Mac und seine Frau Maddie kennenlernen«, verkündete er und nickte zu dem SUV hinüber.

»Wie nett. Meine Oma mag ihn total gerne … genau wie seinen Vater.«

»Das tut jeder.« Sie trafen sich an der Motorhaube von Rileys Pick-up, und er legte ihr eine Hand ins Kreuz, um sie ins Restaurant zu führen.

Sie ermahnte sich, dass sie nicht überreagieren sollte wegen der Geste, die vermutlich ein Reflex für ihn war, aber sie fühlte ein Flattern in der Magengegend, das sie schon so lange nicht mehr verspürt hatte, dass sie die Empfindungen, die sie durchströmten, kaum einzuordnen vermochte – Aufregung, Verlangen, Vorfreude. Unter den anderen Gästen erkannte Nikki Rileys Cousin Mac sofort, wegen der auffälligen Familienähnlichkeit. Wie Riley hatte auch Mac dunkles Haar und strahlend blaue Augen.

Nachdem er kurz mit dem Kellner gesprochen hatte, nahm Riley ihre Hand und führte sie zum Tisch seines Cousins.

»Hallo«, begrüßte Mac sie mit einem Lächeln. »Das ist ja ein Zufall, dass wir uns hier treffen.«

»Hi«, erwiderte Riley. »Das ist Nikki Stokes. Nikki, mein Cousin Mac McCarthy und seine Frau Maddie.«

»Freut mich, dich kennenzulernen«, sagte Mac und stand auf, um ihr die Hand zu geben.

»Danke, gleichfalls«, antwortete Nikki und schüttelte ihm und Maddie die Hand.

»Du bist Mrs Hoppers Enkelin, richtig?«

»Ja, genau. Die mit dem kaputten Dach.«

»Sie ist wirklich nett«, stellte Mac fest. »Ich arbeite gern für sie.«

»Sie mag dich auch. Sie behauptet, du wärst ein attraktiver Teufel.«

»O mein Gott«, stöhnte Maddie. »Verrat ihm das doch nicht. Dann wird er noch unerträglicher, als er ohnehin schon ist.«

Während Mac seiner Frau einen gespielt finsteren Blick zuwarf, lachten Nikki und Riley.

»Wie kommt ihr denn heute zu einem Abend zu zweit?«, fragte Riley und erklärte Nikki: »Sie haben drei Kinder unter sechs.«

»Ach du meine Güte«, keuchte sie.

»Aber echt«, bekräftigte Maddie und nahm einen großen Schluck von ihrem Wein. »Meine Mutter und Ned veranstalten eine Übernachtungsparty, also haben wir ausnahmsweise mal frei. Ich habe Mac gesagt, wir können alles machen, was er will, solange ich nicht irgendjemandem das Essen klein schneiden muss.«

»Und das musst du bei Mac nicht?«, erkundigte sich Riley.

»Nicht mehr.« Sie lächelte ihren Ehemann an, der eine ältere, jedoch genauso attraktive Version von Riley war. »Er entwickelt sich ganz gut.«

»Du wirkst Wunder«, bemerkte Riley. »Du hast ihn sogar stubenrein bekommen.«

»So weit würde ich nicht gehen«, meinte Maddie.

»Ich kann euch beide hören«, ließ Mac sie wissen und brachte Nikki damit erneut zum Lachen.

»Dann überlassen wir euch wieder eurem Date«, verabschiedete sich Riley. »Wir sehen uns morgen.«

»Frisch und munter«, erwiderte Mac.

»Ja, ja.« Die Hand wieder in ihrem Kreuz, führte Riley Nikki zu dem Tisch, den der Kellner ihnen zugewiesen hatte und wo die Speisekarten schon für sie bereitlagen. Riley zog ihr den Stuhl heraus und wartete, bis sie sich gesetzt hatte, bevor er selbst Platz nahm.

»Sie sind lustig«, stellte Nikki fest.

»Ja, sind sie. Wir lieben sie alle. Sie ist perfekt für ihn.«

»Er sieht aus wie du, oder vermutlich sollte ich sagen, du siehst aus wie er.«

»Uah, tu ich nicht.«

»Doch, tust du«, widersprach sie lachend.

»Ich hab gedacht, du magst mich.«

»Tu ich ja auch.«

»Dann sag nicht, dass ich wie Mac aussehe«, verlangte er und zog eine Grimasse.

»Das ist ja nun keine Beleidigung. Er ist nicht gerade unattraktiv.«

»Doch, ist er.«

Als sie wieder losprustete, wurde ihr bewusst, dass sie in der letzten Stunde mehr gelacht hatte als in all den Jahren zuvor.

* * *

Er liebte ihr Lachen, liebte es, wenn er der Grund dafür war, liebte es, wie die Anspannung verschwand, die sonst so sehr ein Teil von ihr war.

Während er die Speisekarte überflog, wollte er, dass sie weiterlachte, dass sie nicht mehr an das dachte, was sie belastete. Als er in die Küche gekommen war und sie aus dem Fenster starrend vorgefunden hatte, ganz in Gedanken verloren, die sie offensichtlich quälten, hatte er die Arme um sie legen und sie trösten wollen.

Aber er hatte dem Impuls widerstanden, weil er gespürt hatte, dass das die Dinge eher schlimmer als besser machen würde. Der Vorfall hatte seinen früheren Verdacht bestätigt, dass jemand ihr sehr wehgetan hatte. Diese Vorstellung erfüllte ihn mit Wut, die er ihr nicht zu zeigen wagte, weil er sie nicht verschrecken wollte. Das war in der Tat sogar das Letzte, was er wollte, gerade jetzt, wo sie sich immer mehr daran zu gewöhnen schien, ihn um sich zu haben.

»Worauf hast du Lust?«, fragte er.

»Ich glaube, den Kabeljau.«

»Den wollte ich auch nehmen.«

Der Kellner trat an ihren Tisch und nahm die Bestellung auf, kam mit einem Amstel Light für ihn und einem Glas Pinot grigio für sie zurück.

»Ich bin schon seit Jahren nicht mehr hier gewesen.« Sie sah sich im Restaurant um, in dem es für einen Abend mitten in der Woche außerhalb der Saison ziemlich geschäftig zuging. »Wir sind hier früher jeden Sommer mehrmals hergekommen. Es war eines unserer Lieblingsrestaurants.«

»Ich bin überrascht, dass wir uns nicht irgendwann begegnet sind. Ich habe ein paar Sommer lang für meinen Onkel in der Marina gearbeitet. Wir waren vermutlich zur selben Zeit hier.«

»Wann war das?«

»So vor zwölf Jahren?«

»Ich war hier! In dem Sommer hab ich im Lobster Pot gekellnert.«

»Wirklich? Ich bin mir sicher, dass ich dort mal gegessen haben muss. Das ist eins von den Lieblingslokalen meines Onkels, und ich habe bei ihm und meiner Tante gewohnt. Er hat ständig versucht, mich zum Essen zu animieren. Sie haben sich immer darüber lustig gemacht, dass ich zu dünn wäre.«

»Ich habe dort sechs Sommer lang gearbeitet. Ich frage mich, ob ich euch je bedient habe.«

»Wie witzig wäre das denn? Aber ich glaube, dass ich mich an dich erinnern würde. Kennst du meine Cousins?«

»Ich hatte natürlich von der Familie und der Marina gehört, doch ich glaube nicht, dass ich sie je kennengelernt habe. Sie sind älter als ich.«

Er nickte und sagte: »Sie sind auch älter als ich.«

»Wir sind immer gleich zu Beginn der Ferien auf die Insel gekommen.« Ihre Lippen verzogen sich, als eine unschöne

Erinnerung aufstieg. »Ich konnte gar nicht schnell genug hier sein.«

»Du bist nicht gern zur Schule gegangen?«

»Das war nicht der Grund. Ich mochte meinen Vater nicht, und wir mussten während der Schulzeit bei ihm leben. Ich habe immer die Tage gezählt bis zu den Sommerferien auf Gansett.«

»Das muss schwierig gewesen sein, neun Monate bei ihm wohnen zu müssen, wenn du ihn nicht mochtest.«

»Es war die Hölle. Gott sei Dank hatte ich Jordan. Gemeinsam haben wir es überstanden.«

Riley hatte fast Angst, zu fragen, was er am dringendsten wissen wollte. »Er hat euch nicht … missbraucht, oder?«

»Nein, nichts dergleichen.« Sie seufzte, nahm einen Schluck von ihrem Wein und schien sich zu überlegen, wie viel sie ihm verraten wollte. »Meine Mutter … Sie war Alkoholikerin und hatte psychische Probleme, die für sehr viel Chaos gesorgt haben, während wir aufgewachsen sind. Sie durfte uns nicht allein bei sich haben, darum sind wir im Sommer hergekommen. Den Sommer über war unsere Großmutter unsere Erziehungsberechtigte.«

Er hatte so viele Fragen, stellte sie jedoch nicht, sondern hoffte, dass sie von allein mehr erzählen würde.

»Mein Vater hat auf die Probleme meiner Mutter reagiert, indem er sich jemand Neues gesucht hat, während er noch mit ihr verheiratet war. Als die ganze Sache aufflog, hatte er schon zwei Kinder mit der anderen Frau, aber das Gericht hat ihm wegen der Schwierigkeiten meiner Mutter trotzdem das Sorgerecht zugesprochen.«

»Ach du gute Güte.«

»Ja, das war total lustig, ist jetzt aber schon lange her.«

»Triffst du deinen Vater noch?«

Sie schlang die Arme um sich, in der schützenden Haltung, die er als typisch für sie erkannte. »Er und seine neue Familie

71

sind nicht länger Teil unseres Lebens«, erwiderte sie, und ihr verschlossener Ausdruck hinderte ihn daran, weitere Fragen zu stellen. »Wir haben ihn nicht mehr gesehen seit dem Tag, an dem wir unseren Highschool-Abschluss gemacht haben. Manchmal denke ich, Jordan ist wegen ihm bei Zane gelandet.«

»Wie meinst du das?«

»Sie hat schon früh gelernt, nicht zu viel zu erwarten.«

»Du musst es schrecklich finden, dass sie zu ihm zurückgekehrt ist.«

»Ich fühle mich mehr wie betäubt. Ihre Beziehung ist seit dem ersten Tag toxisch gewesen. Ich bin froh, dass er nicht mehr Teil meines Lebens ist, doch ich vermisse sie sehr. Selbst wenn ich sie die Hälfte der Zeit einfach nur schütteln wollte.«

»Es muss schwierig für dich sein, mit anzusehen, wie sie diese fragwürdigen Entscheidungen trifft.«

»Das ist es, vor allen Dingen, weil sie früher auf mich gehört hat, und nun scheint es, dass seine Stimme die einzige ist, die sie hört.«

»Ich kann immer noch nicht glauben, dass sie nach dem, was er ihr angetan hat, zu ihm zurück ist.«

»Ich weiß. Ich hätte sie am liebsten gefesselt und in einen Schrank gesperrt, als mir klar wurde, was sie vorhatte.« Sie nahm einen weiteren Schluck von ihrem Wein. »Aber stattdessen habe ich mich auf das konzentriert, was ich kontrollieren kann, und das ist mein eigenes Leben.«

»Was ist mit deiner Mutter? Triffst du sie manchmal?«

»Wir haben Kontakt. Sie hat wieder geheiratet und lebt in Südfrankreich mit einem Künstler, den sie in Paris kennengelernt hat, als sie dort einen Urlaub verbracht hat. Sie scheinen sehr glücklich zu sein.«

»Das freut mich für sie.«

»Sie verdient alles Glück, nach dem, was sie durchgestanden hat.«

Riley wollte ihr sagen, dass sie das ebenfalls verdiente. »Was hast du beruflich getan, bevor du Jordans Assistentin geworden bist?«

»Wir waren beide Models«, antwortete sie und wirkte leicht verlegen.

Er lächelte und erklärte: »Ja, das kann ich mir vorstellen. Für was hast du denn gemodelt?«

»Für Make-up und Kataloge. Jordan hat sich für Unterwäsche buchen lassen. So hat sie Zane kennengelernt. Er war auch ein Model. Bevor seine Musikkarriere durchgestartet ist.« Sie sah hinab auf den Tisch. »Weil mich das alles gelangweilt hat, habe ich gleichzeitig in Restaurants gearbeitet. Ich denke immer noch darüber nach, das College zu beenden oder etwas Bedeutungsvolleres zu tun.«

»Jetzt kannst du alles machen, was du willst.«

»Das stimmt. Ich muss nur erst mal herausfinden, was das ist.«

»Es hat keine Eile, oder?«

»Nicht wirklich.«

»Dann lass dir Zeit, und genieße die Verschnaufpause.«

»Jetzt habe ich die ganze Zeit bloß von mir gesprochen.«

»Stimmt nicht. Und außerdem bin ich daran interessiert, mehr über dein Leben zu erfahren.«

»Erzähl mir was von dir. Wo bist du aufgewachsen?«

»Westport, Connecticut, was etwa eine Stunde außerhalb von New York ist.«

»Leben deine Eltern immer noch dort?«

»Meine Mutter schon. Mein Vater wohnt jetzt hier. Sie haben sich vor fast zwei Jahren getrennt.«

»Autsch.«

»Ja, es war ziemlich schockierend, weil es so aus dem Nichts kam, wenigstens für mich und meinen Bruder. Mein Vater hat uns später erzählt, dass es sich schon lange angekündigt hatte.«

Er zuckte die Achseln. »Bei dir war es viel schlimmer. Wir waren wenigstens schon Erwachsene, und unsere Eltern haben sich nicht um uns gestritten.«

»Es ist schlimm, egal, wann es passiert«, erwiderte sie.

»Es war schon ziemlich schlimm.« Riley hatte das noch niemand anderem gegenüber zugegeben, außer Finn. Es fühlte sich richtig an, ihr das anzuvertrauen, wegen allem, was sie selbst durchgemacht hatte. »Meine Mutter hat ihn mit einem jüngeren Mann betrogen. Es war alles so … billig. Finn und ich haben gerade darüber geredet, wie glücklich wir beide sind, dass wir nicht in der Nähe von Westport wohnen, wo unsere Familie wahrscheinlich Stadtgespräch ist.«

»Wie bist du auf Gansett gelandet?«

»Wir sind mit unserem Vater wegen der Hochzeit unserer Cousine Laura hergekommen, direkt nachdem meine Eltern sich getrennt hatten. Mein Vater beschloss, auf der Insel zu bleiben, um sich neu zu orientieren, und als Mac Finn und mich gebeten hat, ebenfalls nicht gleich wieder abzureisen und für ihn zu arbeiten, haben wir zugestimmt, für eine Weile herzuziehen, vor allem um ein Auge auf unseren Vater zu haben, dem es wegen der Scheidung richtig schlecht ging.«

»Das ist nett von euch.«

»Wir haben ihm immer sehr nahegestanden, also war es nicht schlimm für uns, Zeit mit ihm zu verbringen, doch es war merkwürdig, wieder mit ihm im selben Haus zu wohnen. Wir hatten vergessen, wie wichtig ihm Ordnung und Sauberkeit sind. Außerdem liebt er es, zu kommunizieren. Viel.« Riley verdrehte die Augen. »Er ist Seelenklempner.«

Sie lachte. »Ah, das muss manchmal unangenehm sein.«

»Sehr.« Er grinste. »Aber er ist wirklich ein netter Kerl. Finn und ich respektieren ihn mehr als sonst irgendjemanden. Und jetzt ist er mit Chelsea Rose verlobt, die in der Bar im Beachcomber arbeitet, und sie versuchen ein Baby zu bekommen.«

»Wow. Und wie ist das für dich?«

»Zu Anfang war es irgendwie merkwürdig, jetzt ist es mir allerdings egal. Es ist *sein* Leben, und wenn er mit einer neuen Familie von vorn anfangen will, geht es mich nichts an. Wie Finn gesagt hat: Er bittet uns schließlich nicht, das Baby für ihn großzuziehen.«

Sie hob eine Augenbraue.

»Was?«

»Es ist okay, zuzugeben, dass man die Vorstellung, einen Bruder oder eine Schwester zu haben, der oder die fast dreißig Jahre jünger ist als man selbst, merkwürdig findet.«

»Es ist schon irgendwie … unerwartet.«

»Das mal mindestens«, erwiderte sie mit einem Lachen. »Mögt ihr seine Verlobte?«

»Ja, sehr sogar. Chelsea ist toll, und er ist verrückt nach ihr. Es ist alles gut. Ich bin froh, dass er glücklich ist. Sie ist ein gutes Stück jünger als er und hat noch keine Kinder, daher das Babyprojekt.«

»Ah, verstehe.« Sie lehnte sich ein Stück vom Tisch zurück, als der Kellner mit ihrem Essen kam. »Das sieht köstlich aus.«

»Die Küche hier ist wirklich gut.«

Sie aßen in behaglichem Schweigen, und er dachte darüber nach, wie schön es war, mit ihr zusammen zu sein. Die Unterhaltung geriet nicht ins Stocken, und er fand fast alles, was sie sagte, interessant. Er konnte sich nicht erinnern, wann er sich jemals bei einer Frau so spontan wohlgefühlt hatte, aber er hatte das Gefühl, dass es ihr mit ihm nicht unbedingt so ging, was ihn ärgerte. Es war nichts Konkretes, nur eine vage Ahnung von Unruhe, die er jedes Mal spürte, wenn er in ihrer Nähe war.

War er es oder etwas anderes? Gab es etwas, was er tun oder sagen konnte, damit sie sich entspannte? Er wünschte, er wüsste es, denn er würde tatsächlich fast alles tun, um sie davon zu überzeugen, dass sie ihm trauen konnte, dass er nicht so wie ihr Vater oder andere Männer war, die ihr vielleicht wehgetan hatten. Und was verriet es über ihn, wenn die Vorstellung, dass jemand ihr wehgetan hatte, Mordgelüste in ihm weckte? Er hatte jedenfalls niemals zuvor dermaßen starke Gefühle für eine Frau gehabt.

Bis vor Kurzem hatte er sich nicht viele Gedanken über die Tatsache gemacht, dass er noch nie verliebt gewesen war, doch manchmal fragte er sich, ob ihm das einfach nicht passieren würde. Sicher, er hatte Spaß mit Frauen, hatte genug Sex und war bisher ohne irgendwelche emotionalen Verwicklungen durchs Leben gekommen.

Sein Bruder hatte eine »On again, off again«-Freundin, die im Moment glücklicherweise »off« war. Finn war auf jeden Fall in Missy verliebt gewesen, was alle um ihn herum mit Sorge erfüllt hatte. Riley konnte Missy nicht ausstehen, genauso wenig wie die Art, wie Finn sich benahm, wenn er in ihrer Nähe war. Das Beste daran, nach Gansett zu ziehen, war das endgültige Aus ihrer Beziehung gewesen.

»Ich habe darüber nachgedacht, was du gesagt hast, darüber, das Haus deiner Großmutter zu renovieren«, bemerkte Riley und nahm einen Schluck von seinem Bier.

»Was ist damit?«

»Wenn es dir damit ernst ist, könnte ich dir dabei helfen.« Er hatte eigentlich keine freien Kapazitäten, um ein weiteres Projekt in Angriff zu nehmen, da er mit der Arbeit am Wayfarer voll ausgelastet war, wenn es allerdings bedeutete, dass er mehr Zeit mit ihr verbringen konnte, würde er es irgendwie ermöglichen.

»Was meinst du damit?«

»Du möchtest es tun, ich weiß, wie es geht, und Mac ist brillant darin, die Dinge, die wir für die Firma benötigen, auf die Insel zu schaffen. Er könnte uns alles besorgen, was wir brauchen. Ich arbeite viel, also würde es nur abends und an den Wochenenden gehen, aber ich würde es gerne für dich tun.«

»Das ist wirklich nett von dir, doch ich möchte lernen, wie man es selbst macht.«

»Du meinst die tatsächliche Arbeit?«

»Ja.«

»Nun ja, ich könnte dir alles zeigen, was du wissen musst.«

»Das könnte ziemlich viel Zeit in Anspruch nehmen.«

Er zuckte die Achseln. »Ich muss nirgendwohin. Du?«

»Ich weiß es nicht«, erwiderte sie und biss sich auf die Unterlippe. »Ich habe keine Ahnung, was die Zukunft bringt.«

Riley durchzuckte pure Panik bei dem Gedanken, dass sie wieder verschwinden könnte, wo er sie gerade erst zurückhatte. Huch … Wo war der Gedanke denn hergekommen? Alles, was er sicher wusste, war, dass er nicht wollte, dass sie ging, jedenfalls jetzt noch nicht. »Vielleicht könnte das Haus zu renovieren für den Moment deine Aufgabe sein, und wenn das fertig ist, kannst du dir etwas Neues überlegen.«

Er war ein selbstsüchtiger Bastard, doch er würde alles tun, um sie hierzubehalten. Warum das so wichtig war, konnte er nicht erklären. Alles, was er wusste, war, dass die schlechte Laune gegangen war, als sie zurückgekommen war, und dass er es mochte, wie er sich fühlte, wenn sie bei ihm war. Darüber hinaus wusste er nichts.

Sie sah ihn über den Tisch hinweg an, ihre großen braunen Augen voller Verletzlichkeit, die ihn tiefer berührte als je bei einer Frau zuvor. »Das willst du nicht wirklich, wenn du ohnehin schon zehn Stunden am Tag arbeitest.«

»Ich hätte es nicht angeboten, wenn ich es nicht tun wollte.«

»Du meinst das ernst.« Aufregung ersetzte die Verletzlichkeit.

»Ja«, sagte er lächelnd. »Du willst wissen, wie man ein Haus renoviert. Ich weiß, wie das geht. Ich würde es dir gerne beibringen – und dir helfen.«

»Warum?«, fragte sie.

Die Frage traf ihn wie ein Schlag in die Magengrube. Warum eigentlich? »Weil es Spaß machen würde.«

»Wirklich? Es würde dir Spaß machen, in deiner Freizeit die Sachen zu tun, die du ohnehin schon den ganzen Tag tun musst?«

»Es würde mir Spaß machen, es dir beizubringen.« *Und du würdest dann viele Wochen lang hierbleiben*, dachte er, sprach es aber nicht aus. »Ich habe auch die Werkzeuge, die du brauchst«, fügte er hinzu und wackelte mit den Augenbrauen, wobei sie lachte und errötete. So niedlich.

»Ich muss mit meiner Großmutter sprechen. Es sind schließlich ihr Haus und ihr Geld.«

»Natürlich. Finde mal heraus, was sie denkt. Was ist das Erste, was du angehen würdest?«, fragte er, während sie die Dessertkarte studierten.

»Die Küche«, antwortete sie ohne Zögern.

»Du musst dann in einem anderen Zimmer eine vorläufige Küche errichten mit all den wichtigen Dingen – Mikrowelle, Kühlschrank …«

»Kaffeemaschine.«

»Kaffeemaschine«, wiederholte er und lächelte bei der Begeisterung, die sie ausstrahlte. Er mochte es, wenn sie so aussah. »Dann besorgen wir einen Container und reißen alles raus.«

»Chip nennt das ›Demo Day‹.«

»Chip?«

»Chip Gaines von ›Fixer Upper‹«, erklärte sie und schaute ihn an, als hätte er sechs Köpfe. »Er und seine Frau Jo sind superberühmt für ihre Renovierungen.«

»Noch nie von ihnen gehört.«

»O mein Gott! Wirklich? Ich bin ihr größter Fan. Während du mir alles über Häuserrenovierung beibringst, mache ich dich mit Heimwerker-TV bekannt.«

»Äh, okay …«, erwiderte er zögernd, selbst wenn er alles andere als zögerlich war, wenn es um sie ging.

»Ich wette, du kennst auch die Property Brothers nicht.«

»Wen?«

»O Gott«, seufzte sie in gespielter Verzweiflung. »Ich werde dir so viel beibringen müssen.«

Ja, bitte, dachte er. *Bring es mir bei. Bring mir bitte alles bei.*

KAPITEL 6

Mac beobachtete seinen Cousin von der anderen Seite des Speisesaals aus. »Riley scheint sich gut zu amüsieren.«

»Lass ihn in Ruhe«, erwiderte Maddie.

»Das macht aber keinen Spaß.«

»Spaß kannst du auch mit mir haben. Du musst aufhören, deinen Cousin anzustarren.«

»Ich hoffe nur, dass er vorsichtig ist. Die Sache mit ihrer Schwester ist verrückt, und ich möchte nicht, dass er da mit reingezogen wird.«

»Er trifft sich nicht mit ihrer Schwester. Da drüben ist nichts zu sehen. Konzentrier dich auf deine Frau, bevor sie unfreundliche Gefühle für dich entwickelt, gerade jetzt, wo dieses romantische Essen auf die Belohnung zusteuert.«

»Welche Belohnung?«, wollte er wissen, plötzlich wieder sehr an seinen eigenen Angelegenheiten interessiert.

»Das wirst du schon sehen, wenn wir nach Hause kommen.«

»Die Rechnung bitte«, verlangte er und winkte dem Kellner, der sofort an den Tisch trat.

»Noch nicht«, hielt Maddie ihn zurück und funkelte ihren Ehemann an. »Ich möchte bitte einen Nachtisch.«

Der Kellner brachte ihnen die Dessertkarte, die Maddie gründlich studierte, während Mac sich Mühe gab, sich zu beherrschen. Sie liebte es, ihn zu quälen, und es war schon Wochen her, dass sie eine ganze Nacht allein zusammen verbracht hatten. Ihre Eltern hatten alle drei Kinder, selbst das Baby, für eine Übernachtungsparty mit zu sich nach Hause genommen, was eine ziemlich große Sache war, zu der auch gehörte, Thomas am nächsten Morgen in die Vorschule zu bringen.

»Hör auf, so ein Gesicht zu ziehen«, sagte sie. »Ich hab die letzten beiden Tage wie verrückt abgepumpt, um eine kinderfreie Nacht zu haben. Du wirst mich jetzt nicht unter Druck setzen.«

»Ja, Schatz.«

Sie bestellte ein Eis mit Brownies und zwei Löffeln, zusammen mit einem Glas Champagner, um den Abend zu beenden.

»Es gefällt mir, dass du entspannt bist und Spaß hast«, erklärte er, nachdem er sich damit abgefunden hatte, dass sie nicht sofort aufbrechen würden.

»Es gefällt mir, nichts anderes vorzuhaben, als dich zu vernaschen.«

Mac verschluckte sich so heftig an seinem Bier, dass es ihm aus der Nase lief, was seiner geliebten Ehefrau ein lautes Lachen entlockte. »Das war nicht nett«, beschwerte er sich, nachdem er sich das Bier abgewischt hatte, das er überall abbekommen hatte.

Sie wedelte sich mit der Hand Luft zu und konnte sich gar nicht wieder beruhigen.

Er versuchte, sein eigenes Lachen zu unterdrücken. Ihr Gelächter war so ansteckend. Nie mehr, als wenn sie sich über ihn lustig machte, was ziemlich häufig vorkam.

Der Kellner brachte das Eis, und Maddie stürzte sich darauf wie eine Frau, die seit Monaten keine Schokolade mehr gesehen hatte, was auch beinahe zutraf, da sie versuchte, die Pfunde loszuwerden, die sie während der letzten Schwangerschaft zugelegt hatte.

Mac lehnte sich zurück und genoss ihre Freude an dem Dessert.

»Eigentlich solltest du dir das mit mir teilen«, sagte sie, nachdem sie sich ein Stück Brownie in den Mund geschoben hatte.

»Es ist viel schöner, dir dabei zuzusehen, wie du es vertilgst.«

Sie legte den Löffel zur Seite und wischte sich die Lippen mit einer Serviette ab. »Ich habe genug.«

»Du hast ja noch gar nicht richtig angefangen. Iss weiter, und hör nicht auf, bis es weg ist. Meine Frau gibt nicht so schnell auf.«

»Deine Frau passt bald nicht mehr durch die Tür, wenn sie nicht ein paar Kilo verliert.«

Mac verzog das Gesicht und nahm den Löffel, den sie weggelegt hatte. »Niemand redet schlecht über meine Frau, vor allen Dingen nicht sie selbst.« Er hielt ihr einen Löffel voll Brownie und Eis hin. »Hier.«

Sie sah ihm in die Augen, lehnte sich vor und ließ sich von ihm füttern.

Er nahm sich selbst einen Löffel, bevor er ihr einen weiteren anbot, und machte so weiter, bis das Dessert verschwunden war. Dann bezahlte er die Rechnung und hielt ihr den Mantel. Bevor sie gingen, blieben sie bei Riley und Nikki stehen, um sich zu verabschieden.

»Ich habe morgen früh einen Termin, also werde ich etwas später kommen«, informierte ihn Mac. »Sag das auch den anderen, okay?«

»Alles klar«, bestätigte Riley. »Wir sehen uns dann.«

»Es war nett, dich kennenzulernen, Nikki«, meinte Maddie.

»Danke, gleichfalls.«

»Habt noch einen schönen Abend«, wünschte Riley ihnen.

»Ihr ebenfalls«, entgegnete Mac und zwinkerte seinem Cousin zu.

Riley verdrehte die Augen. »Hau ab, Mac.«

»Schon dabei.« Er legte einen Arm um seine Frau und führte sie aus dem Restaurant.

»Warum kannst du ihn nicht in Ruhe lassen?«, fragte Maddie.

»Weil wir das in der Familie McCarthy nicht tun«, erklärte ihr Mac, als wenn sie eine extrem dumme Frage gestellt hätte. »Das weißt du.«

»Vielleicht solltest du ihn wenigstens das erste Date hinter sich bringen lassen, bevor du damit anfängst.«

»Nein. So funktioniert das nicht. Seite 32 vom McCarthy-Familienhandbuch lässt da keine Zweifel aufkommen. Es fängt bei der Geburt an und endet mit dem Tod.«

»Du bist echt komplett irre.«

»Das erzählst du mir jeden Tag.« Er hielt ihr die Beifahrertür auf und wartete, bis sie sich hingesetzt hatte, bevor er sich vorbeugte, um sie zu küssen. »Ich mag es nicht, wenn meine Ehefrau böse Dinge über sich sagt, weil sie für mich eine verdammte Göttin ist, die mir meine unglaublichen Kinder geschenkt hat. Ich liebe jeden wunderschönen Zentimeter von ihr, was ich ihr beweisen werde, sobald wir zu Hause sind.«

Mit einem Lächeln legte sie ihre kalte Hand an sein Gesicht. »Du bist so süß.«

»Ich meine das todernst. Iss den Nachtisch, Maddie. *Genieße* den Nachtisch. Verzichte auf nichts, was du willst. Jemals. Hast du mich verstanden?«

»Ja, Mac. Ich habe dich verstanden. Jetzt bring mich nach Hause, bevor meine Brüste explodieren.«

»Das wollen wir natürlich nicht«, erwiderte er mit einem Lachen. Er küsste sie ein weiteres Mal, bevor er die Tür schloss und zur anderen Seite des Wagens lief. Es war kälter als am Nordpol zu dieser Jahreszeit, wenn die Tage kurz und die Nächte lang waren, nicht dass er sich je über mehr Zeit zu Hause mit seiner Frau und den Kindern beschweren würde. Er liebte den Winter, wenn das Leben langsamer verlief als im hektischen Sommer, wenn sie versuchten, ein ganzes Jahr Outdoor-Aktivitäten in drei kurze Monate zu packen, während er gleichzeitig noch zwei boomende Geschäfte zu führen hatte. Glücklicherweise war die Marina nur vier Monate im Jahr geöffnet.

»Was geht dir da drüben durch den Kopf?«, wollte sie wissen.

»Wie ich in meiner Kindheit den Winter hier gehasst habe. Es war so langweilig. Jetzt liebe ich ihn. So viel Zeit mit dir und den Kindern, im Gegensatz zum Sommer, wenn die Marina geöffnet und das Leben so hektisch ist.«

»Geht mir genauso. Ich habe den Winter früher auch furchtbar gefunden, aber jetzt bringt er viele Vorteile mit sich.«

Er griff nach ihrer Hand und legte seine Finger darum. »Lange kalte Nächte mit meinem Schatz.«

»Ganz viel kuscheln.«

»Mein Lieblingswintersport.«

»Das ist das ganze Jahr über dein Lieblingssport.«

»Nur wenn ich *mit dir* kuscheln darf.«

Maddie lachte. »Du hättest Politiker werden sollen. Du weißt immer genau, was du sagen musst.«

»Manchmal mache ich mir Sorgen, dass du denkst, dass ich dir einfach bloß Mist erzähle, wenn ich dir erkläre, dass du eine Göttin für mich bist oder dass du meine Lieblingsperson zum Kuscheln bist.«

»Ich weiß, dass es nicht so ist«, versicherte sie ihm mit einem Seufzen.

»Warum seufzt du dann?«

»Das wollte ich gar nicht.«

»Ein Teil von dir glaubt nicht, dass du die sexyste Frau bist, die ich je gekannt habe, richtig?«

»Ich wünschte einfach, dass ich die Babypfunde loswerden könnte. Ich bin schwerer, als ich je war, und ich hasse es.«

»Du hast auch drei kleine Kinder, inklusive eines Babys. Das wird schon, Süße.«

»Ich will einfach nur nicht, dass es noch schlimmer wird, als es schon ist.«

Mac wünschte sich, er könnte die richtigen Worte finden, damit sie sich besser fühlte. »Ich habe dich nicht zum Essen ausgeführt, damit du dich schuldig fühlst.«

»Tu ich nicht«, erwiderte sie. »Nicht wegen heute Abend. Mehr so generell.« Sie sah ihn an. »Danke, dass du immer versuchst, mich aufzuheitern.«

Er lächelte sie an und drückte ihre Hand.

»Was hast du übrigens morgen früh für einen Termin?«

»Einen mit meiner wunderbaren Frau. Wir haben endlich mal einen kinderfreien Morgen. Ich werde den auf keinen Fall daran verschwenden, pünktlich zur Arbeit zu erscheinen. Ich werde es ausnutzen, dass ich der Chef bin.«

»Nur falls ich später vergesse, es dir zu sagen: Du bist der beste Ehemann, den ich je hatte.«

Sein tiefes Knurren brachte sie zum Lachen. »Ich bin besser mal der einzige Ehemann, den du je hast.«

»Der einzige, den ich je wollte.«

»Geht mir mit dir genauso, Babe.«

Zu Hause lief Maddie direkt nach oben, um Milch abzupumpen. Mac schloss alle Türen ab und schickte Francine eine Textnachricht, um nach den Kindern zu fragen.

Alle friedlich im Bett, antwortete sie. Ich hoffe, ihr hattet einen schönen Abend.

Hatten wir. Danke, dass ihr sie genommen habt.

Wir haben sie gern bei uns. Sag Maddie, sie soll ausschlafen. Wir haben morgen früh nichts vor, nachdem wir Thomas zur Vorschule gebracht haben.

Mach ich. Ihr seid die Besten.

Er ging nach oben, wo Maddie an das Gerät angeschlossen war, das sie »die Melkmaschine« nannte.

»Nicht hingucken«, verlangte sie und zog sich das Laken über die Brust, wie sie es in den ersten Tagen ihrer Beziehung getan hatte, als sie wegen ihres großen Busens verlegen gewesen war.

Damals, genau wie heute, hatte es ihn geschmerzt, als ihm bewusst geworden war, dass sie sich ganz anders wahrnahm, als er das tat. Er knöpfte sich das Hemd auf, zog alles bis auf die Unterhose aus, putzte sich die Zähne und legte sich neben seine Frau ins Bett. »Ich habe nach den Kindern gefragt. Alle schlummern friedlich, und deine Mutter hat gesagt, du sollst morgen auch ausschlafen.«

»Gott sei Dank haben wir Großeltern hier.«

»Aber ehrlich. Ich weiß nicht, wie Leute ohne sie Kinder großziehen.«

»Wir haben einfach Glück.«

»Wir haben in jeder Beziehung sehr viel Glück.«

Als sie fertig war, brachte Mac die Behälter mit der Milch nach unten in den Kühlschrank. Als er ins Schlafzimmer zurückkam, lächelte er, als er sah, dass Maddie schon eingeschlafen war. Ihr honigfarbenes Haar war über das Kissen ausgebreitet, und ihre Lippen wölbten sich auf eine anbetungswürdige Art, sodass er sie küssen wollte. Doch er würde sie nicht stören, wenn sie jetzt endlich mal dringend benötigte Ruhe bekam. Die Kinder schafften sie wirklich, auch wenn sie sich nie beschwerte.

Mac schaltete das Licht aus und legte sich neben sie ins Bett, dankbar, wie er es jede Nacht war, dass er sein Leben mit ihr teilen, mit ihr schlafen und ihre Kinder mit ihr zusammen großziehen durfte. Vor nicht allzu langer Zeit hatte er gedacht, dass er ein tolles Leben in Miami hätte, mit einem erfolgreichen Bauunternehmen und ohne Mangel an weiblicher Gesellschaft.

Dieses Leben schien unendlich weit von dem entfernt zu sein, was er jetzt hatte, und er würde die Gegenwart für nichts in der Welt gegen die Vergangenheit eintauschen.

Maddie war der Schlüssel zu allem, und er hasste es, wenn er hörte, dass sie sich selbst schlechtmachte, wie sie es früher am Abend getan hatte. Er musste sich etwas ausdenken, was er tun konnte, damit sie sich besser fühlte, aber verdammt noch mal, er hatte wirklich keine Idee, was das sein sollte.

* * *

Nach dem Essen fragte Riley Nikki, ob sie noch Lust auf einen Drink im Beachcomber hätte, bevor er sie nach Hause brachte.

»Sicher«, erwiderte sie.

»Eine Sache nur. Wahrscheinlich ist mein Dad da, vermutlich auch mein Bruder. Ich möchte nicht, dass du meinst, ich wollte dich vorzeitig meiner Familie vorstellen.«

Ihr Magen zog sich nervös zusammen. Wenn sie bloß Freunde waren, dann war es nicht wichtig, wenn sie seine Familie traf, richtig? »Es macht mir nichts aus, wenn es dich nicht stört.«

»Ich würde mich freuen, wenn du sie kennenlernst.«

Je mehr Zeit sie mit ihm verbrachte, desto mehr mochte sie ihn und desto mehr hinterfragte sie die Regeln, die sie vor so langer Zeit für sich aufgestellt hatte. Keine romantischen

Verwicklungen. Sie war in ihrem Leben schon genug verletzt worden. Das Letzte, was sie brauchte, war mehr Herzschmerz, aber Riley schien so anders zu sein.

Das war bei ihm *genauso. Er hat so nett und freundlich und charmant gewirkt, bis du Nein gesagt hast und er sich trotzdem genommen hat, was er wollte.*

Bei den Gedanken und den Erinnerungen, die das mit sich brachte, schauderte ihr.

»Ist dir kalt?«, fragte Riley, der auf eine Art auf sie eingestimmt war, wie das bisher noch niemand gewesen war, oder so schien es zumindest.

»Ein bisschen, aber es geht mir gut.« Sie hatte riesige Angst, das konnte sie ihm allerdings nicht verraten. Er war so süß und nett. Außerdem war er unglaublich attraktiv und sexy. Das war das Erste, was ihr aufgefallen war, als er wegen des undichten Dachs zum Haus gekommen war.

Sein dunkles Haar, die blauen Augen, das wie gemeißelt wirkende Gesicht und der muskulöse Körper weckten in ihr den Wunsch, ihre dummen Regeln über Bord zu werfen. Wenn man die körperlichen Attribute zu seiner herzlichen, freundlichen Art hinzunahm, war sie seinem Charme gegenüber praktisch machtlos.

Riley McCarthy war die erste echte Bedrohung für ihr Herz, das sie so gut schützte, nachdem es schon zweimal gebrochen worden war – einmal von ihrem Vater und dann von einem Mann, der sie glauben gemacht hatte, dass sie ihm wichtig war, obwohl er doch nur hinter etwas her gewesen war, was sie ihm nicht hatte geben wollen.

Angst, seit einigen Jahren ihr ständiger Begleiter, sorgte dafür, dass ihre Gedanken rasten, ihr Magen sich zusammenzog und ihr Körper sich anfühlte, als würde sie angegriffen. »Kämpfen oder fliehen« nannte sie es. Tabletten halfen, es zu kontrollieren, aber immer wieder hob es sein hässliches Haupt und nahm sie auf eine Art gefangen, wie sie es jahrelang gewesen war, bevor ein Arzt die Medikamente vorgeschlagen hatte, die ihr ihr Leben zurückgegeben hatten.

Zeit mit einem attraktiven, sexy und charmanten Mann zu verbringen, der eindeutig an ihr interessiert war, brachte die Angst zurück, die sie so mühsam überwunden hatte. Nikki musste sich daran erinnern, dass Riley nicht das Problem war. Er hatte nichts getan, um die Sorge zu rechtfertigen, die sie erfasste, und es wäre nicht fair, ihm irgendeine Schuld daran zu geben.

Am Beachcomber ließ er sie vorgehen, mit einer Hand in ihrem Kreuz, die er jedoch sofort wegnahm, als sie drinnen waren.

Nikki wollte, dass er sie dort liegen ließ, ein Gedanke, der eine neue Welle von Kribbeln ihr Rückgrat heruntersandte und ihren Magen noch mehr in Aufruhr versetzte. Sie schluckte den Kloß, der sich in ihrer Kehle gebildet hatte, herunter und holte tief Luft, erinnerte sich daran, dass nicht alle Männer, die so nett wirkten, einem ein falsches Gefühl von Sicherheit vermitteln wollten.

Die meisten von ihnen waren genau, wie sie schienen, und laut ihrer Großmutter genoss Rileys Familie auf der Insel höchstes Ansehen. Es waren Menschen, denen man trauen konnte, was der Grund war, warum sie ihn ins Haus gelassen hatte, als er gestern Abend plötzlich aufgetaucht war. Und auch, warum sie ihn zurückgerufen, reingebeten und zugestimmt hatte, mit ihm essen zu gehen. Und es war ebenfalls der Grund, warum sie jetzt mit ihm in die Bar des Beachcomber trat, wo sie vermutlich seinen Vater und möglicherweise sogar seinen Bruder kennenlernen würde.

Immer weiteratmen.

Riley lächelte sie an, während sie sich zu einem Mann, der an der Bar saß, gesellten. »Hey, alter Mann, wie geht's?«

Der Angesprochene lächelte und erwiderte: »Wen nennst du hier alt?«

»Da ist nichts Altes an ihm«, erklärte die hübsche blonde Barkeeperin mit einem freundlichen Lächeln für Riley.

»Erspart mir die Details«, witzelte Riley und legte Nikki den Arm um die Schultern, als wäre das keine große Sache. »Dad, Chelsea, das ist Nikki Stokes. Nikki, dieser alte Mann ist mein Vater Kevin McCarthy, und das ist seine Verlobte Chelsea Rose. Sie ist viel zu gut für ihn, aber das scheint ihr gar nicht klar zu sein.«

Kevin stand auf und schüttelte Nikki die Hand. »Freut mich, deine Bekanntschaft zu machen, Nikki, und ich stimme meinem Sohn komplett darin zu, dass Chelsea zu gut für mich ist.«

»Freut mich ebenfalls, Doktor McCarthy.« Die Männer der Familie McCarthy waren wirklich alle sehr attraktiv, dachte Nikki.

»Nenn mich Kevin, bitte.«

Nikki schüttelte Chelsea über die Bar hinweg die Hand. »Nett, dich kennenzulernen.«

»Danke, gleichfalls. Was willst du trinken?«

»Ein Glas Pinot grigio.«

»Kommt sofort. Für dich das Übliche, Riley?«

»Ja, bitte. Danke, Chelsea.«

»Kein Problem.«

»Setzt euch, Leute«, forderte Kevin sie auf.

Riley half Nikki auf den Hocker zwischen ihm und seinem Vater.

»Kommt ihr gerade vom Essen?«

Riley nickte. »Domenic's war so gut wie immer.«

»Ich liebe den Laden. Ich würde dort jeden Abend essen, wenn Chelsea nicht arbeiten müsste.«

»Willst du damit sagen, dass es besser ist als die Muschelsuppe und die Burger, die wir hier anbieten?«, fragte Chelsea mit hochgezogener Augenbraue.

»Nichts kann die Atmosphäre hier schlagen«, versicherte er ihr und zwinkerte ihr zu.

Chelsea lachte. »Pass auf, Nikki. Diese McCarthy-Männer sind alle viel zu charmant.«

»Das wird mir auch langsam klar«, erwiderte Nicky.

»Wir können nichts dafür«, entgegnete Riley. »Es ist in unserer DNA.«

»Hat sie schon Mac getroffen?«, wollte Kevin wissen.

»Gerade eben bei Domenic's. Er und Maddie hatten ein Date.«

»Er ist der Charmanteste von uns allen«, erklärte Kevin.

»Nicht ganz«, widersprach Riley. »Die Ehre gebührt seinem Vater Big Mac. Warte nur, bis du den mal live erlebst.«

»Du hast recht«, räumte Kevin ein. »Mein ältester Bruder spielt in einer eigenen Liga.«

»Es scheint hier ziemlich viele von euch zu geben«, stellte Nikki fest.

»In den letzten Jahren ist die ganze Familie nach und nach wieder auf die Insel gezogen«, bestätigte Kevin. »Mein Bruder Mac hat sechs Kinder, die alle hier sind, und mein Bruder Frank hat zwei, die ebenfalls hier wohnen.«

»Alle Mitglieder der Familie haben am Ende des letzten Jahres zusammen das Wayfarer gekauft«, erzählte Riley. »Und jetzt renovieren wir es in der Hoffnung, es zum Sommer wiedereröffnen zu können.«

»Das ist ja toll, dass alle mit dabei sind«, bemerkte Nikki. Sie konnte sich gar nicht vorstellen, wie es wäre, Teil einer Familie zu sein, die so etwas zusammen auf die Beine stellte.

»Eine weitere Idee meines Bruders Mac.« Kevin grinste. »Von denen hat er jede Menge.«

»Aber in dem Fall eine echt gute«, warf Riley ein. »Das Wayfarer war früher eine Goldmine, bevor es so heruntergekommen ist. Wir finden es spannend, es wieder in seinen Originalzustand zu versetzen.«

An der Art, wie seine Augen funkelten, wenn er darüber sprach, konnte sie erkennen, wie viel Leidenschaft er für seinen Job aufbrachte. »Arbeitest du gerne mit deinen Cousins zusammen?«

»Ich liebe es«, erwiderte Riley sofort. »Ich habe jede Menge von Mac und Shane und Macs Geschäftspartner Luke Harris gelernt, der Tischler und Zimmermann ist. In seiner Freizeit restauriert er alte Holzboote.«

»Oh, wow. Das ist ja toll. Das würde ich zu gerne irgendwann mal sehen.«

»Big Mac besitzt zwei Boote, die Luke restauriert hat«, sagte Kevin. »Sie liegen im Sommer in der Marina.«

»Nikki interessiert sich sehr für Renovierung und Restaurierung«, erklärte Riley.

Sie fühlte, wie sich ihre Wangen vor Verlegenheit röteten. »Wenn man eine Besessenheit vom Heimwerkerkanal Interesse nennen kann.«

»Ich bin da ganz bei dir«, versicherte ihr Chelsea. »Ich könnte diesen Sender vierundzwanzig Stunden am Tag schauen und würde es nie müde werden. Ich rede mir ein, dass ich alles tun kann, was sie tun, weil ich so viel davon gesehen habe.«

»Geht mir genauso!«, bestätigte Nikki, die begeistert war, eine Seelenverwandte gefunden zu haben. »Ich habe Riley erzählt, dass ich das Haus meiner Großmutter renovieren will, und er hat mich davon überzeugt, dass ich es schaffen kann.«

»Ich helfe dir«, bot Chelsea an. »Das würde mir Spaß machen. Ich kann total gut streichen.«

»Danke«, antwortete Nikki. »Das ist wirklich nett von dir. Ich nehme jede Hilfe, die ich bekommen kann. Ich habe keine

Ahnung, was ich tue, aber ich weiß genug, um gefährlich zu sein.«

Riley lachte. »Sie hat einen Doktor in Heimwerkerfernsehen.«

Nikki grinste. »Ganz genau.«

»Was hält denn deine Großmutter von diesem Plan?«, erkundigte sich Kevin.

»Ich werde morgen mit ihr darüber sprechen, ob es ihr recht ist. Ich bin mir ziemlich sicher, das ist es. Jordan und ich sind ihre einzigen Enkel, also sagt sie meiner Schwester und mir immer, dass das Haus uns gehört. Wir möchten allerdings gar nicht über den Tag nachdenken, an dem es wirklich offiziell in unseren Besitz übergeht.«

Riley nickte verständnisvoll. »Das kann ich gut nachvollziehen.«

»Ich habe lieber sie als das Haus«, erwiderte Nikki direkt. Außer Jordan war Evelyn Hopper die wichtigste Person in ihrem Leben. Sie war während einer schwierigen und chaotischen Kindheit ihr Fels in der Brandung gewesen.

Chelsea befragte Nikki darüber, welche Arbeiten sie im Haus erledigen wollte, während die Männer geduldig zuhörten und Vorschläge einbrachten und Kommentare abgaben.

Eine Stunde verging, bevor Nikki bewusst wurde, dass es sich anfühlte, als würde sie Kevin und Chelsea schon ewig kennen. Genau wie Riley war sein Vater freundlich und charmant, nicht zu vergessen extrem attraktiv. Er war lustig und interessiert daran, was sie zu sagen hatte, und Nikki mochte ihn sehr.

»Sollen wir ihnen unsere Neuigkeiten mitteilen?«, fragte Chelsea ihn, als in der Unterhaltung gerade mal eine Pause eintrat.

»Ich wollte ihn und seinen Bruder eigentlich morgen zum Mittagessen einladen, ich denke allerdings, wir können es Riley auch jetzt verraten.« An seinen Sohn gewandt fügte er hinzu: »Erzähl Finn bitte noch nichts. Ich will es ihm selbst mitteilen.«

93

»Jetzt bin ich aber mal gespannt.« Riley blickte ihn auffordernd an. »Was ist los?«

»Chelsea ist schwanger«, verkündete Kevin und lächelte seine Verlobte liebevoll an.

Die offensichtliche Liebe zwischen ihnen erfüllte Nikki mit einem merkwürdigen Gefühl des Neids. Wie wäre es wohl, fragte sie sich, mit einem Mann so eine Verbindung zu haben?

»Wow«, entfuhr es Riley. »Herzlichen Glückwunsch. Das ist großartig.«

Chelsea schien erleichtert von Rileys Antwort. »Freut uns, dass du das denkst.«

»Auch von mir herzlichen Glückwunsch«, schloss sich Nikki an.

»Wir werden Ende des Monats heiraten«, erklärte Kevin und ergriff über die Bar hinweg Chelseas Hand. »Onkel Mac und Tante Linda haben zugestimmt, uns ihr Hotel für eine Winterhochzeit zur Verfügung zu stellen.« Er warf seinem Sohn einen Blick zu. »Ich hätte gerne, dass du und dein Bruder meine Trauzeugen seid, wenn ihr das wollt.«

»Natürlich wollen wir das«, erwiderte Riley. »Ich freue mich für euch.«

»Danke, Kumpel«, sagte Kevin. »Das bedeutet uns wirklich viel.«

Nikki fragte sich, was Riley tatsächlich dachte. Falls ihn die Neuigkeiten seines Vaters irgendwie aufwühlten, verbarg er es auf jeden Fall gut.

KAPITEL 7

Riley hatte gewusst, dass das passieren würde, und er freute sich aufrichtig für seinen Vater und Chelsea. Er sagte und tat all die richtigen Sachen, die Sachen, die sein Vater erwartete und verdiente, nachdem er seine Söhne sein Leben lang unterstützt hatte. Aber tief innerlich, in dem Teil von ihm, der sich gegen jegliche Veränderung sträubte, trauerte er immer noch um die Familie, die verloren gegangen war, als seine Eltern sich getrennt hatten.

Doch egal, wie sehr er sich wünschte, dass alles so blieb, wie es immer gewesen war, das würde nicht passieren, und er konnte entweder mitmachen oder riskieren, seinen Vater zu kränken, der so gut zu ihm gewesen war. Also stieß er auf seinen Vater und Chelsea an und freute sich mit ihnen.

Nikki entschuldigte sich, um auf die Toilette zu gehen.

»Nikki scheint wirklich nett zu sein«, bemerkte Kevin, als Chelsea sich dem einzigen anderen Gast in der Bar zuwandte.

»Ist sie auch.«

»Geht ihr miteinander?«

Riley zuckte die Achseln. »Ich bin mir nicht sicher. Sie ist … sehr zögerlich, wenigstens kommt es mir so vor.«

»Du scheinst sie wirklich gernzuhaben.«

»Ich mag sie. Sehr sogar.« Das Geständnis bewirkte, dass er sich seltsam entblößt fühlte. Er schenkte seinem Vater ein trockenes Lächeln. »Das hatte ich noch niemandem gegenüber zugegeben, nicht einmal vor mir selbst.«

Kevin lachte leise. »Ich kenne das Gefühl. Als Chelsea anfangs Interesse an mir bekundet hat, konnte ich das einen Monat lang nicht glauben.«

»Das liegt daran, dass sie mehr als eine Nummer zu groß für dich ist«, meinte Riley grinsend.

Kevin lachte. »So viele Nummern, dass es nicht einmal mehr komisch ist. Aber sie liebt mich trotzdem. Alles, was ich dir raten kann, ist: Sei geduldig, Sohn. Die besten Dinge im Leben passieren, wenn man sie am wenigsten erwartet, und wenn Nikki zögert, dann hat sie vermutlich einen guten Grund.«

Riley nickte. Er hoffte, dass sie ihm eines Tages genug vertrauen würde, um ihm zu erklären, warum das so war.

»Sei weiter für sie da, und zeig ihr, dass sie dir vertrauen kann«, fuhr Kevin fort. »Das wird ihr viel bedeuten.«

»Danke, Dad.«

»Jederzeit gern. Ich bin immer hier, falls du mich brauchst.«

»Ich weiß, und ich freue mich wirklich für dich und Chelsea.«

»Danke.« Kevins Blick fand die Frau, die bald schon seine Ehefrau sein würde. »Ich bin ebenfalls ziemlich froh, auch wenn ich nur hoffen kann, dass ich der Sache mit dem Vatersein in meinem Alter noch gerecht werde.«

»Das wirst du großartig hinkriegen. Daran zweifle ich keine Sekunde.«

»Danke, dein Vertrauen ehrt mich. Immerhin wird das Baby eine deutlich jüngere Mutter haben und Brüder, die meine Mängel wettmachen.«

»Das wird nicht nötig sein. Das Baby wird so glücklich werden, wie Finn und ich es sind.«

Kevin zog Riley an sich und gab ihm einen Kuss auf den Scheitel. »Danke«, brummte er. »Eure Unterstützung und Billigung sind mir echt wichtig.«

Riley schluckte den Kloß, der ihm plötzlich in der Kehle saß, herunter. Alles hatte sich geändert, aber ihm kam es einzig auf das Glück seines Vaters an. Chelsea machte ihn glücklich. Und das reichte Riley.

Als Nikki zurückkehrte, fragte Riley sie, ob sie bereit sei, heimzufahren.

»Ich denke schon. Ich leide immer noch ein bisschen an Jetlag wegen des Zeitunterschiedes.«

»Kein Problem. Wir sehen uns morgen, Dad.«

»Ja, auf jeden Fall. Nikki, es war schön, dich kennenzulernen.«

»Danke, gleichfalls, Kevin. Und noch mal meinen Glückwunsch.«

»Danke. Ich hoffe, du kommst mit Riley zur Hochzeit. Wir haben es hier auf der Insel nicht so sehr mit Förmlichkeit. Alle sind herzlich willkommen.«

»Liebend gern, wenn ich dann noch hier bin. Danke.« Sie winkten Chelsea zu, als sie die Bar verließen und sich fest in ihre Jacken wickelten, bevor sie in die eisige Winterluft hinaustraten.

Wenn ich dann noch hier bin. Sechs kleine Worte, die Riley mächtig aus dem Gleichgewicht brachten, als er ihr beim Einsteigen in seinen Pick-up half und dann um den Wagen herum zur Fahrerseite lief. Während der kurzen Zeit, die sie sich im Beachcomber aufgehalten hatten, waren die Temperaturen noch mal dramatisch gefallen. Die Kälte half ihm und bot ihm etwas anderes, worüber er nachdenken konnte, als seine Sorge, dass sie wieder abreisen könnte.

»Ist es wirklich kälter, als es vorhin war, oder bilde ich mir das nur ein?«, fragte Nikki.

Riley blickte auf die Temperaturanzeige am Armaturenbrett. »Fünf Grad kälter als vorhin.«

»Brr.«

»Und es riecht nach Schnee.«

»Ich hab noch nie verstanden, warum Leute das sagen. Wie riecht denn Schnee?«

»Wenn wir zu deiner Wohnung kommen, werde ich es dir zeigen.« Er drehte die Heizung hoch und steuerte den Pick-up in Richtung des nördlichen Endes der Insel.

»Also, dein Vater will heiraten und bekommt noch ein Kind.«

»Tja, wer hätte das gedacht?«

»Ich weiß, wie schwierig es ist, zusehen zu müssen, wie die eigenen Eltern mit einem anderen Partner neu beginnen. Mir brauchst du nichts vorzuspielen.«

Er blickte sie an, bevor er seine Augen wieder auf die dunkle Straße richtete. »Das ist gut zu wissen.« Nach einer längeren Stille fügte er hinzu: »Es hilft jedenfalls, dass du es verstehst.«

»Ich erinnere mich noch daran, wie es war, zu erkennen, dass die Familie, die man sein Leben lang gekannt hat, für immer weg ist, durch etwas ersetzt wird, das sie niemals ganz ersetzen kann.«

»Genau«, antwortete er leise. »Das ist es. Ich bin ehrlich froh für meinen Vater, aber …«

»Du trauerst trotzdem um den Verlust deiner Familie.«

»Ja.«

»Du sprichst nicht viel über deine Mutter. Redest du manchmal mit ihr?«

»Gelegentlich. Nicht so viel, wie ich das getan habe, bevor alles passiert ist.«

»Du bist wütend auf sie, und das mit gutem Grund.«

»Letzten Endes«, fuhr er fort, »geht es mich auch nichts an, was zwischen ihnen schiefgelaufen ist.«

»Aber es hat etwas mit dir zu tun. In der Beziehung geht es dich sehr wohl etwas an.«

»Vermutlich schon.«

»Ich erinnere mich noch daran, wie ich mich anfangs, als meine Eltern sich gerade getrennt hatten, gefragt habe, ob es für uns immer noch Geburtstagsfeiern oder Urlaube oder irgendeine der anderen Sachen, die wir hatten, solange wir zusammengelebt haben, geben würde.«

»Und?«, wollte er wissen.

»Ja, trotzdem war es nie mehr das Gleiche. Irgendeiner fehlte immer, und nachdem wir herausgefunden hatten, dass mein Vater andere Kinder hatte, haben sich unsere Gefühle für ihn verändert. Meine Mom hat es nicht geschafft, all die schmutzigen Details für sich zu behalten. Wir wussten viel mehr, als wir in dem Alter hätten wissen sollen.«

»So schrecklich die Trennung meiner Eltern auch war, ich will mir gar nicht ausmalen, das als Kind durchmachen zu müssen und mitzuerleben, wie sie sich um das Sorgerecht streiten.«

»Ich hingegen denke, dass es in deinem Alter vermutlich schlimmer ist, weil du davon überzeugt warst, es würde deiner Familie nicht mehr passieren.« Sie zuckte die Achseln. »Aber es ist Mist, egal, wann es passiert.«

»Es hilft auf jeden Fall, mit jemandem darüber zu reden, der es versteht. Mein Bruder hat es irgendwie komisch aufgenommen. Er tut so, als sei es ihm völlig egal, obwohl ich genau weiß, dass dem nicht so ist.«

»Manche Leute können nur so damit umgehen. Jordan war manchmal auch so. Es hat mich schier wahnsinnig gemacht, dass sie nicht alle Details genauestens mit mir analysieren wollte, so wie ich das tat. Später habe ich dann begriffen, dass sie so tun musste, als geschähe es nicht gerade.«

»Es ist auf jeden Fall interessant, wie zwei Geschwister, die sich nahestehen und im Allgemeinen die gleichen Ansichten haben, so unterschiedlich reagieren können.«

»Jordan und ich haben uns immer nahegestanden, allerdings waren wir nicht oft einer Meinung.«

»Ich glaube, das könnte man so auch über Finn und mich sagen. Obwohl ich ihm die Hälfte der Zeit eins auf die Rübe geben möchte, bin ich dennoch lieber mit ihm zusammen als mit irgendjemand sonst. So ist es immer zwischen uns gewesen.«

»Bei Jordan und mir ist das ganz genauso. Die Hälfte der Zeit frage ich mich, was zum Teufel sie sich denkt, und in der anderen Hälfte weiß ich fast wortwörtlich, was ihr gerade durch den Kopf geht, und kann entsprechend reagieren. Es wird sehr merkwürdig sein, mein Leben ohne sie an meiner Seite zu leben, und ohne dass ich sie bei allem um ihre Meinung fragen kann.«

»Das kannst du doch trotzdem, oder? Sie ist schließlich nur eine Textnachricht entfernt.«

»Ja, schon, aber sie selbst wird nicht in der Nähe sein, wie sie das vorher immer war. Sogar nachdem sie und Zane geheiratet hatten, hat sie mehr Zeit mit mir als mit ihm verbracht, weil sie völlig unterschiedliche Terminkalender hatten.«

»Wie auch immer, ich glaube, du hast das Richtige getan, indem du gegangen bist. Es wird für dich gut sein, herauszufinden, was dir wichtig ist, und für sie, zu lernen, ihr eigenes Leben zu managen.«

»Ich gebe dir völlig recht. Trotzdem ist es schwierig, dem Drang zu widerstehen, mich bei ihr zu melden und zu fragen, wie es ihr geht.«

»Wir sorgen dafür, dass dir nicht langweilig wird, sodass du keine Zeit hast, dich zu fragen, was sie gerade macht.«

»Ach ja?«, fragte sie und klang amüsiert.

»O ja. Auf Gansett geht die Post ab, selbst im Winter. Es ist immer irgendwo was los. Morgen treffen sich zum Beispiel alle bei meiner Cousine Janey zu Hause und verbringen den Abend gemeinsam. Du solltest mit mir hingehen.«

»Ich möchte mich nicht in eine Familienangelegenheit einmischen.«

»Unsere Familie ist nicht so. Du hast ja meinen Vater gehört. Alle sind willkommen. Und es ist wirklich ein lustiger Haufen. Wir machen die ganze Zeit Scherze und irgendwelchen Mist, wenn wir zusammen sind.«

»Okay, das hört sich nach einer Menge Spaß an«, erklärte sie und klang beinahe wehmütig. »Ich hab mir immer eine große Familie gewünscht, in der sich alle gut verstehen und es genießen, zusammen zu sein.«

»Dann wirst du die McCarthys lieben. Wir haben unheimlich gern Spaß miteinander. Mac gerät immer in Schwierigkeiten mit Maddie und den anderen Frauen. Neulich haben sie den Männern den besten Streich überhaupt gespielt, indem sie ihnen weisgemacht haben, sie hätten vor, zu Jenny Martinez' Junggesellinnenabschied männliche Stripper auf die Insel zu holen. Die Jungs sind völlig durchgedreht, und als ihnen aufging, dass sie reingelegt worden waren ... Das war echt unvergesslich.«

»O mein Gott, das ist großartig. Wie witzig ist das denn?«

»Die Jungs fanden es allerdings nicht so komisch. Mac hat Rache geschworen und die andern dazu angestiftet, es den Frauen heimzuzahlen, indem sie ihnen die Klamotten geklaut haben, während alle bei Evans und Grace' Hochzeit auf Anguilla nackt im Meer schwimmen waren. Das wurde in etwa so gut aufgenommen wie ein Rülpsen in der Kirche, und die Jungs mussten es mit einer Woche erzwungener Enthaltsamkeit ausbaden.«

Nikki lachte auf.

»Jedenfalls ist immer was los, vor allem wenn Mac dabei ist.«

»War der eigentlich schon immer so?«, fragte sie.

»Irgendwie schon. Er ist der Älteste von allen Cousins und Cousinen, oder war es wenigstens, bis wir das mit Mallory erfahren haben.«

»Wem?«

»Mein Onkel Mac hat eine Tochter, von der er nichts ahnte, aus einer Beziehung, bevor er meine Tante Linda kennengelernt hatte. Nachdem ihre Mutter gestorben war, ist Mallory in ihrem Nachlass auf einen Brief gestoßen, in dem stand, wo sie ihren Vater finden konnte, und sie ist hergekommen, um ihn kennenzulernen.«

»Ach du meine Güte. Das muss ein Riesenschock gewesen sein.«

»War es auch, vor allem für Mac, der rüde von seinem Thron als Ältester unter den Cousins und Cousinen gestoßen wurde. Allerdings hat das sonst nichts geändert, sodass er immer noch die größte Klappe hat.«

»Wie hat dein Onkel es denn aufgenommen, dass er eine Tochter hat, von deren Existenz er nie etwas geahnt hat?«

»Auf die typische Big-Mac-Art hat er sie kurzerhand zu einem Teil der Familie gemacht und duldet es nicht, dass irgendjemand sie anders behandelt als als Schwester oder Cousine.«

»Er klingt wie ein wirklich cooler Typ.«

»Er ist der Beste überhaupt.«

»Und was ist mit seiner Frau? Was hat sie sich gedacht?«

»Ich bin mir nicht zu hundert Prozent sicher, wie das gelaufen ist, aber meine Tante Linda hat sich sehr ins Zeug gelegt, um Mallory in die Familie einzugliedern. Ich meine, schließlich war das, bevor sie einander überhaupt kennengelernt haben, also ist es nicht so, als hätte er sie betrogen oder so. Er liebt meine Tante über alles. Sie sind so süß zusammen. Inzwischen sind sie seit vierzig Jahren verheiratet und benehmen sich immer noch wie in den Flitterwochen.«

»Wie muss das wohl sein?«

»Ich kann es mir absolut nicht vorstellen, doch bei ihnen sieht es ganz einfach aus.«

»Ich glaub nicht, dass ich jemals heiraten werde.«

Diese Erklärung traf Riley wie ein Hieb in den Magen, was dazu führte, dass er sich fragte, warum es ihm überhaupt etwas ausmachte, ob sie heiratete oder nicht. »Warum?«, wollte er wissen, zwang sich zu einem beiläufigen Tonfall.

»Ich glaube nicht wirklich dran. Können Leute tatsächlich ihr ganzes Leben lang monogam sein? Ist das überhaupt natürlich?«

»Wer weiß? Ich schaue meinen Onkel Mac und meine Tante Linda an und denke: Ja, das ist eindeutig möglich. Sie sind ganz verrückt nacheinander, obwohl sie schon Ewigkeiten verheiratet sind. Aber dann sehe ich mir meine Eltern an oder deine und … begreife, warum du zweifelst.« Er fuhr in die Einfahrt von Eastward Look und parkte den Wagen. Als er den Motor ausgeschaltet hatte, saßen sie in völliger Dunkelheit da.

»Und dann sind da meine Cousinen und Cousins. Die meisten von ihnen haben sich in den letzten paar Jahren verlobt oder sogar geheiratet, und sie sind alle glücklicher, als ich sie je zuvor gesehen habe, weil sie genau den richtigen Menschen für sich gefunden haben. Und manchen von ihren Freunden ist es auch passiert. Sie geben jedenfalls ein überzeugendes Beispiel für lebenslange Monogamie ab.«

»Wer wie ich einen Logenplatz bei der Ehe meiner Schwester hatte, denkt auf jeden Fall zweimal nach, bevor er eine Heirat in Erwägung zieht.«

Riley lachte. »Das ist vermutlich nicht das beste Vorbild. Ich bring dich noch zur Tür.«

»Das musst du nicht.«

»Ich weiß, aber ich möchte es gerne. Wenn es dir recht ist …«

»Sicher. Danke.« Sie wartete an der Motorhaube des Pickups auf ihn, und er führte sie mit einer Hand im Kreuz die Stufen hinauf – eine Geste, die ihm in Fleisch und Blut übergegangen war. Sein Vater hatte seine Söhne gelehrt, Frauen mit Respekt und Fürsorge zu begegnen. *Frauen sorgen dafür, dass die Welt sich weiterdreht, Jungs,* hatte er immer gesagt, und Riley konnte seine Stimme förmlich im Geiste hören.

Im Schein des Verandalichtes gab sie den vierstelligen Zifferncode ein, mit dem sich das Schloss öffnen ließ, dann blickte sie ihn an. »Danke für einen wirklich schönen Abend. Ich fand es klasse, deinen Dad und Chelsea zu treffen.«

»Sie haben sich auch gefreut, dich kennenzulernen.« Er betrachtete ihr wunderschönes Gesicht, wünschte sich, er könnte sie anschauen, bis er sich sattgesehen hätte. Das würde allerdings eine Weile dauern. Er wollte sie küssen, tat es aber nicht, weil er spürte, dass sie für so etwas nicht bereit war. Dennoch erfüllte ihn noch immer das gleiche Verlangen, das ihn vom ersten Moment an, in dem er sie gesehen hatte, mitten in einem Nordoststurm letzten Herbst, im Griff gehabt hatte.

Damals und in den Monaten, nachdem sie wieder abgereist war, hatte er sich nicht erlaubt, sich mehr mit ihr auszumalen, denn was würde das schon bringen? Aber jetzt, wo sie vor ihm stand, konnte er die mächtige Anziehung zwischen ihnen nicht leugnen und wollte das auch gar nicht. Eine Haarsträhne wehte ihr ins Gesicht, und er nutzte die Gelegenheit und steckte sie ihr behutsam hinters Ohr.

Sie schien den Atem anzuhalten, während sie wartete, um zu sehen, was er sonst noch tun würde.

Er ließ seine Hand sinken und bemerkte befriedigt, dass sie leicht enttäuscht wirkte, als er einen Schritt von ihr zurückwich. »Willst du morgen mit deiner Großmutter über die Renovierung sprechen?«

Sie nickte. »Das habe ich wenigstens vor.«

»Lass mich wissen, was sie dazu sagt.«

»Auf jeden Fall.«

»Ich werde mal mit Mac reden, wie das mit dem benötigten Material gehen könnte.«

»Es ist wirklich nett von dir, dass du mir helfen willst.«

»Es wird mir Spaß machen.«

»Na klar«, antwortete sie lächelnd. »Muss genau das sein, was du nach einem langen Tag harter Arbeit dringend tun willst.«

»Dir zu helfen wird immer ein Mordsspaß sein, wenn die Alternative darin besteht, mir in dem eiskalten Gemäuer mit meinem Bruder und meinen Cousins sonst was abzufrieren. Und außerdem ist hier die Aussicht viel schöner.«

Ihr Gesicht wurde auf entzückende Weise rot, vielleicht von der Kälte, aber er zog es vor, zu glauben, dass es das Kompliment war.

»Ich schick dir eine Nachricht wegen morgen Abend.«

»Danke, das wäre gut.«

Weil er sich nicht davon abhalten konnte, beugte er sich vor und gab ihr einen Kuss auf die Wange. »Schlaf gut.«

»Du auch. Danke fürs Dinner.«

»War mir ein Vergnügen.« Er wartete, bis sie im Haus verschwunden war und wieder abgesperrt hatte, bevor er zurück zu seinem Pick-up joggte und sich mit jeder Faser seines Seins wünschte, dass er sie nicht hier draußen allein lassen müsste.

* * *

Am Morgen, nachdem sie besser geschlafen hatte als seit langer Zeit, nahm sich Nikki einen Becher mit Kaffee und setzte sich auf ihren Lieblingsstuhl im Wohnzimmer, der an einem Fenster stand, von dem aus man aufs Meer hinausschauen konnte. Heute war das Wasser grau und stürmisch und voller Schaumkronen und Wellen.

Während sie die Nummer ihrer Großmutter in Florida wählte, war sie dankbar, heute nicht auf der Fähre sein zu müssen.

»Guten Morgen, meine Liebe«, begrüßte Evelyn sie, und ihre Stimme klang lebhaft wie immer.

»Morgen. Hast du schon achtzehn Löcher gespielt, Yoga gemacht und den Wintergarten gestrichen?«

Fröhlich antwortete Evelyn: »Noch nicht ganz, doch ich hab schon eine ganze Menge von einer ziemlich langen To-do-Liste abgearbeitet.«

»Das erschöpft mich allein schon beim Zuhören.«

»Immer etwas zu tun zu haben ist mein Rezept dafür, jung zu bleiben, Liebes. Das ist das Geheimnis für ein langes Leben. Du bist aber früh auf.« Während der Sommer, die sie gemeinsam verbracht hatten, hatte ihre Großmutter immer wieder erstaunt angemerkt, dass Mädchen im Teenager-Alter mühelos die Hälfte des Tages verschlafen konnten.

»Ich schlafe nicht mehr den ganzen Tag, wie ich das früher mal getan habe, und zwar schon seit Jahren nicht mehr, wie du sehr wohl weißt.«

Evelyn lachte. »Das weiß ich schon, und ich mache mir Sorgen um dich auf der Insel, so ganz allein in der Nachsaison.«

»Ich bin nicht wirklich allein gewesen«, erklärte Nikki fast ein wenig verlegen.

»Was soll das heißen?«

»Ich wusste, dass du dich darauf stürzt«, erwiderte Nikki mit einem Grinsen. »Riley McCarthy ist vorgestern Abend vorbeigekommen, nachdem er gehört hatte, dass ich zurück bin. Und gestern Abend hat er mich zu Domenic's zum Essen ausgeführt.«

»Oh, wie wunderbar! Ich mag die McCarthys sehr gern. Big Mac und Linda sind ganz liebe Menschen. Riley ist der Neffe, richtig?«

»Ja, er ist der Sohn von Big Macs Bruder Kevin. Und Kevin und seine Verlobte habe ich gestern Abend ebenfalls kennengelernt. Die sind wirklich nett.«

»Das sind die besten Neuigkeiten seit Jahren.«

»Mach mal langsam, Gram. Wir waren was essen. Das ist alles.«

»Aber es hat Potenzial, sonst wärst du nicht mit ihm ausgegangen. Ich weiß, wie du denkst, und ich bin mir sicher, du stellst im Geiste eine lange Liste von all den Gründen zusammen, warum du dich nicht mit ihm einlassen solltest.«

»Das tue ich gar nicht.« *Oder zumindest nur ein bisschen.*

»Doch, tust du. Statt dich auf das zu konzentrieren, was dagegenspricht, solltest du dich mal den Vorzügen zuwenden. Er kommt aus einer ausgezeichneten, allseits geachteten Familie. Er hat uns beiden bewiesen, dass er hart arbeitet, dafür sorgt, dass Sachen erledigt werden, und dass er Versprechen hält. Und ich bin mir sicher, wenn er auch nur ansatzweise wie Macs und Lindas Söhne ist, ist es keine Strafe, ihn anzuschauen.«

Nikki lehnte sich zurück und lauschte ihrer Großmutter, wie immer amüsiert von ihrer ansteckenden Energie.

»Ist er?«

»Was?«

»Attraktiv.«

»Ja, auf jeden Fall.« »Unfassbar sexy« traf es zwar besser, aber das würde sie ihrer Großmutter niemals sagen, die sonst am Ende umgehend beginnen würde, die Hochzeit zu planen.

»Ich möchte, dass du mir mal zuhörst, Nicole.«

»Oje. Jetzt fährst du echt große Geschütze auf.«

»Ja, mach ich. Ich hab hier gesessen und zugeschaut, wie du seit Jahren ein möglichst risikofreies Leben führst, und ich bin mir schmerzlich bewusst, warum du der Ansicht warst, das sei nötig, aber jetzt ist es an der Zeit, darüber wegzukommen und dir selbst die Chance zu geben, wahre Liebe zu erfahren.«

»Wart mal, Gram. Wir waren erst ein Mal essen, und du redest schon von wahrer Liebe?«

»Hast du ihn gern, Nikki? Sei ehrlich.«

Nikki schluckte um den Kloß herum, der ihr plötzlich die Kehle eng werden ließ. »Ja, ich mag ihn.«

»Gibst du ihm dann bitte, bitte eine Chance? Ich wünsche mir so sehr, dass du und deine Schwester das findet, was ich mit eurem Großvater hatte.« Sie seufzte, wie sie es oft tat, wenn sie von ihrem verstorbenen Ehemann sprach. »Es gibt nichts, was sich damit vergleichen lässt.«

»Jordan glaubt, sie hätte das bereits gefunden.«

»Ich bitte dich«, erwiderte Evelyn verächtlich. »Zane ist bestenfalls ein Idiot und schlimmstenfalls ein selbstsüchtiges Arschloch.«

»Gram! Du benutzt ja Schimpfwörter!«

»Er zwingt mich dazu.«

Nikki musste lachen. »Die Wirkung hat er auf uns alle.«

»Ich kann ehrlich nicht glauben, dass sie wirklich zu ihm zurück ist. Was muss passieren, um sie davon zu überzeugen, dass er sie nicht verdient?«

»Offensichtlich mehr, als dass er ein Video von ihren intimsten Momenten veröffentlicht.«

»Ich kann mir nicht mal ... Der Gedanke daran reicht aus, um in mir Mordgelüste zu wecken. Lass uns von etwas anderem sprechen, mein Blutdruck verträgt das nicht.«

»Du nimmst aber schon deine Medikamente, oder?«

»Ja, Liebes, natürlich. Ich habe vor, ewig zu leben, daher mach dir keine Sorgen.«

»Ich mach mir Sorgen, vor allem, wenn Jordan Sachen tut, die deinen Blutdruck in die Höhe treiben.«

»Zerbrich dir meinetwegen nicht den Kopf. Ich wollte weiter über dich und den attraktiven Riley McCarthy reden, der sofort angerannt gekommen ist, als er gehört hat, dass du wieder zurück auf der Insel bist.«

»Genau so war es jetzt nicht unbedingt …«

»Ach, nicht?«

»Er hat mir erzählt, dass er nach meiner Abreise oft an mich gedacht hat und traurig darüber war, dass ich fort war.«

»Das sind die besten Neuigkeiten, die ich seit ewigen Zeiten gehört habe.«

»Du weißt schon, dass du viel voraussetzt, oder?«

»Ich bin alt. Ich kann tun, was ich will. Und jetzt erzähl mir … Wann siehst du ihn wieder?«

»Zweiundsiebzig ist nicht alt. Und er hat mich gebeten, heute Abend mit ihm zu einem Treffen im Haus seiner Cousine Janey zu gehen.«

»Das ist Macs und Lindas Tochter. Ein nettes Mädchen. Hat jahrelang für Doc Potter, den Tierarzt der Insel, gearbeitet. Ich war immer mit Lillian dort.«

Der Border Collie ihrer Großmutter war ein Fixpunkt in ihrem Leben gewesen, bis er vor fünf Jahren gestorben war. Seither weigerte Evelyn sich strikt, sich einen neuen Hund zuzulegen.

»Da ist noch etwas …«

»Was denn?«

»Ich spiele mit dem Gedanken, ein paar kleinere Arbeiten im Haus anzugehen, solange ich hier bin. Vielleicht ein kleines Update für die Küche und die Bäder. Was meinst du? Riley hat angeboten, mir zu helfen, aber ich will nichts tun, ohne erst mit dir darüber gesprochen zu haben.«

»Ja, bitte! Ich finde das toll. Ich trage mich schon seit Jahren mit der Idee. Wenn du das jetzt in Angriff nimmst, wäre das eine große Hilfe.«

»Wirklich? Es würde dir nichts ausmachen?«

»Natürlich nicht. Das Haus muss dringend auf Vordermann gebracht werden. Tu, was immer du willst. Es ist dein Haus.«

»Rileys Cousin Mac hat gute Beziehungen und kann ohne Schwierigkeiten für Lieferungen Platz auf der Fähre buchen.«

»Ja, das kann ich mir gut vorstellen, schließlich gehört seinem Schwager die Fährgesellschaft.«

»Das hat Riley auch schon erwähnt.«

»Hast du eigentlich ein Foto von deinem jungen Mann?«

»Es ist nicht ›mein Mann‹, und nein, ich habe keine Fotos.«

»Wie sieht er denn aus?«

Nikki stellte ihn sich vor und merkte, wie ihr Gesicht – und mehrere andere Teile ihres Körpers – warm wurde. »Er ist groß und hat welliges dunkles Haar, das ungebärdig wirkt. Meistens trägt er eine Mütze, die es zähmt. Er hat blaue Augen und ist ziemlich … nun, muskulös, denke ich, kann man sagen.«

»Mmm«, erwiderte Evelyn und klang verträumt. »Groß, dunkel und gut aussehend. Genau, wie ich sie mag.«

»Gram! Hör auf.«

»Was denn? Deine alte Oma war auch mal jung, weißt du? Und ich hatte einen Typ, und dein Riley passt darauf wie die Faust aufs Auge. Du hast doch die Bilder von deinem Großvater als jungem Mann gesehen.«

»Ja, stimmt.«

»Er war so attraktiv und sexy.«

Nikki brach das Herz für ihre Großmutter, die ihren geliebten Ehemann viel zu früh verloren hatte. »Vermisst du ihn immer noch?«

»Jeden Tag.«

»Denkst du jemals, dass du besser dran gewesen wärst, wenn du ihn niemals getroffen hättest?«

»Keine Sekunde lang. Die fünfzehn Jahre, die ich mit ihm verbracht habe, waren die besten Jahre meines Lebens.

Ich würde sie für nichts in der Welt eintauschen wollen, selbst wenn ich vorher wüsste, wie es endet. Es gibt nichts – und ich meine *nichts* –, was mit dem Gefühl mithalten kann, das man hat, wenn man mit dem einen zusammen ist, der für einen bestimmt ist.«

»Und was, wenn es niemanden gibt, der für mich bestimmt ist?«

»Das ist völliger Quatsch. Jemand mit einem liebevollen Herzen wie du ist absolut dafür vorgesehen, jemanden zu lieben und im Gegenzug geliebt zu werden. Liebe ist das Einzige, was wirklich zählt, Nikki. Der Rest ist nebensächlich. Die Leute, die wir lieben, sind das, was unserem Leben einen Sinn gibt und ein Ziel, und die Vorstellung, dass du das für dich ausschließt wegen dem, was dir *ein* Mensch angetan hat, macht mich unfassbar wütend. Nicht auf dich natürlich, sondern auf *ihn*.«

»Ich habe begonnen zu glauben, dass du da recht hast.«

»Natürlich habe ich recht. Wann hatte ich das nicht?«

Nikki lachte. »Nicht ein einziges Mal.«

»Wie ist es mit den Panikattacken?«

»Ein bisschen aktiver als gewöhnlich, aber ich komm damit klar.«

»Ich weiß, das Thema Männer und Dating belastet dich sehr. Doch es geht einzig darum, den *richtigen* Menschen zu finden, Süße. Wenn dein Riley dieser Mensch sein könnte, dann tu bitte nicht, was du sonst tust, und errichte keine Mauern um dein Herz, um ihn von dir fernzuhalten. Das ist keine Art, zu leben.«

»Er möchte mir helfen, einige Mauern einzureißen«, erklärte Nikki. »Wenigstens hier im Haus.«

»Du solltest ihm erlauben, *alle* Mauern einzureißen, die zwischen dir und der Möglichkeit stehen, dass dieser junge Mann dir etwas bedeuten könnte. Wenn er auch nur ein bisschen seinem Onkel ähnelt, ist er ein echter Schatz. Kannst du mir versprechen, dass du ihm eine echte, ehrliche Chance gibst, dir zu zeigen, wie er in Wahrheit ist, bevor du irgendeine Entscheidung triffst?«

»Ja, Gram, das verspreche ich.«

»Das macht mich glücklicher, als du dir vorstellen kannst. So lange habe ich mir gewünscht, dass du es ein weiteres Mal versuchst.«

»Ich habe bisher niemanden getroffen, der in mir den Wunsch geweckt hat, es auszuprobieren.«

»Bis jetzt?«

»Bis jetzt«, gestand Nikki leise. Bis Riley gekommen war und in ihr den Wunsch nach allen möglichen Dingen geweckt hatte, von denen sie immer geglaubt hatte, sie würde sie nie wieder wollen.

»Süße«, sagte Evelyn leise.

»Weinst du?«

»Vielleicht ein bisschen.«

Nikki lachte, während sie sich selbst die Augen betupfte. »Hör auf. Das führt nur dazu, dass wir beide heulen.«

»Das ist doch Glück, meine Süße. Pures Glück. Du musst mir alles in allen Einzelheiten erzählen, damit ich es miterleben kann.«

»Du solltest eigentlich selbst mal ausgehen.« Obwohl Männer oft genug ihre Gesellschaft suchten, blieb Evelyn hartnäckig Single.

»Ach, nein danke. Ich hatte meine große Liebe. Und jetzt möchte ich, dass du – und deine Schwester – deine findest.«

»Aber kein Druck oder so.«

»Überhaupt nicht. Und jetzt lass uns über die Renovierungsarbeiten reden. Ich möchte all deine Ideen hören.«

KAPITEL 8

Maddie wachte auf und fuhr hoch. Es war ein paar Stunden später als sonst, wenn ihre Kinder sie weckten. Sie blickte hinüber zu Mac, der neben ihr schlummerte, und begriff, dass sie letzte Nacht eingenickt war.

So viel zu einer romantischen Nacht zu zweit.

Sie verkniff sich ein Stöhnen. Was war eigentlich los mit ihr? Sie hatte sich seit Tagen so sehr auf die Nacht mit ihrem Ehemann gefreut, bloß um dann *einzuschlafen*?

Maddie war sich nicht sicher, warum ihre tiefsten Unsicherheiten in letzter Zeit so leichtes Spiel mit ihr hatten. Vielleicht lag es daran, dass es schien, als könne sie das Gewicht einfach nicht wieder loswerden, das sie mit dem dritten Kind zugenommen hatte, oder vielleicht lag es auch daran, dass sie jetzt einen Fünfjährigen hatte, was genau das Alter war, das sie selbst gehabt hatte, als ihr Vater eines Tages die Insel auf der Fähre verlassen hatte und fast dreißig Jahre lang nicht zurückgekommen war.

Mac war ganz anders als Bobby Chester. Er würde sie oder ihre Kinder niemals verlassen.

Das wusste sie ganz sicher, warum also quälte sie sich mit diesen Gedanken?

Sich jahrelang unzulänglich und einfach nicht gut genug vorzukommen hatte tiefe Wunden in ihrer Seele hinterlassen, die nicht einmal ihr wunderbarer Ehemann vollkommen heilen konnte. Sie war darauf programmiert, zu erwarten, dass Dinge schiefgingen, und ob es nun vernünftig war oder nicht, sie wollte den Mann nicht enttäuschen, der ihr Leben mit seiner Liebe so grundlegend geändert hatte.

Er hatte ihr alles gegeben, und sie wollte das Gleiche für ihn tun. Sie wollte ihn niemals enttäuschen oder auch nur etwas Dummes tun, wie in ihrer einen Nacht zu zweit vorzeitig einzuschlafen.

Sie drehte sich auf die Seite, um ihn ansehen zu können, legte ihre Hand flach auf seinen muskulösen Bauch, den harte körperliche Arbeit perfekt geformt hatte. Sie beobachtete ihn, wie er schlief, und staunte, wie engelsgleich er wirkte, was ein Wort war, das sie nicht oft benutzte, wenn sie ihn beschrieb, solange er wach war.

»Ich spüre es, wenn du mich anschaust«, erklärte er brummig, hielt die Augen geschlossen, während er nach ihr griff.

Maddie schmiegte sich an ihn und fühlte sich gleich viel weniger aufgewühlt und unruhig als noch vor ein paar Minuten. Selbst wenn er sie manchmal mit seinen Mätzchen, Schnapsideen und der fast übertriebenen Begeisterung fürs Leben schier in den Wahnsinn trieb, vermochte er sie auch zu beruhigen, auf eine Weise, wie es sonst niemand konnte.

»Woran denkst du?«

»Sachen, die dich ärgern würden.«

Seine Lider hoben sich, und er schaute sie aus seinen blauen Augen an. »Was für Sachen?«

»Es tut mir leid, dass ich einfach eingeschlafen bin.«

»Das muss es nicht. Du warst restlos erschöpft.«

»Trotzdem …«

»Du denkst doch nicht etwa, dass ich deswegen sauer auf dich wäre, oder?«

»Ich bin vor allem sauer auf mich selbst. Wir haben so wenig Zeit zusammen, und ich hab sie verschwendet, indem ich geschlafen habe.«

»Madeline …« Der warnende Unterton dabei, wie er ihren Namen aussprach, war nicht zu überhören.

»Was denn?«

»Hör auf damit. Was auch immer du gerade denkst oder dir einbildest oder in deinem hübschen Köpfchen zusammenspinnst, lass es sein. Es stört mich nicht im Geringsten, dass du eingeschlafen bist. Und wir haben den Rest des Abends für uns, wenn wir die kleinen Affen ins Bett gebracht haben. Wir haben ein Leben voller gemeinsamer Abende, auf die wir uns freuen können. Eine einzige Nacht fällt da gar nicht ins Gewicht.«

»Ich weiß.«

»Was ist denn wirklich los, Baby? Du bist in letzter Zeit gar nicht du selbst.«

»Ich weiß auch nicht.«

»Solltest du zu Vic gehen?«, fragte er und meinte damit die Inselhebamme, die Maddie während ihrer vier Schwangerschaften betreut hatte, bei den drei Geburten und dem einen schmerzlichen Verlust. In einer kleinen Inselgemeinde wie ihrer bot Victoria eine breite Auswahl von Gesundheitsleistungen für die Frauen vor Ort an.

»Vielleicht.«

»Muss ich mir Sorgen machen?«

»Nein.«

Er umfasste ihre Wange, nötigte sie, ihn anzuschauen. »Wenn du unglücklich bist, bin ich es ebenfalls.«

Zu ihrer großen Verlegenheit und Überraschung traten ihr Tränen in die Augen, die auch sogleich über ihre Wangen zu laufen begannen.

»Maddie, Süße«, sagte er und klang dabei hilflos und verwirrt. »Was ist denn los?«

»Ich weiß es einfach nicht. Ich fühle mich so … beunruhigt in letzter Zeit, sorge mich, dass irgendetwas Schlimmes passieren wird.«

Er zog sie in seine Arme, küsste ihr die Tränen fort und rieb ihr den Rücken. »Es wird überhaupt nichts Schlimmes passieren.«

»Das kannst du gar nicht sicher wissen.«

»Nein, das stimmt, aber es gibt nichts, worüber man sich Sorgen machen muss. Alle sind sicher und glücklich und gedeihen prächtig.«

»Es tut mir leid«, erklärte sie und versuchte, sich von ihm zu lösen, was er allerdings nicht zuließ. »Ich weiß gar nicht, was mit mir los ist.«

»Was immer es ist, wir werden es gemeinsam rausbekommen. Ich möchte nicht, dass du dir wegen irgendetwas Sorgen machst.«

»In letzter Zeit scheine ich gar nicht anders zu können. Thomas ist fünf und … Es ist nur …«

»Das ist genau das Alter, in dem du warst, als dein Vater euch verlassen hat«, stellte er mit ausdrucksloser Stimme fest. »Du glaubst doch nicht wirklich, die Geschichte könnte sich wiederholen, oder?«

»Nein. Nein, ich glaube keine Sekunde, dass du ihm das jemals antun würdest – oder uns allen.«

»Genau, Maddie. Wo um alles in der Welt sollte ich sonst sein wollen als genau hier bei dir und unseren Kindern?«

»Nirgends. Und das weiß ich auch.«

»Aber tief innerlich bist du immer noch das fünfjährige Mädchen, das am Fenster sitzt und die Fähren beobachtet und hofft, dass ihr Daddy zurückkommt, nicht wahr?«

Sein Verständnis, seine tiefe Einsicht, war eine der Sachen, die sie am meisten an ihm liebte. Niemand hatte sie je so verstanden, wie er das tat. »Ich möchte so nicht sein.«

»Trotzdem ist das kleine Mädchen immer bei dir und wartet nur darauf, dass eine Katastrophe passiert. Dagegen kannst du gar nichts tun.« Während er sprach, glitt seine Hand unter den Saum ihres T-Shirts, um ihr den Rücken zu streicheln. »Doch das kleine Mädchen muss sich wirklich niemals Sorgen machen, dass ich sie oder die Kinder verlasse, denn sie und unsere Kinder sind meine ganze Welt. Nichts anderes ist wichtig.«

Maddie schluchzte und bekam Schluckauf, weshalb sie sich dumm und hilflos fühlte. Was in der Welt hatte sie schon, worüber sie weinen musste? Sie führte genau das Leben, das sie sich immer gewünscht hatte, und besaß die Liebe eines Mannes, den sie sich selbst in den wildesten Träumen nicht hätte ausmalen können.

Er wischte ihre Tränen fort und küsste sie liebevoll. »Sag mir, was ich tun kann, wie ich dir helfen kann.«

»Das hier ist schon mal gut.«

»Ich möchte nicht, dass du ganz auf dich allein gestellt damit klarkommen musst. Das ist der Grund, warum ich hier bin, um alles besser zu machen und deine Sorgen zu beschwichtigen.«

»Ich hab keinen Grund, mich wegen irgendetwas zu sorgen.«

»Nein, hast du nicht, aber das heißt ja nicht, dass du es nicht trotzdem tust. So bist du nun mal gestrickt.«

»Dann brauche ich wohl ein neues Muster.«

»Ich liebe dich genau so, wie du bist.« Er schob sein Bein zwischen ihre und begann sie leidenschaftlicher zu küssen.

»Ich hab mir noch nicht die Zähne geputzt.«

»Sei still, und küss mich.«

»Mac! Lass mich ins Bad.«

»Nein.« Er rollte sich herum, sodass er auf ihr lag, und küsste sie weiter, obwohl sie protestierte, was allerdings nachließ, als er von ihren Lippen eine Spur aus Küssen zu ihrem Hals zog. Seine morgendlichen Bartstoppeln kratzten sie leicht auf der Haut, und ein Schauer durchlief sie. Alles, was er tun musste, war, sie auf diese sexy, besitzergreifende Weise anzuschauen, die sie so liebte, und schon begehrte sie ihn. Jedes Mal, wenn er sie berührte und küsste, war sie verloren.

»Du bist alles für mich, Madeline«, flüsterte er an der empfindsamen Haut an ihrem Bauch. »Jeder Schlag meines Herzens, jeder Atemzug von mir, alles, was ich tue und denke und wünsche, das ist alles für dich. Es gibt nichts, was ich nicht versuchen würde, um dich glücklich zu machen und deine Sorgen zu zerstreuen. Alles, was du möchtest oder brauchst, ich will derjenige sein, der es dir gibt.«

Sie seufzte, und ein Schluchzer entschlüpfte ihr.

»Sag mir, was du brauchst, damit ich es für dich beschaffen kann.«

»Ich brauche dich.« Sie schlang die Arme um ihn und hielt ihn fest an sich gedrückt.

»Oh, Baby, du hast mich doch. Ich gehöre ganz dir.« Seine Zärtlichkeit war zu viel für sie. Während er sie liebte, schluchzte sie in seinen Armen, ihre Gefühle waren eine schwindelig machende Mischung aus Glück und Verzweiflung, die sie gar nicht richtig begriff. Was um alles in der Welt sollte so ein Chaos in ihr auslösen?

Er wartete auf sie, so wie er es jedes Mal tat, erlaubte es sich erst, zum Höhepunkt zu kommen, nachdem sie den Gipfel erklommen hatte.

Hinterher hielt er sie eng an sich gedrückt.

Sie spürte, wie seine Lippen sich an ihrem Hals zu einem Lächeln verzogen. »Ich mag es, wenn wir beide so laut sein können, wie wir wollen.«

»Mhm, laut ist gut.«

»Maddie?«

»Ja?«

»Ich möchte, dass du mit Vic redest. Tust du das für mich?«

Sie nickte. »In Ordnung.«

»Heute?«

»Ja, Mac. Ich geh gleich heute bei ihr vorbei.«

* * *

Nach einem weiteren eiskalten Tag im Wayfarer, an dem sie Fenster einbauten, war Riley bereit für ein kaltes Bier, eine heiße Pizza und mehr Zeit mit Nikki, um die sich seine Gedanken während der endlosen Stunden bei der Arbeit gedreht hatten. Das einzig Gute an der Kälte war, dass sich alle auf die Arbeit konzentrierten, damit sie möglichst bald fertig wurden und schneller wieder ins Warme kamen. Das beschränkte auch das gewöhnliche gegenseitige Aufziehen auf ein Minimum.

»Mac hat sich einen guten Tag dafür ausgesucht, mal blauzumachen«, erklärte Shane, als sie zusammenpackten und ihre Werkzeuge wegräumten.

»Einer der Vorteile davon, der Boss zu sein«, bemerkte Finn.

»Komisch, dass ich davon gar nichts mitbekommen habe«, meinte Luke. »Mir hat niemand mitgeteilt, dass die Bosse sich am kältesten Tag freinehmen und bei ihren Ehefrauen zu Hause bleiben können.« Als Macs Partner im Bauunternehmen und beim Jachthafen war er der andere Boss. Allerdings entschied Luke selten Sachen allein.

»Mac neigt dazu, so was für sich zu behalten«, sagte Shane grinsend. »Möge der Himmel verhüten, dass wir am Ende gar seinem Beispiel folgen.«

»Auf keinen Fall«, erwiderte Luke. »Das würde nur zu Schwierigkeiten führen.«

»Geht ihr heute Abend zu Janeys Party?«, erkundigte sich Shane.

»Ich bin jedenfalls dabei«, antwortete Finn.

»Wir kommen auch«, warf Luke ein.

»Was ist mit dir, Riley?«, wandte sich Finn an seinen Bruder.

»Ich schau mal vorbei.«

»Und bringst du deine neue Freundin mit?«, fragte sein Bruder und klimperte mit den Wimpern, sodass Riley den heftigen Wunsch verspürte, ihn mit dem Schraubenzieher zu durchbohren, den er gerade in der Hand hielt.

»Vielleicht.«

»Gestern Abend war die große Verabredung, aber es sind bisher keine Details bekannt gegeben worden«, erklärte Finn in die Runde.

Als er dann noch begann, Kussgeräusche zu machen, musste sich Riley sehr beherrschen, um sich nicht auf seinen Bruder zu stürzen.

»Lass ihn in Ruhe«, schaltete sich Shane ein und versetzte Finn einen Stoß.

»Warum sollte ich?«

»Weil du eines Tages jemanden finden wirst, der in dir den Wunsch weckt, die Details für dich zu behalten, und dann möchtest du auch nicht, dass er oder wir anderen hier dich einer hochnotpeinlichen Befragung dazu unterziehen«, beschied ihm Shane, der wohl aus Erfahrung sprach.

»Das wird nicht passieren«, verkündete Finn.

Luke und Shane sahen ihn mitleidig an.

»Das haben wir auch immer gedacht«, erwiderte Luke und klatschte Shane ab, der zustimmend nickte.

»Wir alle müssen etwas Schlaf nachholen, solange es geht«, bemerkte Shane. »Von morgen bis Sonntag ist Schnee angesagt. Schaut, dass ihr die Pflüge einsatzbereit habt.«

Das allgemeine Stöhnen übertönte beinahe das Klingeln von Shanes Handy.

Sein ganzes Gesicht strahlte erfreut auf, als er den Anruf von Katie entgegennahm. »Hey, Baby. Was ist los?« Sein Lächeln verblasste, und seine Miene wurde ernst, ernst genug, dass die andern ihre Arbeit unterbrachen. »Was wollen sie?« Er stützte eine Hand in seine Seite und erklärte: »Wir sind gerade beim Aufräumen. Ich bin in zehn Minuten da.« Er beendete das Telefonat und steckte sein Handy wieder in seine Jeanstasche.

»Was ist los?«, wollte Luke wissen.

»Die Polizei ist bei uns zu Hause und sucht nach mir. Sie wollten Katie nicht verraten, was los ist.«

»Was zur Hölle?«, entfuhr es Finn, der damit aussprach, was sie alle dachten.

»Wir kommen mit«, kündigte Riley an. »Los geht's.«

»Ihr müsst nicht …« Shanes Stimme brach.

»Doch, müssen wir«, entgegnete Riley. »Ich fahre deinen Pick-up.« Er nahm seinen Cousin am Arm und dirigierte ihn zum Eingang.

Luke ging als Letzter und sperrte ab, dann lief er ihnen hinterher und sprang für die fünfminütige Fahrt zu dem Haus, das Shane mit seiner Verlobten Katie bewohnte, zu Finn hinten in den Wagen. Ein Polizei-SUV vom Festland stand zusammen mit dem Auto des Gansett-Island-Polizeichefs Blaine Taylor in der Einfahrt vor dem Haus.

»Was zur Hölle soll das?«, fragte Shane, als Riley hinter Blaines SUV parkte.

»Das finden wir jetzt raus«, erklärte Riley, der von nervöser Energie erfüllt war. Es war völlig ausgeschlossen, dass Shane in irgendwelchen Schwierigkeiten steckte, daher machte er sich darüber keine Gedanken. Aber was konnte die Polizei an einem kalten Januartag zu seiner Tür gebracht haben?

Er folgte seinem Cousin nach drinnen, wo Shane von Katie mit einer Umarmung begrüßt wurde.

»Was ist denn passiert?«, wollte Shane von Blaine wissen, bevor sein Blick zu Jack Downing weiterwanderte, einem der beiden Bundespolizisten, die auf der Insel stationiert waren. »Jack?«

»Wir haben einen Anruf von der Polizei in Providence erhalten«, antwortete Jack. »Deine Ehefrau Courtney ...«

»Ex-Frau«, unterbrach ihn Shane scharf, und Katie schlang ihm einen Arm um die Mitte. »Was ist mit ihr?«

»Sie wurde heute Vormittag leblos in ihrem Haus aufgefunden.«

O Gott, dachte Riley.

Shane wich einen Schritt zurück, als hätte er einen Schlag erhalten. »Eine Überdosis?«, erkundigte er sich.

»Das können wir noch nicht sagen«, erwiderte Jack, »aber im Haus wurden rezeptpflichtige Schmerzmittel sichergestellt.«

Nach einem längeren Moment des Schweigens fragte Shane: »Warum erzählt ihr mir das? Schließlich sind wir geschieden.«

»Du warst als derjenige aufgeführt, der benachrichtigt werden sollte, Shane«, antwortete Blaine.

»Was? Warum? Wir haben uns vor Jahren getrennt.«

»Ich weiß nicht«, meinte Blaine. »Vielleicht hat sie einfach nur vergessen, die Information zu aktualisieren?«

»Ihre Eltern«, stieß Shane in einem dumpfen, ausdruckslosen Ton hervor. »Hat schon jemand mit ihnen geredet?«

»Noch nicht«, kam es von Jack. »Wir sind verpflichtet, erst mit dir zu sprechen. Wie sollen wir weiter vorgehen? Wir können jemanden zu ihren Eltern schicken, wenn du das möchtest.«

Shane schüttelte den Kopf. »Ich übernehme das. Ich ruf sie an.«

»Shane, Süßer, das musst du nicht«, erklärte Katie.

»Ich weiß, aber ich werde es trotzdem tun.«

122

Während er mit Blaine und Jack sprach, ließ Katie den Arm sinken, den sie um ihn gelegt hatte, und beugte sich vor, um Riley zuzuflüstern, der neben ihr stand: »Geh und hol Laura, bitte.«

Riley nickte, eilte aus dem Haus und lief die kurze Strecke zum Sand & Surf Hotel, das Shanes älterer Schwester und ihrem Ehemann Owen gehörte. Er nahm immer zwei Stufen auf einmal und stürzte in die Lobby. Laura und ihre Schwiegermutter Sarah standen an der Rezeption und blickten überrascht auf.

»Hey, Riley«, begrüßte ihn Laura lächelnd. Sie hatte ein schlafendes Baby vor sich geschnallt, und ihr blondes Haar war zu einem unordentlichen Knoten aufgesteckt. »Was ist los?«

»Es geht um Shane.«

Lauras Lächeln wich Sorge.

»Courtney wurde heute tot aufgefunden.«

»Ach du meine Güte.« Rasch hob sie das Baby aus der Trage und reichte es an ihre Schwiegermutter weiter.

»Katie hat mich gebeten, dich zu holen.«

»Wo ist er?«, fragte sie, während sie sich die Trage abschnallte.

»Bei sich zu Hause.«

»Sarah, bitte sag Owen, wo ich bin. Ich komme, so schnell ich kann, wieder zurück.«

»Lass dir Zeit«, antwortete Sarah. »Ich kümmere mich um die Kinder.«

»Danke.«

Laura verzichtete auf eine Jacke und hastete geradewegs zur Tür, die Riley ihr aufhielt. Gemeinsam eilten sie im Laufschritt die Straße entlang zu dem Haus, in dem Shane und Katie wohnten. Laura ging voraus und direkt zu ihrem Bruder, zog ihn in ihre Arme. Er drückte sie im Gegenzug einen langen Moment, bevor er sie losließ.

Da er sehen konnte, dass sein Cousin in den besten Händen war, entschied Riley, zu verschwinden, damit Shane mehr Raum hatte in dem plötzlich überfüllten Haus. »Lass mich wissen, was wir tun können.«

Shane umarmte auch ihn. »Danke.«

»Ich komm später noch mal vorbei.«

Shane nickte. Er schien leicht überwältigt, aber das war auch wirklich kein Wunder. Courtney war Anfang dreißig gewesen, genau wie Shane, und viel zu jung zum Sterben. Erst hatten die Probleme mit ihrer Tablettenabhängigkeit zu dem Aus ihrer Ehe geführt, und jetzt dies …

Nachdem sie ihr Beileid ausgesprochen und ihre Unterstützung zugesagt hatten, folgten ihm Finn und Luke aus dem Haus. Zu dritt gingen sie durch den starken Wind zurück zum Wayfarer, wo ihre Autos standen.

»Das ist doch verrückt«, bemerkte Finn nach längerem Schweigen.

»Ernsthaft«, erwiderte Luke. »Er hat eine Menge mit ihr hinter sich.«

»Wir haben uns eine lange Zeit, nachdem er sich von ihr getrennt hatte, gefragt, ob er das überstehen würde.« Riley dachte nicht gern daran zurück, welche Sorgen sie sich damals um Shane gemacht hatten. »Und zuletzt lief es so klasse bei ihm.«

»Er schafft das schon«, warf Luke ein. »Er hat Katie und Laura und uns alle. Wir helfen ihm da durch.«

Riley konnte nur hoffen, dass das der Fall war. Shane war in eine schwere Depression verfallen, nachdem Courtney ihn verlassen hatte. Das schien eine lange Zeit her zu sein, nachdem er jetzt mit Katie ein ganz neues Leben auf der Insel gefunden hatte.

Am Wayfarer trennten sie sich von Luke, der erklärte, er werde sie später bei Janey treffen.

Finn stieg für die kurze Fahrt zu dem Haus, in dem sie wohnten, auf der Beifahrerseite in Rileys Wagen. »Meinst du, das wirft Shane wieder zurück?«, wollte er wissen.

»Ich hoffe wirklich nicht.«

»Er wird sich die Schuld daran geben. Sie wollte doch zu ihm zurück, und er hat Nein gesagt.«

»Da war er schon mit Katie zusammen. Er war weitergezogen.«

»Trotzdem … Das wird ihm ganz schön zu schaffen machen.«

»Ja, vermutlich schon«, meinte Riley und hatte ein ungutes Gefühl.

KAPITEL 9

Umgeben von den Menschen, die ihn am meisten liebten, versuchte Shane, die erschütternde Nachricht zu verarbeiten, die die Polizei ihm überbracht hatte. In seiner Vorstellung hatte Courtney ihr neues Leben ohne Sucht geführt, die Dunkelheit, die sie geplagt hatte, hinter sich gelassen. Zu hören, dass sie gestorben war, wahrscheinlich an einer Überdosis, sandte ihn zurück in das Tal der Verzweiflung, in dem er nach dem Ende ihrer Ehe so lange festgesessen hatte. Wie lange war sie schon rückfällig gewesen? War sie überhaupt jemals wirklich von dem Zeug losgekommen? War sie gleich nach dem Entzug wieder zu ihren alten Gewohnheiten zurückgekehrt oder erst, nachdem er sich geweigert hatte, ihr eine zweite Chance zu geben?

Und die wichtigste Frage von allen – warum war es ihm überhaupt so wichtig?

»Was kann ich für dich tun?« Katie war an seiner Seite, seit der Sekunde, in der Jack und Blaine es ihm mitgeteilt hatten.

»Ich weiß es nicht.«

Mit den Armen um ihn legte sie ihren Kopf an seine Schulter, bot ihm Trost und Unterstützung, während er gegen das Gefühl ankämpfte, keines von beidem zu verdienen. Courtney war seine Ex-Frau. Er liebte sie nicht mehr, hatte sie schon lange nicht mehr geliebt. Sie hatte ihn die ganze Zeit über angelogen, in der sie zusammen gewesen waren, hatte ihre schwere Abhängigkeit vor ihm geheim gehalten, was erst ans Licht gekommen war, als er hatte feststellen müssen, dass größere Geldsummen von ihrem gemeinsamen Konto fehlten.

Bis dahin hatte er in seliger Unwissenheit des schweren Kampfs, den seine Frau führte, gelebt, der völlig jenseits von ihm und ihrer Ehe stattfand.

Zu hören, dass sie gestorben war, brachte eine Flut von Erinnerungen an Dinge zurück, die er lieber vergessen hätte, als sie erneut zu durchleben. Die Zeit direkt nach dem Ende ihrer Ehe war die dunkelste seines Lebens gewesen, und er hatte nicht den Wunsch, dorthin zurückzukehren.

»Ich muss ihre Eltern anrufen.«

»Möchtest du, dass ich das übernehme?«, fragte Katie.

»Nein, ich mach das schon.« Er küsste sie auf die Stirn. »Es geht mir gut.« Zu Laura sagte er: »Hast du es Dad erzählt?«

Sie nickte. »Er und Betsy sind auf dem Weg hierher.«

»Ich bin ganz kurz draußen.« Er stand auf und ging ins Schlafzimmer, setzte sich auf das Bett, das er mit Katie teilte, und erinnerte sich daran, dass er unendlich weit von dem Zustand entfernt war, in dem er mit Courtney und unmittelbar nach ihr gewesen war. Er suchte seine Kontakte auf dem Handy durch und fand die Nummer von Courtneys Mutter, die er nie gelöscht hatte, obwohl er das vermutlich schon vor Jahren hätte tun sollen.

Vielleicht hatte er irgendwo im Hinterkopf gewusst, dass er sie eines Tages wieder brauchen würde.

Er wählte, stützte seinen Kopf in die Hand und wartete, dass sie dranging. Früher, als er mit Courtney verheiratet gewesen war, waren ihre Eltern den Winter über immer auf Padre Island in Texas gewesen. Er hatte keine Ahnung, ob das immer noch so war.

»Shane? Bist du das?«

»Ja.«

»Was ist los?«

»Mary Jane … Die Polizei war gerade bei mir. Es geht um Courtney.«

Sie begann zu schreien.

Mit einer Grimasse hielt Shane das Handy von seinem Ohr weg, bis sie wieder sprechen konnte.

»Waren es die Drogen?«, fragte Mary Jane schließlich unter Tränen.

»Das wissen sie nicht sicher, aber es wurden Hinweise gefunden, dass sie wieder rückfällig geworden war.«

»Ich *wusste* es. Ich habe erst neulich zu Steve gesagt, dass sie wieder angefangen hat, sich seltsam zu benehmen. Sie hat sich tagelang nicht gemeldet, nicht auf Nachrichten geantwortet. Vielleicht, wenn wir diesen Winter nicht nach Texas …«

»Stopp«, unterbrach Shane sie leise. »So darfst du nicht denken. Ihr habt alles für sie getan, was euch nur eingefallen ist. In ihrer Nähe zu sein hätte das hier nicht verhindert. Nichts hätte das verhindern können.« Das glaubte er mit jeder Faser seines Wesens. »Es war ein Kampf, den sie nicht gewinnen konnte.«

»Ich weiß nicht, was ich tun soll. Was soll ich tun, Shane?«

»Ich hab die Nummer, die die Bundespolizei mir hiergelassen hat, unter der wir anrufen sollen, wenn die Entscheidung über die Beerdigung gefallen ist.« Als sie dazu imstande war, sie sich aufzuschreiben, nannte er ihr die Ziffernfolge.

»Ich kümmere mich um einen Flug nach Hause.«

»Heute oder morgen fahren keine Fähren, weil ein Sturm aufzieht, aber ich komme so bald wie möglich.«

»Das musst du nicht tun. Es ist nicht dein Problem.«

»Ich werde da sein.«

»Du bist während dieser ganzen Sache so ein Segen für uns gewesen, Shane.«

»Ich wünschte nur, es hätte mehr gegeben, was ich hätte tun können.«

»Du hast getan, was du konntest. Das haben wir alle.«

»Ich ruf dich morgen oder übermorgen an, wenn ich weiß, wann ich die Insel verlassen kann.«

»Danke.«

Noch eine lange Weile, nachdem sie sich verabschiedet und das Telefonat beendet hatten, saß Shane auf dem Bett, die Ellbogen auf die Knie gestützt, und kämpfte gegen die Verzweiflung, während die Erinnerungen an Courtney kamen, von dem ersten Moment, in dem er sie in seinem Abschlussjahr am College getroffen hatte, bis zum letzten Mal, dass er sie gesehen hatte, als sie hier auf Gansett gewesen war, um ihn zu bitten, ihr eine weitere Chance zu geben, alles wieder in Ordnung zu bringen zwischen ihnen.

Er hatte sie fortgeschickt. Er hatte so hart dafür kämpfen müssen, sein Leben wieder auf die Reihe zu bekommen, hatte sich Hals über Kopf in Katie verliebt und befand sich in einer gesunden Beziehung … Er hatte getan, was am besten für ihn war – ausnahmsweise einmal. Aber hätte er Courtney überhaupt helfen können? Die Antwort auf diese Frage würde er niemals wissen.

Es klopfte leise an der Tür, dann trat Katie ins Zimmer. Sie schloss die Tür hinter sich und kam zu ihm, setzte sich neben ihn. »Wie kann ich dir helfen?«

»Das musst du nicht. Es geht mir gut.«

»Es wäre in Ordnung, wenn das nicht so wäre.«

»Es ist einfach so furchtbar traurig.«

»Allerdings. Dein Dad und deine Onkel sind hier. Adam auch. Wenn du dich nicht imstande fühlst, sie zu sehen, kann ich sie bitten, morgen wiederzukommen.«

»Ich rede gleich mit ihnen, doch erst gib mir das hier.« Er schlang die Arme um sie und hielt sie eng an sich gedrückt, genoss ihre Weichheit, atmete ihren vertrauten Duft ein. Hier, mit ihr, hatte er sein Für-immer-und-ewig gefunden.

»Das gebe ich dir liebend gerne«, erwiderte sie. »Jederzeit, wann immer du es brauchst.«

»Das werde ich oft brauchen in den nächsten paar Tagen.«

»Keine Sorge, davon habe ich jede Menge vorrätig.«

»Ich bin schmutzig von der Arbeit.«

»Denkst du ernsthaft, das macht mir etwas aus?«

»Ich vermute also nicht?«

»Irgendwelcher Schmutz ist mir völlig egal. *Du* bist mir wichtig. Es tut mir so leid, dass das passiert ist, Shane. Mein Herz bricht für dich und alle anderen, die sie geliebt haben.«

»Danke. Und nur für den Fall, dass du dich das fragst: Ich werde nicht zulassen, dass mich das wieder zurückwirft.«

»Das habe ich mich nicht gefragt, aber es ist trotzdem gut, es zu wissen.«

»Lass uns ein paar Minuten mit Dad und den anderen verbringen. Er sorgt sich bestimmt um mich.«

»Gib mir ein Zeichen, wenn du möchtest, dass ich sie vor die Tür setze.«

»Abgemacht.« Er stand auf und nahm ihre Hand, ließ sie nicht los, als sie aus dem Schlafzimmer traten, um sich zu den anderen zu gesellen, zu denen sein Dad gehörte, Onkel Mac, Onkel Kevin, sein Cousin Adam, sein Schwager Owen und Ned Saunders, ein Nennonkel für all die McCarthy-Cousins.

Sein Vater Frank kam zu ihm und umarmte ihn. »Es tut mir so leid, mein Sohn.«

»Danke, Dad.« Shane fühlte sich komisch dabei, dass er Beileidsbekundungen für eine Frau entgegennahm, von der er jetzt schon mehrere Jahre geschieden war. Aber er verstand, dass die Leute ihrem Bedauern Ausdruck verleihen wollten und dass er es zulassen musste. Da er wusste, wie sehr sein Vater sich in den dunklen Stunden seinetwegen geängstigt hatte, war er entschlossen, ihn zu beruhigen. »Es geht mir gut, Dad. Mach dir keine Sorgen.«

Frank stieß ein brummiges Lachen aus, als wollte er sagen: *Den Tag will ich erleben.* Seit ihre Mutter gestorben war, als Shane erst sieben und Laura neun Jahre alt gewesen war, hatte Frank an ihnen Mutter- und Vaterstelle vertreten und war gleichzeitig auch noch ihr Freund gewesen. »Wie kann ich helfen?«

»Im Moment gar nicht. Ich fahre in ein oder zwei Tagen rüber, wenn ich von ihrer Mutter gehört habe, was sie in Bezug auf die Beerdigung planen.«

»Ihre arme Mutter. Sie hat wirklich alles gemacht, was sie konnte, und mehr.«

Shane nickte, und seine Kehle wurde ganz eng vor Bedauern und Verzweiflung. Er ließ sich von Ned, seinen Onkeln, Cousins und seinem Schwager umarmen.

Big Mac rührte ihn zu Tränen, als er ihm zuflüsterte: »Du warst ihr ein guter Ehemann, Shane. Du hast alles in deiner Macht stehende getan.«

»Danke«, erwiderte er und blickte zu Katie.

»Ich glaube, Shane braucht jetzt ein bisschen Zeit für sich selbst«, erklärte sie.

»Natürlich«, meinte Frank. »Wir verschwinden sofort, aber wir kommen morgen, um nach dir zu sehen, in Ordnung?«

»Das wäre gut, Dad. Danke. Und danke euch allen, dass ihr hier wart. Ich weiß das wirklich zu schätzen.«

Laura drückte ihn eng an sich. »Ruf mich an, wenn du was brauchst. Egal was.«

»In Ordnung, danke.«

Sie gingen nach draußen, und Katie schloss hinter ihnen die Tür. Das Geräusch des zuschnappenden Schlosses erfüllte ihn mit Erleichterung.

»Ich kann ins Hotel gehen und dort übernachten, wenn du lieber ganz allein sein möchtest«, bot sie an.

»Teufel, nein. Du bleibst hier bei mir, wo du hingehörst.«

»Ich hab keine Ahnung, was ich sagen soll oder für dich tun kann.«

Er legte seine Arme um sie. »Liebe mich einfach. Das ist alles, was ich brauche.«

»Das ist meine leichteste Übung.«

* * *

Mac und Maddie hatten Victorias letzten Termin am Tag ergattert. Die Hebamme betrat das Untersuchungszimmer schwungvoll, hatte das lange dunkle Haar zu einem hoch angesetzten Pferdeschwanz frisiert, und ihre Augen strahlten vor Glück. Maddie hatte sie damit aufgezogen, dass sie ohne Unterbrechung lächelte, seit sie und Shannon O'Grady beschlossen hatten, zusammenzubleiben und ein gemeinsames Leben zu planen.

»Oh, heute habe ich ja euch *beide*«, bemerkte Vic und tippte auf der Tastatur des Laptops, der auf einem Rollschreibtisch stand, den sie in der Krankenstation ständig hinter sich herzog wie einen Hund an der Leine. »Das ist aber eine nette Überraschung. Alles in Ordnung?«

»Ich fühle mich in letzter Zeit irgendwie … komisch, und mit meiner Stimmung geht es auf und ab … Jedenfalls meinte Mac, es wäre besser, wenn ich mal zu dir gehe, also bin ich hier.«

Vic zog besorgt die Brauen zusammen. »Wie ›komisch‹?«

Mac ergriff Maddies Hand. »Darf ich?«

Maddie zuckte die Achseln. »Meinetwegen. Nur zu.«

»Sie ist niedergeschlagen und mit sich unzufrieden, weil sie das Gewicht, das sie bei der Schwangerschaft mit Mac zugelegt hat, einfach nicht wieder loswird, außerdem irgendwie nah am Wasser gebaut, und regt sich wegen Sachen auf, die überhaupt nicht passieren werden.«

132

»Ich scheine einfach nicht wieder auf die Beine kommen zu können, wie ich das sonst immer geschafft habe«, fügte Maddie hinzu.

»Hat sie vielleicht eine Wochenbettdepression?«, wollte Mac wissen.

»Ich glaube, dafür hätten wir schon früher Anzeichen bemerkt.« Victoria setzte sich auf einen Hocker und schlug die Beine übereinander. »Besteht vielleicht eine geringe Chance, dass du wieder schwanger bist?«

»*Was?*«, fragte Maddie, und ihre Stimme war so hoch und schrill, dass Hunde gebellt hätten, wenn welche in der Nähe gewesen wären. »Nein. *Auf keinen Fall.* Mac ist erst vier Monate alt!«

»Äh, also, rein *technisch* betrachtet«, warf Mac stotternd ein, »ist es nicht … Also, irgendwie ist es natürlich schon *möglich.*«

»Nein, ist es nicht!«

Als Victoria zu lachen begann, hätte Maddie sie am liebsten geboxt – und Mac gleich mit. Vor allem ihn. Wenn sie wirklich schwanger war, würde sie jemanden umbringen, und er war das wahrscheinlichste Opfer.

»Sorry«, erklärte Vic und gab sich Mühe, ihre Fassung zurückzuerlangen. »Ihr seid nur einfach so witzig. Nach vier Schwangerschaften solltet ihr eigentlich wissen, wo die Babys herkommen.«

Maddie begann zu weinen.

»Ach, Süße, nicht«, sagte Mac und legte die Arme um sie. »Wir wissen doch gar nichts mit Sicherheit, und wenn du schwanger bist, bekommen wir halt ein weiteres Baby. Das wird schon alles klappen.«

»Nichts wird klappen! Ich hab bereits drei Kinder unter sechs, und ich sehe aus wie ein Rhinozeros mit Riesenbusen! Ich kann kein weiteres Kind kriegen. Wenn es so weitergeht, werde ich die Schwangerschaftskilos nie loswerden, die ich noch draufhabe.«

»Na und?« Mac gab sich Mühe, den Ärger zurückzudrängen, den er immer verspürte, wenn sie sich herabsetzte. »Du bist die Vollkommenheit in Person.«

»Selbst wenn es dir vielleicht nicht hilft, ich würde dafür töten, wenn ich auch nur einen Teil deiner Rundungen besäße«, gestand Vic.

»Du kannst meine sogenannten Rundungen gerne haben«, erwiderte Maddie. »Mir passt nichts mehr von meinen Kleidern von vor der Schwangerschaft.«

»Dann kaufen wir dir neue.«

»Mac! Du kapierst es einfach nicht.«

»Dann erklär es mir.«

»Du siehst noch genauso aus wie an dem Tag, an dem wir uns begegnet sind, und ich … ich bin …«

»Tausendmal schöner als damals.« Er drehte sich zu ihr um, schien völlig zu vergessen, dass sie nicht allein waren, und legte seine große Hand an ihre Wange. »Du bist diejenige, die es einfach nicht kapiert, Madeline. Ich verstehe, dass die zusätzlichen Pfunde dich unglücklich machen, aber ich nehme sie überhaupt nicht wahr. Wenn ich dich anschaue, sehe ich *dich*, meine wunderschöne Frau, die Mutter meiner Kinder, meine beste Freundin und die Liebe meines Lebens. Und das ist alles, was ich sehe.«

»Seufz«, sagte Victoria und fächelte sich mit der Hand Luft zu.

»Ich bin schrecklich«, verkündete Maddie, und Tränen strömten ihr über die Wangen. »Meine liebe Schwägerin würde alles geben, um schwanger zu werden, und ich jammere hier nur über meinen fetten Bauch.« Sie schluchzte.

Mac zog sie in seine Arme. »Siehst du, was los ist, Vic?«

134

»Ja, das sehe ich, und ich glaube, ein Schwangerschaftsschnelltest wäre nicht verkehrt.«

Maddie stöhnte. »Das darf doch jetzt wirklich nicht wahr sein.«

* * *

Als Frank mit seinen Brüdern und Ned aus Shanes Haus trat, schlug Big Mac vor: »Lasst uns was trinken gehen.«

Frank, Kevin und Ned folgten ihm ins Beachcomber, wo Lucy, die tagsüber die Bar betreute, hinter dem Tresen stand.

»Hi, Jungs.« Sie legte vor jeden von ihnen eine Cocktailserviette. »Das Übliche?«

»Ja, bitte, Süße«, antwortete Big Mac mit einem herzlichen Lächeln für die junge Frau. »Danke.«

»Was verrät das über uns, dass wir etwas ›Übliches‹ bei jedem Barkeeper auf der Insel haben?«, erkundigte sich Kevin.

»Dass wir uns wirklich anstrengen, die Wirtschaft vor Ort zu unterstützen?«, erwiderte Mac unter dem schnaubenden Gelächter der anderen.

»Stimmt hundertprozentig«, sagte Ned.

»Es tut mir so leid, dass das passiert ist, Frankie«, wandte sich Kevin an seinen ältesten Bruder, legte ihm die Hand auf die Schulter.

»Mir auch. Shane hatte sich so gut gemacht. Ich hoffe, das wirft ihn jetzt nicht zurück.«

»Ist es falsch von uns, dass wir uns um Shane sorgen, wo doch die arme Courtney tot ist?«, fragte Mac.

»Es ist nur natürlich, wenn wir das tun«, erklärte Kevin. »Er gehört zu uns. Wir können uns um ihn sorgen, während wir mit ihrer Familie trauern.«

»Es is' jedenfalls 'ne schlimme Tragödie, egal, wie man's betrachtet«, meinte Ned.

»Mir tun ihre Eltern so leid«, bemerkte Frank. »Es sind wirklich nette Leute, die alles in ihrer Macht Stehende getan haben, um ihr zu helfen. Und während der ganzen Zeit waren sie für Shane da. Es ist einfach bloß furchtbar. Verdammte Drogen ...«

Mac atmete tief aus. »Gott sei Dank hat keines von unseren Kindern je mit dem Dreck Probleme gehabt.«

»Gott sei Dank«, stimmte ihm Kevin zu und seufzte. »Da hatten wir wirklich Glück.«

»Allerdings«, pflichtete Mac ihnen bei. »Ich frage mich, ob es irgendein Programm gibt oder so etwas, für das wir spenden können, bei dem Leuten wie Courtney geholfen wird, damit sie die Unterstützung bekommen, die sie brauchen. Dann könnten wir in ihrem Namen Geld dorthin überweisen.«

»Das ist eine großartige Idee«, fand Frank. »Ich werde mit Mary Jane darüber reden, wenn ich sie diese Woche sehe.«

»Ich bin ebenfalls dabei«, warf Ned ein. »Für eine gute Sache spende ich gerne.«

»Danke, Kumpel«, sagte Frank und drückte Ned die Schulter.

»Also fährst du zur Beerdigung?«, fragte Kevin Frank.

»Sicher. Was auch passiert ist, sie war mal meine Schwiegertochter. Mein Sohn hat sie sehr geliebt, trotz ihrer Probleme. Und es ist völlig ausgeschlossen, dass ich ihn all das durchmachen lasse, ohne ihm seelischen Beistand zu leisten. Und ich bin sicher, Laura wird ebenfalls mitkommen wollen.«

»Wir gehen alle«, verkündete Mac.

»Das müsst ihr nicht«, entgegnete Frank, gerührt von der Unterstützung seiner Brüder.

»Klar machen wir das«, erklärte Kevin.

Ned nickte zustimmend.

Frank seufzte tief. »Wir können nicht zulassen, dass Shane einen Rückfall bekommt.«

»Er ist inzwischen so viel stärker als damals«, bemerkte Mac. »Das können wir alle erkennen. Es ist nicht einfach nur Katie, auch wenn sie einen großen Teil dazu beiträgt. Er hat sich weiterentwickelt, seit er hier ist. Mac erzählt mir die ganze Zeit, dass er die Baufirma ohne Shane nicht führen könnte.«

»Es ist gut für ihn, Zeit mit seinen Cousins und besten Freunden zu verbringen«, sagte Frank.

»Er hat jede Menge Unterstützung, die er letztes Mal nicht hatte, wobei Laura und du natürlich euer Möglichstes geleistet habt«, gab Kevin zu bedenken. »Aber jetzt hat er die ganze Truppe, und es ist völlig ausgeschlossen, dass wir zulassen, dass ihn das runterzieht. Wir passen auf ihn auf, Frankie.«

»Ich liebe euch wirklich, Jungs«, erklärte Frank fast ein bisschen unwirsch. »Ich bin so verdammt froh, dass ich euch in Zeiten wie diesen in meiner Nähe habe.«

»Wir lieben dich auch«, erwiderte Mac. »Und wir lieben Shane. Wir helfen ihm da durch.«

Zu wissen, dass seine Brüder und sein Freund hinter ihm standen – und seinem Sohn –, sorgte dafür, dass Frank sich tausendmal besser fühlte, als er das ohne sie an seiner Seite tun würde … und ohne ihre Versicherung, dass alles in Ordnung kommen würde.

KAPITEL 10

Riley duschte und zog sich saubere Jeans und den gestreiften Pullover an, den ihm seine Mutter zu Weihnachten geschickt hatte. Er benutzte etwas Eau de Cologne und hatte es schon fast zur Tür hinaus geschafft, als Finn tropfnass aus dem Bad trat, ein Handtuch um die Hüften.

»Auf dem Weg zu deiner Freundin?«

»Sie ist nicht meine Freundin.«

»Noch nicht.«

»Okay, wir sprechen uns später.« Riley hatte heute Abend keine Lust, sich mit seinem Bruder auseinanderzusetzen, nicht, nachdem er den ganzen Tag darauf gewartet hatte, Nikki wiederzusehen.

»Kommst du nachher zu Janey?«

»Jap.«

»Bringst du sie mit?«

»Vermutlich. Benimm dich nicht wie ein Vollidiot, falls ich es tue, hörst du?«

»Ich geb mir Mühe.«

»Gib dir *mehr* Mühe.« Riley zog sich eine Jacke über. »Und wisch die Pfütze auf, die du auf dem Boden hinterlassen hast, okay?«

»Ja, Mama.«

Riley verdrehte die Augen und ging aus dem Haus, bevor Finn mehr sagen konnte, was ihn ärgern würde. Auf der Fahrt zu Eastward Look dachte er darüber nach, dass sein Bruder ihn in letzter Zeit immer wieder reizte, bevor seine Gedanken ganz natürlich zu Shane wanderten. Er hatte mit Courtney bereits einen Albtraum erlebt, und jetzt dies …

Riley hatte Courtney nicht sehr gut gekannt. Er hatte sie auf ihrer Hochzeit kennengelernt und sie danach ein paarmal bei Familienfeiern getroffen. Er erinnerte sich daran, wie glücklich Shane mit ihr gewirkt hatte, wie sein Cousin den Arm um seine Frau gelegt hatte, immer wenn sie in seiner Nähe gewesen war.

Und er erinnerte sich auch, in welch schlechter Verfassung Shane gewesen war, nachdem alles den Bach runtergegangen war. Die ganze Familie hatte sich Sorgen um ihn gemacht. Riley wusste, dass Kevin sich häufig darum bemüht hatte, seinem Neffen zu helfen, allerdings ohne Erfolg. Erst als Laura Shane gebeten hatte, herzukommen, um bei den Renovierungsarbeiten an ihrem Hotel zu helfen, hatte sein Cousin sich allmählich wieder gefangen.

Shanes Leid mit anzusehen war eine gute Erinnerung daran, warum er so entschlossen Single geblieben war. Zu der Zeit hätte er sich niemals vorstellen können, einer anderen Person die Macht zu geben, ihn so am Boden zu zerstören, wie Courtney das mit Shane getan hatte.

Aber als er in die lange Auffahrt einbog, die zum Haus von Nikkis Großmutter führte, wurde ihm plötzlich klar, dass sich etwas in ihm verändert hatte, seit er ihr im letzten Herbst begegnet war. Eine Tür hatte sich geöffnet, zu der Möglichkeit, ein solches Risiko einzugehen. Dann war sie verschwunden, bevor er sie richtig hatte kennenlernen können. Und warum sie und nicht eine der hundert anderen Frauen, die er in seinem Leben getroffen hatte?

Das war ein Rätsel, das sich nicht so leicht lösen ließ. Alles, was er wusste, war, dass sie irgendetwas an sich hatte, etwas Einzigartiges, und er wollte sie besser kennenlernen – vielleicht sogar besser, als er je irgendjemanden kennengelernt hatte.

Diese Gedanken, einer nach dem anderen, machten ihm Angst. Dies war alles Neuland für jemanden, der sich große Mühe gegeben hatte, alles zu meiden, was sich auch nur vage nach Beziehung oder dauerhafter Verpflichtung anfühlte.

Er saß im Dunkeln und starrte zur Haustür, als sein Telefon klingelte. Er zuckte zusammen. Die Anruferkennung zeigte den Namen seines ehemaligen Bosses.

»Hallo, Clint«, begrüßte Riley ihn. »Wie geht's?«

»Um ehrlich zu sein, nicht so toll. Ich habe gerade wieder eine beschissene Woche hinter mir, in der alles schiefgelaufen ist, was schieflaufen kann.«

»Wow, das tut mir leid. Was ist passiert?«

»Inkompetenz, Unachtsamkeit und einfach Dummheit, um nur ein paar Dinge zu nennen. Hör mal, Riley … Ich weiß, du und dein Bruder, ihr seid glücklich da draußen auf eurer Insel, aber ich könnte euch Jungs wirklich gut wieder hier gebrauchen. Ich habe gerade einen Vorarbeiter entlassen, und ich habe einen weiteren, bei dem es auch nicht mehr lange dauert. Ich brauche Leute, auf die ich mich verdammt noch mal verlassen kann, und ich bin bereit, euch das Doppelte zu zahlen von dem, was ihr jetzt verdient, wenn ihr wieder für mich arbeitet.«

»Ich … Ich weiß nicht, was ich sagen soll.«

»Sag Ja. Komm zurück, und bring deinen Bruder mit. Ich brauche euch.«

Clint Davis war sehr gut zu Riley und Finn gewesen, und sie hatten seit ihrer Zeit am College für ihn gearbeitet, bis sie sich Urlaub genommen hatten, um zu Lauras Hochzeit nach Gansett zu fahren, und hergezogen waren, als Mac ihnen Jobs angeboten hatte. Sie hatten unmittelbar nach der Trennung ihrer Eltern in der Nähe ihres Vaters bleiben wollen. Aus Monaten war ein Jahr geworden, und jetzt lebten sie schon fast zwei Jahre hier auf der Insel.

»Lass mich mit Finn und meinem Cousin, für den wir jetzt arbeiten, sprechen. Wir haben hier einige ziemlich große Sachen mit einem neuen Familienunternehmen am Start.«

»Ich nehme, was ich kriegen kann. Gib mir Bescheid, okay?«

»Mach ich. Tut mir leid, dass es bei dir gerade so schlecht läuft.«

»Mir auch. Ich würde mich freuen, von euch zu hören.«

»Bis bald, Clint.«

Lange nachdem er den Anruf beendet hatte, saß Riley noch in der Kälte und dachte über das Timing nach. Dann öffnete Nikki die Tür und schaltete das Verandalicht an, und ihr Anblick vertrieb jeden Gedanken, der sich nicht um sie drehte. Er stieg aus dem Wagen und lief zur Treppe, nahm immer zwei Stufen auf einmal in seiner Eile, bei ihr zu sein.

»Hey«, sagte er und lächelte, als sie die Sturmtür für ihn öffnete.

»Hallo. Ich habe deine Scheinwerfer in der Auffahrt gesehen. Hast du telefoniert?«

Er folgte ihr in die Küche. »Ja, sorry. Mein alter Boss hat mich angerufen.«

»Kein Problem, ich wusste, dass du es warst. Der große gelbe Schneepflug vorn am Pick-up verrät dich jedes Mal.«

»Ich werde ihn morgen Abend brauchen, wenn man dem Wetterbericht glauben kann.«

Sie öffnete ihm eine Flasche Bier und stellte sie auf den Küchentresen. »Was wollte dein alter Boss denn?«

Er bemerkte, dass sie Amstel Light für ihn besorgt hatte.

»Mich. Und meinen Bruder. Zurück in Connecticut, zum Arbeiten, für das Doppelte von dem, was wir hier verdienen.«

»Oh.« Sie wandte sich dem Herd zu. »Und wirst du es annehmen?«

Wirkte sie enttäuscht, oder wünschte er sich das nur? »Ich weiß nicht. Mir gefällt, was ich hier tue, und ich glaube, Finn geht es genauso.« Er hatte gar nicht vorgehabt, ihr vom Anruf seines Ex-Bosses zu erzählen, aber er stellte fest, dass es ganz natürlich schien, mit ihr darüber zu sprechen. »Irgendwas riecht hier sehr gut.«

»Ich hoffe, es macht dir nichts aus, dass ich gekocht habe.«

»Vertrau mir, es macht mir nichts aus. Was gibt's denn?«

»Nichts Besonderes. Bloß Pasta.«

»Finde ich gut. Danke.« Ihr Gesicht war von der Hitze des Herds gerötet – oder zumindest glaubte er, dass es das war –, und er wollte sie in die Arme schließen. Er wollte sie festhalten und sie küssen und ihr zeigen, wie glücklich er war, sie zu sehen. Trotzdem hielt ihn irgendetwas zurück. Er hatte akzeptiert, dass der erste Schritt, falls es einen geben würde, von ihr kommen musste.

Er hoffte, dass sie ihm eines Tages anvertrauen würde, was sie in der Vergangenheit so verletzt hatte, sodass er sein Bestes tun konnte, um sicherzustellen, dass nichts sie je wieder verletzen würde. So viel für eine Frau zu empfinden war auf jeden Fall eine neue Erfahrung für ihn, doch irgendetwas an ihr sorgte dafür, dass er sie beschützen und trösten wollte.

»Riley?«

Ihm wurde bewusst, dass er sie angestarrt hatte. »Was? Sorry.«

»Ist irgendwas nicht in Ordnung?«

»Nicht in Ordnung? Nein, definitiv nicht.« Er trat einen Schritt auf sie zu, fühlte sich zu ihr hingezogen, wie es noch bei keiner anderen gewesen war.

Sie wirkte atemlos, als sie ihn ansah.

Er streckte die Hand aus, um ihr einen Spritzer Soße von der Wange zu wischen, und lächelte dabei.

»Jordan sagt, dass ich die unordentlichste Köchin überhaupt bin.«

»Ich finde, du bist die sexyste Köchin überhaupt.« Da. Er hatte es getan. Ihr einen Handschuh hingeworfen. Das Spiel verändert. Er hielt den Atem an und wartete, ob sie ihm auf halbem Weg entgegenkommen würde. Verdammt, auch ein Viertel des Weges würde ihm reichen nach Monaten, in denen seine Gedanken sich um sie gedreht hatten und er sich mit der Tatsache hatte auseinandersetzen müssen, dass er sie wollte. Sehr sogar.

Sie sah zu ihm auf und erschien ihm unglaublich verletzlich. »Findest du das wirklich?«

Er kam einen weiteren Schritt auf sie zu. »Das tu ich auf jeden Fall.« Er strich ihr mit einem Finger über das Gesicht, konzentrierte sich auf die rosig überhauchten Wangen.

»Ich ... äh ...« Sie schluckte krampfhaft. »Ich bin nicht besonders gut in diesen Dingen.«

»Doch, bist du.«

»Nein, nicht wirklich.«

Riley schüttelte den Kopf und legte ihr eine Hand an die Wange, drehte ihr Gesicht zu sich. Es fiel ihm schwer, abzuwarten, ob sie ihm ein Zeichen geben würde, irgendeinen Hinweis, dass sie von ihm geküsst werden wollte. Während der Sekunde, die es dauerte, bis ihre Lippen sich teilten und ihr Blick zu seinem Mund wanderte, glaubte er, verrückt zu werden.

Er wertete das als Signal, fortzufahren, ging allerdings ganz langsam vor, weil er sie nicht verschrecken oder seine Chancen ruinieren wollte, indem er zu schnell zu viel von ihr verlangte. Das Letzte, was er wollte, war, ihr Angst zu machen, und er gab ihr den süßesten, sanftesten, zärtlichsten Kuss, den er je einem Mädchen gegeben hatte. Er war absolut nicht vorbereitet auf den Flächenbrand, den diese leichte Berührung ihrer Lippen in ihm auslöste.

Er hielt ihr Gesicht zwischen seinen Händen und lehnte die Stirn gegen ihre, hoffte, dass sie mehr wollen würde.

Sie legte ihm eine Hand in den Nacken, und bei dem Gefühl ihrer Finger in seinem Haar erbebte er, so anstrengend war es, sich zu beherrschen und sie nicht zu erschrecken.

Dann fuhr sie sich mit der Zungenspitze über die Lippen, und dieser Anblick schnellte auf den ersten Platz als das Erotischste, was er je gesehen hatte. Ohne bewusste Entscheidung beugte er sich hinunter, während sie sich empor-reckte, und ihre Lippen trafen sich voller Verlangen. Er zog sie dichter an sich, begierig nach mehr, nachdem er so lange darauf gewartet hatte, sie zu küssen.

Der Löffel, den sie benutzt hatte, um die Soße umzurühren, fiel klappernd zu Boden, was er vollkommen ignorierte, während ihre Zunge seine in einen sinnlichen, verzweifelten Tanz verwickelte.

Ach du Scheiße. Heißester Kuss aller Zeiten.

Mit seinen Händen auf ihrem Hintern hob er sie hoch, setzte sie auf den Küchentresen und beugte sich vor, um sie weiter zu küssen, bis seine Lippen taub zu werden drohten und er so hart war, dass es wehtat. *Zu viel, zu früh.* Die Worte hallten durch seinen Kopf, erinnerten ihn daran, dass er bei ihr vorsichtig vorgehen musste, das Zögern respektieren, das er von Anfang an in ihr gespürt hatte.

Auch wenn es die letzte verdammte Sache war, die er tun wollte, beendete er den Kuss und wandte seine Aufmerksamkeit ihrem Hals zu.

»Du bist so sexy, so wunderschön, so süß«, flüsterte er, und sie erschauerte. Er liebte diesen kleinen Schauer, der durch ihren Körper lief.

»Riley …«

»Hmm?«

»Die Pasta ... Sie kocht.«

»Die Pasta ist nicht das Einzige, was hier kocht.«

Sie lachte und drückte ihn mit einer Hand auf der Brust von sich fort, bevor sie vom Tresen sprang und sich dem Essen auf dem Herd zuwandte.

Riley wusste nicht, was er mit sich oder dem Verlangen anfangen sollte, das ihn wie ein zusätzlicher Herzschlag durchströmte, und er hatte absolut keine Möglichkeit, zu verbergen, was dieser Kuss mit ihm angestellt hatte. Also lehnte er sich gegen den Tresen, überkreuzte die Füße an den Knöcheln und konzentrierte sich einfach nur darauf, zu atmen, während er sie beobachtete.

Als sie sich wieder zu ihm umdrehte, hatte er sich mehr oder weniger unter Kontrolle – bis sie sich auf die volle Unterlippe biss und ihr Blick ein weiteres Mal zu seinem Mund wanderte. Er konnte sich gerade noch ein Stöhnen verkneifen.

»Ich ... Ich habe so etwas schon sehr lange nicht mehr getan«, sagte sie, und jedes Wort schien ihr unglaublich schwerzufallen.

»Warum nicht? Du machst das wirklich gut.«

Ihre Augen weiteten sich überrascht.

»Du wusstest nicht, dass du gut darin bist?«

»Ich ...« Sie schüttelte den Kopf und schlang wieder auf ihre typische Art die Arme um den Oberkörper.

Er fragte sich, ob ihr überhaupt bewusst war, dass sie es tat. Er richtete sich auf und hielt ihr eine Hand hin. »Komm her.«

»Ich bin doch hier.«

»Näher. Natürlich nur, wenn du das willst.«

Er konnte sehen, wie sie all ihren Mut zusammennahm, um wieder zu ihm zu treten. Mit ihr in seinen Armen und ihren Körper direkt an seinen gepresst, wo es keinen Zweifel mehr bei ihr geben konnte, welche Wirkung ihre Küsse auf ihn gehabt hatten, legte er ihr die Hände auf die Schultern. »Erzähl mir, warum du denkst, dass du hierin nicht gut bist«, verlangte er und unterstrich seine Worte mit Küssen auf ihre Stirn und ihre Lippen.

»Ich habe wenig Übung darin. Es ist etwas passiert … als ich auf dem College war.«

»Willst du mir davon erzählen?«

Sie schüttelte den Kopf und schloss die Augen, als sie sich mit Tränen füllten.

»Nikki, Süße.« Tief erschüttert zog er sie eng an sich und vergrub sein Gesicht in der duftenden Seide ihres Haars. »Bitte weine nicht. Du musst es mir nicht erzählen.«

»Doch, muss ich. Alles andere wäre nicht fair.«

»Aber nicht jetzt, wenn du nicht dazu bereit bist.«

»Ich will bereit sein … Für dich, für das hier. Ich will …«

»Was willst du, Süße?« Jetzt, da er sie berühren durfte, schien er nicht mehr aufhören zu können, ihr mit den Fingern durchs Haar zu fahren oder ihr beruhigend den Rücken zu streicheln. »Verrat mir, was du willst, damit ich es für dich besorgen kann.«

»Ich will dich.«

Er lächelte sie an, erfüllt von einer kribbelnden Freude, die er noch nie zuvor empfunden hatte. »Das sind die besten Neuigkeiten, die ich den ganzen Tag gehört habe.«

»Es ist nur so, dass ich nicht weiß, wie. Ich bin im College mit einem Typen zusammen gewesen … Er ist es leid geworden, auf mich zu warten, und hat sich genommen, was er wollte.«

»O mein Gott«, keuchte Riley, und seine Freude verwandelte sich in Wut bei dem Gedanken, dass ihr jemand das angetan hatte. »Es tut mir so leid, dass dir das passiert ist, Nikki.«

»Es ist schon lange her. Trotzdem fühlt es sich manchmal an, als wäre es gerade erst passiert. Seit der Zeit habe ich mich im Großen und Ganzen von Männern und Dating ferngehalten.«

»Daraus kann man dir keinen Vorwurf machen. Sag mir, dass er wenigstens angeklagt wurde.«

»Ja, wurde er. Es war der totale Albtraum. Letzten Endes habe ich das College verlassen.«

»Es tut mir leid, dass du so eine schreckliche Sache erleben musstest.«

Sie lächelte ihn an, und der Boden schien sich unter seinen Füßen zu bewegen, als ihn ein starkes Gefühl wie ein Fallen aus großer Höhe überkam. Er hatte noch nie etwas Ähnliches verspürt.

»Was auch immer zwischen uns passiert, liegt ganz in deiner Hand. Ich werde dich nie um etwas bitten, was du nicht geben möchtest.«

»Du kannst dir nicht vorstellen, was mir das bedeutet.«

Er strich ihr mit der Fingerspitze zart über die Wange. Sein Magen und sein Herz schmerzten für sie und wegen dem, was sie erlebt hatte. »Ich wünschte, ich könnte fünf Minuten allein mit dem Typen haben, der dir das angetan hat.«

Sie blickte weg, schien sich zu sammeln, bevor sie ihn wieder anschaute. »Ich wollte, dass du weißt, warum ich so … merkwürdig bin.«

»Du bist nicht merkwürdig.«

»Doch, das bin ich.«

»Nein, das bist du wirklich nicht.«

Er ließ seine Augen offen, als er sie wieder küsste, kehrte nach dem, was sie ihm erzählt hatte, zu der anfänglichen Sanftheit zurück.

»Bei dir möchte ich nicht merkwürdig sein.«

Riley lachte, während er sie an sich zog, bezaubert, betört und jede Sekunde tiefer in etwas hineingezogen, das die Macht hatte, sein Leben zu verändern.

* * *

Ach du Scheiße, der Mann konnte küssen. *Heiliges Kanonenrohr,* wie ihre Großmutter es ausdrücken würde. Nikki wollte vor Freude durch die Küche tanzen. Sie hatte den sexy, attraktiven, süßen Riley McCarthy geküsst, und sie hatte es überlebt. Sie hatte nicht irgendetwas übermäßig Peinliches getan, außer ein paar Tränen zu vergießen, die hauptsächlich der Erleichterung darüber zuzuschreiben waren, dass sie den ersten Kuss hinter sich gebracht und die Bestätigung erhalten hatte, dass die Anziehung nicht nur auf ihrer Seite bestand.

Er hatte all die richtigen Sachen gesagt und getan, als sie ihm davon erzählt hatte, was im College geschehen war und wie es ihr Leben bis heute bestimmte.

Während sie die Spaghetti und den Salat aßen, die sie zubereitet hatte, war sie dankbar, dass sie sich entschlossen hatte, nicht das Knoblauchbrot aufzubacken. Jetzt, da sie ihn einmal geküsst hatte, war die einzige Sache, die wichtig war, wann sie es wieder tun dürfte. Wenigstens musste sie sich nicht wegen Knoblauchatem Gedanken machen.

Jetzt war alles anders zwischen ihnen, die Luft erfüllt mit einer Aura von Erwartung und Vorfreude, die verhinderte, dass sie sich auf etwas anderes konzentrieren konnte als den Mund, der sie mit solcher Zärtlichkeit geküsst hatte.

»Hör auf«, verlangte er rau, nachdem er einen Schluck von seinem Bier genommen hatte.

»Womit?«, fragte Nikki überrascht.

»Meine Lippen anzustarren.«

Sie errötete und hatte keine Ahnung, was sie erwidern sollte, bis jene sündigen, sexy Lippen sich zu einem Lächeln verzogen, das sie bis in die Zehenspitzen spürte. Er neckte sie, und sie war darauf hereingefallen.

»Starr mich so viel an, wie du willst, denn das bedeutet, dass ich es auch darf.«

»Du möchtest mich anstarren?«

»Himmel, ja, ich will dich anstarren. Ich habe versucht, es nicht zu tun, seit der ersten Sekunde, in der ich dich gesehen habe.«

»Und das hat dich einige Mühe gekostet?«

»Du hast ja keine Ahnung.«

Sie verbarg ihr Lächeln hinter ihrer Hand.

Er nahm diese Hand und zog sie an den Mund. »Dass du zurückgekommen bist, ist das Beste, was mir seit letztem Herbst passiert ist. Du hättest es miterleben sollen, als ich erfahren habe, dass du hier bist. Ich war mit meinem Bruder und unseren Cousins in der Bar vom Beachcomber, und ich hab sie sitzen lassen und bin mit dem Auto meines Dads losgerast, was ich seit Jahren nicht getan hatte.«

»Du wolltest mich wirklich dringend sehen.«

Er zog sanft an ihrer Hand, bis sie von ihrem Platz aufstand und sich auf seinen Schoß setzte. Er schloss die Arme um sie und rieb seine Nase an ihrem Hals. »Ich wollte dich wirklich, *wirklich* dringend sehen.«

»Ich wollte dich auch sehen«, gestand sie ihm, ganz atemlos von den Küssen, die er ihr auf den Hals hauchte. »Auf dem ganzen Weg von L. A. hierher habe ich gehofft, dass du noch hier sein würdest. Ich wusste nicht, ob das der Fall wäre.«

»Ich glaube, du warst der Grund, warum ich geblieben bin. Ich habe gehofft, dass du zurückkommst.«

»Ich glaube, ich muss Jordan danken, dass sie zu Zane zurückgekehrt ist. Sonst hätte ich keinen Grund, hier zu sein.«

»Ich bin mir nicht sicher, ob wir so weit gehen sollten, aber ich bin froh, dass du einen Grund hattest, zurückzukommen.«

»Empfinde ich auch so.«

»Heute war ein wirklich schwieriger Tag. Hier mit dir zusammen zu sein macht allerdings alles besser.«

Sie strich ihm mit den Fingern durchs Haar. »Was ist passiert?«

»Mein Cousin Shane hat herausgefunden, dass seine Ex-Frau gestorben ist, vermutlich an einer Überdosis.«

»O Gott, das ist ja schrecklich. Geht es ihm gut?«

»Er steht natürlich unter Schock und ist aufgebracht.«

»Der arme Kerl. Sind sie schon lange geschieden?«

»Etwa zwei Jahre. Nach der Hochzeit hatte er herausgefunden, dass sie tablettensüchtig war, und danach wurde es nur schlimmer. Es ging ihm lange sehr, sehr schlecht. In letzter Zeit ist es besser geworden ...« Riley atmete tief ein und langsam wieder aus. »Tut mir leid, ich wollte das nicht bei dir abladen.«

»Das muss dir nicht leidtun. Du machst dir Sorgen um ihn, was wirklich süß ist.«

»Wir machen uns alle Sorgen um ihn. Es ist so ein Schock für ihn und so schrecklich für ihre Familie. Und obwohl ich seinetwegen traurig bin, komme ich mir auch egoistisch vor, denn alles, woran ich denken kann, seit ich dich geküsst habe, ist, wann ich es wieder tun darf.«

Lächelnd berührte sie seine Lippen mit ihren. »Willst du heute Abend immer noch zu deiner Cousine?«

»Nicht mehr so dringend wie vorher.« Seine Hände bewegten sich über ihre in einer sanften Liebkosung, die dafür sorgte, dass sie zum ersten Mal seit Jahren über *mehr* nachdachte. Niemand hatte sie je so empfinden lassen, wie Riley es mit wenigen heißen Küssen geschafft hatte.

»Was würdest du denn lieber tun?«, wollte sie wissen und liebte die Art, wie seine blauen Augen vor Verlangen dunkel wurden.

»Mehr hiervon.« Er küsste sie wieder. »Aber ich möchte auch, dass du meine Familie kennenlernst.«

»Wir könnten für eine Weile hinfahren.«

»Hmm«, sagte er an ihren Lippen. »Okay.«

»Riley ...«

»Hm?«

»Du musst aufhören, mich zu küssen, wenn wir zu deiner Cousine wollen.«

»Ich möchte aber nicht aufhören, dich zu küssen.«

Nikki konnte sich nicht daran erinnern, wann ihr etwas mehr gefallen hatte als das Gefühl von Rileys starkem Arm um sie und seinen Lippen auf ihren. »Nur für eine kleine Weile. Du kannst mich später weiterküssen.«

»Versprochen?«

Sie nickte. »Versprochen.«

KAPITEL 11

Finn McCarthy war schlecht gelaunt, ein ungewohnter Zustand für einen Freitagabend. Er lebte für Freitagabende und die Wochenenden, an denen er machen konnte, was immer er wollte, aber mit einem Schneesturm im Anzug und einem Bruder, der all seine freie Zeit mit seiner Freundin verbrachte, hatte sich Finns übliche Wochenendfreude in Luft aufgelöst.

»Was für eine Laus ist dir denn über die Leber gelaufen?«, fragte seine Cousine Janey, während sie in der Küche herumging und Tabletts mit Essen für die Familie vorbereitete, die jede Sekunde eintreffen konnte.

»Was? Nichts.«

»Du bist schlecht drauf und sauer. Was ist los?«

»Ich bin nicht sauer oder schlecht drauf.«

»Klar bist du das. Versuch gar nicht erst, es abzustreiten.« Sie stieß ihn mit der Schulter an, als sie auf dem Weg zur Spüle an ihm vorbeiging. »Ich kenne dich zu gut.«

Janey war zwei Jahre älter als er und Riley, und sie waren als Kinder zu dritt viel durch die Gegend gestreift und hatten jede Menge Ärger bekommen. Das waren gute Zeiten gewesen. Er nahm einen tiefen Schluck aus seiner Bierflasche und wusste, dass sie jemand war, der sich nicht leicht von dem Thema abbringen lassen würde.

»Was ist los, Finn?«

»Nichts.« Er trat mit seinen Timberland-Stiefeln, die er zu dieser Jahreszeit am liebsten trug, gegen den Boden. »Nicht viel.«

»Muss ich dir alles aus der Nase ziehen?«

Er lachte, denn wenn irgendjemand das konnte, dann Janey. »Missy hat mich angerufen und Textnachrichten geschrieben. Ziemlich viele. Sie will, dass ich nach Hause komme.«

»Gott«, sagte Janey, und ihre Reaktion kam nicht unerwartet. »Ich habe gedacht, du hättest das Ganze endlich hinter dir gelassen.«

»Hab ich ja auch.«

»Warum redest du dann noch mit ihr?«

»Wir waren fünf Jahre lang zusammen.«

»Und das ist seit zwei Jahren vorbei. Warum hängst du so an der Vergangenheit?«

»Tu ich ja gar nicht, aber sie meint, wir wären jetzt beide älter und weiser und es würde diesmal anders sein.«

»Wie anders?«, wollte Janey wissen, während sie Ranch-Dressing in eine Schüssel füllte, um die Gemüse-Sticks arrangiert waren.

»Wir wären nicht mehr so …«

»Schrecklich zusammen?«, fragte Janey und hob amüsiert eine Augenbraue.

»Genau«, antwortete Finn und konnte sich ein Lachen nicht verkneifen.

Janey wischte sich die Hand am Geschirrtuch ab. »Kann ich dir eine kleine Geschichte aus meinem eigenen Leben erzählen?«

»Sicher.« Finn öffnete sich ein neues Bier und lehnte sich gegen den Tresen.

»David und ich waren dreizehn Jahre lang ein Paar, so lange, dass wir jeden Sinn für Perspektive verloren hatten. Erst als wir mit anderen Leuten zusammengekommen sind, waren wir in der Lage, zu erkennen, was unserer Beziehung gefehlt hatte. Die erste Nacht, die ich mit Joe als mehr als Freunde verbracht habe, war eine ziemliche Offenbarung.«

Finn verzog das Gesicht und hob eine Hand. »Hör sofort auf. Keine ekelhaften Details, die deinen kleinen Cousin fürs Leben schädigen.«

»Sei still«, erwiderte sie mit einem Lachen. »Und werd endlich erwachsen, okay?«

»Das wird niemals geschehen.«

»Doch, wird es, und wenn es so weit ist, werde ich die Erste sein, die vor dir steht und sagt: ›Siehst du, ich habe es dir prophezeit.‹ Missy ist die Vergangenheit, Finn. Wenn du für immer mit ihr hättest zusammen sein sollen, hättet ihr nicht die letzten zwei Jahre getrennt verbracht. Vertrau mir, wenn dir die Richtige über den Weg läuft, wirst du es wissen – und du wirst nicht einen Tag von ihr getrennt verbringen wollen, ganz zu schweigen von zwei Jahren.«

Ihr Ehemann Joe kam mit je einem Kind im Pyjama auf dem Arm in die Küche, das Haar noch feucht von dem Bad, das sie gerade hinter sich hatten.

Janeys Gesicht leuchtete auf, als sie ihre kleine Familie sah, und sie nahm Joe, der mit ihrem Sohn P. J. schmuste, ihre Tochter Vivienne ab. »Sind meine Kleinen bereit fürs Bett?«

»Nein«, antwortete P. J.

Joe lachte. »Das ist bisher sein einziges Wort. Einige Kinder fangen mit ›Dada‹ oder ›Mama‹ an. Unsers startet mit ›Nein‹.«

»Das ist großartig«, erklärte Finn lachend.

»Nicht, wenn du die Eltern bist«, meinte Joe und kitzelte P. J., der daraufhin quietschte und lachte.

»Kein Quatsch mehr zur Schlafenszeit«, verkündete Janey, küsste ihren Sohn und gab ihre Tochter zurück an Joe.

»Sagt Cousin Finn Gute Nacht«, forderte Joe die Kleinen auf.

»Nein«, kam es prompt von P. J.

»Darf ich lachen?«, erkundigte sich Finn.

»Nicht falls du weiterleben willst«, ließ ihn Janey mit einem Stirnrunzeln wissen. »Irgendwann jetzt muss er doch mal ein zweites Wort lernen, oder?«

»Nein«, sagte Finn und handelte sich damit einen Schlag gegen den Arm ein.

Während Joe mit den Kindern nach oben ging, kam Finns Cousine Mallory mit ihrem Verlobten Quinn James vorbei. Sie umarmte ihre Schwester Janey und dann auch Finn. Ihm fiel wieder auf, wie gut sich Mallory in die Familie eingefügt hatte, nachdem sie erfahren hatte, dass Big Mac ihr Vater war. Jetzt war es so, als hätte sie immer dazugehört.

»Was haben wir verpasst?«, wollte Mallory wissen und goss sich ein Glas Mineralwasser ein, während Quinn sich eine Limonade holte.

»Ich belehre unseren kleinen Cousin Finn gerade über die Nachteile von Recycling«, antwortete Janey.

»Recycling hat Nachteile?«, fragte Quinn und steckte sich einen Karotten-Stick in den Mund.

»Durchaus, wenn wir über Beziehungen reden, die ihr natürliches Ende erreicht haben, und darüber, eine Neuauflage zu wagen für noch mehr Drama«, erklärte Janey in Richtung Finn, der sie wütend anfunkelte.

»Okay«, erwiderte Mallory. »Da muss ich meiner Schwester zustimmen, Finn. Manche Dinge lässt man besser in der Vergangenheit, wo sie hingehören.«

»Das hat man mir schon mitgeteilt«, ließ Finn sie wissen und schenkte wiederum Janey einen vielsagenden Blick.

»Ich empfehle auf jeden Fall, darauf zu warten, dass der Richtige vorbeikommt«, meinte Mallory mit einem liebevollen

Lächeln in Richtung Quinn. »Es gibt doch nichts, was dem gleichkommt, es genau richtig hinzukriegen.«

Quinn nahm ihre Hand und zog sie an die Lippen. »Ich bin da ganz bei ihr.« Der Ausdruck, mit dem er sie anschaute, war eigentlich nicht für die Öffentlichkeit bestimmt.

Finn war sich ziemlich sicher, dass er Missy in all ihrer gemeinsamen Zeit nie auf diese Art und Weise angesehen hatte. »Es ist gänzlich unnötig, euer Glück vor mir auszubreiten, Leute«, verkündete er in spöttischem Tonfall und war mehr als bereit, das Thema zu wechseln.

»Du kommst auch noch dran, Finny.« Janey fuhr ihm durchs Haar und küsste ihn auf die Wange. »Und ich jedenfalls kann es kaum erwarten, dass es so weit ist.«

»Ich würde währenddessen nicht den Atem anhalten«, ließ Finn sie wissen, der es nicht besonders eilig damit hatte, sesshaft zu werden.

Das Haus füllte sich langsam mit Familienmitgliedern, von denen jeder den anderen fragte, ob er mit Shane gesprochen hätte. Alle machten sich nach den Ereignissen des Tages Sorgen um ihn. *Wie furchtbar*, dachte Finn, *jemanden auf diese Art zu verlieren – und zudem mehr als einmal.* Die schreckliche Sinnlosigkeit darin trug zu seiner generellen düsteren Stimmung bei. Courtney war eine hübsche, liebenswerte Frau gewesen, und was ihr passiert war – und Shane –, war herzzerreißend. Es sorgte dafür, dass Finn sich weit von allem fernhalten wollte, was wahrer Liebe auch nur im Entferntesten ähnelte.

Und apropos wahre Liebe, als sein Vater mit Chelsea ankam, bat er um ein Gespräch allein mit Finn. Die drei gingen zusammen ins Esszimmer, das der einzige Raum im unteren Teil des Hauses war, der nicht von den McCarthys und ihren Freunden überlaufen war.

»Was gibt's?«, fragte Finn seinen Dad.

Kevin warf Chelsea einen Blick zu und lächelte. »Wir wollten dir mitteilen, dass wir schwanger sind – und heiraten werden. Ende des Monats.«

»Oh«, entfuhr es Finn, und er hatte das Gefühl, dass alle Luft seinen Körper in einem langen Ausatmen verließ. »Das ist toll. Glückwunsch.«

»Ich hatte gehofft, dass du und dein Bruder meine Trauzeugen sein würdet.«

»Na sicher.« Er kam sich wie im falschen Film vor, als er sich vorbeugte und Chelsea auf die Wange küsste und seinen Vater umarmte. »Ich freu mich für euch.«

»Danke, Kumpel«, erwiderte Kevin und lächelte seine Verlobte an. »Wir freuen uns ebenfalls.«

Es war schon ziemlich lange her, dass Finn seinen Vater so glücklich erlebt hatte. *Wenn dir die Richtige über den Weg läuft,* hatte Janey gesagt, *wirst du es wissen.* Sein Vater mit Chelsea – so sah es aus, wenn man die Richtige traf, beschloss er, selbst wenn er weiter damit zu kämpfen hatte, wie die Ehe seiner Eltern geendet hatte.

Das Leben war zu kurz, um es unglücklich zu verbringen. Finn glaubte das wirklich, doch die Scheidung seiner Eltern hatte ihn trotzdem schwer getroffen, und der Schock saß selbst nach zwei Jahren noch immer tief. Im Rückblick konnte er erkennen, wie lange sie schon unglücklich gewesen waren, bevor sie sich getrennt hatten, aber da er nicht mehr zu Hause gelebt hatte, seit er aufs College gegangen war, hatte die Trennung seinen Bruder und ihn trotzdem überrascht.

Einige Minuten später traf Riley mit Nikki ein und kam zu Finn, ihrem Vater und Chelsea.

»Hallo«, begrüßte Riley sie, den Arm um Nikki gelegt. »Du kennst meinen Vater und Chelsea. Das ist mein Bruder Finn. Finn, das ist Nikki Stokes.«

Wunderschön, dachte Finn. Sogar noch mehr als ihre berühmte Schwester, falls das möglich war. »Nett, dich endlich kennenzulernen«, sagte er und schüttelte ihr die Hand.

»Danke, gleichfalls.«

Er hob eine Augenbraue und musterte sie abschätzend. »Ich werde dich Nicholas nennen«, verkündete er.

Sie erwiderte seinen abschätzenden Blick auf genau die gleiche Art und erwarb sich damit sofort seinen Respekt. »Und ich werde dich Finnbar nennen.«

Riley lachte los, zur selben Zeit wie Finn, Kevin und Chelsea.

»Touché«, gab sich Finn geschlagen und hob seine Bierflasche. »Auf Nicholas.«

»Darauf trinke ich«, erklärte Riley bedeutungsvoll, während Nikkis Gesicht knallrot anlief.

Sie stieß ihm den Ellenbogen in die Seite, woraufhin er aufkeuchte, und dadurch stieg sie in Finns Achtung noch weiter.

»Hast du gehört, dass wir später im Monat zu einer Hochzeit eingeladen sind?«, wandte Riley sich an ihn.

»Hab's gerade erfahren.«

»Wir brauchen einen Junggesellenabschied«, befand sein Bruder mit einem Blick zu Kevin.

»O nein, auf keinen Fall«, widersprach der sofort.

»O ja, auf jeden Fall«, beharrte Finn. »Das muss jeder über sich ergehen lassen. Jedenfalls in dieser Familie.«

»Ich denke, wir sollten das lieber lassen«, widersprach Kevin mit ernstem Gesichtsausdruck. »Wegen Shane und allem.«

»Wir sollten es auf jeden Fall tun, und Shane würde dem zustimmen«, erklärte Riley. »Wir zollen ihm unseren Respekt und erweisen Courtney die letzte Ehre, und dann werden wir mit dem Leben weitermachen. Das ist alles, was wir tun können, das meint zumindest mein Vater, der Seelenklempner.«

»Ich hasse es, wenn sie meine eigenen Worte gegen mich verwenden«, bemerkte Kevin an Chelsea gewandt, die ihr Lachen hinter einer Hand versteckte. »Du kannst doch jetzt nicht lachen«, entrüstete er sich. »Du bist entweder auf meiner Seite oder auf ihrer. Du kannst nicht beides haben.«

»Ich bin natürlich auf deiner Seite, Schatz«, versicherte ihm Chelsea und legte ihre Hand auf seinen Arm.

»Schleimer«, neckte Finn sie.

»Er ist der Vater meines Kindes. Ich brauche ihn.«

Wenn man Finn vor einigen Jahren gefragt hätte, ob sein Vater mehr Kinder wollte, hätte er es entschieden verneint, aber dann war Chelsea gekommen, und alles hatte sich verändert. Wie Janey schon gesagt hatte, mit der richtigen Person zusammen zu sein machte einen Riesenunterschied aus.

Missy war nicht die Richtige für ihn. Er wusste das. Zur Hölle, *sie* wusste es auch, und trotzdem blieben sie in Kontakt, mehr aus Gewohnheit als aus irgendeinem anderen Grund. Es war vermutlich an der Zeit, diese Verbindung zu den Akten zu legen und hinter sich zu lassen, selbst wenn das Ende schmerzhaft sein würde.

Riley war so offensichtlich fasziniert von Nikki, dass Finn sich fragte, was die Zukunft für ihn bereithielt. Soviel er wusste, hatte Riley es nie mit einer Frau ernst gemeint, jetzt allerdings vermittelte er doch sehr deutlich den Eindruck, sodass Finn sich fragte, ob Nikki vielleicht die Richtige für Riley war.

Um ihn herum veränderte sich alles, ob Finn das wollte oder nicht. Es war höchste Zeit, dass er ebenfalls einige Änderungen vornahm, und das würde damit beginnen, dass er die Sache mit seiner Ex-Freundin ein für alle Mal beendete.

* * *

Geschockt. Das war das Wort des Tages für Mac McCarthy junior. Maddie war schwanger. Schon wieder. Und nach ihrem Termin bei Victoria hatte er das mit Shanes Ex-Frau erfahren, und ein Schock war auf den anderen Schock gefolgt. Beide Elternpaare hatten angeboten, bei den Kindern zu bleiben, sodass sie zu Janey fahren konnten, aber nach den Neuigkeiten aus der Krankenstation hatten sie beschlossen, zu Hause zu bleiben.

Nachdem sie Shane angerufen hatten, um ihm zu kondolieren und zu hören, wie es ihm ging, bereitete Mac Thomas und Hailey fürs Bett vor, badete sie und steckte sie in ihre Schlafanzüge. Sie waren übermütig und wollten Quatsch machen, er aber nicht, was die Stunde ziemlich anstrengend gestaltete.

»Daddy stinkig«, stellte Hailey fest, nahm sein Gesicht zwischen die Hände und verzog ihren Mund so niedlich, dass er lachen musste.

»Bin ich nicht.«

»Doch, bist du«, unterstützte Thomas seine Schwester.

»Vielleicht ein bisschen«, gab Mac zu.

»Warum?« Sein Sohn betrachtete ihn auf die aufmerksame Weise, die bei Mac dazu führte, dass er sich unbehaglich fühlte. Dieses Kind beobachtete alles von ihm, ahmte nach, was er tat und sagte – und *wie* er es tat und sagte. Er war noch nie von irgendeinem anderen menschlichen Wesen in seinem Leben derartig gesehen worden wie von diesem Sohn, der in sein Leben getreten war, als der Junge neun Monate alt gewesen war.

»Kein besonderer Grund, Kumpel. Nichts, worum du dich sorgen musst. Wer darf heute die Geschichte aussuchen?«

»Ich«, meldete sich Hailey, und Thomas stöhnte.

»Keine Prinzessinnen«, verlangte er.

»Wohl Prinzessinnen«, beharrte Hailey.

Sie einigten sich auf eine Prinzessinnen- und eine Star-Wars-Geschichte, sodass alle glücklich waren. Mac steckte sie in ihre Betten und gab ihnen einen Gutenachtkuss, verließ sie mit der Anweisung, liegen zu bleiben. Das war in letzter Zeit die größte Herausforderung gewesen.

Er ging in das Schlafzimmer, das er sich mit Maddie teilte, die dem kleinen Mac die Brust gab, während ihr Tränen übers Gesicht liefen. Dass sie weinte, brach Mac das Herz. »Schläft er?«, fragte er und lehnte sich über sie, um das Baby zu betrachten, das, wie ihm jeder versicherte, genau wie er aussah.

»Ich glaube es schon.«

Mac beugte sich ganz vorsichtig vor, um ihn hochzunehmen, ohne ihn aufzuwecken. Er blickte hinab auf das perfekte, süße Gesicht seines Sohnes und konnte nicht anders, als dankbar zu sein. Nein, sie hatten nicht geplant, mehr Kinder zu bekommen, aber sie waren nach Macs Geburt auch nicht so vorsichtig gewesen, wie sie hätten sein können.

Während er das Baby in seine Wiege legte, gab er sich selbst die Schuld. Er hätte besser aufpassen müssen. Maddie hatte genug damit zu tun, sich um die drei Kleinen zu kümmern, und der Gedanke an ein viertes ließ sie völlig durchdrehen. Und wie konnte man ihr daraus einen Vorwurf machen? Er arbeitete den ganzen Tag – im Sommer sogar in zwei Jobs. Sie war diejenige, die mit den Kindern zu Hause war, also erledigte sie das meiste von der Arbeit des Kindergroßziehens.

Er würde eine Nanny oder so einstellen, um ihr zu helfen, vor allem im Sommer, wenn er sich noch um die Marina kümmerte. Und er würde seine Stunden reduzieren, wo immer es ging, und mehr Verantwortung an Luke, Shane, Riley und Finn abgeben. Die beiden Letzteren hatten bewiesen, dass sie nicht länger die Babys der Familie waren und zu sehr viel mehr fähig, als er bisher von ihnen verlangt hatte.

Als er ins Schlafzimmer zurückging, fand Mac Maddie genau da, wo er sie zurückgelassen hatte. Sie starrte die Wand an, und die Tränen liefen weiter.

»Wir können Adam und Abby nichts davon erzählen«, schluchzte sie.

Sein Bruder und seine Schwägerin hatten Probleme damit, schwanger zu werden. »Wir werden es ihnen irgendwann erzählen *müssen*.«

»Ich will nicht, dass sie es je erfahren.«

»Maddie«, sagte er und setzte sich mit einem Seufzen neben sie.

»Es ist nicht gerecht. Sie will ein Baby mehr als alles andere, und ich kann irgendwie nicht aufhören, welche zu bekommen. Und wenn du lachst, werde ich dich im Schlaf erstechen.«

»Ich lache nicht. Ich schwöre es.«

»Du lässt dich sterilisieren«, forderte sie. »Und zwar sofort.«

»Okay.«

»Ich dachte, du hättest gesagt, dass niemand deinem Teil jemals zu nahe kommen wird.«

»Ich habe meine Meinung geändert.«

»Das ist gut, weil ich schon so weit war, mit der Küchenschere selbst Hand anzulegen, wenn das nötig werden sollte.«

Mac verzog das Gesicht. »Kein Grund, gewalttätig zu werden. Ich werde es tun.«

»Mac ...«

»Was denn, Schatz?«

»Was zur Hölle machen wir mit vier kleinen Kindern?«

»Wir werden sie lieben und aufziehen und die nächsten zehn bis fünfzehn Jahre den Verstand verlieren, aber wir werden es überstehen. Gemeinsam.«

»Sie werden alle Teenager werden.«

»Das weiß ich.«

»Zur selben Zeit!«

»Überleg mal. Dann bringen wir auch alles zur selben Zeit hinter uns.« Er hielt inne, überlegte, ob er das mit Courtney erwähnen sollte, wo sie ohnehin schon so angegriffen war, und beschloss, dass darüber zu reden ihnen helfen würde, alles in die richtige Perspektive zu rücken. »Ich möchte dir von einem Mädchen erzählen, das ich früher gekannt habe, das mit Shane verheiratet war. Nur dass er nicht wusste, dass sie tablettensüchtig war, bis es zu spät war. Sie war wirklich süß, hübsch und lustig, und er hat sie sehr geliebt.«

»Courtney, richtig?« Sie hatte Courtney nie kennengelernt, weil Shanes Ehe schon vorbei gewesen war, bevor sie und Mac zusammengekommen waren.

Mac nickte. »Heute haben wir erfahren, dass sie gestorben ist, vermutlich an einer Überdosis.«

»O Gott, Mac …« Sie begann wieder zu weinen. »Ist Shane in Ordnung?«

»Ich habe vor einiger Zeit mit ihm geredet und auch mit Laura gesprochen. Katie ist bei ihm, und er kommt damit etwa so gut klar, wie zu erwarten war.«

»Und hier bin ich und heule wegen eines weiteren Babys. Man sollte doch denken, ich hätte meine Lektion gelernt, nachdem wir Connor verloren haben. Ich habe danach geschworen, ich würde nie wieder überreagieren, wenn ich schwanger wäre. Merkst du, warum ich mich in letzter Zeit nicht besonders mag?«

Mac lehnte sich vor und gab ihr einen Kuss. »Dann ist es ja gut, dass ich dich genug für uns beide mag. Ich wollte dir von Courtney erzählen, um uns beide daran zu erinnern, wie gut es uns geht, selbst wenn uns die Situation gerade vielleicht über den Kopf wächst. Solange wir uns haben, gibt es nichts, was wir nicht schaffen, sogar vier Kinder.«

»So kann ich es fast glauben.«

»Glaub es. Wir werden uns Hilfe holen, damit du tagsüber nicht alles allein machen musst, während ich arbeite.«

»Ich hasse es, das zuzugeben, aber das könnte ich wahrscheinlich brauchen.«

»Ich werde dir besorgen, was auch immer nötig ist, und wir werden uns daran erinnern, wie gut es uns geht, denn wir haben so viel Glück.«

»Das weiß ich. Das weiß ich wirklich. Und ich möchte nicht, dass du denkst, dass ich nicht dankbar bin.«

»Ich weiß, dass du das bist, Baby. Jeder wäre von dieser Neuigkeit überwältigt.«

»Lass es uns erst mal noch für uns behalten, okay? Wenn sie es herausfinden, ist es dann nicht so, als wären wir tatsächlich in der Sekunde schwanger geworden, nachdem Mac geboren war.«

»Okay«, erwiderte Mac und zog sie lachend in die Arme. »Was immer du willst.«

»Ich werde nie wieder Sex mit dir und deinem Super-Sperma haben.«

»Doch, wirst du.«

»Nie wieder.«

»Du weißt, wie sehr ich Herausforderungen liebe.« Er legte seine Hand an ihre Wange und sagte: »Küss mich.«

»Nein, das würde wahrscheinlich schon reichen, damit ich wieder schwanger werde.«

»Die gute Sache daran ist, dass das in den nächsten acht Monaten nicht passieren kann. Wir können allen Spaß haben, den wir wollen.«

»Aber danach nie wieder.«

»Küss mich.«

»Mac …«

»Hm?« Er war damit beschäftigt, sich ihrem Hals zu widmen und sich zu ihren Lippen vorzuarbeiten.

»Versprichst du, dass du mich auch liebst, wenn ich nie wieder so aussehe, wie ich es getan habe, als wir uns kennengelernt haben?«

Er hob den Kopf, betrachtete sie und bemerkte, dass sie ihn mit ihren karamellfarbenen Augen unendlich verletzlich anschaute. »Ich verspreche, dass ich dich liebe, egal, was passiert. Du gefällst mir mit mehr Kurven besser. Du warst viel zu dünn, als wir uns kennengelernt haben, hast dir zu viel Sorgen um alles gemacht und dich nicht gut um dich gekümmert, weil du zu beschäftigt damit warst, dich um Thomas zu kümmern. Ich liebe jeden einzelnen Zentimeter von dir. Ich liebe jede Kurve, jede Rundung und jedes Stück glatter, seidiger Haut. Es wird nie eine Zeit kommen, in der ich dich nicht mehr als alles andere in meinem gesamten Leben liebe oder mit dir schlafen will.«

Maddie seufzte und schlang die Arme um ihn, während er sich auf sie legte. »Es tut mir leid, dass ich so bin. Das ist die alte Unsicherheit, die immer wieder hervorkommt, um mich zu quälen.«

»Du kannst jederzeit unsicher sein, wenn das nötig ist, und ich bin nur zu froh, dich zu beruhigen.«

»Selbst nach all dieser Zeit kann ich es manchmal immer noch nicht glauben ...«

Er strich ihr sanft mit den Lippen über die Haut. »Was kannst du nicht glauben?«

»Dass du mich ausgesucht hast.«

»Du bist in mich hineingefahren. Du hast mir keine große Wahl gelassen.«

Sie lächelte bei dieser bekannten Antwort, genau wie er gehofft hatte. »*Du* hast *mich* umgerannt.«

»Haarspalterei«, sagte er, zog ihr das Nachthemd hoch und presste sich gegen die Hitze zwischen ihren Beinen. Sie hatten das »Wer ist in wen reingerannt?«-Streitgespräch häufig, und es gefiel ihnen immer, an den Tag zu denken, an dem sie sich getroffen hatten. »Und wenn du dich erinnern willst, habe ich dich auch geliebt, als du mit blauen Flecken übersät, blutig und voller Schorf warst.«

»Ja, das stimmt.« Sie strich ihm mit den Fingern durchs Haar, und er erbebte vor Verlangen.

»Ich habe dich geliebt und gewollt und gebraucht an jedem Tag seither. Das werde ich immer, Madeline. Egal, was passiert.« Er drang in sie ein, wollte ihr unbedingt zeigen, wie sehr er sie auf jede nur mögliche Art liebte. Selbst wenn er verstand, wo ihre Unsicherheit herkam, schmerzte ihn das Wissen, dass sie weiter darunter litt. Wenn er könnte, würde er die Macht seiner Liebe benutzen, um alles auszulöschen, was ihr je wehgetan hatte, und jene Erinnerungen durch die Freude zu ersetzen, die sie in sein Leben gebracht hatte.

Sie klammerte sich an ihn und kam ihm mit einem willkommen heißenden Heben ihrer Hüften entgegen.

»Ich kann mich immer noch an jede Einzelheit unserer ersten Woche zusammen erinnern«, flüsterte er. Seine Lippen strichen über ihr Ohr, und sie erbebte. »Bis hin zu der Feder, die mir auf diesem schrecklichen Schlafsofa in den Rücken gedrückt hat. Ich erinnere mich, dass ich Thomas mit Süßkartoffeln gefüttert habe, und an unseren ersten Kuss, als du geträumt hast, und an das erste Mal, als wir uns geliebt haben, und wie ich Janey dazu bringen musste, uns mehr Kondome zu kaufen.«

Maddie lachte und keuchte dann auf, als er sich wieder in sie schob.

»Das war die beste Woche meines ganzen Lebens, und jede Woche seither ist nur besser gewesen. Und das alles wegen dir.«

»Ich liebe dich, Mac. So sehr. Ich möchte nicht, dass du jemals denkst ...«

Er verschloss ihr mit einem Kuss den Mund. »Ich weiß genau, warum das hier immer wieder passiert. Ich verstehe es,

Baby. Wenn du daran erinnert werden musst, was ich für dich empfinde, lass es mich einfach wissen. Ich werde es dir immer gerne sagen.«

Mit ihren Händen an seinem Gesicht zwang sie ihn, ihren Blick zu erwidern. »Ich erinnere mich auch noch an alles in dieser Woche. Von der ersten Sekunde, in der du dich in mein Leben gedrängt hast, bis hin zu der Art und Weise, wie du dich um mich und Thomas gekümmert und meine Schichten im Hotel übernommen hast und ich mich zum ersten Mal in meinem Leben sicher gefühlt habe.«

Ihre Worte fachten sein Verlangen an, und aus dem langsamen Glimmen wurde eine offene Flamme. Er griff zwischen sie, dahin, wo sie vereint waren, und streichelte sie, bis sie kam. Ihre inneren Muskeln zogen sich um ihn zusammen, und er folgte ihr zum Höhepunkt.

»So viel dann dazu, mich von dir und deinem Super-Sperma fernzuhalten«, bemerkte sie trocken.

»Tu das nicht. Tu das niemals.«

»Als wenn ich das könnte.«

»Heute war es ein großer Schock für uns beide, aber es wird alles gut werden. Sag mir, dass du das weißt.«

»Ich weiß das. Danke, dass du dir immer solche Mühe gibst, mich zu beruhigen.«

»Ich brauch dich hier direkt neben mir, nicht irgendwo, wo du dir Sorgen machst, bis du krank wirst.«

»Ich liebe dich, Mac.«

»Ich liebe dich mehr, Süße. Schließ die Augen, und schlafe etwas. Ich bin genau hier, und da werde ich auch immer bleiben.«

KAPITEL 12

Riley stellte Nikki fast seiner ganzen Familie vor. Alle waren da außer Mac, Maddie, Grant, Stephanie, Shane und Katie und Evan und Grace. Die letzten beiden waren mit Buddy Longstreet auf Europa-Tournee, während Evans Musikkarriere weiter seine wildesten Erwartungen übertraf.

»Dein Cousin ist mit Buddy Longstreet auf Tour?«, fragte Nikki ungläubig.

»Genau«, erwiderte Riley. »Er hat jahrelang darauf hinge-arbeitet, und als sein Song ›My Amazing Grace‹ ein Nummer-eins-Hit wurde, hat Buddy ihn gefragt, ob er mit ihm auf Tour kommt.«

»Moment, dieser Song … Evan McCarthy! Ich hatte ja keine Ahnung, dass er dein Cousin ist! Ich liebe diesen Song.«

»Wenn er zu Hause ist, tun wir, als wäre es keine große Sache, damit er nicht völlig überschnappt«, sagte Adam.

»Absolut«, pflichtete ihm Janey bei. »Er ist schon jetzt un-erträglich. Gott sei Dank gibt es seine Frau Grace. Sie sorgt dafür, dass er die Bodenhaftung behält.«

»Und Grant ist ein oscarprämierter Drehbuchautor«, fuhr Riley fort. »Hast du zufällig ›Song of Salomon‹ gesehen?«

Nikki starrte ihn an. »Nicht wirklich, oder?«

»O doch. Jetzt arbeitet er an einem neuen Film über die Bemühungen seiner Frau Stephanie, ihren Stiefvater aus dem Gefängnis zu holen«, sagte Riley.

»Er war zu Unrecht verurteilt worden«, erklärte Adam. »Sie hat vierzehn Jahre lang für Gerechtigkeit gekämpft.«

»Grants Freund Dan Torrington hat den Fall übernommen«, fuhr Janey fort.

»*Der* Dan Torrington?«, fragte Nikki. »Von dem habe selbst ich schon gehört.«

»Genau der. Stephanies Stiefvater Charlie ist jetzt wieder frei. Er lebt ebenfalls hier auf der Insel und ist mit Owens und Katies Mutter Sarah verlobt. Sie sind sehr glücklich zusammen.«

»Wann erscheint der neue Film?«, wollte Nikki wissen. »Ich will ihn unbedingt sehen.«

»Nächstes Jahr vermutlich«, erwiderte Adam. »Er wird gerade produziert.«

»Was ist mit dir?«, fragte Abby. »Erzähl uns deine Geschichte.«

»Meine Geschichte ist im Vergleich völlig langweilig«, entgegnete Nikki.

»›Langweilig‹ ist nicht schlecht«, meinte Abby.

Janey lachte laut. »Will sie damit sagen, dass du langweilig bist, Bruder?«, wandte sie sich an Adam.

»Überhaupt nicht«, stellte Abby mit einem bedeutungsvollen Blick zu ihrer Schwägerin fest. »Nichts an ihm ist langweilig. Tatsächlich ist …«

Janey hob eine Hand, um sie aufzuhalten. »Sprich nicht weiter.«

Nikki fand sie alle sehr lustig. »Ich hab schon verstanden, was du meinst. Glaub mir, nach allem, was ich in den letzten paar Monaten mit meiner Schwester erlebt habe, weiß ich ›langweilig‹ zu schätzen.«

»Ist sie wirklich wieder mit ihm zusammen?«, fragte Abby mit einem leicht schiefen Grinsen.

»Leider ja«, antwortete Nikki. »Und nein, ich verstehe das auch nicht. Man würde denken, dass ohne ihr Wissen oder ihre Zustimmung ein Sextape von der eigenen Frau zu veröffentlichen ein absolutes K.-o.-Kriterium sein würde. Aber offensichtlich nicht für sie.«

Riley nahm ihre Hand und drückte sie.

»Das muss schwierig für dich gewesen sein«, stellte Janey fest.

»Es war schrecklich, und das war *mein* K.-o.-Kriterium. Ich habe meinen Job als ihre Assistentin aufgegeben und zugesehen, dass ich Land gewinne. Sosehr ich sie auch liebe, ich konnte das einfach nicht mehr aushalten.«

»Sie wird das schon noch begreifen«, versicherte ihr Janey und setzte sich auf die Lehne des kleinen Sofas, auf dem Nikki mit Riley Platz genommen hatte.

»Ich weiß nicht.« Wenn Nikki sich erlaubte, über ihre Schwester nachzudenken, meldete sich sofort wieder ihre alte Angst. »Er hat irgendwie diese merkwürdige Macht über sie, die ich nicht verstehe.«

»Solche Dinge sind meist recht schnell vorbei«, beruhigte Adam sie.

»Normalerweise schon«, erwiderte Nikki. »Aber es herrscht jetzt schon zwei Jahre totaler Wahnsinn. Ich dachte, es wäre zu Ende, als er das Sextape veröffentlicht hat. Dann wurde mir klar, dass sie nie aufgehört hatte, mit ihm zu reden, also war ich nicht überrascht, als sie wieder zu ihm zurückgegangen ist. Es war trotzdem fürchterlich.«

»Das tut mir wirklich leid«, erklärte Janey. »Es ist so schwer, mit anzusehen, wie Leute, die man liebt, schlechte Entscheidungen treffen.«

»Aber echt. Meine Großmutter hat immer gesagt, das Einzige, was wir kontrollieren können, sind wir selbst und unsere eigenen Handlungen, also habe ich geschaut, dass ich da wegkam. Ich habe genug Zeit damit verbracht, ihr Leben zu organisieren. Jetzt muss ich mich zur Abwechslung mal auf mich selbst konzentrieren.«

»Sehr gut«, stimmte Abby ihr zu. »Was meinst du, was du tun willst?«

»Ich habe keine Ahnung. Ich hoffe, das herauszufinden, während ich hier bin.«

»Erst mal wird sie sich um einige Renovierungsarbeiten am Haus ihrer Großmutter kümmern«, bemerkte Riley.

»Oh, das ist cool!«, rief Abby. »Du solltest mit Syd reden. Sie hat ein Geschäft für Innenausstattung hier auf der Insel. Sie wären auch hier, aber ihr Baby Lily ist früh eingeschlafen.« Abby schnipste mit den Fingern. »Und Lizzie James. Sie haben gerade die Küche und die öffentlichen Räume im Chesterfield renoviert, um es als Hochzeitslocation zu betreiben, und es ist wunderschön geworden. Sie hat uns neulich erst rumgeführt.«

»Das würde ich zu gerne sehen«, seufzte Nikki.

»Gib mir mal deine Nummer, und ich werde was mit ihr ausmachen«, versprach Abby.

»Halte dich einfach an uns«, empfahl ihr Janey und drückte Nikki die Schulter. »Wir helfen dir.«

Wie sie so zwischen Rileys Cousinen, seinem Cousin und ihren Partnern saß, glaubte Nikki, dass diese selbstsicheren, energiegeladenen Menschen die Welt übernehmen könnten, wenn sie das nur wollten.

Kurze Zeit darauf löste sich die Party auf. Auf dem Weg nach draußen erzählte Riley Finn vom Anruf ihres alten Bosses aus Connecticut.

»Was wollte er?«, fragte Finn.

»Uns. Dass wir wieder für ihn arbeiten.«

Finn verzog das Gesicht. »Nicht gerade das beste Timing mit dem Wayfarer und allem.«

»Das hab ich ihm auch gesagt. Ich habe allerdings das Gefühl, wenn wir jetzt nicht zurückgehen, werden wir später nicht mehr mit offenen Armen empfangen.«

Seine Worte lösten leichte Panik in Nikki aus. Nicht dass sie irgendeinen Einfluss auf sein Leben hatte nach den wenigen Nächten zusammen und ein paar heißen Küssen, aber das Letzte, was sie hören wollte, war, dass er bald die Insel verlassen würde.

»Was hast du ihm geantwortet?«, wollte Finn wissen.

»Dass ich mit dir spreche und mich dann wieder melde.«

Finn strich sich mit den Fingern durchs Haar, etwas, was Riley ebenfalls tat, wenn er nachdachte. »Ich vermute, wir können wenigstens übers Wochenende mal drüber nachdenken.«

»Ja, vermutlich.«

»Lass uns morgen darüber reden.«

»Hört sich gut an.«

Nachdem sie sich bei Janey und Joe für die Einladung bedankt und sich verabschiedet hatten, folgten Riley und Nikki Finn hinaus in die eisige Nacht.

Während Riley sie zurück zu Eastward Look fuhr, wuchs Nikkis Angst. Der Kuss vorhin hatte ihr gut gefallen – sie hatte den ganzen Abend darüber nachgedacht, den sie mit seiner lustigen und fröhlichen Familie verbracht hatten –, aber jetzt fragte sie sich, was passieren würde, wenn sie allein waren.

Er griff zu ihr rüber und nahm ihre Hand, verschränkte seine Finger mit ihren. »Geht es dir gut?«

»Mhm«, erwiderte sie und wunderte sich darüber, dass er ihre Angst anscheinend spüren konnte. »Ich mag deine Familie.«

»Sie mochten dich ebenfalls. Allerdings waren das nur ein paar. Du solltest sehen, wie es ist, wenn über den Sommer alle hier sind. Dann herrscht der totale Wahnsinn.«

»Hört sich nach Spaß an.«

»Das ist es.«

»Du scheinst wirklich gerne mit ihnen zusammen zu sein.«

»Bin ich auch. War ich schon immer. Und jetzt haben wir zusammen das Wayfarer, was so cool ist. Jeder hat dazu beigetragen, was er konnte, sodass alle beteiligt sind.«

»Das ist echt toll. Du hast großes Glück, so eine erstaunliche Familie zu haben.«

»Das weiß ich. Glaub mir. Mein Dad und seine Brüder haben sich immer extrem nahe gestanden, was bedeutet, dass es bei uns Cousins genauso ist. Es war schön, so aufzuwachsen.«

»Das glaube ich gern.«

»Finn und ich sind die Jüngsten. Sie haben uns ›die Babys‹ genannt, bis wir auf der Highschool waren, oder so kam es mir jedenfalls vor, obwohl wir sie angefleht haben, endlich damit aufzuhören.«

»Das ist lustig.«

»Das war es damals nicht, aber jetzt wohl schon.«

»Was wirst du wegen deines Ex-Bosses in Connecticut machen?«

»Ich weiß es nicht«, erwiderte er und hörte sich unentschlossen an. »Er ist so ein netter Kerl. Er hat mir direkt nach dem College meinen ersten echten Job gegeben, und als Finn ein Jahr später den Abschluss in der Tasche hatte, hat er ihn ebenfalls gleich eingestellt. Er hat mir so viel beigebracht und war immer fair. Finn und ich bringen ihm höchsten Respekt entgegen.«

»Das heißt aber nicht, dass du dein Leben für ihn auf den Kopf stellen musst, oder?«

»Nein, allerdings hat er sich ziemlich verzweifelt angehört.« Riley bog rechts in die Einfahrt ein, die zu Eastward Look führte, und hielt den Pick-up an.

»Willst du mit reinkommen?«

»Nur, wenn du das auch möchtest.«

»Ja, möchte ich.«

»Okay.« Er ließ ihre Hand los und stellte den Motor ab, sodass sie im Dunkeln saßen.

Nikki stieg aus dem Wagen und lief durch die Eiseskälte, um möglichst schnell ins warme Haus zu kommen. »Ich möchte eine heiße Schokolade mit einem Schuss Baileys. Interesse?«

»Ich nehme die heiße Schokolade, verzichte aber auf Baileys. Ich muss noch fahren.«

»Kommt sofort.«

* * *

Während er Nikki in die Küche folgte, meinte Riley bei ihr Nervosität zu bemerken, was sich bestätigte, als er sah, wie sie ihre Getränke zubereitete. Ihre Hände zitterten leicht, und sie konnte ihn kaum ansehen.

Zwei Schritte vorwärts, einen zurück ... So erschien es ihm zumindest, was im Lichte dessen, was sie ihm früher am Abend erzählt hatte, mehr als verständlich war. Er wollte nichts tun, was dazu führte, dass sie sich unbehaglich fühlte oder, noch schlimmer, Angst bekam. Riley wollte mehr von ihren süßen sexy Küssen, aber nur, wenn sie das ebenfalls wollte.

Eine Sache, die er sicher wusste, war, dass er nie eine Frau getroffen hatte, die ihn auf die Art interessierte, wie Nikki das tat, mit ihrer faszinierenden Mischung aus Loyalität, Verletzlichkeit, Angst, Sexyness, Charme und Humor. Es war leicht, mit ihr zu reden und mit ihr zusammen zu sein, und sie war einfach unglaublich schön, und je mehr Zeit er mit ihr verbrachte, desto mehr wollte er sie.

»Hey, Nik.« Er hatte den Kosenamen benutzt, bevor er bewusst entschieden hatte, sie so zu nennen, doch ihm gefiel es, ihn auszusprechen.

Sie sah von dem Topf auf, in dem sie auf dem alten Gasherd rührte. »Ja?«

»Hat es jemand anders gegeben?« Er hoffte, sie wusste, was er meinte.

Sie schüttelte den Kopf. »Ich habe es versucht. Ein-, zweimal. Aber ich habe es nie geschafft.«

Sein Herz zog sich zusammen.

»Bemitleide mich nicht. Das will ich nicht.«

»Ich bemitleide dich nicht. Trotzdem tut es mir sehr leid, dass dir das passiert ist.«

»Ja, mir auch.« Sie warf ihm einen Blick zu, und er sah die Verletzlichkeit, die zu verbergen sie sich so sehr bemühte. »Ich wünschte, es wäre kein Problem für mich, aber das ist es immer.«

»Es ist ein Teil von dem, was dich zu dem macht, was du bist, und das mag ich zufällig. Sehr sogar.«

»Ich habe dir gesagt, dass ich ziemlich kaputt bin, Riley«, erklärte sie leise. »Ich habe meinen Job aufgegeben, ich bin irgendwie obdachlos, ich habe keine Ahnung, wie mein Leben sich entwickeln wird oder was überhaupt los ist. Ich habe Angst vor Sex, ich habe fürchterliche Panikattacken, und …«

Er schloss von hinten die Arme um sie und strich ihr Haar zur Seite, sodass er sie auf den Nacken küssen konnte. »Versuch nicht, mich abzuschrecken. Das wird nicht funktionieren.«

Am Anfang war sie ganz steif, doch dann entspannte sie sich an ihm, und er fühlte sich großartig, weil sie ihm so sehr vertraute, dass er sie auf so intime Weise halten durfte.

»Du gehst vielleicht weg …«

»Solange du hier bist, gehe ich ganz bestimmt nirgendwohin.«

»Dein früherer Boss …«

»Kann mich mal. Er ist nicht wichtiger als du.« Er griff um sie herum, um den Herd auszuschalten, und drehte sie dann zu sich. Er hob ihr Kinn und küsste sie so sanft, wie er nur konnte. »Das hier, mit dir … Ich will das.«

Sie legte ihm die Hände auf die Brust und sah ihn an. »Ich will es auch. Aber du musst geduldig mit mir sein. Ich bin nicht besonders gut darin.«

»Ich denke, wir haben schon den Beweis erbracht, dass das nicht stimmt.«

»Doch, das ist wirklich so.«

Er schüttelte den Kopf und ließ die Augen offen, als er sie wieder küsste, bedeckte ihren Mund mit seinem und bemühte sich, ihre Erinnerung an das aufzufrischen, was sie vorhin getan hatten, und daran, wie gut es ihnen beiden gefallen hatte.

Sie strich mit den Händen zu seinen Schultern und schlang ihm die Arme um den Hals. Dann öffnete sie die Lippen, um seine Zunge einzulassen.

Riley hatte nie etwas Ähnliches gefühlt wie den beinahe elektrischen Schlag, der ihn durchzuckte, als sie seinen Kuss erwiderte, mit einer Leidenschaft, die sie als Lügnerin entlarvte. Sie war sehr, sehr gut darin.

Sie löste sich langsam von ihm. »Die, äh … heiße Schokolade.«

Alles, was er sehen konnte, waren ihre geschwollenen, feuchten Lippen und die Röte, die ihre Wangen überzog. Er hatte noch nie etwas Schöneres erblickt. Er betrachtete sie weiter, während sie ihm einen Becher mit heißer Schokolade und einem Klecks Schlagsahne reichte.

In ihren goss sie einen ordentlichen Schuss Baileys. »Lass uns unseren Baum bewundern gehen.«

Riley folgte ihr ins Wohnzimmer. »Funktioniert der Kamin?«

»Mhm.«

»Soll ich ein Feuer anzünden?«

»Das wäre wundervoll. Du musst aber das Abzugsdings öffnen.«

Er stellte seinen Becher mit einem Lächeln auf den Couchtisch. »Ich weiß.« Er kniete sich vor den Kamin, öffnete den Abzug und schichtete die Scheite aus der Kiste daneben auf. Das Holz war trocken, also fing es rasch Feuer.

»Ich habe immer Angst, das zu tun, wenn ich hier allein bin«, gestand sie, als er sich wieder zu ihr auf das Sofa setzte. »Einmal hat sich das ganze Haus mit Rauch gefüllt, und die Feuerwehr musste kommen.«

»Du hast das Abzugsdings vergessen.«

»Mach dich nicht über mich lustig. Das hat mich total traumatisiert. Ich hab gedacht, das Haus brennt ab.«

Riley biss sich auf die Lippen, damit er nicht doch lachte.

»Ich kann genau sehen, dass du dich über mich lustig machst.«

»Das würde ich niemals tun«, protestierte er und wickelte sich eine Strähne ihres langen dunklen Haars um den Finger.

»Ist schon okay. Du darfst das. Es ist irgendwie lustig. Jetzt … Damals nicht so sehr.«

»Wie alt warst du?«

»Sechzehn? Glaube ich … Meine Großmutter war irgendwo zum Abendessen. Jordan und ich waren allein zu Haus. Und auf Gansett, wenn so etwas passiert, weiß es natürlich wenige Minuten später gleich die ganze Insel. Das hat mich für den Rest meines Lebens von dem Wunsch kuriert, Feuer im Kamin anzuzünden.«

»Ich wette, du warst mit sechzehn richtig süß.«

»Ich hatte Sommersprossen.«

»Wie niedlich.« Er zog sie näher an sich. »Wo waren sie? Hier?« Er küsste sie auf die Wange und die Nasenspitze. »Oder eher hier?«

»So ziemlich überall«, erwiderte sie atemlos.

»Jetzt will ich Bilder sehen.«

Bei Nikkis Lächeln strahlte ihr ganzes Gesicht auf.

Riley hatte den merkwürdigen Gedanken, dass er dieses Gesicht für immer anschauen könnte und es nie müde werden würde. Er nahm ihr den Becher aus der Hand und stellte ihn neben seinen auf den Couchtisch. »Ich will dich weiterküssen, aber du musst mir sagen, ob du das auch willst. Alles, was zwischen uns passiert, wird nur passieren, wenn du es möchtest.«

»Ich will dich auch küssen.« Diesmal war sie diejenige, die sich vorbeugte, die ihre Lippen auf seine legte und die Initiative ergriff.

Sie schmeckte nach Schokolade und Baileys. Sie schmeckte nach Verlangen, dem reinsten Verlangen, das er je erfahren hatte. Einen Kuss nach dem anderen veränderte diese wunderbare Frau ihn und definierte neu, was er sich wünschte.

Riley war eher an selbstbewusste, sehr sinnliche Frauen gewöhnt, die ihn wissen ließen, was sie wollten, und es sich nahmen. Er hatte diese Art von Selbstvertrauen immer sexy gefunden, doch jetzt wollte er etwas anderes. Er wollte Nikki mit ihrer Mischung aus Mut und Verletzlichkeit. Mehr als alles andere wollte er, dass sie ihm vertraute, also zwang er sich, sich zurückzunehmen, es zu genießen und nicht über sie herzufallen.

Sie hatte ihm die Arme um den Hals gelegt, als sie sich also auf dem Sofa zurücklehnte, hatte er keine andere Wahl, als ihr zu folgen. Nicht dass er sich beschwerte … Aber die neue Position machte es ihm unmöglich, seine Reaktion auf sie zu verbergen.

»Nikki«, flüsterte er, und seine Lippen strichen über ihre. »Hey.«

Sie öffnete langsam die Augen.

»Hallo.«

»Selber hallo.«

Ihre Lippen verzogen sich zu einem Lächeln, das ihn tief berührte, an Stellen in ihm, die bisher niemand erreicht hatte. In diesem Moment begann er zu akzeptieren, dass sie sein Leben schon geändert hatte. Vielleicht für immer. War er bereit dafür? Vermutlich nicht. Es schien trotzdem zu passieren, ob er bereit war oder nicht.

»Du starrst mich an.«

»Du bist so verdammt unglaublich. Ich kann nicht anders, als zu starren.«

Sie strich ihm mit den Fingerspitzen übers Gesicht. »Ich könnte dasselbe über dich sagen.« Als sie sich unter ihm bewegte, stöhnte er von der Anstrengung, sich zurückzuhalten.

»Nikki ... Ich will nicht ... Ist das hier ...« Er seufzte und ließ den Kopf auf ihre Brust sinken.

Sie lachte leise und strich ihm mit den Fingern übers Haar.

»Du verwandelst mich in einen stammelnden Idioten.«

»Was geht in deinem Kopf vor?«, fragte sie.

»Nun ...« Er presste sich gegen sie, ließ sie genau wissen, was in seinem Kopf vorging. »Ich habe gehört, was du vorhin gesagt hast, und ich möchte nur sicher sein, dass dies nicht zu viel zu früh ist.«

»Es gefällt mir sehr, dich zu küssen.«

»Es gefällt mir auch sehr, dich zu küssen.«

»Scheint so, als ob wir das beide gleich sehen ...«

»Es gefällt mir, wenn wir das tun, aber du wirst den nächsten Schritt machen müssen.«

Sie lächelte, fuhr mit den Fingern unter sein Sweatshirt und strich über seinen Rücken, was schnell die erotischste Berührung seines Lebens wurde. Wie kam es, fragte er sich, dass die Berührung dieser Frau so anders war als die von allen anderen zuvor?

Sie zog ihn wieder in einen Kuss, dieser war viel intensiver als die anderen, und sein Entschluss, das Tempo zu drosseln, wurde auf eine harte Probe gestellt. Er wollte sie berühren und sie überall küssen. Er wollte sich in sie versenken.

Ihre Worte von vorhin hallten noch in seinem Kopf wider, erinnerten ihn daran, vorsichtig zu sein, was das Letzte war, was er wollte, wenn sie so warm und willig in seinen Armen lag und ihn ohne jegliche Zurückhaltung küsste. Wenn das hier ein Test für seine Selbstbeherrschung war, würde er ihn nicht bestehen.

»Nikki«, flüsterte er, atmete zwischen den Küssen ein und streckte sich auf der Seite aus, sodass er ihr gegenüberlag. Er strich ihr das Haar zurück und legte seine Hand an ihre Wange, rieb mit dem Daumen über den Hauch von Farbe dort. »Sag mir, was du willst.«

»Ich will dich weiterküssen.« Unter seinem Sweatshirt bewegte sich ihre Hand von seinem Rücken nach vorn, fuhr über seinen Bauch zu seiner Brust und zog eine Feuerspur über seine Haut.

»Du treibst mich hier irgendwie ziemlich in den Wahnsinn.«

»Tatsächlich?«

»Ja«, gab er mit einem nervösen Lächeln zu. »Schon ein bisschen.«

»Ich weiß zu schätzen, dass du vorsichtig mit mir bist, aber ...«

»Was?«

»Ich will mehr.«

Rileys Herz fühlte sich an, als würde es Purzelbäume schlagen. Er hatte nie begriffen, warum seine Cousins sich für den Rest ihres Lebens an *eine* Frau binden wollten, wo sie doch alle haben konnten. Hier neben Nikki auf dem Sofa liegend, fing er an, es zu verstehen. »Wie viel mehr?« Mit anderen Frauen hatte er die Dinge sich einfach entwickeln lassen. Bei ihr brauchte er Gewissheit.

»Berühr mich, Riley.«

Er zupfte leicht an ihrem Sweatshirt. »Könnten wir das hier loswerden?«

Sie zögerte, allerdings nur für eine Sekunde, bevor sie nickte und ihm half, ihr das Sweatshirt abzustreifen, und dann zog er seins ebenfalls aus.

Beim Anblick ihrer vollen Brüste in dem sexy Spitzen-BH schloss Riley sie in seine Arme, erbebte unter der Heftigkeit seines Verlangens für sie. »Nik ... Du bist so weich und sexy. Ich versuche mich hier wirklich zurückzuhalten ...«

»Es geht mir gut.«

»Bist du dir sicher?«

Sie nickte und zog ihn zu einem weiteren Kuss an sich, benutzte ihre Zunge, um seine Lippen zu streicheln, während ihre Hand über seine Brust fuhr.

Riley blieb absolut still, erlaubte ihr, zu tun, was auch immer sie wollte, während er zu verhindern versuchte, dass sein Kopf – und andere Teile von ihm – explodierte.

Kapitel 13

Seit dem entsetzlichen Vorfall am College hatte sich Nikki nie mehr wirklich wohl bei einem Mann gefühlt, so wie sie das jetzt bei Riley tat. Alles an ihm war anders, nicht nur, weil er so lieb und sexy war und man so gut mit ihm reden konnte. Es war mehr als das. Nachdem sie seinen Vater, seinen Bruder und seine Cousins sowie weitere Familienmitglieder getroffen hatte, verspürte sie ein Gefühl von Sicherheit bei ihm, das ihr in der Vergangenheit gefehlt hatte.

Andere Männer, mit denen sie ausgegangen war, hatten ihr nie den Eindruck vermittelt, sie seien wirklich daran interessiert, sie kennenzulernen, und ebenso wenig hatten sie Anstalten gemacht, sie ihren Familien vorzustellen. Es war bloß um eine Sache gegangen und um diese Sache allein.

Riley war nicht so. Obwohl er sich offensichtlich zu ihr hingezogen fühlte, so wie es in der Vergangenheit auch bei anderen der Fall gewesen war, ging es ihm nicht nur darum, wie sie aussah oder wie gut sie im Bett war. Er sah sie, Nikki. Nicht Jordans eineiige Zwillingsschwester oder eine weitere leichte Eroberung. In der Beziehung war absolut nichts Typisches an Riley McCarthy, und diese Erkenntnis weckte in ihr den Wunsch nach Dingen, die für sie seit jener lang zurückliegenden Nacht, die sie für immer verändert und deren Ereignisse sie

Riley immer noch nicht anvertraut hatte, unmöglich gewesen waren.

Über das zu sprechen, was nach der Nacht passiert war, war zu schmerzlich, selbst so viele Jahre später. Wie sie es oft taten, fluteten die Erinnerungen zurück, um sie nicht vergessen zu lassen, dass sie niemals mehr normal sein würde. Der Schmerz war weiter so scharf wie immer, sodass sie sich von Riley löste, obwohl das das Letzte war, was sie tun wollte.

»Was ist los?«, fragte er.

»Ich …« O Gott, bitte nicht. Ihre Brust zog sich zusammen von den verräterischen Anzeichen einer der verhassten Panikattacken, die in den Tagen und Wochen nach dem Übergriff und dem Albtraum, der sich daran angeschlossen hatte, ihren Alltag überschattet hatten.

Sie stemmte sich in eine sitzende Position und konzentrierte sich darauf, gleichmäßig zu atmen, um ihre Lungen mit Luft zu füllen, bevor die Panik zuschlagen konnte.

»Erzähl mir, was du brauchst«, verlangte er und legte einen Arm um sie.

Nikki ging im Geiste die Checkliste durch, an die sie sich in solchen Momenten hielt – *alles ist in Ordnung, du bist in Sicherheit, nichts Schlimmes wird passieren, atme. Atme einfach.* Manchmal funktionierte es mit der Checkliste, manchmal nicht. Während winzige Punkte vor ihren Augen zu tanzen begannen, fürchtete sie, dies wäre eine dieser Gelegenheiten, bei denen es nicht klappte.

»Nikki«, sagte Riley, schüttelte sie sachte an der Schulter. »Rede mit mir. Was ist los?«

Sie konzentrierte sich weiter auf das brennende Verlangen nach Sauerstoff und die Enge in ihrer Brust.

Riley rieb ihr den Rücken. »Was brauchst du, Süße? Was auch immer es ist, ich werde es dir besorgen.«

Seine Worte, ebenso wie seine zärtliche Fürsorge, halfen ihr, gegen die erstickende Panik anzukämpfen, die sie zu überwältigen drohte. Luft strömte zurück in ihre schmerzenden Lungen, und Tränen der Erleichterung und Verlegenheit liefen ihr über die Wangen.

Riley hielt sie die ganze Zeit, flüsterte ihr beruhigende Worte zu und streichelte sie weiter, spendete Trost.

Wenn sie nicht schon dabei gewesen wäre, sich bis über beide Ohren in ihn zu verlieben, hätte sein Mitgefühl in dieser Situation ihr Schicksal besiegelt. Als sie wieder sprechen konnte, waren ihre ersten Worte eine Entschuldigung.

»Bitte nicht.« Er drückte ihren Kopf an seine Brust, während er ihr mit den Fingern durchs Haar strich. »Es ist meine Schuld. Ich habe mich mitreißen lassen ...«

»Nein.« Sie ertrug es einfach nicht, mit anzuhören, wie er sich die Schuld gab. »Das bin allein ich. Es gibt noch mehr über das, was mir im College passiert ist, was ich dir bisher nicht erzählt habe, Dinge, über die ich mit niemandem rede.« Verzweiflung drohte sie zu überwältigen. »Und ich verstehe es voll und ganz, wenn das einfach zu viel für dich ist.«

»Ich gehe nirgendwohin.«

»Du bist ein guter Kerl, Riley. Du verdienst es, mit jemandem zusammen zu sein, der nicht so komplett kaputt ist.«

»Sag das nicht. Du bist nicht kaputt.«

»Wir haben erst an der Oberfläche gekratzt. Es ist wirklich okay, wenn du dich damit nicht belasten willst. Ich schwöre dir, ich werde es dir nicht übel nehmen.«

»Vorhin habe ich Sydney, der Frau meines anderen Bosses Luke, eine Textnachricht geschickt. Sie ist die Innenarchitektin, die Abby erwähnt hat. Ich dachte, sie wäre vielleicht in der Lage, uns ein paar Tipps zu geben, wie wir die Küche und die Badezimmer renovieren könnten. Dann hätten wir schon mal eine Vorstellung und könnten das ganze Material bestellen und anfangen, hier alles rauszureißen. Hat deine Großmutter dir ein Budget genannt?«

»Sie … Ich … Du musst das nicht tun.«

»Was?«

»Mir mit dem Haus helfen. Ich würde es echt verstehen, wenn du …«

»Aufstehst, fortgehst und nie mehr wiederkommst?«

Sie nickte, auch wenn die Vorstellung furchtbar war.

»Weil es das ist, was in der Vergangenheit passiert ist? Wenn es schwierig wurde, ist der Typ einfach auf und davon, und du hast nie wieder was von ihm gehört oder gesehen?«

Sie starrte ihn an, verblüfft von seinem Einfühlungsvermögen.

»So leicht wirst du mich nicht los. So gern ich dich küsse und im Arm halte und mit dir zusammen bin, ich rede auch furchtbar gerne mit dir und lache mit dir und denke mit dir darüber nach, was wir tun könnten, um dieses großartige alte Haus zu einer echten Schönheit herauszuputzen. Ich mag all das genauso sehr, wie ich dies hier mag.« Er berührte ihre Lippen mit seinen in einem süßen Kuss, der nichts verlangte.

Sie hatte von Anfang an gewusst, dass er anders war. Und er hatte ihr gerade den letzten Beweis geliefert.

»Und wenn du bereit bist, über das zu reden, was dich so aufregt, dann bin ich da, um dir zuzuhören. Ich gehe nirgendwohin.«

»Dein alter Boss möchte doch, dass du zurück nach Connecticut kommst.«

»Ich habe es dir schon mal erklärt – solange du mich hier bei dir haben möchtest, gehe ich nirgendwohin. Ich informiere ihn am Montag.« Er zögerte einen Moment, bevor er hinzufügte: »Es sei denn, ich verstehe das hier alles falsch, und du möchtest mich eigentlich gar nicht dahaben, und das ist es, was das ausgelöst hat, was hier gerade passiert ist.«

»Du verstehst hier gar nichts falsch. Ich möchte nur nicht, dass du dich mir verpflichtet fühlst.«

»Das tue ich nicht.« Er küsste sie erneut und griff nach ihrem Sweatshirt, um ihr wieder hineinzuhelfen, bevor er sich sein eigenes überzog. »Ich gehe jetzt, aber ich ruf dich morgen an, um dir zu sagen, was Syd bereithat, okay?«

»Okay.«

»Vergewissere dich, dass du die Glastür vom Kamin zugemacht hast, bevor du dich schlafen legst.« Das Feuer war runtergebrannt, die Glut war jedoch noch nicht erloschen.

»In Ordnung.« Nikki stand auf und folgte ihm auf Beinen, die sich irgendwie hölzern anfühlten, zur Tür. Verzweiflung hüllte sie wie eine Wolke ein. Sie konnte ihn nicht so gehen lassen. »Riley.«

Er drehte sich zu ihr um, schloss den Reißverschluss seiner Jacke und setzte sich die graue Strickmütze auf.

»Auch wenn es in den letzten paar Minuten vielleicht nicht so ausgesehen hat, möchte ich, dass du weißt, wie gut es mir heute gefallen hat. Ich fand es klasse, deinen Bruder, deine Cousins und Cousinen und alle andern kennenzulernen.«

»Ich fand es auch toll.« Er legte ihr einen Arm um die Taille und zog sie an sich. »Und ich werde dich auf jeden Fall morgen anrufen.«

Sie hob die Hände an sein Gesicht und küsste ihn. »Danke, dass du so super bist.«

»Ich hab eigentlich gar nichts getan.«

»Doch. Mehr, als du je wissen wirst.«

Er umarmte sie fest und küsste sie dann auf die Stirn. »Und jetzt schau, dass du schläfst. Schreib mir eine Nachricht, wenn du aufwachst. Okay?«

»Okay.« Nikki stand in der Tür und beobachtete, wie er durch die Kälte zu seinem Pick-up eilte, und ließ das Außenlicht an, bis er losgefahren war. Dann schaltete sie alles aus, sperrte ab und ging ins Wohnzimmer, um die Glastüren vor dem Kamin zu schließen. Schließlich setzte sie sich aufs Sofa, das noch warm von ihren Körpern war.

Ihre letzte Panikattacke war Jahre her, lang genug, um sie in falscher Sicherheit zu wiegen, um sie glauben zu lassen, dieser Abschnitt ihres Lebens läge in der Vergangenheit. Jetzt wusste sie es besser.

Normalerweise versuchte sie zu verhindern, dass Griffin sich in ihre Gedanken drängte, aber obwohl sieben Jahre vergangen waren, war er weiter da und quälte sie mit Bedauern und Schuldgefühlen. Jahre der Therapie hatten ihr geholfen, damit klarzukommen. Nach dem Vorfall von heute Nacht fragte sie sich allerdings, ob sie überhaupt irgendwelche Fortschritte gemacht hatte.

Riley würde zurückkommen, weil er so gestrickt war. Nur wenn er erst mal begriffen hatte, womit genau er es zu tun hatte, würde er vermutlich heimlich, still und leise aus ihrem Leben verschwinden. Das war auch mit den anderen Typen so gewesen, mit denen sie nach Griffin ausgegangen war. Sie hatten rasch beschlossen, dass sie viel zu anstrengend war, und waren weitergezogen, was sie nicht weiter gestört hatte. Genau genommen war es beide Male eine echte Erleichterung gewesen.

Doch mit Riley …

Sie holte tief Luft und atmete langsam wieder aus.

Wenn er sich aus ihrem Leben verabschiedete, würde er ihr entsetzlich fehlen. Vermutlich ihr ganzes Leben lang.

* * *

Während der Fahrt nach Hause auf der langen, gewundenen Straße fragte Riley sich, was zur Hölle da gerade eigentlich passiert war. Alles war super gelaufen, und dann, von einer Sekunde auf die andere, war alles schlimm gewesen. Was war dafür verantwortlich gewesen, dass sie Panik bekommen hatte? Er hatte sich zurückgehalten und ihr die Führung überlassen, daher war er sich fast hundertprozentig sicher, dass er nichts getan hatte, was ihr Angst gemacht hatte.

Es nicht genau zu wissen würde ihn noch in den Wahnsinn treiben.

Er traf zu Hause ein, wo Finn eine alte Episode von »The Office« schaute und dazu ein Bier trank.

»Na, hast du dich ins Aus manövriert?«, fragte er.

Riley wollte ihm am liebsten sagen, er solle einfach die Klappe halten, dass er nicht in der Stimmung für seinen Mist sei, aber er sprach nichts davon aus. Stattdessen ging er geradewegs ins Bad und dann in sein Schlafzimmer.

»Was ist denn los?«

Riley schaute auf und entdeckte Finn auf der Türschwelle, die Bierflasche in der Hand. »Nichts.«

»Okay, wenn du es unbedingt so willst. Nur vergiss nicht, dass ich dich kenne, und ich konnte in der Sekunde, in der du zur Tür reinkamst, erkennen, dass was nicht in Ordnung ist. Habt ihr schon Streit? Ist das nicht noch die Phase mit der rosa Brille?«

»Ich streite mich nicht mit ihr.«

»Wenn du meinst.«

»Das ist es nicht.« Riley hatte eigentlich nicht vorgehabt, Finn einzuweihen, doch er musste es jemandem erzählen, und obwohl Finn unfassbar nerven konnte, konnte Riley sich auf ihn verlassen. »Sie hat ein paar schlimme Sachen hinter sich, traumatische Dinge …«

»Ach, Mist«, erwiderte Finn und lehnte sich gegen den Türrahmen. Er trug nur Basketballshorts, und sein dunkles Haar stand wie fürs Wochenende typisch in alle Richtungen ab. »Das tut mir leid. Sie scheint ein echt nettes Mädchen zu sein.«

»Das ist sie. Sie ist … Ich mag sie wirklich. Sogar sehr.«

Finn fächelte sich übertrieben dramatisch Luft zu. »Ist mein Kleiner etwa verliebt? Endlich?«

»Das habe ich nie behauptet.«

»Das musst du auch nicht. Man kann es dir vom Gesicht ablesen, wenn du sie anschaust.«

»Ich bin mir nicht sicher, ob das was heißen will, wenn es von dir kommt, wo du doch immer behauptest, ich hätte so ein hässliches Gesicht.«

Finn lachte. »Das sage ich gerne, aber heute Abend ist mir etwas anderes aufgefallen. Etwas, das ich da noch nie zuvor gesehen habe.«

»Mit ihr ist es anders.«

»Das ist es schon gewesen, seit das Dach undicht war.«

»Ja.« Warum sollte er versuchen, das abzustreiten, wo es doch der Wahrheit entsprach?

»Also, was ist heute Abend passiert?«

Riley dachte darüber nach, was er antworten sollte. Er wollte Finns Rat hören, aber nicht zu viel von Nikkis Geheimnis verraten. »Die Dinge wurden etwas … intensiv.«

»Wie das?«

»Wir haben … du weißt schon, ein bisschen rumgemacht, und dann hat sie plötzlich Panik geschoben.«

»Inwiefern Panik?«

»Sie hat keine Luft mehr bekommen.«

»Scheiße«, entfuhr es Finn, und er atmete bei dem einen Wort scharf aus.

»Ich schwöre bei Gott, Finn, bei allem, was zwischen uns passiert ist, war sie genauso dabei wie ich. Es war alles super, und dann plötzlich nicht mehr.«

»Hat sie dir verraten, was los war?«

»Nicht wirklich. Sie hat mir nur einen Ausweg geboten. Sie hat gesagt, sie könne es total verstehen, wenn es mir zu viel sei.«

»Und was ist dieses ›es‹?«

»Es gab da einen Zwischenfall mit einem Kerl im College.«
Er beließ es bei dieser allgemeinen Aussage, um Nikkis
Privatsphäre zu schützen. »Ich kenne nicht alle Details, aber sie
meint, seitdem hätte es keinen mehr gegeben.«

»Wow. Also musst du dir praktisch deinen Weg über ein
Minenfeld suchen.«

»Vermutlich.«

»Und du hast noch nicht mal alle Informationen darüber,
was passiert ist. Du könntest online nachschauen …«

»Nein. Das werde ich nicht tun und du auch nicht,
verstanden?«

»Ja, in Ordnung. Nur wie willst du damit richtig umgehen,
wenn du nicht mal weißt, womit genau du es zu tun hast?«

»Ich werde damit klarkommen, indem ich mich auf andere
Sachen konzentriere. Sie möchte die Küche ihrer Großmutter
renovieren. Und ich werde ihr dabei helfen.«

»Und was ist mit dem Umstand, dass du sie sexy findest?«

»Es mag dich schockieren, das jetzt zu hören, aber ich kann
mich beherrschen.«

»Das habe ich doch gar nicht gemeint, Riley, und das
weißt du auch. Du hast dieses Mädchen wirklich gern. Und
aus irgendeinem mir völlig unerklärlichen Grund scheint sie
deine Gefühle zu erwidern. Heißt das, es ist erst mal ›Hände
weg‹ angesagt, bis sie herausgefunden hat, wie sie mit dem Zeug
umgeht, das da vor Jahren passiert ist?«

Wenn Finn es so ausdrückte, erschien ihm die Aufgabe vor
ihm selbst nahezu unmöglich. »Erst mal schon.«

»Ist das realistisch?«

»Ist was realistisch?«

»Lass mich ausreden. Du magst sie. Sie mag dich. Vor langer Zeit ist ihr was zugestoßen, das dafür sorgt, dass sie schnell
in Panik gerät, wenn es um Jungs geht. Wie sieht das Endspiel
für dich in dem Szenario aus?«

»Das weiß ich nicht. Alles, was ich weiß, ist, dass ich es rausfinden will. Ich möchte für sie da sein. Wenn sie noch nicht fähig ist zu mehr mit allem Drum und Dran, dann ist das in Ordnung. Ich werde warten.«

»Wie lange?«

»So lange, wie es dauert.« Mit dieser Antwort überraschte Riley sich selbst fast ebenso wie seinen Bruder.

Finn starrte ihn für einen langen Moment an, bevor er sich räusperte. »Ich wünsche dir nur das Beste. Es ist offensichtlich, dass sie dir etwas bedeutet, doch wenn es so aussieht, als würde das nicht passieren, dann schau, dass du fortkommst, bevor dir ernsthaft wehgetan wird. Tust du das bitte?«

Riley wollte nicht zugeben, dass es für so eine Warnung bereits viel zu spät war. Wenn das mit Nikki nichts wurde, würde es wie die Hölle schmerzen. »Ja, in Ordnung.« Er sagte, was sein Bruder hören wollte. »Aber kein Wort davon zu irgendjemand anders, okay?«

»Das würde ich nie machen. Niemand reizt dich lieber bis zur Weißglut als ich, doch ich weiß, dass das hier was anderes ist.«

»Stimmt.«

»Sei vorsichtig, Riley«, bat Finn ihn.

»Sicher.«

»Schau, dass du dich ein bisschen hinlegst. Die Wettervorhersage in den Nachrichten hat für morgen Abend einen Mordsblizzard prophezeit.«

»Hey, Finn? Danke. Du weißt schon, fürs Zuhören.«

»Jederzeit gerne.« Finn verließ das Zimmer und schloss hinter sich die Tür.

Eine lange Zeit lag Riley wach und durchlebte noch einmal das wundervolle Gefühl, Nikki zu küssen, und gleichzeitig fragte er sich, ob er es wohl jemals wieder tun würde.

* * *

Trotz des emotionalen Super-GAUs gestern Abend schlief Nikki erstaunlich gut und wachte zu einer Textnachricht von Riley auf.

Syd kann sich heute Mittag um zwölf mit uns treffen, wenn das für dich in Ordnung ist. Sie bittet darum, dass wir ihr schon mal Bilder von der Küche mitbringen, und wenn du beschließt, ihre Dienste in Anspruch zu nehmen, kann sie irgendwann später vorbeischauen und alles ausmessen.

Das wäre super!

Ich hole dich um Viertel vor ab.

Danke. Wir sehen uns dann.

Nikki wollte noch etwas hinzufügen über das, was letzte Nacht passiert war, aber er schien daraus keine große Sache zu machen, daher würde sie das auch nicht tun. Indem er sein Versprechen hielt, bewies er, er war es wert, dass sie ihm ihre Zeit und Aufmerksamkeit schenkte. Das verschaffte ihm einhundert Punkte Vorsprung vor all den anderen Typen, mit denen sie ausgegangen war.

Zum ersten Mal seit Tagen schickte Nikki ihrer Schwester eine Textnachricht. Das war die längste Zeit, die sie je keinen Kontakt miteinander gehabt hatten. Selbst als Jordan in ihren Flitterwochen gewesen war, hatten sie sich jeden zweiten Tag geschrieben.

Ich denk an dich und hoffe, bei dir ist alles in Ordnung.

Nikki schickte sie ab und legte ihr Handy hin, verbrachte die nächsten paar Stunden damit, die Küchenschränke auszuräumen und nicht zueinanderpassende Teller, Gläser und allerlei Krimskrams, der sich in mehr als fünfzig Jahren angesammelt hatte, auszusortieren.

Nachdem sie ungefähr eine Stunde gearbeitet hatte, meldete sich ihre Großmutter mit ihrem täglichen Anruf.

»Gram, du bist ein Messie.«

»Stimmt gar nicht«, protestierte Evelyn indigniert.

»Doch, bist du, und ich kann es beweisen. Ich wechsel mal zu Skype.« Sie rief die App auf und lächelte, als das Gesicht ihrer Großmutter auf dem Bildschirm erschien. Weiße Locken rahmten ein jugendlich gebliebenes Gesicht ein, und blaue Augen funkelten erfreut beim Anblick ihrer Enkelin.

»Du hast hier eine ganze Sammlung Hahnenkännchen.«

»Ich liebe Hähne.«

»Aber brauchen wir dreißig davon?«

»Du willst mich doch nicht wirklich zwingen, mich von meinen Hähnen zu trennen, oder?«

»Ich fürchte schon. Sie hatten ihre Zeit, die ist jetzt allerdings vorbei.«

»Du brichst mir das Herz.«

»Ehrlich?«

»Nein, ich zieh dich bloß auf«, erwiderte Evelyn. »Das meiste Zeug in dem Haus werde ich nicht vermissen, daher darfst du entscheiden, was aufgehoben wird und was wegkann. Mir sind nur die Fotos wichtig und die Kleinigkeiten, die ihr Mädchen mir über die Jahre gebastelt habt. Die Schätze darfst du auf keinen Fall wegwerfen.«

»Wie den hier?« Nikki hielt den toten Seestern hoch, den sie in einem Sommercamp vor vielen, vielen Jahren gelb angemalt und mit Klebeaugen verziert hatte.

»Das ist Starry! Du warst so stolz darauf. Wage es ja nicht, ihn wegzuwerfen.«

»Du bist ein übertrieben sentimentaler Messie.«

»Jaja, rede du nur. Aber jetzt sag mir, dass du auch noch was anderes tust, als die Küchenschränke aufzuräumen. Was macht dein Freund Riley?«

»Er war gestern Abend hier. Wir sind zu einer Party bei seiner Cousine gegangen. Das war sehr lustig.«

»Ist Janey nicht einfach klasse?«

»Sie ist total nett, und ihr Ehemann auch.«

»Joe ist jedenfalls ein ganz Süßer, und wenn du auf einer Insel lebst, ist es nie verkehrt, wenn du dich mit dem Mann gut stellst, der die Fährgesellschaft betreibt.«

»Wohl wahr.«

»Hat er dich geküsst?«

»Wer? Joe? Nein! Er ist doch verheiratet.«

»Nicole Elizabeth, werde deiner alten Großmutter gegenüber bloß nicht unverschämt. Du weißt ganz genau, dass ich von Riley spreche.«

Über das Gesicht, das ihre Großmutter dazu machte, musste Nikki lachen. »Es könnte sein, dass er mich geküsst hat und dass ich es zugelassen hab.«

»Ach, echt?« Evelyns ganzes Gesicht strahlte bei ihrem Lächeln auf. »Das sind aber wirklich gute Neuigkeiten.«

»Das waren sie, bis ich eine Panikattacke hatte.«

»O nein, Süße.«

»Es war nicht die schlimmste, die ich je hatte, aber es hat unseren Abend ziemlich ruiniert. Allerdings war er einfach großartig dabei. Total süß.« Nikki ertrug es nicht, länger daran zu denken. »Aber, du weißt schon, es war irgendwie peinlich.«

»Du kannst ja nichts dafür. Das muss dir doch nicht peinlich sein.«

»Wenn man mit einem sexy Mann rummacht, den man zudem wirklich gernhat, und dann bekommt man auf einmal keine Luft mehr – und zwar nicht auf irgendeine gute Weise –, dann ist es ganz eindeutig peinlich.«

»Es tut mir leid, dass das passiert ist, Süße. Ich hatte eigentlich gehofft, dass diese Panikattacken inzwischen der Vergangenheit angehören.«

»Da geht es dir wie mir. Es war jedenfalls ein Stimmungskiller, und das ist eine Untertreibung. Aber Riley … Er war einfach wunderbar. Ich hab versucht, ihm einen Ausweg zu bieten, doch er hat darauf bestanden, dass er sich am Morgen bei mir melden würde, und ich hab bereits von ihm gehört. Er hat einen Termin mit Sydney vereinbart, die Innenarchitektin ist. Sie kann uns helfen, Tipps geben und den Entwurf für die Küchenrenovierung ausarbeiten.«

»Dein Riley klingt nach einem tollen jungen Mann.«

»Das ist er. Ich hoffe nur, dass ich ihn nicht völlig verschreckt habe mit meinen ganzen Problemen und nicht jegliche Chance darauf ruiniert habe, dass mehr daraus wird.«

»Du solltest ihm auch den Rest erzählen, Liebes. Das würde ihm helfen, alles zu verstehen.«

»Ich hasse es, bloß daran zu denken, ganz zu schweigen davon, darüber zu reden.«

»Ich weiß, es wäre allerdings höchst unglücklich, wenn die Möglichkeit, dass sich aus deiner Freundschaft mit Riley etwas entwickelt, ins Leere läuft, weil er nicht all die Informationen hat, die er benötigt.«

»Du hast recht«, antwortete Nikki seufzend. »Ich weiß das, es ist nur …«

»Schwer.«

»Ja.«

»Die Leute sagen immer gerne, dass die Zeit alle Wunden heilt, doch manche Wunden sind zu tief, und alle Zeit der Welt vermag sie nicht zu heilen.«

Nikki blinzelte mehrmals hintereinander, versuchte die Tränen zurückzuhalten, die völlig aus dem Nichts kamen. Man sollte meinen, sie wäre inzwischen daran gewöhnt. Vor Griffin und dem Übergriff hatte sie sich nie von ihren Gefühlen beherrschen lassen. Aber seither war sie ein emotionales Katastrophengebiet.

»Rede mit ihm, Nikki. Erzähl ihm die ganze Geschichte. Gib dir – und ihm – eine ehrliche Chance auf wahres Glück. Wenn das mit ihm das Richtige ist, dann wirst du es nicht bereuen, dieses Risiko eingegangen zu sein. Das verspreche ich dir.«

»Danke, Gram.«

»Dank mir nicht, Süße. Alles, was ich mir wünsche, ist, dass du und deine Schwester findet, was ich mit eurem Großvater hatte. Dann kann ich zufrieden sterben.«

»Stopp! Sprich so was nicht aus.«

»Dann kann ich eines Tages in ferner, *ferner* Zukunft zufrieden sterben. Besser?«

»Nein. Du darfst niemals sterben. Das lass ich nicht zu.«

Evelyn lachte. »Genug von solch morbiden Themen. Jetzt will ich alles über die neue Küche hören.«

Kapitel 14

Riley bog pünktlich in die Einfahrt von Eastward Look ein. Er war im Fitnessstudio und danach im Supermarkt gewesen, um die Zutaten zu kaufen, die er brauchte, um später für Nikki Essen zu kochen. In Abhängigkeit von Finns Plänen für den Abend würde er sie entweder zu sich einladen oder die Sachen zu ihr mitnehmen.

Er brauchte immer noch einige Antworten dazu, was genau letzte Nacht passiert war, aber für den Moment hatte er beschlossen, nicht nachzufragen. Stattdessen plante er, sich auf die Renovierungsarbeiten zu konzentrieren, die sie durchführen wollte, und darauf, wie er ihr helfen konnte. Das war wesentlich weniger kompliziert, als darüber nachzugrübeln, warum ihr großartiger Abend plötzlich so schiefgelaufen war.

Er sandte ihr eine Textnachricht, um sie wissen zu lassen, dass er auf dem Weg war, und sie kam raus, als sie seinen Pick-up auf der Einfahrt entdeckte.

Sie trug einen weißen Turtleneck-Pulli unter einer Daunenweste mit Jeans und Boots. Bis auf den Anflug von dunklen Schatten unter ihren Augen sah sie frisch und hübsch und viel besser aus, als sie das in der Nacht zuvor getan hatte, als ihre Verzweiflung ihr natürliches Strahlen gedämpft hatte.

»Danke, dass du das hier tust«, sagte sie und ersparte ihm die Mühe, sich eine Begrüßung einfallen zu lassen, die nicht auch gleich die Frage enthielt, die er ihr dringend stellen wollte. *Bist du in Ordnung? Wie hast du geschlafen? Wirst du mir bitte verraten, was gestern Abend passiert ist?*

»Kein Problem. Syd ist klasse. Du wirst sie mögen. Sie ist mit Luke verheiratet, der Macs Partner bei der Baufirma ist – und in der Marina. Sie sind wie Brüder, nur mit verschiedenen Eltern.«

»Ich freue mich schon darauf, sie und Luke kennenzulernen.«

»Sie haben ein kleines Mädchen namens Lily. Luke ist ganz verrückt nach ihr. Er zeigt uns jeden Tag bei der Arbeit Fotos.«

»Das ist so süß.«

»Er hat lange Zeit mit dem Heiraten und der Familiengründung gewartet. Mac hat mir mal erzählt, dass er und Syd als Teenager vier Jahre lang zusammen waren. Dann ist sie ans College gegangen, hat jemand anders getroffen und den Typen geheiratet. Mit dem hatte sie zwei Kinder, doch als die beiden sieben und fünf waren, wurde ihr Auto in einen Unfall mit einem betrunkenen Fahrer verwickelt. Die Kinder und ihr Mann sind gestorben, sodass sie an dem einen Abend ihre gesamte Familie verloren hat.«

»O mein Gott. Das ist ja schrecklich.«

Riley bemerkte, dass sie Tränen in den Augen hatte, und war gerührt von ihrem Mitgefühl für eine Frau, die sie gar nicht kannte. »Sie und Luke haben sich zufällig ein Jahr später wiedergetroffen. Seitdem sind sie zusammen, und jetzt haben sie Lily.«

»Ich finde das bewundernswert, dass sie den Mut hatte, mit Luke wieder von vorn anzufangen. Das kann nicht leicht gewesen sein.«

»So, wie Mac es dargestellt hat, war es das auch nicht, aber Luke hat nicht lockergelassen. Er hat nie aufgehört, sie zu lieben, selbst nicht, als sie mit einem anderen verheiratet war.«

»Das ist so süß.« Nach einer längeren Pause, gerade als Riley sie fragen wollte, ob es ihr gut ging, erklärte sie: »An der Sache, die mir im College passiert ist, hängt noch mehr dran, als ich dir gestern gesagt hab.«

»Oh« war alles, was er rausbrachte, und er fühlte sich furchtbar schlecht vorbereitet für das hier. Sein Dad würde genau wissen, was er erwidern und wie er mit dem umgehen sollte, was sie ihm mitteilen wollte. »Okay …«

»Nachdem wir Syd gesehen haben, könnte ich dich vielleicht zum Lunch einladen, und wir könnten reden?«

»Sicher.« Er rieb sich über die Brust, in der sich ein Knoten aus Stress gebildet hatte, während er versuchte, sich vorzustellen, was es sein könnte und wie es alles ändern würde.

* * *

Sydney hieß sie in ihrem Haus mit einem freundlichen Lächeln willkommen. Sie hatte ihre kleine Tochter auf der Hüfte sitzen und hatte ihr langes, rotblondes Haar zu einem hohen Pferdeschwanz gebunden. Das Haus war zwar eindeutig stylish eingerichtet, wurde aber unverkennbar von dem Baby und seinen Spielsachen beherrscht.

»Bitte verzeiht die Unordnung«, erklärte sie. »Lily war heute Vormittag weinerlich und nur schwer zu beruhigen.«

»Kein Problem«, antwortete Nikki. »Ich bin dankbar, dass du es so kurzfristig einrichten konntest.«

»Als Riley mir erzählt hat, dass du Mrs Hoppers Enkelin bist und Eastward Look renovieren willst, musste ich einfach die Gelegenheit beim Schopfe ergreifen, mich mit dir zu treffen.« Sie legte Lily auf eine Spielmatte auf dem Boden. »Ich habe die klare Linienführung des Hauses schon immer gemocht und kann es gar nicht abwarten, es von innen zu sehen.«

»Komm einfach vorbei, wenn es bei dir passt. Ich zeige es dir.«

»Das Angebot nehme ich gerne an.«

»Ich liebe dieses Zimmer«, verkündete Nikki und schaute durch das Panoramafenster hinaus aufs Meer.

»Danke. Das war eine meiner ersten Taten. Würdest du mir glauben, wenn ich dir sage, dass das früher mal eine Wand war?« Sie deutete auf eine der beiden Glasfronten.

»Nein, wirklich? Was für eine gute Idee – bei der Aussicht.«

»Das fand ich auch. Riley hat erwähnt, dass du daran interessiert bist, die Küche und die Badezimmer im Haus deiner Großmutter zu renovieren?« Sie nahm ein Tablet vom Couchtisch und begann sich ein paar Notizen zu machen, während sie die ganze Zeit immer wieder zu Lily blickte.

»Ja, es ist noch die Originaleinrichtung, also aus den Fünfzigerjahren.«

»Schwebt dir eine komplett neue Küche vor oder nur eine Teilerneuerung?«

»Meine Großmutter hat gesagt, ich soll einfach loslegen, also vermutlich komplett.«

»Super! Wenn wir von Grund auf neu planen, können wir uns alles so zusammenstellen, wie wir wollen.«

»Ich hab ein paar Ideen dazu. Hier sind einige Bilder davon, wie es jetzt ist, damit du sehen kannst, was ich meine.«

Sie verbrachten die nächste Stunde damit, Fotos durchzugehen und Möglichkeiten zu diskutieren, während Riley sie mit Ratschlägen unterstützte.

»Ich würde dir gerne die Küche zeigen, die wir gerade im Chesterfield-Anwesen realisiert haben«, erklärte Syd. »Sie hat eine ähnliche Größe und ähnliche Maße. Außerdem wollte Lizzie ebenfalls maritimen Stil.«

»Das würde ich liebend gern sehen. Du bist neugierig auf das Haus meiner Großmutter, und mir geht das schon ewig so mit dem Chesterfield.«

Als Lily zu jammern begann, hob Syd sie hoch und schmuste mit ihr, was das Baby sofort beruhigte. »Jared und Lizzie James haben das alte Anwesen so wunderschön restauriert. Ich bin sicher, Lizzie würde es dir nur zu gerne zeigen. Sie ist wirklich stolz darauf, und das mit Recht.«

Sie vereinbarten, dass Syd am Montag zu Eastward Look kommen sollte, und von da aus würden sie dann zum Chesterfield weiterfahren.

»Ich werde Lizzie vorwarnen«, verkündete Syd. »Ich hoffe, es stört dich nicht, wenn ich meine Kleine dabeihabe. Sie ist meine Vollzeitgeschäftspartnerin.«

»Natürlich nicht«, antwortete Nikki. »Sie ist süß.«

»Ja, das finden wir auch.«

Das Baby hatte das rotblonde Haar seiner Mutter. Aber während Syds Augen blau waren, waren die ihrer Tochter eher grau. Sie wollten sich gerade verabschieden, als ein gut aussehender dunkelhaariger Mann von draußen durch die Schiebetür in die Küche trat.

Bei seinem Anblick quietschte Lily begeistert.

»Daddy ist sehr beliebt hier.«

»Ich komm schon«, rief Luke aus der Küche, wo er stehen geblieben war, um sich die Hände zu waschen, bevor er sich zu ihnen gesellte.

»Luke, das ist Nikki Stokes, Mrs Hoppers Enkelin. Nikki, mein Ehemann, Luke Harris.«

»Freut mich, dich kennenzulernen.« Luke schüttelte Nikki die Hand und nahm Syd seine Tochter hab. »Ich mag deine Großmutter.«

»Dann haben wir das gemeinsam. Sie ist wirklich klasse.«

»Ja, stimmt.«

Nachdem sie Luke über den Grund ihres Treffens unterrichtet hatten, sagte er zu Riley: »Hast du nach acht Stunden am Tag mit dem Zeug noch nicht genug?«

Riley zuckte die Achseln. »Was sind ein paar Stunden, um einem Freund zu helfen?«

»Ein extralanger Tag«, erwiderte Luke scherzend.

»Das schaffe ich schon«, meinte Riley. »Man ist schließlich nur einmal jung. Hast du an einem Boot gearbeitet?«

»Jap. Eine 1957 Century Coronado.«

»Riley hat mir von deinen Booten erzählt. Könnte ich wohl mal eins sehen?«, fragte Nikki.

»Sicher.« An Riley gewandt meinte er: »Geht einfach zur Scheune. Sie ist unverschlossen. Ich werde ein wenig bei meinen Mädels bleiben, bevor jemand ins Bettchen muss.«

»Wie findest du noch die Zeit, Boote zu restaurieren, nachdem du acht Stunden am Tag gearbeitet hast?«, zahlte es ihm Riley heim.

»Ha«, antwortete Luke mit einem Grinsen. »Touché.« Er ließ seine Tochter auf seinem Schoß herumhüpfen und lächelte, als sie kicherte. »Es ist schon längst nicht mehr so viel wie früher. Jetzt weiß ich mit meiner freien Zeit Besseres anzufangen.«

»Ich muss mir das Wayfarer mal anschauen«, bemerkte Syd. »Ich bin seit Wochen nicht mehr dort gewesen. Ich wette, ihr habt inzwischen eine Menge geschafft.«

»Es wird langsam«, erwiderte Luke. »Trotzdem liegt noch ein hartes Stück Arbeit vor uns.«

»Aber wir bekommen es rechtzeitig zur Saisoneröffnung hin«, verkündete Riley. »Hat Mac eigentlich irgendetwas darüber gesagt, ob er jemanden anstellen will, der den Laden für uns führt?«

»Er hat die Fühler ausgestreckt, allerdings bisher nichts Konkretes aufgetan. Es ist schließlich keine Kleinigkeit für jemanden, hier nur für einen Saisonjob rauszuziehen, was es ja im Grunde genommen ist.«

»Und in der Zeit, in der die Arbeit anfällt, kann man sich gar nicht davor retten.«

»Wen sucht ihr denn dafür?«, erkundigte sich Nikki, die in sich einen Funken Interesse bemerkte – und Aufregung – bei dem Gedanken, an einem Projekt wie dem Wayfarer mitzuarbeiten.

»Jemanden mit Erfahrung in der Bewirtung von großen Gruppen, Restaurant- und Barbetrieb sowie allgemeinem Management«, zählte Luke auf. »Allerdings habe ich noch nicht die komplette Jobbeschreibung gesehen. Die hat Mac.«

Nikki befeuchtete sich die Lippen und gab sich einen Ruck. »Die würde ich mir gerne mal anschauen.«

»Wirklich?«, fragte Riley mit hochgezogenen Brauen.

Nikki nickte. »Während meiner Zeit auf der Highschool und dann später am College habe ich sieben Jahre bei einer Event-Location gearbeitet, in den Ferien habe ich mal im Lobster Pot gejobbt, und in den letzten drei Jahren habe ich die Karriere meiner Schwester gemanagt. Es könnte sein, dass ich die richtigen Qualifikationen mitbringe.«

»Wow«, erwiderte Luke. »Das wäre super.«

»Ich schicke Mac eine Nachricht und bitte ihn, mir die Ausschreibung zu schicken«, erklärte Riley.

Nikki fächelte sich Luft zu und lachte. »Habe ich gerade ernsthaft beschlossen, mich um einen Job hier zu bewerben?«

»Ich glaub schon«, antwortete Sydney und fiel in ihr Lachen ein.

»Mach dich auf was gefasst«, warnte Luke Nikki. »Mac wird sich vermutlich auf dich stürzen, wenn du auch nur einen Anflug von Interesse bekundest. Wir brauchen superdringend jemanden für den Job, damit wir endlich anfangen können, Leute für den Sommer einzustellen, die Einrichtung zu kaufen und alles an den Start zu bringen.«

»Das Büro des Managers war das Erste, was wir fertiggestellt haben«, fügte Riley hinzu, während er in sein Handy tippte. »Und abgeschickt.«

»Schluck«, sagte Nikki.

»Das ist großartig!« Sydney klatschte in die Hände. »Gansett ist ein wunderbarer Ort zum Leben und Arbeiten. Ich habe hier ein paar der besten Freunde gefunden, die ich je hatte.«

»Genau, das gilt auch für mich«, pflichtete Luke ihr bei. »Das Inselleben ist großartig, wenn man die Winter verkraftet.«

»Ich liebe die Winter«, stellte Sydney fest und wurde rot, als sie zu ihrem Ehemann sah.

»Die Sommer sind verrückt mit dem Jachthafen und der Baufirma«, meinte Luke. »Im Winter habe ich nur einen Job.«

»Lily und ich sind überglücklich, wenn Daddy mehr zu Hause ist, nicht wahr, Süße?«

Das Baby schenkte seiner Mutter ein zahnloses Lächeln, das merkwürdige Sachen in Nikkis Innerem anrichtete. Wie wäre es wohl, fragte sie sich unwillkürlich, so ein Leben wie Syd und Luke zu führen, zu wissen, dass sie durchs Feuer gegangen waren, um einander ein zweites Mal zu finden, und am Ende so ein Glück zu erleben, wie es bei ihnen ganz klar der Fall war?

Als Lily zu gähnen begann, verabschiedeten Nikki und Riley sich und gingen zu der Scheune, die Luke als Werkstatt nutzte. Riley hielt ihr die Tür auf, und sie trat ein, wurde empfangen von dem Geruch nach Lack, Farbverdünner und Pinselreiniger. Auf einem fahrbaren Gestell in der Mitte des geräumigen Gebäudes befand sich ein beinah fertig restauriertes, glänzendes Holzboot.

»Oh, wow«, entfuhr es Nikki.

»Ich weiß. Er macht das großartig. Normalerweise hat er Bilder vom Ausgangszustand auf der Arbeitsbank«, erklärte Riley und ging nachsehen. »Ah, hier sind sie.«

Nikki stellte sich neben ihn. »Das ist dasselbe Boot?«, erkundigte sie sich und starrte auf das Wrack auf dem Foto. »Ausgeschlossen.«

Sie blätterten ein Album von Vorher- und Nachher-Bildern durch.

»Das ist das, das er kürzlich für meinen Onkel instand gesetzt hat«, sagte Riley. »Meine Tante Linda hat es ihm zu ihrem vierzigsten Hochzeitstag geschenkt.«

»Es ist wunderschön. Da hat er aber ein echtes Talent.«

»Ja, allerdings. Und er ist heiß begehrt.«

»Warum tut er das nicht in Vollzeit?«

»Das habe ich ihn auch einmal gefragt, und er hat mir geantwortet, dass er, bevor Mac mit der Baufirma angefangen hat, den ganzen Winter damit verbracht hat, allein an den Booten zu werkeln, und ihn das zu so was wie einem Einsiedler und etwas merkwürdig gemacht hat. Daher ist es ihm lieber, mit uns zusammenzuarbeiten, als die ganze Zeit allein, und so ist die Bootsrestaurierung im Moment mehr ein Hobby.«

»Ist diese ganze Insel voller talentierter Leute, oder wirkt das nur so für jemanden, der das Gefühl hat, er hätte überhaupt keine echten Talente?«

»Die hast du aber doch.«

»Welche denn?«

»Du musstest zum Beispiel super organisieren können, um Jordans Karriere so für sie am Laufen zu halten.«

»Stimmt.«

»Das ist auf jeden Fall schon mal ein echtes Talent und nichts, was man als unbedeutend abtun sollte.«

»Und ich glaube, ich bin eine recht gute Köchin.«

»Das Kürbisbrot war jedenfalls klasse, ebenso wie die Nudelsoße.«

Lächelnd erwiderte sie: »Freut mich, dass es dir geschmeckt hat. Ich mache auch echt coole Fotos.«

»Die würde ich liebend gern mal sehen.« Er legte ihr eine Hand auf die Schulter. »Du kannst außerdem ziemlich gut küssen.«

»Zählt das als Talent?«

»O ja. Ganz bestimmt.«

Sie blickte zu ihm hoch. »Ich bin wirklich froh, dass du heute wieder aufgetaucht bist. Ich hätte dir keinen Vorwurf daraus gemacht, wenn du darauf verzichtet hättest.«

»Das ist mir nie in den Sinn gekommen.«

Sie reckte sich, um ihn für einen Kuss zu sich herunterzuziehen. »Das bedeutet mir viel.«

Riley legte die Arme um sie und drückte sie an sich.

So fand Luke sie, als er in die Scheune zurückkehrte. »Sorry, wenn ich störe«, erklärte er. »Ich hätte ja angeklopft, aber es ist meine Scheune.«

Riley lachte und ließ sie los.

Nikki spürte, wie ihr Gesicht vor Verlegenheit ganz heiß wurde. »Deine Arbeit ist unfassbar beeindruckend.«

»Danke. Es macht mir einfach Spaß.«

»Wir gehen dann jetzt«, sagte Riley. »Wir sprechen uns ganz bestimmt später.«

»Gegen sechs wird Schnee erwartet, heißt es. Wir werden sehen. Schau, dass du dich heute Nachmittag etwas hinlegst. Es könnte eine lange Nacht werden.«

»Mach ich.«

»Es war schön, dich zu treffen, Luke.«

»Ebenfalls, Nikki.«

Riley legte einen Arm um sie, als er sie zu seinem Pick-up brachte, und Nikki verspürte enorme Erleichterung bei der Erkenntnis, dass sich nach ihrer Panikattacke nichts zwischen ihnen geändert hatte. Er blieb bei ihr, und dafür war sie dankbar. Sie mochte ihn mehr als irgendeinen anderen Mann zuvor, und beim Lunch würde sie ihm alles erzählen.

Wenn ihr nur von dem Gedanken daran, die dunkelsten Tage ihres Lebens erneut zu durchleben, nicht so schlecht wäre.

* * *

Riley brachte sie in die Oar Bar, die auch im Winter an den Wochenenden mittags und abends geöffnet hatte. Er und Finn neigten in dieser Jahreszeit dazu, dichter bei der Stadt zu bleiben, wenn sie ausgingen, daher war Riley schon eine Weile nicht mehr hier gewesen.

»Ich liebe es«, erklärte Nikki und blickte zu den Tausenden angemalter Ruderblätter, die jede verfügbare freie Fläche im Restaurant verzierten. Sie saßen an einem Tisch in einer gemütlichen Nische und hatten das Restaurant praktisch für sich – ein Ding der Unmöglichkeit während des Sommers, wenn die Bar aus allen Nähten platzte.

»Mein Name findet sich auf ein paar von ihnen«, erzählte er über die Ruder. »Wir haben früher jeden Sommer eines gemacht, wenn wir im Jachthafen meines Onkels gearbeitet haben.«

»Jordan und ich haben immer darüber geredet, eines für Eastward Look anzufertigen, aber wir sind irgendwie einfach nie dazu gekommen.«

»Hast du irgendwas von ihr gehört?«

Nikki schüttelte den Kopf. »Ich hab ihr letzte Nacht eine Nachricht geschickt, einfach um mich mal zu melden, doch sie hat bisher nicht darauf geantwortet.«

»Ich nehme an, keine Nachrichten sind gute Nachrichten, richtig?«

»Das möchte ich gern glauben, aber wer kann das bei ihr schon wissen?«

Als die Kellnerin an ihren Tisch kam, bestellten sie beide Hummerbrötchen mit Pommes und einem Bier vom Fass. Riley bat nur darum, dass bei seinem Brötchen die Mayonnaise weggelassen würde.

»Ist es ohne Mayonnaise denn überhaupt noch ein Hummerbrötchen?«

»Mayonnaise ist der schlimmste Krempel von allen.«

»Was zur Hölle meinst du mit ›Krempel‹?«

»All das eklige Zeug, das die Leute sich aufs Essen tun, um es für sich genießbar zu machen.«

»Meinst du Grillsoßen?«

»Alles außer Ketchup, der eindeutig nicht zum Krempel gehört.«

»Gut zu wissen«, erwiderte sie, unverkennbar amüsiert von seinen Regeln.

»Hummer zu essen wird wie Sommer im Januar sein«, erklärte Riley.

»Ich liebe Sommer im Januar. Danke noch mal, dass du mich zu Sydney und Luke mitgenommen hast. Sie sind wirklich supernett.«

»Stimmt. Und mit ihm zu arbeiten ist klasse. Ich mag ihn sehr.«

»Das kann ich verstehen. Ich kann einfach nicht aufhören, darüber nachzudenken, was du mir über sie erzählt hast und was mit ihrer Familie passiert ist. Ich bewundere sie wirklich dafür, wie sie ihr Leben wieder auf die Spur bekommen hat.«

»Nach dem, was ich von Mac und anderen gehört habe, ist es nicht über Nacht geschehen. Es hat lange gedauert.«

»Das kann ich mir gut vorstellen.« Nikki nahm einen Schluck von ihrem Bier. »Ich bewundere sie deswegen, weil ich, wie du dir vermutlich schon denken kannst, selbst noch versuche, mein Leben wieder auf die Spur zu bekommen.«

Er legte seine Hand über ihre. »Alles, was du mir sagen willst, möchte ich hören. Ich möchte dich kennenlernen, Nikki. *Wirklich* kennenlernen.«

Sie schloss ihre Finger um seine. »Du bist sehr lieb, und das hilft mir total.« Sie fuhr sich mit der Zunge über die Lippen, die trocken geworden waren, wie sie das immer taten, wenn ihre Panik zurückkehrte. »Ich bin in Chicago aufs College gegangen und habe Griffin während der Orientierungstage für die neuen Studenten kennengelernt. Wir waren in der gleichen Gruppe und haben uns von Anfang an bestens verstanden. Ich hatte keine Ahnung, wer er war, bis mir jemand verriet, er sei ein großer Star im Basketballteam. Das hatte er mir nie erzählt. Ich habe es als gutes Zeichen gewertet, dass er sich von dem ganzen Rummel um ihn nicht hat beeindrucken lassen, verstehst du?«

»Ich kann das auf jeden Fall nachvollziehen.«

»Wie auch immer, wir haben regelmäßig Zeit miteinander verbracht, und ich erinnere mich noch daran, dass meine Zimmergenossin mich gefragt hat, ob ich seine Freundin sei oder nur so mit ihm befreundet. Ich war mir selbst nicht sicher, hatte es aber auch gar nicht eilig, was Festes daraus zu machen. Ich hatte alle Hände voll damit zu tun, mich in der neuen Umgebung zurechtzufinden und zum ersten Mal in meinem Leben von meiner Schwester getrennt zu sein.«

»Wo ist sie denn aufs College gegangen?«

»Gar nicht. Sie hat sich entschieden, eine Karriere als Model zu starten, daher ist sie in Kalifornien geblieben.« Sie holte tief Luft, zwang sich, eine Geschichte weiterzuerzählen, die sie mit Grauen und Verzweiflung und allen möglichen anderen Gefühlen erfüllte. »Im zweiten Jahr waren wir dann fest zusammen, und Griffin hat mich gefragt, ob ich mit ihm zu einer Party seiner Verbindung gehen würde. Meine Freundinnen im Wohnheim waren neidisch, weil sie alle zu dieser Party wollten, zu der man eine Einladung brauchte. Ich hab mich geehrt gefühlt, was im Nachhinein wirklich Ironie des Schicksals ist. Gleich von Beginn an war mir klar, dass die ganze Veranstaltung eine Nummer zu groß für mich war. Der Alkohol floss in

Strömen, und ich hab selbst eigentlich nie viel getrunken. Ich hatte einen Wodka Tonic, um mich nicht zu sehr abzugrenzen, aber es hat mir nicht wirklich geschmeckt, daher habe ich nur ein paarmal dran genippt. Die Party wurde sehr schnell sehr wild, und ich beschloss, lieber zu verschwinden. Ich hatte keine Ahnung, wo Griffin war, daher habe ich geschaut, dass ich fortkomme, und bin zurück in mein Wohnheim. Ich erinnere mich noch, wie kalt es war und wie dumm ich mich gefühlt habe, weil ich überhaupt hingegangen bin.«

Ihr Essen wurde gebracht, und obwohl Nikki sich nicht sicher war, ob sie überhaupt etwas runterschlucken könnte, nahm sie ein paar kleine Bissen. »Meine Zimmergenossin war übers Wochenende heimgefahren, daher schlief ich schon tief und fest, als jemand um vier Uhr morgens an meine Tür gehämmert hat. Ich hätte nie gedacht, dass er es sein könnte. Ich dachte, es sei jemand aus dem Wohnheim, der sich aus seinem Zimmer ausgesperrt hatte oder irgend so was. Ich muss immer daran denken, wie anders alles gelaufen wäre, wenn ich diese Tür nicht aufgemacht hätte.«

Riley gab der Kellnerin ein Zeichen. »Wäre es möglich, das hier für uns einzupacken?«

»Natürlich. Ist alles in Ordnung?«

»Ja, danke. Wir möchten dann zahlen.«

»Kommt sofort.«

»Wir müssen nicht gehen«, erklärte Nikki leise.

»Ich möchte nicht, dass du das hier in der Öffentlichkeit tun musst. Es tut mir leid, dass ich nicht schon früher dran gedacht habe.«

»Entschuldige dich doch nicht. Ich hab ja auch nicht dran gedacht.«

Er unterschrieb auf der Quittung, steckte seine Kreditkarte wieder ein und half ihr in ihren Mantel.

»Eigentlich wollte ich dich einladen.«

»Nächstes Mal.«

Er brachte sie auf die Beifahrerseite seines Pick-ups, und bevor sie die Tür schließen konnte, hielt sie ihn auf, legte ihm eine Hand an die Wange. »Danke, dass du schon weißt, was ich brauche, bevor es mir selbst klar wird.«

»Du musst mir nicht danken. Ich musste da auch raus.« Er reichte ihr die Tüte mit ihrem Essen, gab ihr einen raschen Kuss, schloss die Tür und ging ums Auto herum auf die Fahrerseite. Während er sie zurück zu Eastward Look fuhr, hielt er ihre Hand, fester als sonst, und die Spannung, die er ausstrahlte, weckte in ihr die Sorge, dass sie ihm vielleicht besser doch nicht auch den Rest sagen sollte.

Als sie wieder zurück im Haus waren, räumte er ihren Lunch in den Kühlschrank und dirigierte sie mit einer Hand im Kreuz ins Wohnzimmer.

Die beschützende, irgendwie besitzergreifende Weise, wie er sie berührte, verlieh ihr den Mut, ihm den Rest der Geschichte zu erzählen, als sie wieder auf dem Sofa saßen.

KAPITEL 15

»Du kannst dir vermutlich selbst zusammenreimen, dass er in mein Zimmer eingedrungen ist und sich im Vollrausch auf mich gestürzt hat. Mein witziger, charmanter Freund verwandelte sich in jemanden, den ich nicht wiedererkannte, und ich war total entsetzt und verängstigt. Ich hatte keine Ahnung, wie ich ihn abwehren sollte.« Sie wischte sich Tränen weg, die sie wütend machten. »Die nächsten paar Stunden sind in meiner Erinnerung verschwommen. Ich erinnere mich nicht an viel, bis meine Zimmergenossin am späten Vormittag zurückkam und mich auf ihrem Bett kauernd vorgefunden hat. Er lag bewusstlos in meinem.

Anfangs dachte sie, Glückwünsche seien angebracht, bis sie merkte, dass mein Gesicht geschwollen, voller Schürfwunden und blauer Flecke war. Sie hat sich dann alles zusammengereimt. Ihr Vater ist ein großer Anwalt in Chicago. Sie hat ihn angerufen und ihn gefragt, was wir tun sollten. Er hat davon abgeraten, die Campus-Polizei zu holen. Er sagte, es sei gut möglich, dass sie versuchen würden, das unter den Teppich zu kehren, weil Griffin ein Basketballstar war. Ihr Vater hat daher die Polizei von Chicago angerufen. Sie kamen mit einem Rettungswagen für mich und haben ihn festgenommen. Ich hab damals nicht begriffen, was das bedeuten würde, aber jetzt weiß ich genau, was passiert, wenn die Polizei gerufen wird und der Ball ins Rollen gerät, bevor du überhaupt verstehst, was los ist.«

Riley legte die Arme um sie und hielt sie an sich gedrückt, rieb ihr den Rücken und bot ihr Trost und Unterstützung auf eine Weise, die ihr die Welt bedeutete.

»Der Vater meiner Freundin hat wie ein Löwe für mich gekämpft. Er hat sich mit der Polizei rumgeschlagen. Mit ihm im Hintergrund und dem Beweis für einen brutalen Angriff, der seine Behauptungen untermauerte, wurde Griffin wegen sexueller Gewalt, gefährlicher Körperverletzung und Hausfriedensbruch angeklagt. Die Berichterstattung in der Presse war gnadenlos. Ich konnte nicht zurück ans College. Die Leute waren wütend auf mich, weil er solche Schwierigkeiten bekam.«

»Das ist völlig absurd.«

»Das hätte ich auch gedacht, wenn ich es nicht persönlich erlebt hätte. Es war ein absoluter Albtraum. Seine Eltern haben einen Anwalt engagiert, der versucht hat, mich als Flittchen hinzustellen, das den großen Fang auf dem Campus landen wollte. Meine Freundinnen haben ausgesagt und dem vehement widersprochen, aber sie waren natürlich einem gewieften Anwalt nicht gewachsen, dem die Presse jede schmutzige Lüge über mich abgenommen hat. Meine Großmutter ist gekommen, hat mich abgeholt und hergebracht. Ich habe mich körperlich erholt, doch emotional war ich völlig fertig. Ich musste immer daran denken, dass mein einziger Fehler darin bestanden hat, ihm die Tür zu öffnen.«

»Du hast nichts falsch gemacht, Nikki«, erklärte er heftig. »Nichts davon ist deine Schuld gewesen.«

»Rein verstandesmäßig wusste ich das, aber ich habe dennoch alles hinterfragt, was ich gesagt und getan habe, seit ich ihn kennengelernt hatte. Hatte ich ihm durch irgendetwas zu verstehen gegeben, dass er mir so was antun und damit

213

davonkommen könnte? Hatte ich ihn überhaupt erst dazu gebracht? Wir waren zwei Jahre lang befreundet gewesen, bevor wir angefangen haben, richtig miteinander auszugehen, und ich hatte nie irgendein Anzeichen für so etwas in ihm wahrgenommen. Wie hatte ich so etwas übersehen können?«

Er legte ihr einen Finger auf die Lippen. »Du hast nichts falsch gemacht.«

Nikki schloss die Augen und lehnte die Stirn gegen seine, atmete den würzigen Duft seines Rasierwassers und von Seife ein, der sie für immer an Riley erinnern würde. »Meine Gram und ich haben uns hier verkrochen, und nach ein paar Monaten an meinem absoluten Lieblingsort begann ich mich langsam wieder wie ich selbst zu fühlen. Ich hab sogar darüber nachgedacht, wieder ans College zu gehen – allerdings ein anderes – und von vorn anzufangen. Das Gerichtsverfahren war über ein Jahr später, und ich wusste, ich würde aussagen müssen, aber ich hab versucht, nicht zu viel daran zu denken. Meine Großmutter hatte mir einen Therapeuten besorgt, und wir haben uns zweimal die Woche per Skype getroffen, und ich hatte auch schon gute Fortschritte gemacht, als …«

»Was denn, Süße?« Riley klang so angespannt, wie sie sich fühlte.

»Griffin … Er … Er hat sich umgebracht.«

»O mein Gott. O nein.«

»Wenn ich gedacht hatte, was vorher los gewesen war, sei ein Albtraum gewesen …«

»Ich kann es mir nicht mal vorstellen.«

»Die Leute haben mir die Schuld gegeben.«

»Wie konnten sie das tun?«

»Das weiß ich auch nicht, aber es war so. Gerade als es mir wieder besser zu gehen begann, musste das passieren, und ich war wieder zurück bei Tag eins. Ich habe um ihn getrauert, trotz dem, was er mir angetan hatte.«

»Du hast um die Person getrauert, den Freund, der er einmal gewesen war.«

»Ja, genau.« Sein Verständnis machte es so viel erträglicher, als es sonst gewesen wäre. »Es ergab für mich keinen Sinn angesichts all dessen, was geschehen war, doch meine Therapeutin half mir, zu begreifen, dass Trauer kompliziert ist und oft keinen Sinn ergibt. Ich habe um den jungen Mann getrauert, der einen schrecklichen Fehler begangen und damit sein gesamtes Leben ruiniert hatte.«

»Und du hast getrauert, weil du freundlich und nett bist und verstehst, dass niemand nur gut oder nur schlecht ist. Das sagt mein Dad auch immer.«

»Dein Vater ist wirklich weise.«

»Es tut mir so leid, dass du so etwas Schlimmes erleben musstest, Nik.«

»Letzte Nacht … Als wir uns geküsst haben …«

»Du musst gar nichts mehr sagen. Ich verstehe es schon.«

»Es hatte nichts mit dir zu tun.« Sie lehnte sich zurück, sodass sie ihm ins Gesicht blicken konnte. »Es ist mir wirklich wichtig, dass du das weißt.«

»Ist schon in Ordnung.«

Sie schluckte trocken und sah zu ihm hoch. »Zum ersten Mal, seit das alles passiert ist, weckst du in mir den Wunsch, Dinge auszuprobieren, von denen ich dachte, ich würde sie nie wieder wollen.«

»Zum ersten Mal überhaupt weckst *du* in *mir* den Wunsch, etwas auszuprobieren, was ich nie zuvor wollte.« Er küsste sie zärtlich und lehnte dann seine Stirn gegen ihre, der Moment war aufgeladen mit Möglichkeiten und Verheißungen.

Nikki wartete geduldig, hoffte, er würde sie wieder küssen.

»Ich weiß nicht, wie es dir geht, aber ich bin halb verhungert. Wie wäre es, wenn wir unsere Hummerbrötchen essen und dann den Nachmittag dafür verwenden, deine Küche einzupacken?«

»Sicher«, sagte sie und schluckte ihre Enttäuschung runter. »Das klingt großartig.«

* * *

Sie arbeiteten mehrere Stunden lang in der Küche, füllten Plastikkörbe, die sie aus dem Keller hochgeholt hatte, mit den Sachen, die sie zu behalten beschlossen hatte, und alles, was sie dem Secondhandladen spenden wollte, sammelten sie auf einem Haufen. Während sie so arbeiteten, sprachen sie verschiedene Möglichkeiten für die neue Küche durch, und Riley hielt das Ergebnis auf einem Block mit kariertem Papier fest.

»Das ist jetzt nicht maßstabsgerecht oder so«, erklärte er und zeigte ihr seine Zeichnung. »Doch so kommt es in etwa hin, oder?« Seine Skizze gab ihren Wunsch wieder, die Wände, die das Wohnzimmer und das Esszimmer von der Küche trennten, herauszureißen und praktisch das ganze Erdgeschoss in einen einzigen großen Raum zu verwandeln.

»Das ist klasse! Du hast mir nie erzählt, dass du auch Künstler bist.«

»Weil ich das nicht bin. Aber nach einigen Kursen zu technischem Zeichnen im College krieg ich solche Skizzen jetzt ganz gut hin.«

»Ich finde das wirklich beeindruckend.«

Gott, er wollte sie küssen und in die Arme nehmen und sie lieben und … *Hey, halt dich mal zurück, Mann.* Zu hören, was sie durchgemacht hatte, hatte ihn tief berührt, und ihm war klar geworden, wie überlegt und vorsichtig er bei ihr sein musste. Er war noch nie zuvor in einer Lage gewesen, die der hier auch bloß entfernt ähnelte, und hatte ehrlich gesagt keine Ahnung, wie er durch dieses schwierige Gewässer manövrieren sollte.

Seine Gedanken drehten sich, seit sie ihn vorhin in die ganze Geschichte eingeweiht hatte, allein darum, und er hatte darüber nachgedacht, was geschehen war und welche Wirkung es auf sie gehabt haben musste. *Immer einen Schritt nach dem anderen,* ermahnte er sich. Das Sprichwort »Gut Ding will Weile haben« fiel ihm ein. Er konzentrierte sich darauf, ihre Gesellschaft zu genießen, während er seine Hände bei sich behielt.

Gegen vier bekam Riley einen Anruf von Mac. »Hey, was ist los?«

»Ich wollte mich bloß vergewissern, dass du heute Nacht zur Verfügung stehst. Wir treffen uns um acht am Jachthafen. Die Landesregierung hat Sandlaster hergeschickt, die jetzt draußen sind.«

»Ich werde da sein.«

»Schau, dass du ein bisschen Schlaf bekommst. Es wird eine lange Nacht werden, wenn das stimmt, was die Vorhersage ankündigt.«

»In Ordnung. Wir sehen uns um acht.«

Nikki ging zum Fenster und schaute hinaus in die heraufziehende Dunkelheit. »Es schneit!«

»Das ist der Grund, warum Mac angerufen hat. Wir müssen heute Nacht Schnee räumen. Er will, dass ich mich ausruhe.«

»Wenn du gehen musst, kann ich das hier allein fertig machen. Es ist kein Problem. Ich weiß deine Hilfe bislang wirklich zu schätzen.«

»Ich wollte dir Abendessen kochen. Ich bin sogar einkaufen gewesen.«

»Dazu ist auch morgen noch Zeit. Jetzt jedenfalls brauchst du Ruhe.«

»Wenn es dich nicht stört, würde ich mir am liebsten für ein paar Stunden dein Sofa leihen und hier schlafen.«

»Mein Sofa ist dein Sofa.« Sie ging zum Fenster, für einen genaueren Blick auf die dichten grauen Wolken. »Ich liebe

Schnee. In meiner Kindheit und Jugend in Südkalifornien habe ich praktisch keinen zu Gesicht bekommen.«

»Wenn du eine lange, dunkle Nacht lang Schnee räumen müsstest, fändest du ihn sicher nicht mehr so toll.«

Die Hände auf seinem Rücken, dirigierte sie ihn zum Sofa. »Leg dich hin.«

»Nur wenn du dich zu mir legst.«

»Können wir einen Film sehen?«

»Wenn du das möchtest.« Er streckte sich auf dem Sofa aus und hielt ihr einladend einen Arm hin, zog sie dann eng an sich und hoffte dabei, sein Körper würde ihn nicht verraten und ihr unmissverständlich zeigen, wie sehr er sie begehrte.

Sie breitete eine Decke über sie beide, machte es sich gemütlich und wählte einen typischen Frauenfilm aus, während er versuchte, seinen rasenden Herzschlag unter Kontrolle zu bekommen und sich für die lange Nacht vor ihm auszuruhen. Aber ihr weiches, seidiges Haar fiel über sein Gesicht, die Hitze ihres Bauches versengte seine Handfläche, ihr Duft füllte seine Sinne, und ihre Nähe sorgte dafür, dass er steinhart war, sodass an Schlaf nicht zu denken war.

Es war die pure Folter, ihr derart nah und doch nicht imstande zu sein, sie so zu berühren, wie er das in Wirklichkeit wollte. Zum ersten Mal in seinem Leben waren ihm die Bedürfnisse eines anderen wichtiger als seine eigenen. Sein Oberschenkel lag zwischen ihren, was nicht dabei half, den Schmerz in seinem Schritt zu lindern.

»Du schläfst ja gar nicht«, bemerkte sie und klang belustigt.

»Ganz bestimmt nicht.«

Sie kicherte, und der Klang ihres Lachens ging ihm unter die Haut und fuhr geradewegs in sein Herz. »Ich ziehe auf das andere Sofa um.«

Riley schlang den Arm fester um sie. »Nein.«

»Du musst schlafen.«

»Ich schlafe, wenn ich tot bin.«

»Sag so was nicht, wenn du gleich hinaus in einen Schneesturm ziehst.«

»Ich bin dran gewöhnt. Ich hab diesen Winter schon jede Menge Schlaf an das Schneepflügen verloren.«

Sie verfielen in ein behagliches Schweigen, während sie den Film schaute und er versuchte, an irgendetwas anderes zu denken als die weiche, warme, köstlich duftende Frau, die in ihm den Wunsch nach Dingen weckte, die er sich nie zuvor in seinem Leben gewünscht hatte.

* * *

Der Wecker auf Rileys Handy weckte sie beide um halb acht. Nikki war überrascht, dass sie eingeschlafen war, obwohl in seinen Armen zu liegen alle Nervenenden in ihrem Körper auf Alarm gestellt hatte. Vor dem Fenster heulte der Wind, und zu Eis gefrorene Schneeflocken prasselten gegen die Scheiben.

Stöhnend schloss er sie fester in die Arme. »Ich will nicht.«

»Du musst aber.«

»Ich will nicht.«

Sie versetzte ihm einen spielerischen Stoß mit dem Ellbogen und drehte sich dann auf den Rücken. »Es ist Zeit, aufzustehen.«

»Komm mit mir.«

»Geht das?«

»Sicher. Wenn du möchtest. Ich werde dir allerdings keinen Vorwurf daraus machen, wenn du keine Lust hast.«

»Ich würde es liebend gern tun.«

Er legte ihr einen Finger aufs Kinn. »Du bist verrückt.«

»Es wird ein Abenteuer sein.« Sie stand auf und faltete die Decke zusammen, mit der sie zugedeckt gewesen waren.

»Du bist nicht oft draußen unterwegs, wenn du denkst, Schneepflügen sei ein Abenteuer.«

Nikki lachte. »Du bist ziemlich mürrisch, wenn es schneit. Ich bemerke da eine ganz neue Seite an dir.«

»Ich brauche Essen und Kaffee. Ich bestell uns eine Pizza bei Mario. Was magst du darauf?«

»Ich esse alles.«

»Anchovis und Peperoni. Kommt sofort.«

»Keine Anchovis!«

»Mit ›alles‹ meinst du ›alles außer Anchovis‹?«

»Genau.«

Er schüttelte den Kopf, lächelte sie an und orderte telefonisch die Pizza, während sie Kaffee kochte und in eine Thermoskanne füllte, die sie eigentlich auf den Stapel mit den Sachen sortiert hatte, die sie nicht mehr brauchte. Sie packten sich warm ein und traten hinaus in den dicht fallenden Schnee, lachten, während sie zum Pick-up liefen, auf dessen Motorhaube sich eine weiße Schicht gebildet hatte.

Riley nahm eine Handvoll Schnee und warf damit nach ihr, gerade als sie sich umdrehte, um etwas zu ihm zu sagen, was dazu führte, dass die Ladung sie mitten im Gesicht traf. Vor Empörung bekam sie kaum ein Wort heraus, und er musste so heftig lachen, dass er beschloss, besser ins Auto zu gehen und den Motor anzulassen, bevor sie sich rächen konnte.

Sie stieg auf der Beifahrerseite ein, wischte sich den Schnee vom Gesicht und schaute ihn finster an. »Das war gemein.«

»Ich hab damit auf deinen Rücken gezielt. Du warst es, die sich umgedreht hat.«

»Ich hab schon verstanden, wie das läuft. Ich werde mich an dir rächen, wenn du es am wenigsten erwartest.«

»Ganz ruhig, Killer.« Riley wendete den Pick-up und ließ den Schneepflug runter, um die Einfahrt zu räumen, während sie durch die verschneite Nacht fuhren.

»Wie kannst du sehen, wo du hinlenken musst?«

»Instinkt. Ich kenne diese Straßen wirklich gut.«

»Es besteht kein Risiko, dass du mit mir an irgendeinem Punkt bei diesem Abenteuer über eine Klippe rutschst, oder?«

»Nicht das geringste«, antwortete er. »Du bist bei mir vollkommen sicher.«

Nikki wusste, dass nie zuvor wahrere Worte gesprochen worden waren, doch jetzt fürchtete sie, dass ihre Beziehung, weil sie ihm ihre Geschichte erzählt hatte, nie zu etwas Ernstem werden würde. Vielleicht sollte sie ihm einfach ganz direkt sagen, dass sie ihn als festen Freund haben wollte – oder als Partner, was irgendwie erwachsener klang. Wie auch immer die korrekte Bezeichnung lautete, Hauptsache, er begriff, dass sie viel mehr von ihm wollte als bloß Freundschaft.

Er begehrte sie. Der unübersehbare Beweis für sein Verlangen hatte sich gegen ihren Po gedrückt. Aber würde er nach dem, was sie ihm anvertraut hatte, wegen dieses Verlangens jemals etwas unternehmen?

Die Straßen waren in einem furchtbaren Zustand, daher brauchten sie zwanzig Minuten für das relativ kurze Stück in die Stadt. Bei der Pizzeria ließ Riley den Pick-up mit laufendem Motor stehen und sprintete rein, um ihre Bestellung abzuholen. Dann fuhren sie weiter zum Jachthafen, wo sie die andern treffen sollten.

»Gib mir ein Stück von der Pizza«, bat er. »Ich bin halb verhungert.«

»Du kannst nicht im Schnee den Wagen lenken und dabei Pizza essen.«

»Wollen wir wetten? Darum habe ich auch zwei kleine statt einer großen bestellt. Kleine Pizzastücke lassen sich leichter handhaben.«

»Ich merk schon, du hast das hier schon mal gemacht«, erklärte sie, während sie ihm ein Stück auf einer Serviette reichte.

»Ein paarmal.«

Im Jachthafen stellte Riley den Pick-up neben mehreren anderen Fahrzeugen mit Pflügen ab, die mit laufendem Motor dort warteten. Die Garagentore des Restaurants waren geöffnet, und alles war hell erleuchtet.

Nikki folgte ihm nach drinnen, wo sie gleich als Erstes seinem Bruder über den Weg liefen.

»Nicholas.«

»Finnbar.«

»Hast du an einem Samstagabend nichts Besseres zu tun, als im Schnee zu spielen?«

»Offensichtlich nicht.«

Ein großer, kräftig gebauter Mann kam mit braunen Papiertüten, randvoll mit frisch gebackenen Chocolate-Chip-Cookies, zu ihnen, reichte jedem eine. »Ich bin Onkel Mac«, stellte er sich vor und schüttelte ihr die Hand. »Alle nennen mich Big Mac.«

»Ich bin Nikki. Nett, Sie kennenzulernen.«

»Gleichfalls. Sie sind eine von Evelyns Enkelinnen, richtig?«

»Stimmt.«

»Sie ist großartig.«

»Ganz meine Meinung. Sie hält umgekehrt auch große Stücke auf Sie und Ihre Familie.«

»Das ist schön zu hören.« Zu Riley sagte er: »Tante Lin hat Kekse gebacken. Sie lässt euch ausrichten, ihr sollt dort draußen vorsichtig sein.«

»Richte ihr unseren Dank aus«, erwiderte Riley.

»Mach ich.« Big Mac ging weiter, um mit den anderen zu reden, aber Nikki schaute ihm nach und verfolgte, wie er mit Familienmitgliedern und Freunden sprach.

»Er ist einer meiner Lieblingsmenschen auf der ganzen Welt«, erklärte Riley. »Mit niemandem kann man mehr Spaß haben als mit ihm.«

»Er scheint sehr nett zu sein.«

»Als er vor mehr als vierzig Jahren den Jachthafen gekauft hat, war der Laden komplett runtergewirtschaftet und bloß noch eine Bruchbude, aber er hat daraus ein florierendes Geschäft aufgebaut. Ich habe wahnsinnigen Respekt vor dem, was er hier geleistet hat. Die Leute kommen jeden Sommer zurück, einfach um ihn wiederzusehen.«

»Ich liebe deine Familie.«

»Ich auch.«

Mac pfiff einmal, um die Aufmerksamkeit von allen zu erregen, brachte sie in Bezug auf die Wettervorhersage auf den neuesten Stand und verteilte Einsatzpläne und Funkgeräte, die sie nur dann benutzten, wenn es schneite. »Passt gut auf, und macht eine Pause, wenn ihr sie braucht«, kam Mac zum Ende. »Lasst uns loslegen.«

»Es ist nicht fair, dass Riley ein Mädchen mitbringen darf«, meldete sich Finn zu Wort. »Ich will das auch.«

Während die anderen in Gelächter ausbrachen, gab Riley seinem Bruder eine Kopfnuss. »Mädchen wollen mit dir nichts zu tun haben. Du hast Läuse.«

»Ha«, entgegnete Finn und begleitete seine Worte mit einem dreckigen Lachen. »Du weißt, dass das nicht stimmt.«

»Dad, sag den Babys, sie sollen die Klappe halten und mit der Arbeit anfangen, okay?«, wandte sich Mac an seinen Vater.

»Jungs, hört auf, und macht euch an die Arbeit«, gehorchte Big Mac und grinste, während er die Order weitergab.

Mehr brüderliches Gedränge und Geschubse folgte, wobei es Finn beinahe gelang, Riley umzuwerfen, bevor Riley sich fing und Finn geradewegs in eine Schneewehe stieß.

»Du Idiot«, rief Finn, nachdem er sich daraus befreit hatte, und spuckte Schnee aus.

Bevor sein Bruder sich auf ihn stürzen konnte, packte Riley Nikki an der Hand. »Lauf!«

Er hatte sie gerade sicher in seinen Pick-up verfrachtet und wollte auf die Fahrerseite gehen, als ihn ein Schneeball am Kopf traf.

Nikki konnte gar nicht aufhören zu lachen, als sie den mörderischen Ausdruck auf seinem nassen Gesicht sah.

»Dieser Mistkerl«, schimpfte Riley, während er hinter das Lenkrad stieg und seinem Bruder im Vorbeifahren den Stinkefinger zeigte.

»Ihr seid echt witzig.«

»*Ich* bin witzig. Er ist ein Idiot.«

»Ich hasse es, dir das beibringen zu müssen, aber er ist auch witzig.«

»Nein, ist er nicht. Du kannst mich nicht mögen und gleichzeitig ihn für witzig halten. Das verstößt gegen das Gesetz.«

»Gut zu wissen«, erwiderte sie und verkniff sich ein weiteres Lachen, da sie wusste, er würde es nicht gut finden. *Das macht wirklich Spaß*, dachte sie. Viel mehr, als sie in den letzten Jahren gehabt hatte. Und sie unternahmen ja noch nicht mal irgendetwas Besonderes.

Es stellte sich heraus, dass mit Riley McCarthy durch den Schnee zu fahren genau das Abenteuer war, das sie sich erhofft hatte. Sie hörten Musik, sangen aus voller Kehle schnulzige Country-Songs mit, aßen Pizza und Chocolate-Chip-Cookies, tranken Kaffee und hielten einander wach, während der Schnee sich immer höher türmte.

KAPITEL 16

»Warum habe ich das Gefühl, dass wir hier auf verlorenem Posten kämpfen?«, fragte Nikki gegen zwei Uhr morgens.

»Weil es stimmt.« Sie waren draußen bei den Klippen, und Riley fuhr auf einen der Parkplätze, die er eigentlich räumen sollte. Er hielt an und stellte die Scheinwerfer aus, ließ den Motor aber wegen der Heizung weiterlaufen. Sie konnten das Tosen der Wellen hören, die sich unter ihnen an der felsigen Küste brachen.

»Ich bin froh, dass ich heute Abend nicht mit der Fähre unterwegs sein muss.« Ein Schauer durchlief sie bei dem Gedanken daran, wie rau die Überfahrt wäre.

»Ist dir kalt?«

»Nein, alles super.«

»Gib mir noch einen von diesen Cookies.«

Während sie die leckeren Kekse aßen und zusahen, wie der Schnee um sie herumwirbelte, überkam Nikki ein Gefühl der Zufriedenheit, das so neu und unerwartet war, dass es ihr für einen Moment den Atem raubte. Sie hatte das Richtige damit getan, sich hier auf Gansett eine Auszeit zu nehmen, auch wenn sie zugeben musste, dass es ohne Riley, der für Unterhaltung sorgte, vermutlich langweilig wäre.

Abgeschirmt durch den Sturm, der um sie herum tobte, hatte Nikki den Mut, das Thema anzusprechen, das sie schon seit Stunden beschäftigte. »Kann ich dich etwas fragen?«

»Alles, was du willst.«

»Nach dem, was ich dir vorhin erzählt habe ... Wirst du dich jetzt von mir fernhalten?«

Er starrte sie an, sein Ausdruck war beinahe wild. »Nein«, erwiderte er heftig. »Absolut nicht. Wenn du eine Ahnung hättest ...« Er schüttelte den Kopf und brach ab.

»Was?«, wollte sie wissen, und ihre Kehle wurde trocken, während ihr Herz schneller schlug.

Er umklammerte das Lenkrad fester, und in seiner Wange zuckte ein Muskel.

Sie legte ihm eine Hand auf die Schulter, und selbst durch seine dicke Jacke hindurch konnte sie fühlen, wie hart seine Muskeln waren. »Sag es mir.«

Er blickte sie mit Hitze in den blauen Augen an. »Wenn du irgendeine Ahnung hättest, wie sehr ich dich will, würdest du vermutlich aus dem Auto springen und nach Hause rennen, um von mir wegzukommen.«

Sie brauchte jede Unze Mut, die sie aufbringen konnte, um seinen Blick zu erwidern und den Kopf zu schütteln. »Nein. Würde ich nicht.«

Sie sahen sich für einen endlosen Moment an, in dem die Zeit stillzustehen schien und wichtige Entscheidungen getroffen wurden. Das Geräusch eines Gurts, der gelöst wurde, klang in der Fahrerkabine überlaut, als sie sich zur selben Zeit aufeinander zubewegten – nur verfing sie sich in ihrem Sicherheitsgurt.

Er lachte, während er sie befreite und in seine Arme nahm. Pizzaschachteln und Kekstüten landeten auf dem Boden, als sie in dem stürmischsten Kuss zusammenkamen, den Nikki je erlebt hatte. Lippen und Zungen und Zähne und Hände, getrieben von purem, pulsierendem Verlangen, ihn nur noch näher an sich zu ziehen. Frustriert von den dicken Schichten aus Jacken und Sweatshirts, die sie trennten, legte Nikki den Kopf zur Seite, um einen besseren Winkel für den Kuss zu haben.

Dann hob er sie hoch und setzte sie sich rittlings auf den Schoß. *Viel besser*, dachte sie, schlang ihm die Arme um den Hals und öffnete den Mund.

Er machte den Reißverschluss ihrer Jacke auf und schob sie beiseite, seine Hände glitten unter ihr Sweatshirt und hoch zu ihren Brüsten. Er strich ihr mit den Daumen über die Brustspitzen, die sich unter seiner Berührung und von der durchdringenden Kälte aufrichteten. Riley unterbrach den Kuss keinen Moment, während er hinter sie griff und ihren BH öffnete. Als er ihre nackten Brüste umfing, keuchte sie auf und löste sich aus dem Kuss, sodass sie atmen konnte.

»Zu viel?«, fragte er.

»Nicht genug.«

Riley stöhnte auf und presste den Mund auf ihren Hals, was ihr eine neue Welle Gänsehaut über den ganzen Körper sandte. »Gott, Nik ... Du bist so heiß, und du machst mich verrückt. Ich habe dich seit dem ersten Moment, in dem ich dich gesehen habe, gewollt.«

Sie wand sich auf ihm, musste näher an ihn herankommen. »Ich habe dich auch gewollt. Nachdem ich die Insel verlassen hatte, habe ich jeden Tag an dich gedacht.«

Er eroberte ihre Lippen mit einem weiteren leidenschaftlichen Kuss und begleitete das mit einem leichten Zwicken in ihre Brustspitzen.

Nikki fragte sich gerade, ob sie es hier im Wagen tun würden, als die Fahrerkabine von Scheinwerferlicht erhellt wurde. Eine Hupe ertönte direkt neben dem Fenster.

»Verfluchter Finn«, murmelte Riley. Eine Reihe von Pieptönen erklang, und Riley fluchte wild. »Ich bring ihn um.«

Das Walkie-Talkie meldete sich. »Riley knutscht rum, wenn er eigentlich Schnee räumen soll.«

»Er ist so was von tot.«

»Ignorier ihn einfach«, sagte Nikki und strich mit ihren Lippen über seine. »Er ist nur neidisch.«

»Riley«, meldete sich Mac über Funk. »Hör auf, rumzuknutschen, und räum den Schnee.«

»Ich will auch rumknutschen«, beschwerte sich Luke. »Ich fahr nach Hause.«

»Niemand fährt nach Hause, bis der Schnee weg ist«, stellte Mac klar.

»Scheiß drauf«, erwiderte Luke. »Du bist nicht mein Boss. Ich bin hier raus.«

»Ich will auch nach Hause«, maulte Finn.

»Ja, verschwinde bitte«, flüsterte Riley.

»Riley macht immer noch rum«, petzte sein Bruder.

Nikki lachte, während Riley sie weiter küsste, als wären sie nicht unterbrochen worden. »Wie lange müssen wir hier draußen bleiben?«

»Eigentlich die ganze Nacht.«

»Das ist zu schade.« Sie bewegte sich auf ihm und ließ ihn wissen, was sie wollte, während sie versuchte, über nichts anderes nachzudenken als ihn und das, was gerade hier und genau jetzt passierte. Sie weigerte sich, die unschöne Vergangenheit in eine der perfektesten Nächte ihres Lebens zu lassen.

»Vergiss es. Ich bin fertig mit Schneeschieben.« Er hob sie auf ihren Sitz zurück. »Schnall dich an.« Er schaltete den Pick-up in den Rückwärtsgang, lenkte zum Parkplatzausgang und wandte sich Richtung Straße, brauste an Finns Wagen vorbei, der einige Meter entfernt stand.

»Hab ich was gesagt?«, meldete sich Finn über Funk.

»Ich fahre nach Hause«, teilte Riley allen mit.

»Er hat Besseres zu tun, als Schnee zu schieben«, stellte Finn fest.

»Halt den Mund, Finn«, verlangte Mac, der sich in zunehmendem Maße genervt anhörte. »Und räum den verdammten Schnee!«

Ein tiefes, dröhnendes Lachen kam über den Funk. »Sohn, du verlierst die Kontrolle über deine Truppen«, meldete sich Big Mac.

»Wer hat dir denn ein Walkie-Talkie gegeben?«, wollte Mac wissen.

»Ich hab mir eins genommen.«

»Ich hab auch eins«, verkündete eine weitere Stimme.

»Wer ist das?«, fragte Nikki, die vor Lachen Mühe hatte, sich auf dem Sitz zu halten.

»Big Macs bester Freund Ned Saunders.«

»Ihr seid jetzt alle still und räumt Schnee«, befahl Mac. »Oder ich fahr auch nach Hause.«

»Vielleicht sollten wir alle nach Hause fahren«, schlug Finn vor. »Kommen wir lieber morgen zurück. Hier können wir heute ohnehin nichts mehr ausrichten.«

Der Schnee fiel weiter und sogar dichter als zuvor.

»Okay«, gab Mac sich geschlagen. »Fahrt heim. Aber ihr seid alle um acht Uhr früh wieder da. Ich mein das ernst. Keinen Mist.«

Finns Gelächter kam über den Funk. »Wir? Mist? Oh, Moment. Du redest mit Riley. Er ist derjenige, der Mist macht, während er eigentlich arbeiten soll.«

»Ich werde ihn umbringen, und es wird wehtun«, murmelte Riley.

Nikki musste so lachen, dass sich ihre Augen mit Tränen füllten.

»Riley?«, fragte Finn. »Hallo, Riley? Melde dich, Riley. Was tust du, Riley? Wohin bist du unterwegs, Riley? Ich folge dir.«

Während er fuhr, behielt Riley eine Hand auf Nikkis Schenkel, drückte ihr Bein, um sie wissen zu lassen, dass sie in der Sekunde, in der sie im Haus waren, da weitermachen würden, wo sie aufgehört hatten.

Sie konnte es kaum erwarten.

* * *

Es wird wirklich passieren, dachte Riley, frustriert von der Tatsache, dass er nur so langsam vorankam, schließlich wollte er sie beide heil nach Hause bringen.

Selbst Finn und seine Mätzchen konnten ihm nichts anhaben. Nicht wenn Nikki neben ihm saß, warm und willig und sexy wie die Hölle. Er war so hart, dass es wehtat, weil er sie so sehr begehrte, und sie waren immer noch Meilen von ihrem Ziel entfernt, während der Schneefall immer schlimmer wurde, als ob der Himmel wüsste, wie dringend Riley nach Hause wollte.

Eine Dreiviertelstunde nachdem sie den Parkplatz an den Klippen verlassen hatten, erreichten sie die Einfahrt von Eastward Look, und es gab keine Spur von Finn. Sie hatten ihn glücklicherweise schon vor einiger Zeit abgehängt.

Riley schaltete das Funkgerät und den Motor aus. »Warte kurz«, bat er, stieg aus und lief ums Auto, um ihr zu helfen, damit sie nicht ausrutschte und sich zu diesem ungünstigen Zeitpunkt verletzte.

Drinnen zogen sie sich Jacken, Stiefel, Mützen und Handschuhe aus und hinterließen alles als ungeordneten Haufen in der Eingangshalle.

Riley legte Nikki einen Arm um die Taille und hob sie hoch.

Sie klammerte sich mit Armen und Beinen an ihn, während er sie küsste und nach oben eilte, immer zwei Stufen auf einmal. »Wo geht's hin?«, fragte er sie zwischen den Küssen.

»Das Ende des Korridors.«

Im Schlafzimmer legte er sie aufs Bett und schob sich über sie. »Du kannst immer noch Nein sagen«, erinnerte er sie rau, seine Lippen nur Millimeter von ihren entfernt.

»Das werde ich nicht tun.«

»Du kannst es aber jederzeit, und ich höre sofort auf.«

Sie hatte einen riesigen Kloß im Hals und schluckte hart. »Das bedeutet mir wirklich viel.« Sie zog ihn für einen weiteren Kuss zu sich.

Danach gab es keine Worte mehr.

Riley half ihr aus ihrem Sweatshirt, und dann erwiderte sie ihm den Gefallen.

Der BH, den er schon früher aufgehakt hatte, hing ihr locker von den Schultern.

Sein Blick erhitzte sich, als er die Cups zur Seite und ihr die Träger über die Arme schob. Seine Finger glitten über ihre empfindsame Haut. Dann griff er nach ihrer Jeans und streifte sie ihr mit hastigen Bewegungen vom Körper, bis sie bloß noch mit einer dünnen Schicht Seide bekleidet vor ihm lag.

»Ich habe noch nie etwas Schöneres als dich gesehen«, flüsterte er und beugte sich über sie, um ihr einen Kuss zwischen die Brüste zu hauchen. »Und ich habe nie etwas mehr gewollt als dich.«

Während er eine Brustspitze in seinen Mund nahm, krallte Nikki die Finger in sein Haar, weil sie sich irgendwo festhalten musste. Sie wollte ihn berühren, konnte sich aber nicht dazu bringen, die Hände zu bewegen, während er sich erst der einen Brust, dann der anderen zuwandte.

»Riley«, keuchte sie.

»Was, Süße?«

»Du machst mich ganz verrückt.«

»So soll das sein.« Mit den Lippen erkundete er ihren Oberkörper, ihren Bauch und … O Gott. Das hatte sie noch nie getan … War das seine … *O mein Gott!* Die drei Worte hallten durch ihren Kopf.

Er schob ihre Unterwäsche beiseite. Mit der Zunge strich er über ihre empfindsame Haut, während seine Finger in sie glitten. Beides zusammen brachte sie so schnell an den Rand eines Höhepunkts, dass sie kaum mitkommen konnte. Er stoppte, ganz offensichtlich in der Absicht, sie zu quälen, bevor er es wieder tat und wieder, bis sie fast verrückt war und ihn anflehte.

Als es geschah, überrollte sie der Orgasmus in einer Hitzewelle, die jede Faser von ihr erfasste und sie mit einem Schwindelgefühl zurückließ, das sie so noch nie erlebt hatte. Das berauschende Hochgefühl sorgte dafür, dass sie alles für möglich hielt, sogar dass sie die Vergangenheit endgültig hinter sich lassen konnte.

Sie konnte es tun.

Aber nur mit ihm. Nur mit Riley.

Dann war er fort, stand auf, um sich die Hose abzustreifen und ein Kondom aus seinem Portemonnaie zu holen. Er rollte es sich über, ohne je den Blick von ihr zu nehmen. Er legte sich auf sie, küsste sie stürmisch, bevor er sich zurückzog. »Ist es immer noch gut?«

»Hmm, so gut! Hör nicht auf.«

»Auf keinen Fall, Süße.«

Sie liebte es, wenn er sie so nannte, vor allem, wenn er sie voller Zärtlichkeit anschaute, während er es sagte. Das Gefühl, zu fallen, von einer Klippe ins Unbekannte zu treten, überkam sie, als er sich in sie schob.

Jordan behauptete immer, dass die schlanken Kerle unten besonders gut ausgestattet seien, und dieser Gedanke, der aus dem Nichts aufzutauchen schien, ließ Nikki beinahe im schlimmstmöglichen Moment auflachen.

»Rede mit mir. Sag mir, dass bei dir alles in Ordnung ist.«

»Mir geht's gut.« Sie strich ihm mit den Händen über den Rücken und bis zu seinem Hintern, zog ihn kurz an sich, um ihn zu ermutigen, weiterzumachen. »Es geht mir sogar ganz ausgezeichnet.« Sie hatte so lange Zeit gewusst, dass sie das hier irgendwann würde tun müssen, hoffentlich mit jemandem, der ihr wichtig war und dem sie umgekehrt auch etwas bedeutete. Mit jedem Stoß seiner Hüften heilte Riley ihr gebrochenes Herz, setzte die Stücke wieder zusammen und zeigte ihr etwas, was sie noch nie zuvor empfunden hatte.

»Du fühlst dich so gut an«, flüsterte er und strich ihr mit den Lippen über den Hals. »So, so gut.« Er stemmte sich auf seinen muskulösen Armen hoch und schaute sie an, beobachtete sie, während er sie liebte. Seine Sorge und Zärtlichkeit waren genau das, was sie brauchte, um ihre schmerzvolle Vergangenheit hinter sich zu lassen und sich auf die Zukunft zu konzentrieren, die plötzlich sehr viel positiver aussah, als sie das seit einer langen Zeit getan hatte.

* * *

Das hier, dachte Riley, *ist lebensverändernd*. Dieses schwer zu fassende *Ding*, über das die Leute sprachen, das sie aber nie wirklich beschreiben konnten. Das musste man erleben, um es zu verstehen. Er sah sie an, das dunkle Haar, über das weiße Kissen ausgebreitet, den olivfarbenen Ton ihrer glatten, seidigen Haut, die geschwollenen Lippen, die rosigen Brustspitzen und die großen braunen Augen, mit denen sie ihn voller Vertrauen und Zuneigung anschaute. Sein Herz war mit einem Mal übervoll, wofür sie allein verantwortlich war.

»Nik …«

»Ja«, sagte sie und hörte sich so atemlos an, wie er sich fühlte.

Gott, er hoffte, das hier bedeutete ihr genauso viel wie ihm.

Sie schloss die Augen, ihre Lippen öffneten sich, ihre Finger pressten sich ihm in den Rücken, und ihre inneren Muskeln zogen sich zusammen.

Riley steigerte das Tempo, bewegte sich schneller, bis sie aufschrie und ihr Orgasmus ihn ebenfalls mitriss, ihn erschütterte wie noch nichts in seinem Leben. Nachher brach er über ihr zusammen, und selbst die Sorge, dass er sie erdrücken könnte, schien den Nebel der Seligkeit nicht durchdringen zu können.

Ihre Arme um ihn hinderten ihn daran, sich zu bewegen, während er sich darauf konzentrierte, zu atmen und dass alles in seinem Kopf aufhörte, sich zu drehen. »Immer noch okay?«, fragte er, als er wieder sprechen konnte.

»Mhm. Sehr okay.«

»›Sehr okay‹ ist sehr gut.«

»Ja, ist es.« Ihre Hand glitt langsam über seinen Rücken, zur selben Zeit tröstlich und erregend.

Er atmete ihren frischen, sauberen Geruch ein, prägte ihn sich ein, weil er kein einziges Detail seines ersten Mals mit ihr vergessen wollte. Als er die Kraft aufbringen konnte, sich zu bewegen, schlang er die Arme um sie und drehte sich mit ihr auf den Rücken.

Nikki griff nach der Daunendecke und zog sie über sie beide, hüllte sie in einen gemütlichen, warmen Kokon, in dem er tagelang bleiben wollte. Sie würden nur zum Atmen und Essen rauskommen. Draußen heulte der Wind weiter, die Sturmläden klapperten, und der eisige Schnee prasselte gegen das Glas. In einigen Stunden würde er wieder rausmüssen und Schnee räumen. Aber im Moment …

Er strich ihr mit der Hand über den Rücken und genoss die Weichheit ihrer Haut.

»Danke«, flüsterte sie nach einer langen Zeit der Stille.

»Wofür?«

»Dafür, dass du es so perfekt für mich gemacht hast. Ich habe mich die ganze Zeit davor gefürchtet.«

»Du hast es für mich auch ziemlich perfekt gemacht.«

»Wirklich?«

»Äh, konntest du das nicht an meinem ... Enthusiasmus merken?«

Er spürte ihr leises Lachen an seiner Brust. »Du warst ziemlich enthusiastisch, ja.«

»Du hast mich inspiriert. Erinnerst du dich, wie du mir gesagt hast, dass du darin nicht gut bist?«

Sie nickte leicht.

»Das ist Quatsch.«

»Das ist gut zu wissen.« Sie küsste seine Brust. »Kann ich dich etwas fragen?«

»Alles, was du willst.«

»Hast du ... viele Freundinnen gehabt?«

»Nicht wirklich. Es gab einige ... Wie soll ich das jetzt ausdrücken?«

»One-Night-Stands?«

»Ja, genau. Aber nichts, was ich ernsthaft Freundin nennen würde.«

»Wie kommt das?«

»Ich habe nie jemanden kennengelernt, mit dem ich so viel Zeit verbringen wollte, bis zum letzten Herbst, als dieses unglaubliche Mädchen meine Hilfe bei einem undichten Dach gebraucht hat. Dann ist sie verschwunden, ohne sich zu verabschieden, und ich hatte ziemliche Angst, dass ich sie nie wiedersehen würde.«

»Ich bin wirklich froh, dass ich zurückgekommen bin.«

Er küsste sie auf die Schulter und knabberte spielerisch an ihrem Nacken. »Und ich erst. Du hast keine Ahnung, wie froh ich bin. Ich habe mit dem Gedanken gespielt, dir hinterherzureisen, doch dazu hätte Mac deine Großmutter fragen müssen, wo du bist, was dann meine ganze Familie mit reingezogen hätte.«

Sie hob den Kopf von seiner Brust, die Augen vor Überraschung weit aufgerissen. »Du hast wirklich darüber nachgedacht, zu versuchen, mich zu finden?«

»Ich hab mehr getan, als darüber nachzudenken. Ich habe online nach dir gesucht, aber das hat nirgendwohin geführt. Abgesehen von ein paar Erwähnungen von dir, die mit Jordan zu tun haben, existierst du online nicht.«

»Das ist volle Absicht. Wir müssen sehr vorsichtig sein, damit uns die Leute nicht finden können, vor allen Dingen, seit das Sextape veröffentlicht worden ist. Ich hatte totale Panik, dass die Publicity alles zurückbringen würde, was mit Griffin passiert ist. Jordan und Zane sind allerdings so große Stars, dass sich alles auf sie konzentriert hat. Ich habe immer darauf gewartet, dass ich da mit reingezogen werde, doch glücklicherweise ist das nie geschehen.«

»Gott sei Dank.«

»Ich weiß. Gram und ich hatten solche Angst, dass wir diesen Albtraum noch einmal durchleben müssten. Es gab einiges merkwürdiges Stalker-Zeugs, also hat Jordan jetzt Bodyguards, wenn sie reist.« Sie runzelte die Stirn. »Wenn sie ihnen nicht entwischt.«

»Warum will sie ihrer eigenen Security entwischen, wenn sie Stalker hat?«

»Gute Frage. Ich musste ihnen erklären, wo sie sie finden können, als sie losgezogen ist, um Zane auf der Tour zu begleiten. Sie waren ziemlich angepisst, um es vorsichtig auszudrücken.«

»Wer hatte sie angeheuert?«

»Unsere Großmutter. Gegen Jordans Wunsch, ich war allerdings dafür.«

»Ist es okay, wenn ich sage, dass ich wirklich froh bin, dass du nirgendwo auch nur in der Nähe dieses Wahnsinns bist, der das Leben deiner Schwester ausmacht?«

»Ja, das kannst du gerne. Ich bin ebenfalls froh, dass ich nichts mehr damit zu tun habe. Aber du sollst wissen ... Das ist nicht der einzige Grund, warum ich hierher zurückgekommen bin.«

»Nein?«

»Ich hatte gehofft, dich wiederzusehen. Auf der anderen Seite des Landes und während der rauen Überfahrt mit der Fähre habe ich mich bloß immer wieder gefragt, ob du noch hier sein würdest. Ich wusste nichts über dich, außer dass du der Cousin von Mac bist und dass meine Großmutter ihn toll findet. Wenn du nicht hergekommen wärst, hätte ich Mac aufgespürt und ihn gefragt, wie ich mit dir in Kontakt treten kann. Das hatte ich fest vor.«

Überraschend gerührt davon, dass sie willens gewesen war, solche Mühen auf sich zu nehmen, um ihn ausfindig zu machen, zog Riley sie fester an sich und küsste sie auf den Scheitel. »Ich bin wirklich froh, dass ich hergefahren bin, sobald ich gehört hatte, dass du zurück bist.«

»Geht mir genauso. Doch jetzt habe ich irgendwie Angst ...«

»Wovor?«, fragte er alarmiert. Er wollte, dass sie nie wieder vor irgendetwas Angst hatte, selbst wenn das gar nicht möglich war.

»Dein alter Boss hat dir da ein ganz schön tolles Angebot unterbreitet.«

»Aber er ist nicht du.« Er bewegte beide Hände nach unten und knetete ihren Hintern, lachte, als sie aufkeuchte. »Ich schwöre dir, ich gehe nirgendwohin, Nikki. Nicht solange du mich hier bei dir haben willst.«

»Das könnte eine ziemlich lange Zeit sein«, erwiderte sie und wand sich auf ihm.

Er wurde in ihr hart. »Behalte den Gedanken mal kurz im Kopf«, sagte er und hob sie vorsichtig von sich, sodass er mit dem Kondom kurzen Prozess machen konnte – und sich ein neues besorgen.

KAPITEL 17

Während draußen der Sturm tobte, wurde Shane McCarthy von schrecklichen Albträumen gequält. Er wälzte sich unruhig herum, auf der Flucht vor einer Vergangenheit, die ihn nicht entkommen lassen wollte. Er schreckte hoch, als er im Schlaf aufschrie.

Katie legte die Arme um ihn und zog ihn liebevoll an sich.

Ein Schluchzen kam ihm über die Lippen, was ihn ärgerte und ihm zur selben Zeit Angst einjagte. Wegen der Ex-Frau zu weinen war nicht gerade eine gute Idee, wenn man mit seiner geliebten Verlobten im Bett lag. Aber Katie verstand, was Courtney ihm einst bedeutet hatte, und würde ihm hieraus keinen Vorwurf machen. Oder wenigstens hoffte er das.

Tränen schossen ihm in die Augen und liefen ihm über die Wangen. Alles, woran er denken konnte, war Courtney, wie er sie zuerst kennengelernt hatte, die süße, sexy, schlaue, lustige Frau, in die er sich Hals über Kopf verliebt hatte, bevor er herausgefunden hatte, dass sie tablettenabhängig war. Sie hatten zwei wundervolle Jahre gehabt, bevor seine Welt um ihn herum zusammengebrochen war und ihn unter einer Lawine aus Schmerz und Verzweiflung und Schulden begraben hatte.

Er trauerte um die Frau, die sie im College gewesen war, so voller Potenzial und Lebenslust, dass sie ihn völlig bezaubert hatte. Der Verlust seiner Mutter, als er sieben gewesen war, hatte ihn tief verletzt, und Courtneys Liebe hatte diese lange schwärende Wunde geheilt. Sie zu treffen war so gewesen, als wäre nach Jahren mit bedecktem Himmel plötzlich die Sonne hervorgekommen.

»Was kann ich tun?«, fragte Katie, ihr Tonfall war genauso sanft wie ihre Berührung.

»Es tut mir so leid.« Er wischte sich übers Gesicht und versuchte, sich zu fassen. »Das ist nicht fair dir gegenüber.«

»Shane, Schatz, bitte ... Mach dir um mich keine Sorgen. Dein Herz ist gebrochen, und das ist mehr als verständlich.«

»Ich habe sie nicht mehr geliebt. Nicht auf die Art, wie ich dich liebe.«

»Das weiß ich. Das musst du nicht extra betonen. Ich *weiß* es.« Sie zog seinen Kopf an ihre Brust und strich ihm mit den Fingern durchs Haar, schenkte ihm die Liebe und den Trost, die er nur von ihr erhalten konnte.

»Ich muss immer an die Courtney denken, die ich am Anfang kannte, bevor alles schlimm wurde.«

»Erzähl mir von ihr.«

»Es ist in Ordnung, Baby. Wir müssen nicht darüber sprechen. Es reicht mir, wenn ich dich so festhalten kann. Ich würde komplett durchdrehen, wenn ich dich nicht hätte.«

»Du wirst mich immer haben, und wenn ich nichts davon hören wollte, hätte ich nicht gefragt. Wenn du darüber sprechen willst, bin ich für dich da.«

Shane nahm sich einen Moment, um sich zu sammeln. »Ich habe all diese Dinge in meinem Kopf, mit denen ich mich sehr lange Zeit nicht mehr beschäftigt habe.«

»Es ist nur natürlich, dass diese Erinnerungen jetzt zurückkehren.«

»An den Anfang habe ich schon jahrelang nicht mehr gedacht. Die guten Jahre sind vollkommen von dem verdrängt worden, was später geschah.«

»Erzähl mir von den schönen Zeiten. Ich will das wirklich hören und verspreche auch, dass ich dir keine Vorwürfe machen werde.«

Ihre Zärtlichkeit und ihr Humor mitten in der tiefsten Dunkelheit erlaubten es ihm, über seinen Schmerz zu reden. »Das erste Mal, dass ich sie gesehen habe, war bei einem Basketballspiel. Ich war mit meinen Freunden dort, sie mit ihren. Wir hatten gemeinsame Bekannte und sind alle zusammen nach dem Spiel weggegangen. Ich habe neben ihr gesessen, und wir haben uns unterhalten. Diese eine Nacht war alles, was nötig war. Von dem Moment an waren wir zusammen. Ich … Ich war noch nie vorher verliebt gewesen. Es war … Ich kann es nicht beschreiben.«

Sie küsste ihn auf die Stirn. »Das musst du auch nicht. Ich kenne das Gefühl.«

»Bei allem, was später passiert ist, habe ich diese Version von ihr irgendwie verloren, doch diese ersten paar Monate waren einfach unglaublich. Damals konnte ich mir nichts anderes vorstellen, als den Rest meines Lebens mit ihr zu verbringen.«

»Ich bin mir sicher, dass du dir an einigem, was danach passiert ist, die Schuld gibst, aber das darfst du nicht. Das weißt du, oder?«

»Ja.«

»Shane? Sag mir, dass du weißt, es war nicht deine Schuld.«

»Ich weiß es. Ich wünschte trotzdem, ich hätte mehr tun können. Das letzte Mal, dass ich sie gesehen habe, verfolgt mich immer noch. Als sie hergekommen ist und um eine weitere Chance gebeten hat und ich Nein gesagt habe.«

»Weil du schon mit mir zusammen warst und sehr hart daran gearbeitet hattest, die Scherben deines Lebens aufzusammeln und wieder zusammenzusetzen, nachdem sie dich verlassen hatte.«

»Dennoch … Ich frage mich einfach, ob es danach wieder schlimmer geworden ist. Hab ich das Falsche getan, als ich sie weggeschickt habe?«

»Shane, Schatz. Hör auf. Tu das bitte nicht. Du hast dich fast in den Ruin getrieben, weil du versucht hast, ihr Hilfe zu beschaffen, und dann hat sie dich sang- und klanglos verlassen. Nachdem du Jahre gebraucht hast, um wieder auf die Füße zu kommen, taucht sie auf und behauptet, sie hätte keine andere Wahl gehabt und hätte dich niemals verlassen, wenn es nach ihr gegangen wäre. Du hast das getan, was jeder in der Situation getan hätte. Du hast gesagt: Schluss. Es war nicht deine Aufgabe, sie weiter zu stützen, vor allen Dingen, nachdem sie sich auf diese Art von dir hat scheiden lassen.«

»Du hast recht.«

»Du hast so hart daran gearbeitet, die Dunkelheit dieser Jahre hinter dir zu lassen. Ich glaube nicht, dass Courtney wollte, dass ihr Tod all deinen Fortschritt zunichtemacht. Das würde die Tragödie nur noch verschlimmern.«

»Danke, dass du so verständnisvoll bist. Ich bin mir nicht sicher, ob ich so erwachsen damit umgehen würde, wenn unsere Rollen vertauscht wären.«

»Das würdest du, denn du liebst mich genauso wie ich dich.«

»Ich liebe dich so sehr. Du rettest mir hier gerade das Leben. Ich hoffe, du weißt das.«

»Das bin ich dir noch von dem Tag schuldig gewesen, an dem *du mir* das Leben gerettet hast.«

»Der beste Tag überhaupt«, sagte er und meinte Owens und Lauras Hochzeitstag, als er Katie in letzter Sekunde aus einer gefährlichen Meeresströmung geholt hatte. Er küsste sie und legte seine Stirn gegen ihre.

»Das war es für mich auch, außer dem Teil, wo ich beinahe ertrunken bin und dich mit in die Tiefe gezogen habe.«

»Ende gut, alles gut.«

Sie nahm sein Gesicht zwischen die Hände und musterte ihn. »Ist bei dir alles in Ordnung?«

»Das wird wieder. Ich verspreche dir, dass ich nicht ertrinken und dich mit in die Tiefe ziehen werde.«

»Das würde ich auch nicht zulassen. Ich bin genau hier, und ich will auf jede nur mögliche Weise helfen.«

»Davon allein wird alles schon besser.« Er versuchte seine rasenden Gedanken zu beruhigen, damit er etwas schlafen könnte. »Hey, Katie?«

»Hm?«

»Warum reden wir nie darüber, zu heiraten?«

Weil er immer noch so dicht an sie gekuschelt dalag, konnte er spüren, wie sie sich verspannte, während ihre Atmung langsamer wurde. »Wir reden doch darüber.«

»Nein, tun wir nicht.« Als sie darauf nicht antwortete, fragte er: »Muss ich mir über irgendetwas Sorgen machen?«

»Nein! Natürlich nicht. Wir können heiraten. Wenn du willst.«

»Das hört sich nicht besonders überzeugt an.«

»Es ist nur, dass alles so, wie es ist, gut ist. Brauchen wir wirklich ein Stück Papier?«

»Wir *brauchen* es nicht. Ich hatte allerdings gedacht, dass wir es irgendwann schon tun.«

»Das werden wir auch.«

»Aber nicht jetzt?«

»Haben wir nicht schon genug am Hacken, ohne uns noch mehr aufhalsen zu müssen?«

Shane wusste nicht, was er darauf erwidern sollte, also sagte er das Einfachste, was ihm einfiel. »Vermutlich schon.«

Sie atmete tief aus, was sich für ihn verdächtig nach Erleichterung anhörte. Was zur Hölle war da los? Und wie war es möglich, dass er sich jetzt sogar noch mehr Sorgen machte als zuvor?

* * *

Zum ersten Mal, seit er für seinen Cousin arbeitete, ignorierte Riley den Wecker, als er um halb acht klingelte. Er hatte sehr viel bessere Dinge zu tun, als Schnee zu räumen, und obwohl er sich für einen Moment schlecht fühlte, weil er die anderen im Stich ließ, würden sie doch ohne ihn auskommen.

Dann erinnerte er sich daran, dass Shane ja ebenfalls ausfiel, und Schuldgefühle setzten ein. Sie waren schon einer weniger, und wenn er jetzt auch nicht auftauchte, würden alle anderen deutlich länger arbeiten müssen.

Manchmal war es echt beschissen, ein Gewissen zu haben. Er wollte gerade aufstehen, als sein Telefon piepte und eine Textnachricht von Mac anzeigte.

Komm erst um zwölf. Es schneit noch zu stark, um sich jetzt die Mühe zu machen.

Oh, Gott sei Dank. Eine Gnadenfrist.

»Musst du los?«, fragte Nikki, die Stimme noch belegt vom Schlaf.

»Nein.« Er schmiegte sich an ihren Rücken, umfing eine ihrer Brüste und presste sich von hinten gegen sie. Der Klang ihrer Stimme hatte gereicht, dass er hart wurde. Mehr war nicht nötig. »Mac findet, da es immer noch volles Rohr schneit, ist es zu früh, um aktiv zu werden.«

»Wo wir gerade von ›Rohr‹ sprechen ...«

»Sollte ich da aktiv werden?«

Sie lachte und stöhnte gleichzeitig und meinte: »Du wirst noch mein Tod sein.«

»Niemals.« Er küsste ihr Schulterblatt und zog eine Spur aus Küssen über ihr Rückgrat. Dann wandte er seine Aufmerksamkeit ihrem Hintern zu, küsste ihn und knabberte daran, bis sie sich ihm entgegenwölbte. »So«, sagte er und arrangierte sie vor sich, auf Händen und Knien. Er zog sich schnell ein neues Kondom über, das letzte, das er hatte, und nahm sie von hinten, hielt inne, als sie sich anspannte. »Ist es für dich schmerzhaft?«

»Nur ein bisschen. Ist aber okay.«

»Bist du dir sicher? Wir müssen es nicht tun.« Sie hatten es schon dreimal getan, und dank der Tatsache, dass er sie schon wieder wollte, entwickelte sich dies zur verrücktesten und besten Nacht seines Lebens.

»Ist schon in Ordnung. Wenn wir etwas sanfter vorgehen.«

»Ich kann sanft.« Wenigstens glaubte er das. Angesichts des Verlangens, das sie in ihm wachrief, war es ihm fast unmöglich, selbst etwas so Einfaches wie Denken hinzubekommen, solange sie nackt mit ihm im Bett war. Ihre Begeisterung für alles, was sie sich einfallen ließen, sorgte dafür, dass er sie bloß mehr wollte. Er fing an, zu verstehen, warum seine Cousins für die Frauen, die sie liebten, ihr Leben geändert hatten. Wenn es für sie auch so war …

Nikki schrie auf und kam heftig, zog sich um ihn zusammen, sodass er Sterne sah und jede Kontrolle verlor. Sie landeten in einem verschwitzten, keuchenden Haufen auf dem Bett, Arme und Beine ineinander verschlungen.

Er presste seine Lippen auf ihre Schulter, schloss die Augen und versuchte, seinen rasenden Herzschlag zu beruhigen.

Das Nächste, was er wahrnahm, war, dass sein Handy sich mit dem Klingelton für Finn meldete. Riley stöhnte und griff über Nikki, um sich das Handy vom Nachttisch zu schnappen.

»Was?«

»Wo bist du?«

»Geht dich nichts an.«

»Alle sind hier, um Schnee zu räumen, und Mac sucht dich.«

»Scheiße«, murmelte Riley. Seine Augen fühlten sich vom Schlafmangel sandig an, und seine Muskeln protestierten bei der kleinsten Bewegung. »Ich glaube, ich bin krank.«

»Sexfieber zählt nicht als Krankheit.«

»Ernsthaft.«

»Willst du, dass ich Mac die Botschaft überbringe?«

»Würdest du das tun? Und könntest du jede Erwähnung der Wörter ›Sex‹ und ›Fieber‹ vermeiden?«

Finn schnaubte. »Ich schau mal, was ich tun kann. Es könnte echt schwer werden, mich zurückzuhalten.«

»Versuch's.«

»Jaja. Du schuldest mir was.«

»Was auch immer.«

»Ich nehme also an, dass die Dinge gut verlaufen sind, nachdem ich euch gestern Abend beim Knutsch-Aussichtspunkt getroffen habe?«

»Tschüss, Finn.«

»Komm schon …«

Riley beendete den Anruf und fühlte Nikki unter sich vor Lachen beben. »Das ist nicht lustig. *Er* ist nicht lustig.«

»Doch, ist es, und doch, ist er.« Sie drehte sich um, um ihn anzusehen.

Er strich ihr das Haar aus dem geröteten Gesicht. Ihre Lippen waren geschwollen, und als er mit der Zungenspitze darüberfuhr, spürte er eine neue Welle der Lust. Das konnte nicht gesund sein – er hatte sich trotzdem nie besser gefühlt.

»Es ist okay, wenn du zur Arbeit musst.«

»Ich kann zu Hause bleiben. Finn wird das für mich regeln.«

»Wird er dir das für den Rest deines Lebens aufs Brot schmieren?«

»Vermutlich«, meinte er und beugte sich vor, um sie zu küssen. »Aber du bist den Ärger definitiv wert.«

* * *

»Ja, also, Riley fühlt sich nicht so gut«, sagte Finn zu Mac. Er brauchte all seine Selbstbeherrschung, um sich die Wörter »Sex« und »Fieber« zu verkneifen.

»Großartig«, erwiderte Mac und verzog das Gesicht. Er war offensichtlich sehr skeptisch, was Rileys plötzliche »Krankheit« betraf. »Jetzt fehlen uns schon zwei Leute. Ich werde Dad und Ned anrufen. Sie werden begeistert sein, eine Ausrede zu haben, im Schnee zu spielen.«

Während Mac die Telefonate erledigte, versorgte Finn sich mit Kaffee, den sein Cousin hinter dem Tresen des Restaurants in der Marina bereitgestellt hatte. Dieser Ort barg so viele Erinnerungen für Finn. Einige der besten Zeiten seines Lebens hatte er hier verbracht, mit seinem Onkel und den älteren Cousins, die er als Kind so bewundert hatte.

Das waren gute Zeiten gewesen, aber jetzt war es noch besser. Mit den Cousins als Erwachsener rumzuhängen, mit Mac zu arbeiten und die anderen in der Nähe zu haben gestaltete sein Leben wirklich erfreulich. Es gefiel ihm, zu wissen, dass Janey hier war, falls er mal eine weibliche Perspektive benötigte. Sie beide hatten sich immer nahegestanden, doch jetzt war es das erste Mal, dass sie das ganze Jahr über in unmittelbarer Nähe lebten.

Clint hatte ihm und Riley ein gutes Angebot unterbreitet. Kein Zweifel. Er wäre verrückt, es nicht sofort anzunehmen, vor allen Dingen, weil Clint verzweifelt war und vermutlich willens, einige weitere Zugeständnisse zu machen. Ein Firmen-Pick-up wäre schon nett.

Wenn Finn allerdings darüber nachdachte, zu gehen, bevor das Wayfarer fertig war, oder nicht mehr jeden Tag mit Mac, Shane, Luke und Riley zusammenzuarbeiten, hörte sich Clints Angebot schon nicht mehr ganz so verlockend an. Riley würde hier nicht wegwollen, solange Nikki da war. Finn hatte seinen Bruder noch nie so verliebt erlebt. Riley war sonst mehr der Typ für kurze Beziehungen, aber diese Sache mit Nikki wirkte ziemlich langfristig.

Sein Handy summte mit einer Nachricht von Missy.

Ich bin eingeschneit und einsam. Wünschte, du wärst hier. Wann kommst du nach Hause?

Finn seufzte, als er die Nachricht las. Sie war ganz schön hartnäckig. Weiß ich nicht. Könnte noch etwas dauern.

Sie schickte ihm ein schmollendes Emoji. Kann ich dich besuchen kommen?

Jetzt ist gerade kein guter Zeitpunkt. Wir arbeiten viel wegen einer neuen Baustelle. Wir würden uns nicht oft sehen können. Und es ist eiskalt hier.

Ich vermisse dich, und ich liebe dich. Ich weiß nicht, was ich tun soll.

Wir hatten beschlossen, mit anderen auszugehen …

Hast du jemand anders? Ist es das??

Nein! Ich habe niemand anders. Alles, was ich tue, ist arbeiten und schlafen. Apropos arbeiten, ich muss jetzt Schnee räumen. Können wir später reden?

Na gut.

Während Finn das Handy in seiner Hosentasche verstaute, kam sein Onkel Mac mit Ned Saunders herein. Beide wirkten begeistert, dass sie rekrutiert worden waren. Sie waren wohl zusammen auf dem Hügel bei Big Mac gewesen, als Mac sie angerufen hatte. Finn wünschte, er würde auch nur einen Bruchteil ihrer Begeisterung verspüren. Er hasste es, Schnee zu räumen.

Big Mac kam nicht mit leeren Händen – ein großes Tablett voll mit Donuts, die Tante Linda für die Männer gemacht hatte.

Finn lief das Wasser im Mund zusammen.

Diese Donuts waren ein fester Bestandteil seiner Kindheit gewesen, und der Geruch versetzte ihn zurück an die perfekten Sommertage, als er bei seinem Onkel im Hafen gearbeitet hatte, Krabben gefangen, Ball gespielt und Donuts gegessen hatte – so viele, wie er hatte verdrücken können, ohne dass ihm schlecht wurde. Bis zum heutigen Tag weckte der Geruch von Sonnenmilch und frittiertem Teig Erinnerungen an jene wunderbare Zeit.

Er schnappte sich zwei vom Tablett und ging hinüber, um seinen Iso-Becher mit Kaffee zu füllen. Kaffee gehörte zu Donuts einfach dazu.

»Also gut, Leute«, begann Mac. »Hört zu.« Er verteilte die Aufgaben an seinen Vater, Ned, Shane und Luke.

Als Frank und Kevin eintrafen, wurden sie mit wildem Applaus und liebevoller Frotzelei empfangen.

»Verzweifelte Zeiten erfordern offensichtlich wirklich verzweifelte Maßnahmen, wenn wir einen Seelenklempner und einen Richter brauchen, um die Insel vom Schnee zu befreien«, bemerkte Finn und fing sich erst von seinem Vater einen Klaps auf den Hinterkopf ein und dann einen weiteren von seinem Onkel.

»Wo ist dein Bruder?«, fragte Kevin, den Mund voll Donut.

»Krank«, erwiderte Finn und malte mit den Fingern Anführungszeichen in die Luft.

»Ach, tatsächlich? Was sind die Symptome?«

Finn senkte die Stimme. »Ich glaube, es ist Schlafmangel wegen eines Übermaßes an Sex, aber das hast du nicht von mir.«

»Nun, gut für ihn«, meinte Kevin mit einem Grinsen.

»Wenn du das sagst.«

»Freust du dich nicht für ihn?«

»Natürlich tu ich das. Ich hoffe nur, dass er nicht in etwas gerät, das ihn völlig zerlegt, wenn sie wieder verschwindet.«

»Das stimmt. Sie scheint allerdings genauso auf ihn zu stehen.«

»Schätze, wir werden es abwarten müssen.«

»Los geht's, Jungs«, rief Mac. »Wir müssen diese Insel in Gang bringen.«

»Wann werden die Fähren wieder fahren?«, erkundigte sich Luke.

»Joe sagt, sie hoffen, dass es später am Nachmittag klappt, wenn der Wind etwas nachlässt«, antwortete Mac.

Bei der Erinnerung daran, dass die Fähren nicht verkehrten und dass es keine Möglichkeit gab, von der Insel runterzukommen, fühlte sich Finn auf eine Art unruhig und eingesperrt, die er noch nicht erlebt hatte, seit er nach Gansett gezogen war. Es war merkwürdig, zu wissen, dass er hier nicht wegkonnte, wenn er wollte, was er nicht tat. Aber trotzdem … Merkwürdig. Das Inselleben war nicht jedermanns Sache, er hatte sich jedoch eigentlich prächtig daran gewöhnt.

In der langen einsamen Nacht, als der Wind ums Haus geheult hatte und der Schnee immer dichter gefallen war, hatte er über Clints Angebot nachgedacht, und über Missy, die ihn anbettelte, wieder zu ihr nach Hause zu kommen.

Während er in seinen Pick-up stieg und den Kaffeebecher in den Halter stellte, musste Finn zugeben, dass er in Versuchung geführt war. Doch irgendetwas hielt ihn davon ab, bei Clints Angebot zuzugreifen. Vielleicht waren es Missy und das Wissen, dass sie ihn zurückwollte, die ihn zögern ließen. Ihre Beziehung war eine Achterbahnfahrt gewesen, mehr ab- als aufwärts, wenn er ehrlich sein sollte. Obwohl er wirklich Gefühle für sie hatte und sie auf jeden Fall vermisste, war er sich noch nicht sicher, ob sie die Richtige für ihn war.

Er wusste einfach nicht, was er wollte, und die innere Diskussion, ob er gehen oder bleiben sollte, fing an, ihn zu ermüden. Wollte er sich tatsächlich hier auf der Insel niederlassen und für immer bleiben? Würde er in zehn Jahren aufwachen, und würde ihm klar werden, dass er jede Menge Möglichkeiten verpasst hatte, weil er sich für einen sicheren Job entschieden hatte, bei dem er für seinen Cousin arbeitete, an einem Ort, an dem er von Familienmitgliedern umgeben war?

Oder wäre es besser, für ein paar Jahre zurück aufs Festland zu gehen und vielleicht auf die Insel zurückzukehren, nachdem er geheiratet hatte? Gansett wäre ein guter Platz, um Kinder aufzuziehen – irgendwann in der weit entfernten Zukunft.

Für den Moment, beschloss er, würde er hierbleiben. Er wollte die Renovierung des Wayfarer zu Ende bringen, weil es eine Familienaktion war, bei der er dabei sein wollte. Wenn das beendet war, würde er schauen, wie die Dinge mit Clint und dem Jobangebot in Connecticut aussahen. Missy wäre nicht glücklich, aber nach eineinhalb Jahren auf der Insel, was waren da noch ein paar Monate mehr? Der dritte Grund, hierzubleiben, war, ein Auge auf Riley zu haben, der zum ersten Mal in seinem Leben richtig verliebt war.

Finn machte sich Sorgen wegen Nikkis schwieriger Schwester, die nur den Finger zu krümmen brauchte, und Nikki lief los, um sie aus einer weiteren heiklen Situation zu retten. Falls, oder vielleicht eher *wenn*, das passierte, würde Finn hier sein, um sich um Riley zu kümmern.

In der Zwischenzeit senkte er den Schneepflug und begab sich an die Arbeit. Der Schnee würde sich nicht von allein räumen.

KAPITEL 18

Dieses Wochenende war wie ein wahr gewordener Traum für Riley. Wenn sie nicht miteinander im Bett waren, arbeiteten sie in der Küche, packten Dinge zusammen, die sich während vieler Jahre mit Sommerferien auf der Insel angesammelt hatten: Becher mit dem Logo von Marios Pizzeria, Geschirrtücher aus dem Beachcomber Hotel, eine Packung Servietten aus der Oar Bar, von denen Nikki behauptete, jemand habe sie mal mitgehen lassen.

Um zwei Uhr nachts am Montag entdeckten sie unter dem Tresen einen großen Teller mit dem Logo des Original-Wayfarer.

»Wow«, sagte Riley und hielt ihn hoch. »Können wir den für das neue Hotel haben?«

»Er gehört dir.«

»Ich möchte irgendetwas Cooles damit machen, ihn zum Beispiel als Blickfang in der neuen Bar oder so etwas verwenden.«

»Das ist eine tolle Idee.« Nikki legte den Kopf zur Seite. »Ich glaube, es könnte noch ein gerahmtes Bild vom Originalgebäude auf dem Dachboden sein. Ich erinnere mich daran aus der Zeit, als ich ein kleines Kind war und Jordan und ich dort oben ›Verstecken im Gruselhaus‹ gespielt haben.«

»›Verstecken im Gruselhaus‹ hört sich furchterregend an.«

Sie lachte. »Es war lustig.«

Das alte Haus knarrte, während der Wind weitertobte. Laut Finn verkehrten die Fähren wegen der außergewöhnlich rauen See weiter nicht. Sie saßen fest, und es gab keinen Ort auf der Welt, an dem er lieber festsitzen würde als in Evelyn Hoppers Küche. Er trug nur ein Paar Retro-Shorts, während Nikki sich vorbeugte und ihm einen kurzen Blick auf ihren süßen Hintern gewährte, als das T-Shirt von ihm, das sie trug, hochrutschte.

»Nette Aussicht«, kommentierte er, trat hinter sie und kniff sie in den Po.

Sie kreischte empört und richtete sich auf, ein weiteres Teil aus dem Wayfarer in der Hand, dieses Mal einen Krug mit dem ins Glas geätzten Logo.

»Habt ihr einfach ohne Rücksicht in jedem Laden der Insel irgendetwas mitgehen lassen, oder sieht das bloß so aus?«, wollte Riley amüsiert wissen.

»Ich habe keine Ahnung, ob meine Großmutter insgeheim kleptoman ist, aber so wie ich sie kenne, hat sie diese Sachen auf Flohmärkten gefunden und sie ihrer Sammlung einverleibt. Sie liebt Flohmärkte.«

»Ist sie nicht ziemlich wohlhabend?«

»Mhm, und sie liebt Schnäppchen trotzdem mehr als jeder andere, den ich kenne. Sie kauft sogar ihre Kleidung am liebsten in Secondhandläden und fährt einen Gebrauchtwagen. Sie lebt supersparsam und hat uns ebenfalls dazu erzogen. Ich bin ihrem Beispiel gefolgt, während Jordan einen Geschmack für das Leben der High Society entwickelt hat.«

»Ich glaube, ich mag deine Großmutter.«

»Ich weiß, dass sie deine Gefühle erwidern wird. Sie fand es klasse, dass du im letzten Herbst das Dach repariert hast.« Sie reichte ihm den Krug. »Nimm den mit ins neue Wayfarer, und verwendet ihn mit unserem Segen.«

»Das werde ich tun.« Er küsste sie. »Danke.«

»Ich bin am Verhungern. Wie sieht's bei dir aus?«

»Ich könnte schon was essen.«

Während sie den Kühlschrank öffnete, um ihre Optionen zu checken, betrachtete er ihre straffen, gebräunten Beine unter dem T-Shirt, das gerade so ihren spektakulären Hintern bedeckte. Sie drehte sich um, um sich mit ihm zu beraten, und erwischte ihn dabei.

Riley lächelte verlegen. »Sorry. Ich hab bloß die Aussicht genossen.«

Als sie sein Lächeln erwiderte, erweckte ihr Anflug von Schüchternheit wilde Beschützerinstinkte in ihm. Während er hier in Unterwäsche in der Küche ihrer Großmutter stand, ging ihm auf, dass er in den Krieg ziehen würde, um zu verhindern, dass sie wieder verletzt würde. Er hatte nie zuvor etwas auch nur annähernd Ähnliches erlebt wie die Gefühle, die sie in ihm weckte.

Er liebte sie.

Vielleicht tat er das schon seit dem Tag im letzten Herbst, als sie ihm zum ersten Mal die Tür geöffnet hatte, die Arme schützend um sich geschlungen, als wenn das irgendwie die Gefahr fernhalten würde.

»Riley?« Sie sah ihn verwirrt an. »Was ist los?«

Er räusperte sich und sagte: »Nichts.« Er konnte schließlich nicht völlig unvermittelt einfach damit rausplatzen, dass er sie liebte. Es gab eine Zeit und einen Ort für solche Mitteilungen, und mitten in der Nacht in der Küche ihrer Großmutter schien weder das eine noch das andere zu sein. Plötzlich fühlte er sich, wie er es auf den Fähren tat, wenn sich das Deck unter seinen Füßen neigte, ihn aus dem Gleichgewicht brachte und er sich krampfhaft an etwas festklammern musste.

Der Tresen hinter ihm verlieh ihm den festen Halt, den er brauchte.

»Hast du Lust auf Tiefkühlpizza?«, erkundigte sie sich.

»Nur mit Käse?«

»Würde ich dir Pizza mit irgendwelchem Krempel drauf anbieten?«

»Das will ich doch nicht hoffen.«

»Ich weiß es jetzt ja besser.«

Während die Pizza im Ofen war, half er ihr, zwei weitere Schränke voll nicht zueinanderpassenden Schalen und Tassen und anderem Küchenkram auszuräumen. Sie hatte beschlossen, alles nach der Renovierung durchzugehen und nicht vorher, sodass es nicht ewig dauern würde, bis sie loslegen konnten. In der Zwischenzeit tauschten sie mit Syd Textnachrichten über Ideen und Pläne aus. Eingeschneit, wie sie es alle waren, hatte Sydney Zeit gehabt, sich auf einen Entwurf für die neue Küche zu stürzen, und Nikkis Begeisterung über die ursprünglichen Pläne war ansteckend gewesen.

Riley konnte es gar nicht erwarten, anzufangen und ihr zu helfen, ihre Vision Realität werden zu lassen.

Sie aßen die Pizza auf den Hockern an der großen Kücheninsel, eine Flasche mit gutem Wein zwischen sich auf dem Tresen.

»Was hältst du davon, die Insel hier nur umzubauen, statt eine neue zu entwerfen?«, fragte sie, einen Fleck Soße noch immer auf ihrer Unterlippe.

Amüsiert über ihre Begeisterung, sowohl für die Pizza als auch für die Küchenrenovierung, wischte Riley ihr den Klecks mit einer Serviette weg. »Was stellst du dir vor?«

»Wie wäre es, wenn wir das Unterteil mit Holz verkleiden und als Oberfläche dasselbe Material benutzen wie für die Arbeitsplatten?«

Im Moment hatte die Kücheninsel eine Oberfläche aus Laminat, die sich von denen der Arbeitsflächen unterschied.

Riley beugte sich vor, um die Insel mit den Schubladen auf der Vorderseite genauer zu betrachten. »Ich denke, das wäre machbar. Möchtest du die Schubladen weiß streichen, damit sie zu den weißen Einbauschränken passen?«

»Ja, das hatte ich vor. Oder wie wäre es, wenn wir die Insel in einer anderen Farbe akzentuieren? Vielleicht in einem kühlen Blau?«

Während Riley so tat, als dächte er darüber nach, rieb er sich über die Bartstoppeln. »Du bist sehr mutig.«

Nikki verdrehte die Augen. »Das ist kaum mutig. Du musst mehr Heimwerker-TV mit mir gucken.«

»Nein, wirklich nicht«, erwiderte er lachend. »Ich habe jeden Tag Heimwerker-TV bei der Arbeit.«

Sie runzelte die Stirn und senkte den Blick auf ihren Teller. »Es ist okay, wenn du dich nach einem langen Tag auf dem Bau nicht mit mir und meiner Küche abgeben willst. Es ist wirklich zu viel verlangt von jemandem, der so viel arbeitet wie du.«

Er schob seinen Teller von sich und sagte: »Komm her.«

»Ich bin doch direkt hier.«

Er winkte sie mit dem Finger heran. »Näher.«

Sie schien verwirrt, stand aber auf und machte die zwei Schritte, die die Distanz zwischen ihnen überbrückten.

Riley zog sie zwischen seine Beine und schlang die Arme um sie, presste sein Gesicht in ihr Haar und atmete den frischen Duft ein, der sich nach diesem Wochenende dauerhaft in seine Sinne eingebrannt hatte. »Ich will nichts mehr, als mich mit dir und deiner Küche zu beschäftigen, und PS, es ist nicht zu viel verlangt. Ich freue mich schon darauf.«

»Es ist okay, wenn du deine Meinung änderst.«

»Ich werde meine Meinung nicht ändern«, versicherte er ihr und zog sie zu einem Kuss an sich, von dem ihr schwindlig wurde. Würde es immer so mit ihr sein? Würde jeder Kuss irgendwie mehr sein, als er sich jemals hatte vorstellen können?

Während er sie küsste, strich er mit den Händen über ihren Rücken und hinunter bis zu ihrem Hintern, den er unter dem Saum seines Shirts umfasste, bevor er sie auf seinen Schoß hob.

»Riley!« Sie löste sich keuchend von ihm. »Wir werden den Hocker kaputt machen.«

»Nein, werden wir nicht.« Er versuchte, den Kuss fortzusetzen, aber sie wandte das Gesicht ab.

»Doch, werden wir. Er ist so alt wie das Haus.«

Ohne es bewusst zu planen, stand Riley auf und legte sie auf den Boden, achtete darauf, dass sie sanft aufkam, und schob sich über sie. »Besser?«

Sie sah zu ihm hoch und nickte.

»Wir müssen zumindest den Anschein von Kontrolle aufrechterhalten«, flüsterte er und nahm ihr Ohrläppchen zwischen die Zähne. »Wir haben keine Kondome mehr.«

»Ich nehm die Pille und bin getestet.«

Die Worte trafen ihn wie ein Schlag in die Magengrube und saugten ihm alle Luft aus den Lungen. »Willst du damit sagen ...«

»Wir brauchen kein Kondom.« Ihre kesse Antwort und der dazu passende Gesichtsausdruck machten ihn fast wahnsinnig.

»Wow, okay. Halt dich fest. Jetzt wird es vermutlich verrückt.«

Sie lachte immer noch, als er sie mit einer Leidenschaft küsste, wie er sie nie zuvor empfunden hatte. Bis sie ihn dazu gebracht hatte, sie auf eine Art zu wollen, die ihn an weiße Gartenzäune und »Bis an das Ende ihrer Tage« denken ließ. Was auch immer nötig war, um sie und die Gefühle, die sie in ihm auslöste, für immer in seinem Leben zu behalten.

Vor Kurzem hätten ihn Überlegungen wie diese in Angst und Schrecken versetzt, und er wäre um sein Leben gelaufen, um nur ja niemand anderem verpflichtet zu sein als sich selbst.

Aber die Idee, an sie gebunden oder ihr irgendwie verpflichtet zu sein, machte ihm überhaupt keine Angst. Stattdessen erfüllte sie ihn mit einer maßlosen Freude und gab ihm das Gefühl, er könne Berge oder Wolkenkratzer erklimmen. Es weckte in ihm die Überzeugung, dass er alles tun konnte, was er sich in den Kopf setzte, solange nur sie in seinem Leben, seinem Bett und seinem Herzen war.

Das Einzige, was sie noch trennte, war die dünne Baumwolle seiner Retro-Shorts, doch sie zog sie ihm schnell aus und legte ihre heiße Hand um ihn, streichelte ihn, bis er sich auf die Lippe beißen musste – hart –, um sich davon abzuhalten, direkt in ihrer Hand zu kommen. Worte wie »Verlangen« und »Leidenschaft« hatten ihm nie viel bedeutet, bis sie ihm den wahren Sinn beider Worte gezeigt hatte. Verlangen durchströmte ihn, jeder Teil von ihm war sich ihrer bewusst und des Begehrens, das sie in ihm wachrief.

Und als sie ihn mit nichts, was sie trennte, in sich aufnahm, waren die emotionale Wucht und das pure Vergnügen so groß, dass seine Arme nachgaben und er auf sie sank, ohne einen Gedanken daran, ob sie sein Gewicht aushalten konnte.

Sie konnte mehr als das, schlang Arme und Beine um ihn und hieß ihn willkommen.

»Nik«, flüsterte er. »Das ist …« O Gott, sie hatte ihn in einen stammelnden Idioten verwandelt.

»Ja, für mich auch.« Sie strich ihm mit den Fingern durchs Haar, eine Hand auf seinem Rücken, und hob sich ihm entgegen, als er sich in ihr bewegte.

Er hatte noch nie Sex gehabt, der sich fast wie eine religiöse Erfahrung anfühlte. Er stützte sich auf die Ellbogen und strich ihr mit einer Hand ein paar verwirrte Strähnen aus dem Gesicht, während er zu ihr hinunterblickte und alles, was er fühlte, in ihren wunderschönen braunen Augen reflektiert sah.

»Ich liebe dich.« Die Worte waren ihm über die Lippen gekommen, bevor er sich hatte überlegen können, ob der Zeitpunkt richtig war. Egal. Der Zeitpunkt war nie besser gewesen.

»Riley.« Sie blinzelte Tränen zurück. »Ich liebe dich ebenfalls.«

Die Worte auszusprechen und sie von ihr zu hören … Der beste Moment seines Lebens. Ohne Konkurrenz. Er legte seine Stirn an ihre, kämpfte sich durch den emotionalen Flächenbrand. »Ich bin wirklich, *wirklich* froh, dass das Dach am Haus deiner Großmutter undicht war.«

Sie lachte, während sie gleichzeitig stöhnte, als er tiefer in sie eindrang.

Ohne Kondom mit ihr zu schlafen, zu wissen, dass sie ihn liebte … Es würde schon sehr viel nötig sein, um das zu übertreffen.

* * *

Riley fand schnell heraus, dass verliebt zu sein ein alles umfassender Zustand war. Wenn er nicht im Wayfarer arbeitete, war er bei Nikki, half ihr, die Küche vorzubereiten, oder liebte sie stundenlang, ließ Schlaf ausfallen, damit er mehr Zeit für sie hatte.

Mac lieferte einen Container zu Eastward Look, und für morgen war der Beginn der Arbeiten vorgesehen.

Nachdem er eine Woche lang die Kerze an beiden Enden abgebrannt hatte, war Riley begeistert, ein weiteres Wochenende zu haben, das er ausschließlich mit Nikki verbringen konnte. Anders als letztes Wochenende, als alles spontan passiert war, packte er diesmal eine Tasche. Er war gerade dabei, das Haus zu verlassen, als Finn reinkam, zusammen mit einem Schwall kalter Luft.

»Oh, hallo, schau mal an«, sagte Finn, sein Tonfall war voller Sarkasmus. »Mein früherer Mitbewohner und Ex-Bruder.«

»Hm, so einfach wirst du mich nicht los.«

»Wo willst du hin, oder muss ich das überhaupt fragen?«

»Du weißt, wo ich hinfahre.«

»Ich hoffe, dass du wenigstens Sex hast, wenn du schon jede Nacht dort bist.«

»Lass es«, erwiderte Riley, unangemessen verärgert über diese Bemerkung. In der Vergangenheit hätte er so etwas einfach abgeschüttelt, aber nicht, wenn es Nikki betraf.

»Lass was?« Finn ging in die Küche und öffnete sich ein Bier. Das Haus war eine totale Katastrophe, doch damit wollte sich Riley jetzt nicht auseinandersetzen. »Das, was wir sonst auch immer tun? Wenn sich die Regeln ändern, musst du mir das schon mitteilen, Bruder.«

»Das hier ist anders.«

Finn lehnte sich gegen den Tresen, die Arme verschränkt, das Bier in der Hand, und musterte ihn aufmerksam. »Wie anders?« Er setzte die Flasche an, leerte sie halb.

»Anders in der Art, dass ich nicht darüber reden möchte. Ich muss los. Schönes Wochenende.«

»Das ist es? Du bist hier raus? Bis Montag bei der Arbeit?«

Riley schloss seine Jacke und wandte sich seinem Bruder zu. »Was willst du von mir hören, Finn? Was auch immer es ist, sprich es einfach aus.«

»Es ist nur, dass wir früher zusammen abgehangen und nach Feierabend oder am Wochenende Sachen unternommen haben, und jetzt sehe ich dich nie, außer bei der Arbeit. Ich wollte bloß wissen, ob du das ganze Wochenende weg sein wirst.«

»Werd ich. Ist das ein Problem?«

»Kein Problem, aber da Dad heiratet und du quasi mit Nikki zusammenwohnst, sollte ich vielleicht lieber nach Hause zurückkehren, als hier ganz allein rumzusitzen.«

»Was ist mit dem Wayfarer? Mac verlässt sich auf uns, dass es rechtzeitig fertig wird. Und außerdem hatte ich es so verstanden, dass du beschlossen hast zu bleiben.«

»Pläne können sich ändern, und ich bin mir sicher, Mac kann jemanden finden, um mich zu ersetzen.«

»Ich hab gedacht, du wärst davon begeistert, mit dem Rest der Familie an einem Projekt zu arbeiten.«

»War ich auch.« Finn zuckte die Achseln. »Dinge ändern sich. Das Angebot von Clint ist gut. Ich würde mir gerne irgendwann ein Haus kaufen. Könnte viel schneller gehen, wenn ich für ihn arbeite. Und außerdem, wie häufig haben wir darüber gesprochen, dass wir aufs College gegangen sind, um Ingenieure zu werden, und jetzt arbeiten wir als Handwerker.«

Das Thema war immer wieder hochgekocht, seit sie »vorübergehend« nach Gansett gekommen waren, dann jedoch geblieben waren, als Mac ihnen Jobs angeboten hatte. Am Anfang war es ihnen wichtig gewesen, nach dem überraschenden Ende der Ehe ihrer Eltern bei ihrem Dad zu bleiben. Aber spätestens seit er angefangen hatte, Chelsea zu daten, überzeugte diese Ausrede schon lange nicht mehr.

»Was machen wir eigentlich hier, Riley?«, fragte Finn. »Wir sind für eine Hochzeit angereist und dann einfach geblieben. Ist das alles? Haben wir uns dieses Leben ausgesucht, oder ist es uns einfach bloß passiert? Darüber habe ich in letzter Zeit viel nachgedacht. Und Missy will, dass ich nach Hause komme.«

»Oh, Finn. Triff bitte keine Entscheidungen auf Basis dessen, was sie will.«

»Warum nicht? Sie ist schon lange Zeit Teil meines Lebens, und Menschen werden erwachsen und ändern sich.«

»Wenn du zu ihr zurückgehst, gibst du dich mit etwas Mittelmäßigem zufrieden.«

Finn hob eine Augenbraue. »Und plötzlich bist du der Experte, was Beziehungen betrifft?«

»Ich weiß nur, wie es war, als du mit ihr zusammen warst, und ich würde es nicht gerne sehen, wenn du nach all der Zeit einen solchen Schritt zurück machst.«

»Das Universum scheint mir alle möglichen Zeichen zu schicken, dass es Zeit ist, nach Hause zurückzukehren. Vielleicht wird die Sache mit Missy funktionieren, vielleicht auch nicht. Aber das werde ich nie erfahren, wenn ich es nicht probiere.«

»Ich will nicht, dass du die Insel verlässt.«

Finn lachte. »Du wirst nicht mal merken, dass ich weg bin.«

»Das stimmt nicht. Ich arbeite und lebe gern mit dir zusammen.«

»Du hast im Moment Besseres zu tun, als mit deinem Bruder rumzuhängen. Es ist alles gut. Wir müssen nicht den Rest unseres Lebens zusammenwohnen. Tatsächlich ist es vermutlich schon lange überfällig, dass wir getrennte Wege gehen.«

Riley wollte widersprechen, konnte es aber nicht. Wahrscheinlich hatte Finn recht. Sie hatten Glück gehabt, dass sie ihre Leben so lange miteinander hatten verbringen können. »Denk einfach noch mal genau über alles nach, bevor du dich endgültig entscheidest, okay?«

»Sicher. Ich hab das ganze Wochenende, an dem ich nichts anderes tun kann als nachdenken.«

Riley hatte eine Idee. »Hättest du Interesse daran, mir zu helfen, morgen eine Küche rauszureißen?«

Finn stöhnte. »Ernsthaft? Machen wir den Mist nicht schon mehr als vierzig Stunden die Woche über?«

»Es wird lustig, und es geht ums Rausreißen. Du magst es doch, Dinge zu zertrümmern.«

»Ja, das stimmt. Okay, ich komm vorbei. Welche Zeit ist sicher, damit ich nichts sehe, was mich fürs Leben schädigt?«

»Alles am Nachmittag, wir schlafen gerne lang.«

»Oh«, antwortete Finn und tupfte sich theatralisch die Augen. »Mein kleiner Junge ist jetzt ganz erwachsen und verheiratet und alles.«

Riley verdrehte die Augen. »Was auch immer. Sehen wir uns morgen?«

»Ja. Ich werde da sein. Sag Nicholas, dass sie mich füttern muss, wenn sie will, dass ich umsonst für sie arbeite.«

»Ich bin mir sicher, das ist okay für sie. Hey, wir müssen uns noch was für Dads Hochzeit einfallen lassen.«

»Ich schicke den anderen eine Nachricht, dass sie sich den Abend davor frei halten sollen, und denk mal drüber nach, wo wir was machen können.«

»Hört sich gut an. Gute Nacht.«

»Dir auch, selbst wenn wir beide wissen, dass deine Nacht auf jeden Fall gut wird.«

Riley zeigte ihm auf dem Weg zur Tür den Mittelfinger. Was verriet es über ihn, dass er sich sein Leben nicht ohne Finn darin vorstellen konnte? Außer in seinem ersten Jahr am College hatten sie nie weiter als eine Stunde voneinander entfernt und sogar jahrelang zusammengewohnt. Ihre Leben waren eng miteinander verflochten, nicht dass er je drüber nachgedacht hatte. Es hatte sich einfach so ergeben.

Bei dem Gedanken, dass Finn von Gansett wegziehen könnte, begann Riley das merkwürdige Gefühl der Trennung besser zu verstehen, das Nikki beschrieben hatte, als sie darüber gesprochen hatte, dass sie Jordan verlassen hatte, um ihre eigenen Ziele zu verfolgen. Als er zu Eastward Look fuhr, konnte er es kaum erwarten, sie zu sehen, sie zu küssen, mit ihr über Finn zu sprechen, sie zu lieben. Jede Nacht in dieser Woche hatte sie ihn an der Tür erwartet, er hatte sie hochgehoben und direkt zum Bett getragen. Manchmal kamen sie erst am Morgen wieder raus, wenn er halb verhungert aufwachte und sie feststellten, dass er das Abendessen verpasst und es nicht einmal gemerkt hatte.

Es war totaler Wahnsinn.

Das Einzige, was eine ansonsten spektakuläre Woche getrübt hatte, war Nikkis wachsende Sorge über die Tatsache, dass weder sie noch ihre Großmutter ein Wort von Jordan gehört hatten, trotz mehrfacher Versuche, sie zu erreichen.

Als der Pick-up auf der Sunflower Road hinten ausbrach, wurde ihm klar, dass er zu schnell fuhr, und er drosselte das Tempo, damit ihn ein Unfall nicht noch länger aufhielt, als er sowieso schon weg gewesen war. Die Tage waren ihm nie länger vorgekommen als in letzter Zeit, wo sie auf ihn wartete.

Während seiner Arbeitszeit machte sie große Fortschritte beim Ausräumen der Küche und hatte den Entwurf von Sydney finalisiert, nachdem sie das Chesterfield besucht hatte, um sich mit Lizzie James zu treffen und sich die vor Kurzem fertig gewordenen Renovierungsarbeiten anzuschauen. Nikki war voller Lob darüber gewesen, was Lizzie und ihr Ehemann Jared dort zustande gebracht hatten, und voller Ideen für Dinge für Eastward Look.

Sydney kümmerte sich darum, neue Schränke und Küchengeräte zu beschaffen, während Riley unter Nutzung von Macs Kanälen die Baumaterialien ranschaffte. Es ging voran. Wenn er jetzt nur lange genug die Hände von ihr lassen könnte, um die Arbeiten auch tatsächlich durchzuführen.

Er bog in die Auffahrt ein, sah das Licht, das sie für ihn angelassen hatte, und sein Herz zog sich zusammen. Er rieb über die schmerzende Stelle in seiner Brust und konnte es immer noch nicht fassen, was er für sie empfand. Wenn es das war, was seine Cousins für ihre Ehefrauen empfanden, verstand er endlich, warum sie alle in den letzten Jahren komplett durchgedreht zu sein schienen.

Um dieses Gefühl zu behalten, würde er fast alles tun.

Er stieg aus dem Pick-up und joggte zu den Stufen, dem letzten Hindernis an einem sehr langen Tag voller Hindernisse, die ihn von ihr trennten. Die Aufregung, die daher rührte, zu wissen, dass sie drei Nächte und zwei volle Tage zusammen hatten, erinnerte ihn an Weihnachten als Kind, bloß dass dies viel, *viel* besser war.

Sie hatte ihm schon vor Tagen gesagt, dass er nicht mehr anklopfen sollte.

Er gab den Code ein und trat ein. »Nik?«

»Komme!«, rief sie von oben.

Nachdem er Jacke und Stiefel an der Garderobe gelassen hatte, erstarrte er beim Anblick von ihr, wie sie die Treppe herunterlief, ihr Gesicht gerötet vor Aufregung. Ihre Augen strahlten, und ihr Lächeln wärmte ihn.

Er streckte die Arme aus, und sie sprang von der dritten Stufe direkt hinein, schlang Arme und Beine um ihn, sodass alle ihre besten Teile mit seinen besten Teilen in Kontakt waren. Riley ging mit ihr die Treppe hoch.

»Warte«, verlangte sie und küsste ihn lachend. »Ich will dir was zeigen.«

»Ich hab den ganzen verdammten Tag gewartet. Du kannst es mir später zeigen.«

So hatte er sich bisher nie bei einer Frau benommen. In der Vergangenheit hatte normalerweise am Ende eines Dates mit Essen, Drinks und vielleicht einem Film oder Tanzen zivilisierter Sex stattgefunden. Es war nie dieses fast brutale Verlangen gewesen, das sie in ihm weckte. Damals war Sex eine äußerst befriedigende Form körperlicher Entspannung gewesen. Mit ihr war es das und dann noch viel mehr, was er nicht in Worte fassen konnte. »Du hast mich verhext. Ich bin nie so.«

»Wie?«

»Voller Angst, dass ich sterbe, wenn ich nicht in den nächsten fünf Sekunden in dir bin.«

»Das können wir natürlich nicht zulassen«, erwiderte sie gespielt alarmiert.

»Nein, das können wir auf keinen Fall.«

KAPITEL 19

Er ließ sie neben dem Bett runter und begann, an dem Sweatshirt zu zerren, das sie über ihrer Yogahose trug. »Klamotten runter, so schnell du kannst. Die Lage ist kritisch. Alarmstufe Rot.«

Nikki kicherte, als sie ihre Arme hob, um ihm zu helfen, ihr das Shirt über den Kopf zu ziehen. »Komisch, dass du ›rot‹ erwähnst.«

Riley riss die Augen auf, als er ihren roten Spitzen-BH erblickte. »Wow«, sagte er und barg sein Gesicht in dem Tal zwischen ihren vollen Brüsten, das vermutlich seine Lieblingsstelle an ihrem Körper war, auch wenn es schwierig war, sich für nur eine zu entscheiden. »Du bist so verdammt sexy.«

»Das hast du unter meiner sogenannten Arbeitskleidung nicht vermutet, was?«

»Nicht im Geringsten. Du hast mich massiv von meinem Ziel abgelenkt.« Er schob seine Hände unter den Bund der eng sitzenden Yogahose und zog sie ihr über die Hüften nach unten, legte dabei einen zum BH passenden roten Spitzentanga frei. Er fiel auf die Knie, schlang die Arme um sie und küsste sie auf den straffen Bauch.

Sie ballte die Finger in seinem Haar, um ihn dort zu halten, und für lange Zeit saugte er schlicht ihren Duft ein, sein Verlangen durch etwas viel Süßeres gedämpft.

Liebe zu ihr durchströmte ihn, berührte jeden Teil von ihm. Er blickte zu ihr hoch, presste die Hände um ihren herrlichen Po.

»Lehn dich zurück«, verlangte er beinahe barsch, arrangierte sie so, wie er sie wollte, die Füße und den Po am Rand der Matratze. Er beugte sich über sie, drückte seine Lippen auf die dünne Seidenschicht, die das Zentrum ihrer Weiblichkeit bedeckte.

Sie zuckte als Reaktion, und Gänsehaut überzog ihre Haut, während sie darauf wartete, was er als Nächstes tun würde.

Alles an ihr gefiel ihm und machte ihn an. Er atmete den Duft ihrer Erregung ein, bevor er den Stringtanga beiseiteschob und sie mit Zunge und Fingern zu verwöhnen begann. Nach einer Woche gemeinsam verbrachter Nächte wusste er genau, was er tun musste, damit sie so heftig kam, dass sie aufschrie.

Er küsste sich an ihrem Bauch hoch, öffnete den Vorderverschluss ihres BHs und schob mit seinem Mund die Körbchen beiseite.

»Riley …« Ihre Hand schloss sich um ihn und führte ihn in sie.

Er hatte vorgehabt, es noch weiter in die Länge zu ziehen, konnte sich aber nicht davon abhalten, sich zu nehmen, was sie ihm anbot. In sie einzudringen war, wie in den Himmel zu kommen, nur dass man vorher nicht sterben musste. Wenn er hier für immer bleiben könnte, würde er nie mehr etwas anderes brauchen. »Was hast du bloß mit mir angestellt?«, flüsterte er, und seine Lippen berührten ihre fast. »Ich will dich die ganze Zeit.«

»Ich dich im Gegenzug genauso.«

Er zog sie in seine Arme, hielt sie fest an sich gedrückt, während sie sich gemeinsam zu bewegen begannen. Als hätte ihm jemand plötzlich die Antworten auf alle Fragen, die er je gehabt hatte, überreicht, wurde ihm klar, dass sie die eine war, die Einzige für ihn. Sie würde den Mittelpunkt seines Lebens bilden, solange er lebte, und nichts würde jemals richtig sein, es sei denn, er erlebte es mit ihr.

Er fragte sich, wie das so schnell hatte passieren können, dabei war es in Wahrheit eigentlich gar nicht so schnell gewesen. Nach ihrer ersten Begegnung waren Monate vergangen, und die ganze Zeit hatte Riley an sie denken müssen. Es hatte da schon begonnen, nur hatte er es nicht begriffen.

Die Hitze, die sie gemeinsam erzeugten, drohte ihn zu verzehren. Sein Schweiß mischte sich mit ihrem, als sie gemeinsam den Höhepunkt erreichten, und er fühlte sich atemlos und matt, restlos befriedigt und erschöpft, als wäre er einen Marathon gelaufen. Eine Woche voller schlafloser Nächte holte ihn ein, und in dem leicht benommenen Zustand lag er da, ihren Kopf auf seiner Brust, ihr Haar an seinem Gesicht, ihren Duft in seinen Sinnen. Er konnte sich an keine Zeit erinnern, zu der er entspannter gewesen wäre.

Ihre Hand streichelte seinen Bauch mit kleinen kreisenden Bewegungen.

Das war Vollkommenheit.

* * *

Sie wurde langsam süchtig nach ihm. Er erschien nach der Arbeit frisch geduscht in ihrem Haus, und die einzigen Gedanken in ihrem Kopf waren: *Mein. Jetzt. Mehr.* Nach Jahren, in denen sie die Komplikationen von Männern und Sex gemieden hatte, konnte sie einfach nicht genug von ihm bekommen. Aber es waren nicht bloß die körperlichen Aspekte der Liebe mit Riley, selbst wenn die lebensverändernd waren.

Es war etwas anderes. Dass sie mit ihm reden konnte – wirklich reden – und er ihr konzentriert zuhörte, ihre Meinung nicht nur hören wollte, sondern tatsächlich berücksichtigte, und natürlich, dass er sie zum Lachen brachte. Und er war bei ihrem Plan, das Haus zu renovieren, mit dem gleichen Feuereifer bei der Sache wie sie selbst, obwohl er schon den ganzen Tag mit genau solchen Renovierungsarbeiten mehr als genug zu tun hatte.

Er war anständig, unfassbar sexy und einfach ein guter Mann, und sie war verrückt nach ihm. Und es wurde jede Minute schlimmer. Den Menschen, zu dem sie bei ihm geworden war, erkannte sie selbst kaum wieder. Doch ihr gefiel ihre neue Spontanität, dass sie die ganze Nacht wach blieb, lachte, redete und Sex hatte, auch wenn das bedeutete, dass sie sich durch den folgenden Tag schleppte, als stünde sie unter Beruhigungsmitteln.

Sein gleichmäßiger Atem verriet, dass er eingeschlafen war, und das brauchte er sogar noch mehr als sie. Sie machte sich Sorgen um ihn, darüber, dass er sich nach ihren langen gemeinsamen Nächten bei der Arbeit verletzen könnte.

Ich schlafe, wenn ich tot bin, hatte er neulich Nacht gescherzt, aber sie wollte ihn sich nicht anders vorstellen als wunderbar lebendig und ganz ihr gehörend.

Nikki dachte nicht, dass sie schlafen würde, doch sie wachte auf, als Riley sich regte, und erkannte, dass zwei Stunden verstrichen waren.

Rileys Magen knurrte laut.

Lachend bemerkte sie: »Das ist jedenfalls kein Allerweltswecker.«

»Möchtest du irgendwohin gehen?«

Nikki stöhnte. »Auf keinen Fall. Wie wäre es, wenn ich uns beiden ein bisschen Pasta koche, solange ich dazu noch imstande bin?«

»Das wäre super.« Er fuhr ihr mit dem Zeigefinger über das Rückgrat, wobei sie zusammenzuckte, als er nicht an ihrer Taille anhielt. »Ich dachte gerade, dass du eigentlich mit zu mir kommen und dortbleiben könntest, solange hier die Bauarbeiten stattfinden. Dann müsstest du nicht auf dem Schlachtfeld wohnen.«

»Was ist mit Finn? Würde es ihn nicht stören?«

Riley zog die Brauen zusammen. »Er denkt darüber nach, zurück nach Connecticut zu gehen.«

»Hat dich das kalt erwischt?«

»Irgendwie schon. Ich hatte nicht damit gerechnet, dass er das sagt, aber er scheint irgendwie einsam zu sein, seit mein Vater bei Chelsea eingezogen ist und ich begonnen hab, meine Zeit mit dir zu verbringen.«

»Er hat seinen besten Freund verloren«, stellte sie voller Mitgefühl fest. »Ich weiß genau, wie sich das anfühlt, und es ist Mist.«

»Immer noch kein Wort von Jordan?« Sie schüttelte den Kopf. »Gibt es jemand, den du anrufen kannst, um zu erfahren, ob alles okay ist?«

»Es gibt da ein paar Leute, die für Zane arbeiten, doch ich versuche ja gerade, mich von alldem zu lösen. Wenn ich mich jetzt bei ihnen melde, bin ich wieder mittendrin. Ich sage mir die ganze Zeit, wenn etwas nicht in Ordnung wäre, würde es in den Nachrichten kommen.«

»Hast du mal im Internet recherchiert?«

Sie wirkte leicht verlegen, als sie nickte. »Nichts.«

»Keine Nachrichten sind gute Nachrichten, oder?«

»Gewöhnlich schon, aber ich kann nicht anders, als mir Sorgen zu machen, je mehr Zeit vergeht, ohne dass sie sich bei mir oder unserer Großmutter meldet. Obwohl sie natürlich weiß, wie wir es finden, dass sie zu ihm zurück ist, daher kann das auch der Grund für ihr Schweigen sein.«

Er fuhr mit seinem Zeigefinger an ihrem Arm hinab und erklärte: »Es tut mir leid, dass du dir Sorgen machst.«

Sie schenkte ihm ein schwaches Lächeln und verschränkte ihre Finger mit seinen. »Das scheint das neue ›normal‹ zu sein, was Jordan betrifft. Wie auch immer, es ist ihr Verlust. Sie wäre begeistert, zu erfahren, dass ich dich regelmäßig sehe.«

»Ist es das, was du tust?«, erkundigte er sich grinsend. »Mich *sehen*?«

»Ich sehe *alles* von dir.«

Lachend zog er sie enger an sich, bis sie halb auf ihm lag, ihre Beine ineinander verschlungen. »Denkst du, sie würde es gut finden?«

»Absolut. Sie wusste, dass ich dich wirklich mochte, als wir uns kennengelernt haben.«

Sie blieben noch eine Weile aneinandergeschmiegt liegen, bis sein Magen erneut laut knurrte und sie beide zum Lachen brachte.

»Wie wäre es, wenn wir uns ums Essen kümmern?«, fragte sie.

»Mein Magen sagt: Ja, bitte.«

Nikki setzte sich auf, griff nach dem Hemd, das er zuvor getragen hatte, und schloss nur zwei Knöpfe.

Riley fand eine Jogginghose in der Tasche, die er mitgebracht hatte, und zog sie an.

Sie gingen nach unten, kochten sich was, leerten eine Flasche Wein und landeten eine Stunde später wieder im Bett.

»Ich dachte, wir wollten heute Abend was schaffen«, bemerkte er, nachdem sie einander wieder geliebt hatten.

»Ach«, erwiderte sie und gähnte. »Wir können morgen arbeiten.«

»Ich hab Finn an Bord geholt, damit er beim Rausreißen hilft, daher müssen wir gegen Mittag vorzeigbar sein.«

»Definiere ›vorzeigbar‹.«

Er drückte ihren Po. »Na, dass nichts von deinen schönsten Seiten zu sehen ist.«

»Alle meine Seiten sind schön«, erklärte sie indigniert.

»Hm, das stimmt allerdings.«

Sie liebte es, wie er sie ununterbrochen berührte und streichelte, als könnte er nicht in ihrer Nähe sein, ohne sie anzufassen. Mit einer Liebkosung nach der andern heilte er die Wunde auf ihrer Seele, die Griffin dort hinterlassen hatte. Und obwohl sie nicht erwartete, dass sie jemals wirklich drüber hinwegkommen würde, zeigte doch jede Minute, die sie mit Riley verbrachte, dass sie dazu imstande war, eine echte, liebevolle Beziehung mit einem Mann zu haben. Lange Zeit hatte sie bezweifelt, dass das je passieren würde. Jetzt wusste sie, dass es nicht nur passieren konnte, sondern dass es sogar ihr Leben auf bestmögliche Weise verändern könnte. »Danke«, sagte sie leise.

»Wofür?«

»Das hier. Alles. Du hast keine Ahnung, was es für mich bedeutet, mit dir hier auf diese Weise zusammen zu sein.«

»Ich kann nicht glauben, dass du dich bei mir bedankst. Ich habe das Gefühl, als sollte ich vor dir niederknien. Das war die beste Woche meines ganzen Lebens.«

Mit ihrer Hand auf seinem Gesicht zog sie ihn für einen Kuss an sich. »Ich bin so glücklich, dass ich dir begegnet bin.«

»Ich auch, Baby. So verdammt glücklich, dass es nicht mehr komisch ist.« Er blickte ihr tief in die Augen und küsste sie erneut. »Ich liebe dich. Ich habe das noch zu niemand anderem als dir gesagt, und ich bin wirklich froh, dass ich es mir für dich aufgespart habe.«

Sie blinzelte ihre Tränen zurück. »Ich liebe dich auch, und ich habe das ebenfalls nie zu jemandem gesagt außer zu dir. Ich habe auf dich gewartet.«

Er drückte sie fest an sich, und während dieses unglaublich vollkommenen Moments kamen die alten Unsicherheiten mit Macht zurück, um sie daran zu erinnern, sich nicht zu wohlzufühlen. Wie konnte etwas so Herrliches von Dauer sein?

* * *

Riley und Nikki schliefen bis zehn, blieben bis knapp vor Mittag liegen und schleppten sich dann aus dem Bett, um zu duschen und sich anzuziehen, bevor Finn eintraf.

»Heute«, erklärte Nikki und ließ ihren Bizeps spielen, »kommt das, was Chip als ›Demo Day‹ bezeichnet.«

»Verrat mir noch mal, wer Chip ist«, bat Riley, ganz darauf konzentriert, eine weitere Tasse Kaffee zu leeren, damit er endlich anfing zu funktionieren.

Nikki starrte ihn mit offenem Mund an. »*Wer Chip ist?* Unter welchem Felsen hast du gelebt, Riley McCarthy? Chip Carter Gaines ist der Renovierungsguru von ›Fixer Upper‹, einer der besten Fernsehsendungen überhaupt.«

»Bis ich dich getroffen habe, hatte ich niemals von ihm oder der Show gehört.«

Sie schaute ihn betrübt an. »Ich wusste, du warst zu gut, um wahr zu sein.« Mit dem Vorschlaghammer auf der Schulter sah sie einfach unfassbar niedlich aus.

»Du wirst es mir beibringen müssen.«

»Oh, das werde ich, und über kurz oder lang wirst du alles über den Demo Day und Überfälzungen und mehr über Chips Heimatstadt Waco in Texas wissen, als du jemals erfahren wolltest.«

»Ich kann es gar nicht erwarten. In der Zwischenzeit würde mich interessieren, ob du den Vorschlaghammer auch benutzen oder einfach den ganzen Tag dastehen und wild entschlossen und süß aussehen willst?«

Sie warf sich in die Brust. »Sehe ich wild entschlossen und süß aus?«

Er antwortete mit einem Knurren, bei dem sie einen Schritt zurückwich.

»Wir haben gesagt, kein Anfassen während des Abrisses.« Sie warf ihm über die Schulter einen verführerischen Blick zu, während sie sich zu der Wand umdrehte, die entfernt werden musste. »Wir haben Regeln.«

Mit einem Schritt überwand er den Abstand zwischen ihnen, schlang ihr einen Arm um die Taille und zog sie an sich, rieb mit den Lippen über die empfindsame Stelle an ihrem Hals. »Regeln sind dazu gemacht, gebrochen zu werden.«

Sie kreischte vor Lachen und versuchte sich von ihm zu befreien.

»Lasst euch von mir nicht stören«, bemerkte Finn, der gerade reinkam, bewaffnet mit einem Becherträger mit Kaffee und einer Tüte, die aussah, als enthielte sie Tante Lindas Donuts.

Riley ließ Nikki los und wollte sich darauf stürzen.

»Ich merke schon, wo ich mich einordnen kann«, meinte Nikki. »Hinter einer Tüte Donuts.«

»Das sind nicht einfach irgendwelche Donuts«, entgegnete Riley todernst.

Finn hielt die Tüte außerhalb der Reichweite seines Bruders. »Ich tausche das gegen die Zusicherung ein, dass ich in diesem Haus nichts sehen oder hören werde, was mich fürs Leben schädigen wird.«

»Einverstanden«, erklärte Riley. »Und jetzt gib her.«

Finn überließ ihm die Tüte. »Und vergiss nicht, zu teilen. Biete Nicholas auch welche an.«

»Danke, Finnbar«, sagte sie und fischte sich einen Donut heraus.

»Gern geschehen.«

»Wo hast du die her?«, wollte Riley mit vollem Mund wissen.

»Tante Linda hat welche für Onkel Mac, Ned, Dad und Onkel Frank gebacken, und ich hab zufällig bei ihnen vorbeigeschaut, um zu sehen, was sie so treiben. Dann hab ich ihr erzählt, was wir vorhaben, und sie hat auch welche für uns gemacht.«

»Sie ist wirklich eine Wucht«, stellte Riley fest und griff nach einem zweiten.

Mit Blick auf den Vorschlaghammer auf Nikkis Schulter bemerkte Finn: »Du solltest den vielleicht lieber ablegen, bevor du dir wehtust.«

Sie betrachtete ihn mit gerunzelter Stirn, drehte sich zu der Wand um, auf die Riley mit einer Dose Farbe ein X gesprüht hatte, und schwang den Hammer, der gleich beim ersten Schlag ein größeres Stück Wand herausbrach.

»Nicht schlecht«, verkündete Finn. »Du hast auf jeden Fall Talent.«

»Halt die Klappe, oder ich stell mir vor, die Wand hier wäre dein Kopf«, antwortete sie.

Riley schnaubte vor Lachen. »Sehr gut. Du wirst schon fertig mit ihm.«

»Ich dachte, ihr wollt meine Hilfe«, erwiderte Finn und tat so, als wäre er gekränkt.

»Wollen wir ja«, beruhigte Riley ihn. »Hilf mir, die alten Schränke zu zertrümmern.«

Mit zwei Brechstangen machten sie sich an die Arbeit, rissen die Unterschränke raus und schafften sie nach draußen. Sie waren zu alt und zu kaputt, um gerettet zu werden, was sie andernfalls versucht hätten. Nicht mehr benötigte, aber funktionstüchtige Sachen einer sinnvollen Wiederverwertung zuzuführen war etwas, das Clint ihnen eingetrichtert hatte, als sie noch für ihn gearbeitet hatten, und Mac hielt es ebenso. »Recyceln und wiederverwerten« war das Motto beim Renovieren.

Gegen vier Uhr war die Küche komplett abgebaut. Die alten Geräte waren von Joshua Banks abgeholt worden, dem

Pfarrer einer der Kirchen auf der Insel, der versuchen würde, ein gutes Zuhause für sie zu finden.

Nikki öffnete drei Bierflaschen und setzte sich neben Riley aufs Sofa, während sich Finn auf einem der Relaxsessel niederließ. »Danke, dass ihr beide einen Tag von eurem Wochenende opfert, um mir zu helfen.«

»Hat doch Spaß gemacht«, erwiderte Riley.

»Dir wird es sicher Spaß einbringen«, erklärte Finn mit einem Grinsen. »Ich helfe gern, aber ich werde was zu essen brauchen, und zwar bald.«

»Ich auch«, pflichtete ihm Riley bei.

»Ich würde ja gerne für euch beide kochen«, verkündete Nikki, »doch mir scheint im Moment keine Küche zur Verfügung zu stehen.«

»Lasst uns zu Mario gehen«, schlug Finn vor.

»Mm, lecker«, sagte Nikki. »Ich lade euch ein.«

»Aber so was von«, entgegnete Finn. »Du zahlst für die Pizza, bis in eine unbestimmte Zukunft.«

»Gut zu wissen«, bemerkte Nikki lachend.

An der unversperrten Tür klopfte es laut, gefolgt von Kevin McCarthys Stimme: »Jemand zu Hause?«

»Komm rein, Dad«, rief Riley zurück und schaute die andern verwundert an. Was führte ihn her?

»Finn hat mir erzählt, ihr wolltet heute hier arbeiten, daher dachten wir uns, ihr könntet hungrig sein.« Kevin und Chelsea kamen mit Pizzaschachteln und Tüten sowie einem Zwölferpack Bier rein.

»Kann er Gedanken lesen?«, erkundigte sich Finn.

»Ich glaube fast ja«, antwortete Riley. »Und ich habe ihn nie mehr geliebt als genau jetzt.«

»Was meint ihr?«, wollte Kevin wissen.

»Wir haben gerade drüber geredet, dass wir zu Mario gehen. Allerdings sollte ich für die Zeche aufkommen«, erzählte Nikki und stand auf, um Kevin und Chelsea die Jacken abzunehmen. »Daher sind wir alle überglücklich, euch zu sehen.«

»In Anbetracht des Schutthaufens draußen habt ihr heute wirklich eine Menge geschafft«, erklärte Kevin, der es sich mit Chelsea auf einem breiten Sessel bequem machte und dann Pizza auf die Pappteller verteilte, die Mario mit eingepackt hatte.

»Wir haben die Küche komplett rausgerissen«, stellte Riley fest.

»Und dabei herausgefunden, dass Nicholas hier den Vorschlaghammer wie ein Profi schwingt«, verkündete Finn und deutete hinter sich. »Da war eigentlich eine Mauer, bis sie uns gezeigt hat, was 'ne Harke ist.«

»Ich hab gut vorgelegt«, warf Nikki ein, stolz darauf, wie schwer sie gearbeitet hatte, selbst wenn jetzt jeder Muskel in ihrem Körper schmerzte.

Riley lächelte sie an, und sie konnte erkennen, dass er sie küssen wollte. Er zündete das Feuer im Kamin an, und sie verbrachten mehrere unterhaltsame Stunden miteinander, in denen Nikki Geschichten aus Rileys und Finns Kindheit zu hören bekam, darunter auch welche von ihrem außerordentlich profitablen Limonadenstand, ihrem Rasenmäh- und Schneeräumgeschäft sowie dem Autopflege-Service, mit denen sie ihr Taschengeld aufgebessert hatten.

»Wie alt waren sie da?«, fragte Nikki erstaunt.

»Ich würd' sagen, etwa zwölf und dreizehn«, antwortete Kevin.

»Wir mochten Geld, aber Doc hier hat uns da an der kurzen Leine gehalten«, bemerkte Finn mit vollem Mund.

»Ich wollte nicht, dass sie zu nutzlosen Erwachsenen heranwachsen.«

»Bei mir hat's jedenfalls funktioniert«, erklärte Riley und kümmerte sich weiter um das Feuer im Kamin. »Bei Finn allerdings nicht. Er ist komplett nutzlos.«

»Ich glaube, ich habe heute das Gegenteil bewiesen, oder, Nicholas?«

»Ja, Finnbar. Heute warst du wirklich nützlich.«

Finn lächelte seinem Bruder triumphierend zu. »Dein Mädchen steht auf mich.«

»Nein, tut sie nicht«, widersprach Riley und bedachte seinen Bruder mit einem finsteren Blick, während er sich wieder neben Nikki aufs Sofa setzte.

Chelsea lachte über ihre Späße. »Ich mach mir ein bisschen Sorgen um unser Baby, Kev, und das, was die beiden hier ihm oder ihr beibringen.«

»Wir lassen sie einfach beide nicht in die Nähe unseres Nachwuchses, bis er oder sie mindestens achtzehn ist.«

»Guter Plan«, erwiderte Chelsea.

»Und das erste Mal, wenn sie Babysitter brauchen, heißt es dann: ›Riley, Finn, helft uns‹«, sagte Finn mit verstellter, hoher Stimme.

»Möge Gott verhüten, dass wir je so verzweifelt sind«, verkündete Kevin.

Chelsea hielt sich die Hand vor den Mund, um nicht laut herauszulachen.

»Es überrascht euch sicher nicht, zu hören, dass euer Onkel Mac es für alle arrangiert hat, am Donnerstag zu Courtneys Beerdigung zu gehen«, erklärte Kevin. »Bis hin zu Reservierungen auf der Fähre für genug Autos, dass wir alle hinkommen.«

»Ich bin sicher, Joe hatte da mehr die Hand im Spiel als Onkel Mac«, warf Riley ein.

»Joe war jedenfalls offenbar eine große Hilfe bei der Fähre. Chelsea und ich bleiben ein paar Tage auf dem Festland, damit sie sich ihr Hochzeitskleid aussuchen kann und ich mir einen neuen Anzug. Und wir haben noch ein paar andere Sachen, um die wir uns kümmern müssen.«

»Oh, Mist«, entfuhr es Finn. »Wir brauchen ja auch Anzüge.«

»Gebt uns einfach die Maße, und wir besorgen euch etwas«, bot Kevin an.

In einem der Kartons aus der Küche fand Nikki eine ungeöffnete Tüte mit Marshmallows, die sie am Kamin über dem Feuer rösteten und als Dessert aßen.

Gegen neun begann Chelsea zu gähnen. »Himmel, bin ich müde.«

»Die ersten drei Monate sind immer kräftezehrend«, tröstete Kevin sie. »Schaffen wir dich nach Hause, und stecken wir dich ins Bett.«

»Ich bin ebenfalls fix und fertig«, meinte Finn. »Danke für den unterhaltsamen Tag, Nicholas.«

»Danke an Kevin und Chelsea für Pizza und Bier.«

»Haben wir doch gern gemacht«, bemerkte Kevin. »Ich kann es gar nicht erwarten, es zu sehen, wenn die Renovierung beendet ist.«

»Es wird wunderschön werden«, sagte Riley und legte einen Arm um Nikki.

»Das hoffe ich«, erwiderte sie, nervös und aufgeregt, weil sie bald würde sehen können, wie ihre Entscheidungen umgesetzt in der neuen Küche wirken würden. »Es ist völlig ausgeschlossen, dass ich es ohne deine Hilfe schaffen könnte.«

»Und meine«, rief Finn vom Flur her.

»Du bist es, der dafür sorgt, dass es passiert«, antwortete Nikki.

»Hey!« Über Rileys Empörung musste sie lachen. Während die anderen aus dem Haus und rasch durch die Kälte zu ihren

Autos liefen, erkundigte er sich: »Möchtest du, dass wir zu mir fahren?«

»Da wir schon gegessen haben, lass uns doch hierbleiben, wo wir allein sind.«

»Da gibt's von mir keinen Widerspruch.«

KAPITEL 20

Sie standen an der Tür, bis beide Fahrzeuge aus der Einfahrt verschwunden waren. Dann schaltete Nikki die Beleuchtung auf der Veranda aus und sperrte ab. »Das hat Spaß gemacht.«

Er folgte ihr zurück aufs Sofa. »Ja, das hat es. Und nett von meinem Vater, uns mit Essen zu versorgen.«

Sie zog eine gestrickte Decke über sie. »*Sehr* nett. Er ist überhaupt total lieb und offensichtlich ganz verrückt nach Chelsea.«

»Ja, das war er von Anfang an. Zuerst war es für uns allerdings irgendwie merkwürdig, ihn mit jemand anders zusammen zu sehen, aber inzwischen gehört sie zu uns.«

»Hörst du manchmal was von deiner Mutter?«

»Ja, wir stehen in Verbindung. Wir schreiben uns Nachrichten und so.«

»Wie heißt sie?«

»Deb.«

»Dein ganzes Verhalten ändert sich, wenn du über sie sprichst. Ist dir das bewusst?«

»Ach wirklich?«

Sie nickte.

Gegen einen Stapel Kissen gelehnt, sie eng an seine Seite geschmiegt, fuhr sich Riley mit den Fingern durchs Haar, versuchte es in Ordnung zu bringen. »Ich werde nie verstehen, warum Leute sich nicht einfach scheiden lassen, wenn sie jemand anders begehren. Warum betrügen?«

»Das weiß ich nicht. Ich verstehe es auch nicht.« Sie blickte ihn an. »Egal, was zwischen uns passiert, ich verspreche dir, ich werde dir das niemals antun.«

»Und ich niemals dir.« Er zog sie für einen Kuss an sich, der sich rasch von zart und süß zu leidenschaftlich wandelte. »Ich fühle mich, als wäre es Tage her, dass ich mit dir aufgewacht bin.«

»Tage und Tage«, flüsterte sie. »Lass uns ins Bett gehen.«

* * *

Am Donnerstag nahmen Riley und der Rest der Familie McCarthy die erste Fähre von der Insel, um zu Courtneys Beerdigung zu fahren, die in einer großen Kirche in Providence stattfinden sollte. In dem voll besetzten Kirchenschiff benötigten sie vier Bankreihen, vermittelten Shane Trost und Unterstützung.

Shane blieb während des gesamten emotional aufgeladenen Gottesdienstes äußerlich ungerührt, und Katie wich keine Minute von seiner Seite und ließ auch seine Hand während des ganzen langen Tages nicht los.

Während der Heimfahrt auf der Fähre war die sonst so ausgelassene Gruppe ungewöhnlich still.

»Es war so lieb von euch allen, dass ihr gekommen seid«, erklärte Shane. »Ich weiß es wirklich zu schätzen, und ich bin sicher, Courtneys Eltern ging es ebenso.«

»Heute gibt es keinen anderen Ort, an dem wir hätten sein können«, antwortete Big Mac.

»Wir sind alle so stolz auf dich, Shane«, meinte Linda.

Shanes Augen füllten sich mit Tränen, und er schüttelte den Kopf. »Sei nicht stolz auf mich. Ich habe überhaupt nichts getan.«

»Du hast versucht, sie zu retten«, sagte Linda sanft. »Du hast alles Menschenmögliche getan.«

»Sie hat recht, Sohn«, pflichtete ihr Frank bei. »Der einzige Mensch, der Courtney wirklich hätte retten können, war Courtney selbst. Du hast alles getan, was du tun konntest, und noch mehr.«

»Es ist einfach so traurig«, bemerkte Janey halblaut, sodass bloß Riley und Finn, die direkt neben ihr saßen, es hören konnten. »Ich ertrag es seinetwegen kaum.«

»Er verkraftet das«, erwiderte Finn. »Wir sind schließlich alle für ihn da, und wir bekommen ihn da durch.«

»Ich dachte, du hättest vor, zurück nach Connecticut zu gehen«, warf Riley ein.

»Ich hab mit Mac geredet, und er hat mich angefleht, hierzubleiben, bis das Wayfarer fertig ist. Außerdem fühlte es sich einfach nicht richtig an, von hier wegzugehen, wo Shane gerade diesen Schlag verkraften muss. Und was ist eigentlich mit *ihm* los?« Finn deutete auf Mac, der mit dem Handy telefonierte, während er vom einen Ende der Kabine zum anderen tigerte.

»Keine Ahnung«, erklärte Riley. »Er ist den ganzen Tag schon unruhig und nervös.«

»Es gefällt ihm nicht, Maddie und die Kinder auf der Insel zurückzulassen, vor allem in dieser Jahreszeit«, meinte Janey. »Er hatte Angst, er schafft es nicht, zu ihnen heimzukehren.«

»Du hast ja auch Joe auf der Insel zurückgelassen«, wandte Finn ein.

»Und wir haben Maddie eingeschärft, dass sie anruft, wenn sie irgendetwas braucht, aber Mac macht sich trotzdem halb verrückt.«

»Irgendwas anderes stimmt mit ihm nicht«, stellte Riley fest. »Er benimmt sich schon die ganze Woche irgendwie komisch.«

»Er ist immer komisch, wenn du mich fragst«, warf Janey grinsend ein.

»Das musst du sagen«, erwiderte Finn. »Du bist ja seine kleine Schwester.«

Janey verdrehte die Augen. »Und er lässt mich das niemals vergessen. Ich hab zwei Kinder, und er kommt einfach immer noch nicht mit der Tatsache klar, dass ich Sex habe, und zwar regelmäßig und mit seinem besten Freund.«

»Iiih«, antwortete Finn und verzog das Gesicht. »Das ist ja ekelhaft.«

»Daran ist überhaupt nichts ekelhaft, mein Freund«, entgegnete sie anzüglich.

Auf der anderen Seite der Kabine, wo Adam mit Abby saß, ertönte ein Schrei. Sie hielt ihr Handy und starrte mit großen Augen auf das Display, während Adam sich über sie beugte, um zu sehen, was da stand. Dann schaute er sie an, wirkte ebenso überwältigt wie sie.

»Was ist denn bei euch los?«, fragte Janey ihren Bruder und ihre Schwägerin.

»Wir haben gerade eine Textnachricht bekommen«, erklärte Abby, deren Augen sich mit Tränen füllten. Ihre Hände zitterten. »Sie … Sie haben ein Baby für uns.«

In der Gruppe brach Jubel aus, und alle stellten sich um Adam und Abby, um ihre Aufregung zu teilen. Glücklicherweise hatten sie die Kabine praktisch für sich selbst.

»Es ist ein Junge«, verkündete Adam und beugte sich noch einmal über das Handy, war genauso aufgeregt wie seine Frau, als er die Nachricht ein weiteres Mal las. »Die Familie, der er versprochen war, ist nicht in der Lage, ihn aufzunehmen, daher geht es so schnell. Wir können ihn übermorgen abholen.«

Janey nahm Abby das Handy aus der Hand. Die zitterte so stark, dass sie es kaum halten konnte. »Hier steht, du musst antworten, wenn ihr bereit seid, das Kind zu nehmen.«

»Schreib ›Ja‹!«, rief Adam. »Sag ihnen, wir werden da sein.« Während Janey diese Antwort eingab, zog er seine Frau in die Arme und stieß einen Freudenschrei aus. »Wir bekommen ein Baby!«

»Und das Leben geht weiter«, bemerkte Big Mac zu Shane und drückte ihm den Arm. »Das Leben geht weiter.«

* * *

Zu dem Zeitpunkt, als die Fähre in South Harbor anlegte, befand sich Mac am Rande einer ausgewachsenen Panikattacke. Maddie und die Kinder mitten im Winter allein auf der Insel zurückzulassen war ihm nicht leichtgefallen, weil ja immer die Chance bestand, dass die Fähren ihren Dienst einstellen mussten, sodass er nicht imstande wäre, zu ihnen zurückzukommen. Es war für ihn selbstverständlich gewesen, zur Beerdigung zu gehen und Shane zu unterstützen, der nicht nur sein Cousin war, sondern auch sein Freund und Kollege.

Er und Maddie hatten überlegt, dass sie ihn begleiten könnte, aber Hailey hatte gestern Fieber gehabt, daher hatte Maddie ihre Tochter nicht einen ganzen Tag lang bei einem Babysitter lassen wollen, und da sie Mac immer noch stillte, hätten sie ihn ohnehin mitnehmen müssen. Letzten Endes hatten sie beschlossen, dass sie zu Hause bleiben sollte, während er allein zur Trauerfeier ging. Doch seit heute Morgen, als die Fähre den Hafen hinter sich gelassen hatte, hatte er keine ruhige Minute mehr gehabt, weil er die wichtigsten Menschen in seinem Leben mitten im Winter auf der abgelegenen Insel hatte zurücklassen müssen.

»Mac.« Einzig die Hand seines Vaters auf seiner Schulter hinderte ihn daran, den knappen Meter, den die Fähre noch vom Anleger entfernt war, einfach zu überspringen. »Was zur Hölle ist denn heute los mit dir? Du bist so unruhig wie eine Katze auf einem heißen Blechdach.«

»Nichts.«

»Mac.«

Die Art und Weise, wie sein Vater seinen Namen sagte, bewirkte, dass er sich zu Big Mac umdrehte. Mit seinen eins fünfundachtzig war er alles andere als klein, aber sein Vater überragte ihn noch mal um fünf Zentimeter. Er besaß zudem die Fähigkeit, ihn mit einem Blick zu durchbohren, wie es außer ihm sonst nur Maddie konnte.

»Was ist bloß mit dir los, Sohn? Und behaupte nicht, da wäre nichts. Ich kenne dich zu gut, um dir das abzunehmen.«

»Es gefällt mir nicht, Maddie und die Kinder auf der Insel zu lassen, besonders zu dieser Jahreszeit.« Er schaute zu den dunklen Wolken, die schon den ganzen Tag lang dräuten. Die See war bei der Überquerung nicht glatt gewesen, doch auch nicht so rau, wie sie hätte werden können.

»Und was sonst noch?«

»Das ist es.« Mac blickte sehnsüchtig zu seinem Pick-up, der knapp hundert Meter entfernt geparkt war. »Kann ich jetzt gehen?«

»Du kannst gehen, wenn du mir erzählst, was sonst noch los ist.«

Die Autos begannen von der Fähre zu rollen. Onkel Frank hupte kurz, als er und Betsy vorbeifuhren, Laura und Owen auf der Rückbank. Sie hatten die Kinder bei einer der Frauen, die für sie im Hotel arbeiteten, gelassen, denn zu dieser Zeit im Jahr war dort ohnehin nicht viel los.

Da er wusste, dass Widerstand zwecklos war, ließ Mac die Schultern sinken und sah seinem Vater ins Gesicht. »Maddie ist schwanger.«

Sein Vater wirkte kurz sprachlos, ehe er sich fing. »Oh. Okay. Meinen Glückwunsch.«

»Danke, denke ich.«

»Ist das der Grund, warum du heute so angespannt warst?«

»Einer der Gründe. Sie ist wirklich müde, und ich bin sicher, sie hatte einen langen Tag. Der Gedanke, dass sie hier sind und ich nicht einfach zu ihnen kann, falls irgendwas sein sollte ... Das stresst mich.«

»Kann ich verstehen.«

»Es ist noch ganz frisch. Wir erzählen es erst mal niemandem, wegen ...« Es fiel ihm schwer, »Connor« zu sagen, den Namen des Sohnes, den sie während der Schwangerschaft verloren hatten.

»Ich verrate nichts. Versprochen.« Big Mac umarmte ihn und brummte an seinem Ohr: »Du bist ein wunderbarer Ehemann und Vater, und ich könnte nicht stolzer auf dich sein.«

Zur Hölle mit ihm! Jetzt hatte er ihn fast so weit, dass er heulte. »Ich hatte auch das bestmögliche Vorbild«, antwortete Mac.

»Alles okay?«, fragte Adam, als er mit Riley und Finn zu ihnen trat.

»Ja«, erwiderte Big Mac und ließ Mac los. »Alles in bester Ordnung.«

»Jetzt zumindest wieder.« Mac machte einen Schritt auf die Insel und atmete erleichtert auf. Er winkte den andern zu und joggte zu seinem Pick-up, befand sich binnen Sekunden auf dem Weg nach Hause. Die zehnminütige Fahrt zur Sweet Meadow Farm Road schien doppelt so lange wie sonst zu dauern. Obwohl er mit Maddie den ganzen Tag lang über Textnachrichten in Kontakt gestanden hatte, war der Anblick ihres Zuhauses das Beste, was ihm passiert war, seit er vor zwölf Stunden von hier aufgebrochen war. Jede einzelne Lampe im Haus musste an sein, vermutlich vor allem dank Thomas, den sie immer daran erinnern mussten, die Lichter auszuschalten, wenn er aus einem Zimmer rausging.

Mac eilte die Stufen zur Terrasse empor, nahm immer zwei auf einmal, öffnete die Schiebetür und betrat das Irrenhaus. Im Wohnzimmer lagen überall verstreut Spielzeuge, der kleine Mac schrie wie am Spieß, während Maddie mit ihm auf und ab ging und gleichzeitig Thomas und Hailey beaufsichtigte, die wohl aufräumen sollten, doch stattdessen um einen Spielzeuglaster stritten. Auf dem Küchentisch befanden sich die Überreste eines Spaghetti-Essens.

Erleichtert atmete er auf. Hier war alles ganz normal.

Hailey entdeckte ihn als Erste. Sie stieß einen Freudenschrei aus und rannte auf ihren kleinen Pummelbeinchen zu ihm. Ihre blonden Locken wippten, und auf ihrem Gesicht spiegelte sich pure Freude darüber wider, ihren Daddy nach einem langen Tag wiederzusehen.

Mac hob sie hoch und brachte sie zum Quietschen, indem er sie auf den Hals küsste. Sie roch nach Erdnussbutter, Spaghettisoße und kleinem Mädchen. Aber am wichtigsten war, dass ihr Fieber gesunken war. »Wie geht's meiner Kleinen?«

»Daddy, Thomas hat Ärger, weil er mein Spielzeug geklaut hat.«

»Ich habe überhaupt nichts geklaut«, widersprach Thomas sofort und streckte seiner Schwester die Zunge raus. Mac ging in die Hocke und zog Thomas ebenfalls in seine Arme, küsste ihn auf den Scheitel. »Wie wäre es, wenn ich euch einen Vorschlag mache? Ich helf euch, das Chaos hier zu beseitigen, bade euch und lese euch dann drei Gutenachtgeschichten vor, wenn ihr im Gegenzug versprecht, euch nicht mehr zu zanken. Abgemacht?«

»Okay, Daddy«, antwortete Hailey. Drei Gutenachtgeschichten waren ein unwiderstehliches Angebot.

»Einverstanden«, erklärte Thomas leicht mürrisch.

»Ihr fangt schon mal an, und ich bin gleich bei euch, sobald ich Mommy Hallo gesagt habe.«

»Aber keine Küsse«, verlangte Thomas und schnitt eine angewiderte Grimasse.

»Aber hallo Küsse«, entgegnete Mac und knuffte seinen Sohn. »Jede Menge Küsse.«

»Igitt«, erwiderte Thomas.

Mac konnte es gar nicht erwarten, ihn an diese Worte zu erinnern, wenn er erst einmal alt genug war, um Küssen nicht mehr eklig zu finden. Er richtete sich auf und ging zu seiner Frau, nahm ihr das Baby ab. »Hi, Süße. Ich bin zu Hause.«

»Gott sei Dank«, bemerkte sie, wirkte müde.

Mac beugte sich für einen Kuss nach vorn und war überrascht, als sie zurückwich.

»Ich stinke nach sauer gewordener Muttermilch und einer Reihe anderer Substanzen, die sich nicht so leicht identifizieren lassen.«

»Es interessiert mich nicht, wonach du riechst. Ich möchte einen Kuss von meiner wunderbaren Frau.«

»Es könnte langsam Zeit werden, dir eine Brille zu besorgen. In deinem fortgeschrittenen Alter ist die Sicht das Erste, was nachlässt.«

Grinsend legte er ihr den freien Arm um die Mitte und schaute sie streng an. »Küss mich, bevor ich vor Sehnsucht nach dir sterbe.«

Sie schüttelte den Kopf über ihn, gab ihm aber einen zarten Kuss. »So.«

»Das kannst du besser. Ich erwarte beim Zubettgehen Nachbesserung.«

»Danke für die Warnung.«

»Ist der kleine Kerl hier satt?«, fragte er mit Blick auf das Baby, das sich in der Minute beruhigt hatte, in der Mac aufgetaucht war, etwas, das oft genug passierte, dass Maddie es mindestens einmal am Tag als unfair beklagte. Ihm brach es jedenfalls nicht das Herz, dass sein Sohn ihn allen anderen vorzuziehen schien, auch wenn er das niemals vor der hingebungsvollen Mutter ebendieses Sohnes erwähnen würde.

»Ich hab ihn gestillt, und er ist bereit fürs Bett.«

»Geh du schon mal hoch, und gönn dir ein Schaumbad. Ich übernehme das hier.«

»Du hast noch nicht mal deine Jacke ausgezogen, und du musst hungrig sein. Im Ofen steht ein Teller mit Essen für dich.«

»Geh schon. Ich hab hier alles unter Kontrolle. Entspann dich, du bist von deinen Pflichten entbunden.«

»Nur für den Fall, dass ich vergesse, es dir nachher zu sagen: Ich liebe dich wirklich.«

»Ich werd dich daran erinnern.«

Sie verließ ihn mit einem erleichterten Lächeln und ging zu Thomas und Hailey, um den beiden einen Gutenachtkuss zu geben. »Seid lieb zu Daddy, und helft ihm mit dem Baby.«

»Machen wir, Mommy«, erklärte Thomas. Er nahm seine Pflichten als großer Bruder sehr ernst, wenn es um den kleinen Mac ging. Nicht mehr so sehr bei Hailey, deren Hauptaufgabe in seinen Augen darin zu bestehen schien, ein Dorn in seinem Fleisch zu sein.

Unter Macs Oberaufsicht sammelten sie die Spielzeuge ein und räumten sie in die entsprechenden Kisten und Behälter.

»Super, Kumpel«, lobte Mac Thomas, der den Hauptteil der Arbeit getan hatte.

Sie gingen nach oben, um das Baby hinzulegen, ehe Mac Thomas und Hailey in die Badewanne steckte. Wie üblich wurde er dabei so nass wie die beiden, so wie es ihm auch an dem lange zurückliegenden Abend passiert war, als er noch völlig unerfahren mit Babys und Bädern gewesen war. Jetzt hingegen war er ein erfahrener Profi.

Als er schließlich die drei versprochenen Geschichten vorgelesen hatte und sie sich in ihren Betten befanden, war Mac bereit für sein eigenes. Doch er ging erst nach unten und aß ein paar Bissen von dem Essen, das Maddie ihm warm gehalten hatte, dann schloss er alle Türen und Fenster, ehe er wieder nach oben zurückkehrte und die restlichen Lichter ausschaltete. Er knöpfte sich das Oberhemd auf, das er zur Beerdigung getragen hatte, und trat in das Elternschlafzimmer, wo Maddie im Bett saß und ein paar Einrichtungsmagazine las. Er zog sich das nasse Hemd und das ebenfalls durchweichte T-Shirt darunter aus und warf beides ans Fußende des Bettes.

»Mein Held«, begrüßte sie ihn und schenkte ihm ein liebevolles Lächeln. »Sind alle in der Kiste?«

»Für den Augenblick schon.« Schlafenszeit war eine variable Größe mit mehreren Höhen und Tiefen, bis alle tatsächlich selig schlummerten. »Drücken wir die Daumen, dass es auch so bleibt.«

»Wie war es?«, erkundigte sie sich.

»So schrecklich, wie du es dir wohl vorstellst.«

»Und Shane?«

»Er scheint ganz okay zu sein. Es wird noch eine Weile dauern, bis er es ganz verwunden hat, nehme ich an.« Er setzte sich neben sie aufs Bett und verschränkte seine Finger mit ihren, hatte das Gefühl, als könnte er endlich wieder atmen nach einem langen, stressigen Tag jenseits der Insel. »Ich habe mir solche Sorgen darüber gemacht, dich und die Kleinen hierzulassen, während ich aufs Festland musste.«

»Hier war alles in Ordnung.«

»Ich weiß, aber der Gedanke, nicht imstande zu sein, einfach herzufahren, falls irgendwas ist, hat mich schier in den Wahnsinn getrieben.«

Sie ließ seine Hand los und streckte die Arme nach ihm aus. »Komm her.«

Er kroch zu ihr und atmete tief den süßen Duft nach Sommerblumen ein, der ihn immer an den Anfang ihrer Beziehung erinnerte. »Ich musste gerade daran denken, wie ich Thomas das erste Mal gebadet habe.«

»Du warst danach so nass wie er.«

»Daran hat sich nichts geändert. Mein Hemd ist pitschnass.«

»Dein Haar auch«, fügte sie lachend hinzu.

»Manche Dinge ändern sich eben einfach nicht.«

»Ich war noch nie so glücklich, dich zu sehen, wie heute Abend.«

»Bist du wirklich müde?«

»Es ist irre! Ich wache müde auf, und dann fühle ich mich den ganzen Tag lang, als müsste ich durch Treibsand waten.«

»Hoffentlich hört das nach den ersten drei Monaten auf.«

»Das hoffe ich auch, sonst übernehmen die Insassen hier noch die Irrenanstalt.«

»Nein, das lassen wir nicht zu.« Er zwang sich, sich zu entspannen. Alles war gut. Seine Familie war okay, daher war er es ebenfalls. »Ach ja, große Neuigkeiten auf der Überfahrt zurück.«

»Was denn?«

»Adam und Abby haben eine Nachricht von der Adoptionsagentur erhalten. Sie haben ein Baby für sie, und zwar einen kleinen Jungen. Sie holen ihn übermorgen ab.«

»Oh, Mac. O mein Gott. Das sind die besten Nachrichten überhaupt!«

»Ich weiß. Sie sind so aufgeregt – und ein bisschen geschockt.«

»Wir müssen ihnen helfen, alles vorzubereiten. Sie brauchen *alles*. Wir müssen sie mit den Sachen versorgen, die sie für den Anfang benötigen.«

»Ich bin sicher, darüber freuen sie sich. Lass mich aufstehen, damit ich mir die Zähne putzen kann. Ich bin bereit, diesen beschissen langen Tag zu beenden.«

Er ging ins Badezimmer, um sich fürs Bett fertig zu machen, und fünf Minuten später schlüpfte er auf seiner Seite unter die Decke, streckte sofort die Arme nach ihr aus.

Sie knipste das Licht aus und schmiegte sich an ihn. »Waren da eine Menge Leute bei der Beerdigung?«

»Die Kirche war voll besetzt.«

»Ich hab sie ja gar nicht gekannt, aber über ihren Tod bin ich trotzdem traurig.«

»Ich weiß. Geht mir genauso. Und es sorgt dafür, dass ich doppelt dankbar bin für das, was ich mit dir habe.«

»Ich auch.«

»Ich hab meinem Dad von dem Baby erzählt – oder vielleicht sollte ich besser sagen, er hat mich genötigt, es ihm zu verraten.«

»Und wie hat er das geschafft?«, wollte sie belustigt wissen.

»Auf seine gewohnte Big-Mac-Weise. Er konnte erkennen, dass es mich heute besonders aufgeregt hat, nicht bei euch auf der Insel zu sein. Er hat versprochen, erst mal kein Wort darüber zu verlieren.«

»Es macht nichts, dass du es ihm gesagt hast. Sie werden es alle ohnehin früh genug rausfinden. Vermutlich werden sie denken, wir seien wie die Karnickel.«

Mac lachte. »Lass sie reden, was sie wollen. Ich bin mehr als glücklich, mit dir wie die Karnickel zu sein.«

»Das ist nicht komisch.«

»Doch, ist es.« Er hob mit dem Finger ihr Kinn an und küsste sie. »Es ist absolut lachhaft.«

»Für dich vielleicht, du bist ja nicht das Karnickelweibchen.«

»Du bist doch kein Karnickel. Du bist eine Königin. *Meine* Königin. Die Mutter meiner fünf Kinder, der Mittelpunkt meiner Welt, die Liebe meines Lebens.«

»Sei bitte nicht so nett und charmant, wenn ich gerade depressiv werden will.«

Lachend küsste er ihr das Schmollen von den Lippen.

»Danke, dass du gerade ›fünf Kinder‹ gesagt hast.«

»Connor zählt. Er wird immer dazugehören.«

Sie nickte. »Ja, das wird er.«

»Schließ die Augen, und schau, dass du etwas Schlaf bekommst.«

»Nur wenn du das auch tust.«

»Ich werde keinerlei Probleme haben, heute Nacht zu schlafen«, erklärte er. »Den ganzen Tag lang Panik zu schieben ist erschöpfend.«

»Ich liebe dich, Mac, und ich liebe die Art und Weise, wie du uns liebst.«

»Ich liebe dich ebenfalls. Du und unsere Babys, ihr seid alles für mich.«

Kapitel 21

Noch lange nachdem Katie ins Bett gegangen war, saß Shane im Dunkeln, ein Glas Bourbon in der Hand, und seine Gedanken drehten sich nach der Beerdigung um Courtney. Ihre Familie hatte für eine schöne Trauerfeier gesorgt, die ihrem Leben und ihrem Kampf auf respektvolle Art Tribut gezollt hatte. Seine wundervolle Familie hatte ihm beigestanden, wie sie das immer tat, und hatte mit ihrer unermüdlichen Unterstützung und Ermutigung eine schreckliche Woche erträglicher gemacht.

Und Katie … Sie war unglaublich gewesen, war ihm in den Tagen, die auf die furchtbare Neuigkeit gefolgt waren, kaum von der Seite gewichen. Er hätte den Schock und die Verzweiflung nicht so überstanden ohne sie als sein Licht, das ihm den Weg wies.

Wenn er nur aufhören könnte, über ihre merkwürdige Reaktion nachzudenken, als er sie neulich gefragt hatte, warum sie nie übers Heiraten redeten. Sie waren jetzt seit über einem Jahr verlobt, und bis zu ihrer Unterhaltung vor drei Nächten hatten sie nie gemeinsam versucht, ein Datum festzulegen. Er hatte darauf gewartet, dass sie es ansprechen würde, ohne dass ihm das bewusst gewesen war. Jetzt vermutete er, sie hätte es nie angesprochen, wenn er es nicht erwähnt hätte.

War er sich seiner Sache zu sicher gewesen? Hätte er es schon vorher erwähnen sollen? Dass er das nicht wusste, hatte seine ohnehin schon angegriffenen Nerven in den letzten paar Tagen weiter strapaziert. Natürlich verstand er, dass es, nachdem sie mit einem gewalttätigen Vater aufgewachsen war, für sie schwieriger war, sich an einen Mann zu binden, als für jemand anderen.

Aber er hatte ihr an jedem Tag, seit sie zusammen waren, gezeigt, dass sie sich niemals vor ihm zu fürchten brauchte. Er wollte nur, dass sie sich für den Rest ihres Lebens sicher, glücklich und geliebt fühlte. Hatte er ihr das häufig genug gesagt? Hatte er dafür gesorgt, dass sie wusste, es gab nichts, was er nicht für sie tun würde?

Er leerte sein Glas und dachte darüber nach, ins Bett zu gehen, als Katie aus dem Schlafzimmer kam, ganz zerzaust vom Schlaf und niedlich in einem seidenen Nachthemd, das er ihr zu Weihnachten in Tiffanys Laden gekauft hatte. Wie immer, wenn er sie sah, vollführte sein Herz einen glücklichen kleinen Hopser. Sie liebte es, den Leuten zu erzählen, dass er ihr das Leben gerettet hatte, aber das Gegenteil war der Fall. Sie hatte ihm auf jede Art, die zählte, das Leben gerettet.

Sie kam zu ihm und setzte sich ihm auf den Schoß, schmiegte sich in seine Arme.

Er hatte Courtney geliebt. Bei Gott, er hatte sie wirklich geliebt. Doch er hatte nie irgendjemanden oder irgendetwas so geliebt, wie er Katie Lawry liebte.

»Kannst du nicht schlafen?«, wollte sie wissen.

»Ich hab's noch gar nicht versucht.«

Sie küsste sein Gesicht und strich ihm das Haar aus der Stirn. »Das solltest du aber. Du musst nach den letzten Tagen völlig erschöpft sein.«

»Bin ich auch.«

»Lass uns zu Bett gehen.«

Als sie aufstehen wollte, hielt er sie zurück, indem er die Arme fester um sie legte. »Hey, Katie?«

»Hm?«

»Neulich Nacht, als ich dich gefragt habe, ob wir demnächst heiraten wollen, hatte ich das Gefühl, dass dich die Frage aufgeregt hat. Gibt es etwas, worüber ich mir Sorgen machen muss?«

»Nein«, erwiderte sie bestimmt. »Du musst dir, was mich betrifft, keinerlei Sorgen machen.«

»Du umgekehrt auch nicht. Ich hoffe, das weißt du.«

»Tu ich, Shane. Natürlich weiß ich das.«

»Dann lass uns ein Datum für die Hochzeit festlegen.«

Für einen langen Moment war sie so still, dass er sich fragte, ob sie überhaupt noch atmete.

»Katie?«

»Du weißt, dass ich dich mehr als alles andere auf der Welt liebe, oder?«

Ihm sank das Herz, als er antwortete: »Ich denke schon.«

»Das tue ich. Ich liebe dich und unser Leben zusammen. Das ist mehr, als ich mir jemals zu erhoffen gewagt habe.«

»Hast du Angst, mich zu heiraten, Katie? Denkst du, dass sich die Dinge ändern werden, wenn wir das tun?«

»Nein«, sagte sie, allerdings weniger bestimmt als zuvor.

»Das ist es, was deiner Mutter passiert ist, richtig? Dein Dad war wundervoll bis nach der Hochzeit.«

»Ja, aber …«

»Das wird dir, oder uns, nicht passieren. Ich schwöre es, Katie. Du bist bei mir vollkommen sicher. Wenn du mich heiratest, wird mein einziges Ziel sein, dafür zu sorgen, dass du es niemals bereuen wirst. Ich werde alles tun, was nötig ist, damit du glücklich bist. Du wirst bei mir immer in Sicherheit sein.« Mit seiner Hand an ihrer Wange drehte er ihr Gesicht zu sich und küsste sie sanft. »Wir haben diese Woche eine rüde Erinnerung daran erhalten, dass wir nie wissen, was hinter der

nächsten Ecke auf uns wartet. Zeit ist kostbar, und es ist überfällig, dass wir den nächsten Schritt zusammen tun. Heirate
mich, Katie. Bitte, heirate mich.«

Sie schloss die Augen, atmete tief ein und langsam aus,
bevor sie sie wieder öffnete. »Okay.«

»Wirklich?«

Sie nickte. »Ja.« Sie küsste ihn. »Danke, dass du verstehst,
wie schwierig das für mich ist …«

»Du musst mir nicht danken.«

»Ich liebe dich, Shane.«

»Ich liebe dich auch, und ich kann es gar nicht erwarten,
dich zu heiraten. Was hast du am Memorial-Day-Wochenende
vor?«

»Bisher nichts, soviel ich weiß.«

»Wie hört sich eine Hochzeit bei Sonnenuntergang am selben Strand an, an dem wir uns kennengelernt haben?«

»Ich denke, das wäre wunderschön.«

Er küsste sie und umarmte sie fest. »Dann haben wir ein
Date.«

* * *

Adam ging Abby suchen und fand sie auf dem Dachboden. Sie
trug bloß ein dünnes Baumwollnachthemd und durchwühlte
irgendwelche Kartons. »Babe, was machst du hier oben? Es ist
eiskalt.« Sein Atem hing als kleines Wölkchen in der frostigen
Luft.

»Ich suche die Babykleidung, die ich vor Ewigkeiten gekauft
habe, bevor wir herausgefunden haben, dass es am Ende gar
nicht klappen könnte.«

»Süße, das können wir morgen erledigen. Wir haben den
ganzen Tag, und es ist zu kalt, um ohne Jacke hier oben zu sein.«

»Ich möchte es jetzt tun. Es wird nur ein paar Minuten dauern. Die Sachen sind in einem dieser Kartons. Ich muss bloß herausfinden, in welchem.«

Da ihm klar war, dass keiner von ihnen Schlaf bekommen würde, bis sie das fand, was sie suchte, ging er nach unten, holte Jacken für sie beide und schloss sich ihr bei der Suche an. Im sechsten Karton, den sie öffneten, fanden sie winzige Hemdchen, Decken, Schlafsäcke und Socken, die so klein waren, dass sie auf seinen Finger passten. Ganz plötzlich traf ihn die Enormität dessen, was passierte, in einer wahren Flutwelle von Gedanken und Empfindungen.

Er würde Vater werden.

Abby würde Mutter werden. Sie würden Eltern werden.

Sie hatten einen Sohn. *O Gott. Wir haben einen Sohn!*

»Baby«, sagte er sanft. »Hier ist es.« Er hielt einen Body hoch, auf dem »Ich liebe Mami« stand.

»Ja! Das ist es.« Ihre braunen Augen strahlten von einer Aufregung, die ihn daran erinnerte, wie sie gewesen war, bevor der Himmel über ihnen zusammengebrochen war mit der vernichtenden Diagnose »Polyzystisches Ovarialsyndrom«, die ihr ihre Freude, ihre Energie und ihren Optimismus gestohlen hatte. Sie war überglücklich gewesen, seit sie die Nachricht von der Agentur erhalten hatten und dann auch noch ein Foto von dem Baby, das ihr Sohn werden würde, gefolgt war. Abby zurückzuhaben war das größte Geschenk, das er je bekommen hatte, und sogar besser als die Neuigkeiten wegen des Babys.

»Können wir das bitte mit runternehmen?«, fragte er zitternd.

»Ja, klar.«

Adam hob den schweren Karton hoch und trug ihn nach unten, stellte ihn aufs Fußende des Bettes.

Abby schloss die Tür zum Dachboden und kam zitternd vor Kälte ins Schlafzimmer. »Brrr.« Sie schlüpfte aus der Jacke und warf sie auf einen Stuhl.

Er schlang die Arme um sie und zog sie an sich. »Es passiert wirklich.«

»Ich kann es noch immer nicht glauben«, erwiderte sie und klammerte sich an ihn. »Dabei hatten die Leute von der Agentur gesagt, es könnte Jahre dauern.«

»Wir haben einen Sohn, Abby.« Er löste sich weit genug von ihr, um seine Hände an ihr Gesicht zu legen, bevor er sie küsste.

»Einen Sohn. Wir haben einen Sohn. Vielleicht, wenn wir es uns immer wieder laut vorsprechen, glauben wir es, bis wir ihn abholen.«

»Wann hast du all dieses Zeug gekauft?«

»Ich sammle das schon seit Jahren. Seit ich Abby's Attic aufgemacht habe. Immer wenn etwas reingekommen ist, das ich selbst haben wollte, habe ich es meiner Sammlung zugefügt.«

Er hatte keine Ahnung gehabt, dass sie sich schon jahrelang auf ein Baby vorbereitet hatte. »Wie wollen wir ihn nennen?« Sie hatten diese Diskussion vorher noch nicht geführt, aus Angst, dass sie sich damit nur weiter schaden würden.

Außerdem, wo war der Sinn dabei, über Babynamen zu reden, wenn jeder Doktor, mit dem sie gesprochen hatten, ihnen erklärt hatte, dass eine Schwangerschaft wegen Abbys Krankheit unwahrscheinlich war? Sie hatten es weiter versucht, und sie hatte einige schreckliche Prozeduren über sich ergehen lassen, aber bisher hatte keine ihrer Bemühungen Erfolg gezeigt. Jeden Monat kam ihre Periode mit frustrierender Regelmäßigkeit, obwohl eines der typischen Symptome von PCOS doch unregelmäßige Zyklen waren. Die Ironie war ihnen nicht entgangen.

»Was für Namen gefallen dir?«, fragte sie und setzte sich aufs Bett, um die Sachen in der Kiste durchzugehen. »All das hier wird mit einem speziellen Waschmittel gewaschen werden müssen.«

»Warum muss es etwas Spezielles sein?«

»Weil das normale Zeug zu heftig für die sensible Haut von Babys ist.«

»Woher weißt du das?«

»Keine Ahnung«, erwiderte sie grinsend. »Ich tu es einfach.«

»Gibt es irgendwelche Bücher, die ich lesen sollte? Ich weiß *nichts*. Was, wenn ich ihn kaputt mache oder etwas falsch oder ...«

»Adam«, sagte sie und lachte, während sie ihn am Arm zog, damit er sich neben sie setzte. »Beruhige dich. Wir werden das alles herausfinden, genau wie alle anderen.«

»Alle anderen haben neun Monate, um sich darauf vorzubereiten. Wir haben zwei Tage.« Er legte sich eine Hand auf die Brust. »Ich glaube, ich hyperventiliere. Hyperventiliere ich?«

Sie brach in hilfloses Gelächter aus, so sehr, dass sie am ganzen Körper zuckte, während sie zurück aufs Bett fiel.

Ihm wurde klar, wie lange es her war, dass er sie so hatte lachen hören. Selbst wenn sie über ihn lachte, war es einfach wunderschön. Endlich bekam sie sich wieder unter Kontrolle, blieb jedoch ausgestreckt auf dem Bett liegen, den »Ich liebe Mami«-Body in der Hand.

»Wie findest du Callahan?«, fragte sie und nannte damit ihren Mädchennamen.

»Callahan McCarthy hört sich gut an.« Aber dann kam ihm ein anderer Gedanke. »Alle werden ihn Cal nennen, was der Name deines Ex-Verlobten ist, das geht also nicht.«

»Wieso? Cal bedeutet uns nichts.«

Er runzelte die Stirn. »Du willst deinen Sohn wirklich nach deinem Ex nennen?«

»Ich nenne ihn nicht nach meinem Ex. Ich verbinde meinen Familiennamen mit deinem. Ich mag es.«

»Ich weiß nicht, ob ich damit zurechtkommen würde, diesen Namen täglich in unserem Leben zu haben …«

»Oh, du bist immer noch eifersüchtig wegen eines Typen, mit dem alles vorbei war, bevor wir überhaupt was miteinander angefangen haben?«

»Ja.«

Sie brach wieder in Gelächter aus.

Gott, er liebte sie so sehr.

»Was, wenn wir Callahan als zweiten Vornamen benutzen, sodass das gar nicht sein Spitzname wird?«, schlug sie vor.

»Damit könnte ich leben, aber dann brauchen wir immer noch einen Vornamen.«

»Lass mich darüber nachdenken.«

Adam packte die Babykleidung, die sie aus dem Karton geholt hatte, zurück, und sie legten sich ins Bett, beide auf die Seite, damit sie einander ansehen konnten. »Wirst du zwischen jetzt und Samstag schlafen können?«

»Wahrscheinlich nicht. Du?«

»Ich bezweifle es. Der einzige Tag, an dem ich aufgeregter war, war der Tag, an dem ich nach Gansett zurückgekommen bin, nachdem ich meine Firma in New York verkauft hatte. Ich war so unglaublich aufgeregt, weil ich dich endlich wiedersehen würde.«

»Ein Baby ist viel aufregender, als ich je sein könnte.«

Er zog ihre Hand an seine Lippen und küsste sie. »Nichts wird je aufregender sein als du, aber das hier kommt dem schon sehr nahe.«

Sie sagte mit einem Lächeln: »Sollen wir ihm einen Namen mit A geben, wie wir beide einen haben?«

Adam verzog den Mund. »Wollen wir wirklich diese Art von Familie sein?«

»Was ist falsch daran, wenn wir alle Namen haben, die mit A anfangen?«

»So viele Dinge. Meine Brüder wären komplett gnadenlos.« Sie verdrehte die Augen. »Was ist mit Adam McCarthy junior?«

»Das ist ein A-Name, nur falls du denkst, dass ich nicht aufpasse. Und ich würde ihm lieber seinen eigenen Namen geben.«

»Nun, wir können definitiv nicht noch einen weiteren Mac haben.«

»O Gott, nein. Es gibt schon viel zu viele Mac McCarthys auf dieser Welt.«

»Was ist mit Liam? Den Namen mochte ich schon immer.«

Adam dachte kurz darüber nach. »Das gefällt mir. Liam Callahan McCarthy. Seine Initialen wären L. C.«

Sie atmete tief ein und wieder aus, Tränen traten ihr in die Augen und liefen ihr über die Wangen. »Liam Callahan McCarthy«, flüsterte sie. »Unser Sohn heißt Liam Callahan McCarthy.«

Adam rutschte zu ihr, zog sie in die Arme und küsste ihr die Tränen weg. »Keine Tränen mehr. Wir hatten schon genug für ein ganzes Leben.«

»Das hier sind Freudentränen.«

»Okay, die sind natürlich erlaubt.«

»Ich will nur sagen …«

»Was denn, Schatz?«

»Ich werde nie die richtigen Worte finden können, um dir klarzumachen, was es für mich bedeutet hat, dass du mein Problem behandelt hast, als wäre es unseres.«

»Es war – und ist – *unser* Problem. Du bist nicht allein, Abby Callahan McCarthy. Du wirst nie wieder allein sein. Du wirst immer mich haben – und Liam.«

»Das ist alles, was ich brauche.«

* * *

Riley fuhr direkt von der Fähre zu Nikki. Zwölf Stunden weg von der Insel und von ihr fühlten sich wie eine Ewigkeit an, und er konnte es nicht erwarten, sie zu sehen. Er war nicht einmal zu Hause vorbeigefahren, um sich die Anzughose und das Hemd auszuziehen, die er zur Beerdigung getragen hatte.

Er kam in der Auffahrt schlitternd zum Stehen und war eine Sekunde später aus dem Wagen, freute sich über das Licht, das sie für ihn angelassen hatte. Drinnen rief er nach ihr, aber sie antwortete nicht. Er stürmte nach oben und hörte, dass die Dusche lief. Um sie nicht zu erschrecken, wollte er gerade an die Badezimmertür klopfen, als ihr Handy klingelte.

Als er das Display ansah, las er den Namen Davy, und ihn durchfuhr zum ersten Mal in seinem Leben ein plötzlicher Blitz der Eifersucht. Er fühlte sich lächerlich, weil er wusste, dass er auf niemanden eifersüchtig sein musste. Das Handy hörte auf zu klingeln und fing dann sofort wieder an, mit einem weiteren Anruf von Davy.

Riley schnappte sich das Smartphone, klopfte laut an die Badezimmertür und trat in den dampferfüllten Raum. »Ich bin's nur. Kein Axtmörder.«

Sie strahlte ihn voller Freude an, während jede Zelle in ihm auf den Anblick ihres nackten, in Dampf gehüllten Körpers reagierte. »Gott sei Dank bist du es.«

Er zwang sich, sich auf etwas anderes zu konzentrieren als ihren sexy Körper, und sagte: »Irgendein Davy will mit dir sprechen. Er hat in den letzten zehn Sekunden zweimal angerufen.«

Ihr Gesicht verlor jeden Ausdruck.

»Wer ist das?«

»Zanes Manager.« Sie machte die Dusche aus, nahm das Handtuch, das er ihr hinhielt, und wickelte es sich um.

Riley reichte ihr das Handy und bemerkte, dass ihre Hände leicht zitterten, als sie Davys Anruf erwiderte.

»Hi, was ist los?«, meldete sie sich, als er abnahm.

Riley dachte darüber nach, aus dem Raum zu gehen, um ihr etwas Privatsphäre zu geben, aber irgendetwas an der starren Art, wie sie sich hielt, ließ ihn zögern.

Nikki setzte sich auf den geschlossenen Deckel der Toilette, als ihr plötzlich die Beine den Dienst versagten. »Wie schlimm ist es?«, fragte sie, gefolgt von: »Wann?« Sie ließ den Kopf in die Hand fallen, während sie zuhörte, was am anderen Ende der Leitung gesprochen wurde. »Ich weiß nicht, wie ich da hinkommen soll. Ich bin auf einer verdammten Insel, Davy.« Sie blickte zu Riley und fragte: »Wie viel Uhr ist es?«

»Halb acht.«

»Ja«, antwortete sie Davy. »Das kann ich schaffen. Ich werde am Flughafen sein.« Nach einer weiteren Pause fügte sie hinzu: »Du bist nicht derjenige, der sich entschuldigen muss – für viele Dinge. Wir sehen uns später.« Sie beendete das Telefonat und saß eine Minute ganz still da, bevor sie Riley anschaute. »Jordan und Zane hatten einen Streit in einem Hotel in Charlotte, North Carolina, wo seine Band aufgetreten ist. Sie ist im Krankenhaus, mit einer Gehirnerschütterung und einem gebrochenen Arm. Er ist im Gefängnis.«

»O mein Gott, Nik. Das tut mir so leid.«

»Sie ist hysterisch und fragt nach mir, also schickt Davy Zanes Flugzeug her. Sie werden gegen zehn hier sein.«

»Ich komme mit dir.«

»Das ist wirklich lieb von dir, aber es ist schon okay. Ich weiß, dass du arbeiten musst, und dein Dad heiratet. Ich habe keine Ahnung, wann ich zurück sein werde.«

»Morgen ist Freitag, also ist das kein großes Problem, und die Hochzeit ist erst in zwei Wochen. Ich komme mit dir und mache mir dann Gedanken darüber, wie ich es schaffen kann, rechtzeitig zur Arbeit am Montag zurück zu sein.«

»Sie wird nicht wollen, dass du sie siehst, wenn sie so kaputt ist.«

Er erwiderte ihren Blick direkt. »Ich komme nicht wegen ihr mit.«

Sie schloss die Augen und schüttelte den Kopf. »Ich hätte sie niemals allein lassen dürfen. Wenn ich geblieben wäre …«

»Dann wäre es trotzdem passiert, Nikki. Du hast es mir selbst erzählt – sie sind nicht gut füreinander. Vielleicht ist diesmal der Punkt erreicht, an dem sie sagt: ›Genug.‹«

Sie blickte ihn an, ihre Verzweiflung war deutlich erkennbar. »Ich dachte eigentlich, das Sextape würde das schaffen, also habe ich gelernt, mir nicht zu viel Hoffnung zu machen.«

Riley hielt ihr eine Hand hin. »Na komm. Zieh dich an, und pack deine Sachen, und dann fahren wir schnell zu mir, damit ich auch etwas einpacken kann. Alles wird gut. Ich verspreche es dir.«

Sie lächelte ihn schwach an. »Lass dich nicht zu Versprechen hinreißen, die du nicht halten kannst.«

»Das tue ich nie. Wir fliegen jetzt zu deiner Schwester, und dann wird es besser für euch beide.«

Kapitel 22

Kurz nach zehn bestieg Nikki mit Riley das Privatflugzeug. Auch wenn sie ein schlechtes Gewissen hatte, weil er ihretwegen einen Arbeitstag verpasste, war sie dankbar für seine Gegenwart und seine Unterstützung.

»Bist du dir sicher, dass Mac nicht sauer ist, wenn du morgen nicht erscheinst?«

»Völlig sicher. Ich habe ihm eine Nachricht geschickt, aber er schläft wahrscheinlich schon. Es ist alles in Ordnung. Finn wird ihm erklären, was los ist, also mach dir keine Gedanken.« Riley sah sich im luxuriösen Inneren des Privatjets um. »So leben also die Reichen und Berühmten, hm?«

»Sei nicht zu beeindruckt. Derjenige, dem dieses protzige Flugzeug gehört, ist ein totales Arschloch.«

»Das wusste ich schon, doch das Flugzeug ist irgendwie cool. Ich bin noch nie in einem Privatjet gewesen.«

Der Pilot und die Flugbegleiterin kamen in die Kabine, um Nikki zu begrüßen.

»Freut mich, dich zu sehen, Jesse«, sagte Nikki zum Piloten.

»Ich wünschte, es wäre unter angenehmeren Umständen«, antwortete der grimmig. »Wir bringen dich so schnell wie möglich zu Jordan.«

»Danke.«

»Das hier ist Mel, unsere Flugbegleiterin. Lasst sie wissen, wenn ihr irgendwas braucht.«

»Danke euch beiden.«

»Wir können gleich starten.«

Nikki und Riley setzten sich nebeneinander auf die weißen Ledersitze und legten die Gurte an.

»Zane mag Gold, was?« Das Flugzeug war, wo es nur möglich war, goldfarben verkleidet.

»Er hat den Jet nach seiner ersten Goldenen Schallplatte gekauft«, bemerkte Nikki, die offensichtlich nicht beeindruckt war.

Als sie zur Landebahn rollten, griff Riley nach ihrer Hand. »Geht es dir gut?«

»Ich bin irgendwie innerlich wie taub nach all dem Mist, der passiert ist, seit sie ihn kennengelernt hat. Sie wird mir beteuern, dass es das jetzt war, dass sie diesmal ein für alle Mal mit ihm fertig ist.« Sie zuckte die Achseln. »Hab ich alles schon mal gehört.«

»Vielleicht ist es dieses Mal anders.«

»Vielleicht, aber ich bin da nicht sehr zuversichtlich. Er hat irgendwie eine merkwürdige Macht über sie, die ich nie verstanden habe. Sie muss stark genug sein, um diese Macht zu brechen, und bisher ist ihr das nicht gelungen.«

»Was ist mit deiner Großmutter? Willst du sie anrufen und ihr erzählen, was los ist?«

»Das mach ich morgen früh.«

»Sie wird es nicht vorher irgendwo online oder aus dem Fernsehen erfahren, oder?«

»Nein, sie geht früh ins Bett und steht auch früh auf. Ich erwische sie, bevor sie die Nachrichten sieht. Ich frage mich, ob es schon überall im Internet steht.«

»Soll ich nachschauen?«

Sie schüttelte den Kopf. »Das werde ich früh genug mitbekommen.«

Das Flugzeug rollte die Startbahn hinunter und hob ab, ließ Gansett Island hinter sich. Für einige Zeit flogen sie durch dicke Wolken, und es gab ein paar unruhige Minuten. Als sie über den Wolken herauskamen, funkelten die Sterne am Himmel.

»Ich hoffe, dieser Flug ist eine Metapher für das, was als Nächstes mit Jordan passiert«, meinte Riley. »Eine Phase von Turbulenzen, gefolgt von klarem Himmel.«

»Das wäre nett.«

Auf seinen Vorschlag hin kuschelten sie sich in denselben Sessel und schauten einen Film, damit die Zeit schneller verging. Nikki hätte nicht sagen können, was das für ein Film war oder wovon er handelte, aber die Ablenkung und Rileys beruhigende Anwesenheit halfen, die neunzig Minuten zu überbrücken, die es dauerte, von Rhode Island nach North Carolina zu kommen.

Für den Landeanflug setzte Nikki sich zurück in ihren eigenen Sitz. Davy wartete schon, als sie aus dem Flugzeug stiegen. Er war Mitte dreißig, groß und blond, mit einem sehnigen Körperbau, und er schien vor nervöser Energie zu vibrieren. Als sie ihn die ersten paar Male getroffen hatte, hatte Nikki vermutet, dass er irgendwelche Drogen nahm, bis ihr klar geworden war: Die nervöse Energie rührte daher, dass es seine Aufgabe war, den unberechenbaren Zane zu managen. »Davy, das ist Riley. Riley, Davy.«

Die beiden Männer schüttelten einander die Hand.

»Wie geht es ihr?«, fragte Nikki.

»Sie hat ziemliche Schmerzen, aber sie wollte nichts dagegen nehmen, bis du hier bist.«

»Na, dann los«, erwiderte sie und stieg mit Riley in den Fond des Wagens. »Beeil dich.« Der Gedanke, dass ihre Schwester wegen des Mannes, den sie liebte, Schmerzen ausstehen musste, weckte Mordgelüste in Nikki. Wenn sie zehn Minuten allein mit Zane hätte, wäre sie stark in Versuchung geführt, ihm eine Faust in die Kehle zu rammen. Es war vermutlich gut, dass er im Gefängnis saß. »Weiß er, dass du mir das Flugzeug geschickt hast?«, fragte sie.

»Nein.«

»Wird er sauer sein?«

»Das ist mir scheißegal.«

Nikki wurde klar, dass Zanes eigene Leute keinen Bock mehr auf ihn hatten, und sie fühlte sich etwas besser.

Riley drückte ihr die Hand.

Nikki war froh, dass er da war, und noch mehr, als sie am Krankenhaus ankamen und feststellten, dass davor eine ganze Horde von Reportern und Fotografen auf sie wartete.

»Verdammt«, sagte Davy. »Wir haben versucht, es unter Verschluss zu halten, aber das ist dieser Tage wirklich schwierig.«

»Gibt es noch einen anderen Eingang?«, fragte Riley, den die schiere Menge von Menschen, die auf Neuigkeiten über Jordan warteten, zu beunruhigen schien.

»Ich versuche es mal hinten.« Davy fuhr um das Gebäude herum zur Notaufnahme, die verlassen dalag. »Sie ist in Zimmer 441. Geht schon mal hoch. Ich parke und treffe euch dort. Lasst eure Sachen hier. Wenn ihr nachher so weit seid, fahre ich euch ins Hotel.«

Nikki wusste es zu schätzen, dass Riley ihre Hand nur lange genug losließ, um aus dem Auto auszusteigen. In der Sekunde, in der sie beide draußen waren, nahm er sie wieder, ließ sie wissen, dass er bei ihr war. Sie hatte bisher nie diese Art von Unterstützung erhalten. Bisher war immer sie die Starke gewesen, die, an die sich in schwierigen Zeiten alle wandten. Es war unerwartet und eine willkommene Abwechslung, jemanden zu haben, der sich um sie kümmerte.

Im Aufzug legte er den Arm um sie, gab ihr genau das, was sie brauchte.

»Ich bin froh, dass du mitgekommen bist«, bemerkte sie.

»Ich auch.«

Er begleitete sie bis zu Jordans Tür. »Geh rein. Ich bin genau hier. Lass dir Zeit.«

Sie stellte sich auf die Zehenspitzen, um ihm einen Kuss auf die Wange zu geben, und trat dann in das verdunkelte Zimmer ihrer Schwester. Der einzige Laut, der herausdrang, war ein leises Schniefen. Es brachte Nikki fast um, zu wissen, dass das Herz ihrer Schwester schon wieder von dem Mann, den sie liebte, gebrochen worden war.

»Hi«, sagte sie und gab sich Mühe, beim Anblick des geschwollenen Gesichts ihrer Schwester nicht zusammenzuzucken. Eine Wange war fast komplett violett, und ihre Unterlippe war aufgeplatzt. Ihr Arm steckte in einem großen Gips und war auf ein Kissen gelagert. »Ich bin hier.«

Jordan begann zu schluchzen und verzog das Gesicht wegen der Schmerzen, die ihr das bereitete.

»Ganz ruhig«, murmelte Nikki beschwichtigend und nahm ihre heile Hand. »Beweg dich nicht. Ich bin hier, und bald ist alles wieder okay.«

»Nein«, widersprach Jordan, während ihr die Tränen übers Gesicht liefen. »Es wird nie wieder okay.«

»Doch, wird es.«

»Ich habe nicht mal zwei Wochen allein ohne dich geschafft«, flüsterte Jordan.

»Niemand führt da Buch, vor allem ich nicht.« Nikki zog ein Taschentuch aus einer Box auf dem Nachttisch und wischte Jordan vorsichtig die Tränen ab.

»Das war's, Nikki. Ich schwöre es. Diesmal bin ich mit ihm fertig.«

»Ich bin froh, zu hören, dass du das sagst«, erwiderte Nikki, auch wenn sie es erst glauben würde, wenn es wirklich passierte.

Eine Krankenschwester kam herein und erkundigte sich, ob Jordan jetzt ihre Schmerzmittel haben wollte.

»Ja, bitte.«

Die Schwester spritzte ihr etwas in den Tropf. »Jetzt ruhen Sie sich aus«, riet sie auf dem Weg aus dem Zimmer.

»Ich weiß, dass du gute Gründe hast, mir nicht zu glauben«, erklärte Jordan und führte ihre Unterhaltung fort. »Aber ich meine es ernst. Ich will ihn nie wiedersehen.«

»Das Einzige, was jetzt wichtig ist, ist, dass du dich erholst, damit wir dich hier wegschaffen können. Warte, bis du siehst, was ich mit Grams Haus auf Gansett angestellt habe.«

Jordans Lider begannen sich zu senken. »Hast du deinen Dachdeckerfreund wiedergetroffen?«

»Mhm. Er ist mit mir hier.«

Jordan riss die Augen auf. »Wirklich?«

Nikki nickte bloß.

»Erzähl es mir. Ich will die ganze Geschichte hören.«

Während Jordan die Augen schloss und zuhörte, erzählte Nikki ihr von Riley.

* * *

Riley lehnte an der Wand vor Jordans Zimmer, als Davy, wenige Minuten nachdem Nikki reingegangen war, auftauchte.

»Was ist heute Abend passiert?«, wollte Riley von ihm wissen.

»Ich bin mir nicht ganz sicher. Es gab ein paar technische Schwierigkeiten während der Show gestern Abend, und er war den ganzen Tag mies drauf. Wir wollten eigentlich gerade zum Auftritt aufbrechen, als ich in ihrem Zimmer Streit hörte. Und als Nächstes war Jordan im Flur und schrie um Hilfe, und ihr lief Blut übers Gesicht, und ihr Arm hing merkwürdig herab. Ich hab gleich gesehen, dass er gebrochen war.«

»So ein Dreckskerl«, stieß Riley aus. Wie irgendein Mann einer Frau so etwas antun konnte, war ihm völlig unbegreiflich, aber vielleicht war Zane einen Mann zu nennen schon zu gut für ihn. »Ich hoffe, er verbringt wenigstens die Nacht im Gefängnis.«

»Ich habe keine Ahnung«, erwiderte Davy. »Ich nehme seine Anrufe nicht an. Er weiß es noch nicht, doch ich arbeite nicht mehr für ihn. Ich hab mir jede Menge Mist von ihm gefallen lassen, genau wie Jordan. Jetzt habe ich es satt. Es würde mich überraschen, wenn es ihr nicht genauso geht.«

»Wir können es nur hoffen.«

»Ja«, stimmte Davy ihm zu. »Nikki hat es genau richtig gemacht, als sie sich von dem ganzen Mist hier verabschiedet hat.«

»Das können Sie ihr auf keinen Fall sagen. Sie fühlt sich verantwortlich, als hätte sie etwas tun können, wenn sie bloß dageblieben wäre.«

»Nein, es ist nicht ihre Schuld. Zane hat echte Probleme, denen er sich wird stellen müssen, bevor er sein Leben und seine Karriere komplett in den Sand setzt. Wir haben dreißigtausend Fans, die da draußen den Verstand verlieren, weil die Show heute Abend in letzter Sekunde abgesagt wurde. Es wird ein Vermögen kosten, ihnen allen das Geld zu erstatten. Und wenn sie dann hören, wo er ist und warum ...« Davy schüttelte den Kopf. »Das wird ein PR-Albtraum, aber die schlechte Presse, die er bekommt, hat er ganz allein sich selbst zuzuschreiben. Jordan ist ein süßes Mädchen, das etwas Besseres verdient hat.«

»Dem werde ich nicht widersprechen – und ihre Schwester ebenso wenig.«

»Ich hab mir gedacht, dass sie schon lange die Nase voll hat. Zane hat diesen Effekt auf Leute.« Davy warf ihm einen Blick zu. »Ich wusste nicht, dass Nik einen Freund hat.«

Riley gefiel es nicht, dass er so über sie redete und ihren Spitznamen benutzte. »Es ist eine relativ neue Entwicklung.«

»Hm, ja. Gut für sie. Sie ist eine tolle Frau, genau wie ihre Schwester.«

»Ja, ist sie. Ich bin schon gespannt darauf, Jordan kennenzulernen.«

»Ich werde jetzt mal Kaffee besorgen. Wollen Sie auch einen?«

»Gerne, hört sich gut an. Für mich nur mit Milch.«

»Alles klar.«

Einige Minuten später kam Nikki aus Jordans Zimmer und schmiegte sich direkt in Rileys Arme.

»Wie geht es ihr?«

»Furchtbar. Ihr Gesicht ist ganz geschwollen und blau, ihre Lippe ist aufgeplatzt, und ihr Arm steckt in einem Riesengips.«

»Das tut mir so leid, Babe. Es tut mir für euch beide so leid.«

»Sie sagt, dass sie mit Zane fertig ist, und vielleicht bin ich zu optimistisch, aber dieses Mal hört es sich anders an.«

»Ich hoffe das wirklich, für dich genauso wie für sie.«

Die Krankenschwester, die Jordan das Schmerzmittel verabreicht hatte, trat zu ihnen. »Sie wird jetzt vier oder fünf Stunden schlafen, falls Sie sich etwas ausruhen wollen. Sie können im Schwesternzimmer eine Telefonnummer hinterlassen, und jemand wird Sie anrufen, wenn sie aufwacht.«

»Vielen Dank«, erwiderte Nikki.

Nachdem die Schwester fort war, sah Nikki Riley an. »Was möchtest du tun?«

»Ich bin mit dir hier. Was immer du willst. Wenn du hierbleiben willst, können wir das.«

»Wir können uns genauso gut etwas Schlaf gönnen, während das geht. Wo ist Davy?«

»Er wollte Kaffee holen. Er wird bestimmt gleich zurück sein.«

»Ich schreib ihm eine Nachricht.« Sie zog ihr Handy heraus und tippte kurz auf die Tastatur.

Davy kam eine Minute später wieder – ohne Kaffee. »Ich hab mir gedacht, wenn wir jetzt alle etwas schlafen, brauchen wir keinen Kaffee.«

»Gute Entscheidung«, bemerkte Riley.

»Ich schaue nur noch mal kurz bei ihr rein«, kündigte Nikki an. »Bin sofort wieder da.« Sie betrat den Raum, in dem Jordan friedlich schlief. Sie lehnte sich über das Bett und gab ihrer Schwester einen Kuss auf die Stirn. »Ich bin bald wieder zurück.«

Sie strich ihr sanft ein paar Haare aus dem Gesicht und verzog den Mund, als sie die dunklen Blutergüsse sah, die Jordans hübsches Gesicht verunstalteten. »Hab dich lieb.«

Sie fühlte sich innerlich angegriffen, zwang sich jedoch, wegzugehen, sodass sie sich alle etwas ausruhen konnten. Als sie aus dem Raum trat, legte Riley den Arm um sie und ließ ihn da, bis sie in den Wagen stiegen.

»Ich hab ein Hotel in der Nähe gefunden«, erklärte Davy und überreichte ihnen Schlüsselkarten.

Riley nahm sie entgegen.

»Danke für alles, Davy«, sagte Nikki.

»Das war das Mindeste, was ich tun konnte. Und außerdem ist es besser, wenn ich euch helfe, statt Zane gegenüberzutreten und ihm den Hals umzudrehen.«

»Das stimmt allerdings«, erwiderte Nikki. »Obwohl es keinesfalls schaden würde, ihm den Hals ein bisschen umzudrehen.«

»Alle seine Jungs haben keine Lust mehr. Wir lieben Jordan, und nach dem, was er ihr angetan hat … Für den wird es morgen ein böses Erwachen geben.«

»Das ist gut zu wissen, aber es tut mir leid, es ist mir ziemlich egal, was mit ihm passiert.«

»Kann ich verstehen.«

Sie fuhren einige Minuten und erreichten dann einen Hotelparkplatz.

»Ich kann euch die Autoschlüssel hierlassen«, schlug Davy vor, als sie sich gerade verabschieden wollten.

»Wir können laufen«, antwortete Nikki und umarmte ihn rasch. »Noch mal danke für alles.«

»Ruf mich an, wenn ihr so weit seid, hier wieder zu verschwinden. Ich sorge dann dafür, dass euch das Flugzeug überall hinbringt, wo ihr und Jordan hinwollt.«

»Ich weiß das wirklich zu schätzen. Ich melde mich.«

Riley nahm ihre Taschen und trug sie hinein.

Nikki war emotional zu ausgelaugt, um irgendetwas anderes zu tun, als ihm zu folgen. In dem nichtssagenden Hotelzimmer ließ sie sich aufs Fußende des großen Doppelbetts fallen, erschöpfter, als sie seit Jahren gewesen war.

»Ich habe mich online umgesehen, während du bei Jordan warst«, erzählte Riley und setzte sich neben sie. »Ich denke wirklich, du solltest eure Großmutter so schnell wie möglich anrufen.«

»Ist es schlimm?«

»Es ist überall.«

»Sie kriegt einen furchtbaren Schreck, wenn jetzt ihr Telefon klingelt.«

»Was, wenn sie nicht schlafen kann und den Fernseher einschaltet?«

»Du hast recht. Ich rufe sie an.«

Er reichte ihr ihr Handy.

Sie konnte sich nicht daran erinnern, es ihm gegeben zu haben. Gott allein wusste, wo es gelandet wäre, wenn er nicht hier wäre, um sicherzustellen, dass sie weder ihr Telefon noch den Verstand verlor. Die Nummer ihrer Großmutter stand an erster Stelle bei ihren Favoriten, und sie wählte sie, hielt den Atem an, während sie darauf wartete, dass Evelyn dranging.

»Nikki?«

»Es ist alles in Ordnung.«

»Das stimmt ganz offensichtlich nicht, sonst würdest du mich nicht mitten in der Nacht anrufen.«

»Jordan ist im Krankenhaus. Es gab einen … Vorfall mit Zane. Es ist überall in den Nachrichten, und ich wollte nicht, dass du es daraus erfährst.«

»Was für ein Vorfall?«

»Einer, der sie ins Krankenhaus gebracht hat und ihn ins Gefängnis.«

»Dieser Dreckskerl.«

»Genau das denke ich auch. Ich bin bei ihr in Charlotte. Davy hat mir das Flugzeug geschickt und war supernett und hilfreich.«

»Was das Wenigste ist, was er tun kann, als Manager dieses Bastards.«

»Er hat den Job hingeschmissen. Zane weiß es noch nicht, aber Davy hat es endgültig satt. Er und der Rest seiner Entourage sind wirklich sauer, weil er Jordan wehgetan hat. Sie lieben sie alle.«

»Natürlich tun sie das. Was für Verletzungen hat sie?«

»Gehirnerschütterung, gebrochener Arm, Blutergüsse im Gesicht.«

»O mein Gott. Ich möchte am liebsten sofort kommen und ihn persönlich umbringen.«

»Ich weiß genau, was du meinst, doch es ist vermutlich besser, wenn wir uns so verhalten, als wäre er tot für uns.«

»Ja. Das ist ein besserer Plan. Wie lang muss sie im Krankenhaus bleiben?«

»Das ist noch nicht ganz klar, aber Davy hat gesagt, dass wir das Flugzeug haben können, um sie hier rauszuschaffen, sobald sie sich dazu in der Lage fühlt.«

»Und wie geht es dir?«

»Ich bin in Ordnung. Riley ist mit mir gekommen. Er war eine große Hilfe.«

»Ach tatsächlich?«, erwiderte Evelyn und klang überaus angetan. »Ich bin so froh, zu hören, dass du nicht allein bist.«

Nikki warf einen Blick zu Riley, der sie anlächelte. »Ich bin definitiv nicht allein.« Nachdem sie versprochen hatte, ihre Großmutter auf dem Laufenden zu halten, verabschiedete sie sich.

»Komm, Süße.« Riley stand auf und nahm ihre Hand, um sie mit hochzuziehen. »Bringen wir dich mal ins Bett. Du fällst ja gleich um.«

Für eine Frau, die stolz darauf war, stets kompetent und unabhängig zu sein, war sie ziemlich bereit, sich von ihm dabei helfen zu lassen, ihre Sachen auszuziehen, eines seiner übergroßen T-Shirts überzustreifen, sich von ihm ins Badezimmer führen zu lassen, um sich die Zähne zu putzen, bevor er sie ins Bett steckte. Er küsste sie auf die Wange. »Mach die Augen zu. Ich bin gleich bei dir.«

Als er nach wenigen Minuten neben ihr ins Bett schlüpfte, drehte sie sich ihm zu, dankbar für seine Liebe, seine Stärke, seine Unterstützung und vor allem seine Freundschaft. »Danke, dass du mitgekommen bist.«

»Ich bin nirgendwo anders lieber als bei dir.«

KAPITEL 23

Das Klingeln von Nikkis Handy weckte Riley aus einem Traum mit ihr und ein paar dunkelhaarigen Kindern, die mit ihm über den Strand liefen. Ein Hund war ebenfalls dabei gewesen. Als sie den Anruf annahm, strich er sich mit den Fingern durchs Haar und versuchte zu verstehen, was der Traum zu bedeuten hatte.

Immer langsam mit den jungen Pferden, dachte er, selbst als sich der Traum in seinem Herzen einnistete und sich weigerte, abgetan oder ignoriert zu werden. Was vor Kurzem noch völlig unvorstellbar gewesen war, schien plötzlich in Reichweite zu liegen. Er konnte sich diesen Strand oder diese Familie mit niemand anderem vorstellen als mit Nikki.

»Jordan ist aufgewacht.« Nikki stand auf, um zu duschen, während er Kaffee und Frühstück aufs Zimmer bestellte. Wenn Zane schon für ihren Aufenthalt bezahlte, dachte er sich, konnten sie das auch voll ausnutzen.

Als sie fertig war, duschte er ebenfalls schnell, machte sich aber nicht die Mühe, sich zu rasieren. Er beeilte sich, weil er wusste, dass sie so schnell wie möglich zu ihrer Schwester wollte.

Eine halbe Stunde später kamen sie ausgeruht, mit vollem Magen und mit Kaffee im Krankenhaus an, bereit, Jordan auf jede Art, die nötig war, zu unterstützen. Sie hatten ihre Reisetaschen mitgebracht, falls Jordan entlassen werden sollte.

Nikki ließ Riley mit einem Thriller im Wartezimmer zurück, den er im Krankenhauskiosk gekauft hatte, und ging zu Jordans Zimmer. Einige Minuten später klingelte Rileys Handy. Sein Vater war dran. »Hallo, Dad. Was gibt's?«

»Ich habe deine Textnachricht erhalten, und dann habe ich die Nachrichten gesehen. Ich habe mich nur gefragt, wie es Nikki und Jordan geht.«

Riley hätte damit rechnen sollen, von seinem Vater zu hören, der sich natürlich Sorgen machte. »Jordan ist mit einer Gehirnerschütterung, einem gebrochenen Arm und Blutergüssen im Gesicht im Krankenhaus. Nikki ist jetzt bei ihr. Wir warten darauf, zu erfahren, wie lange sie hierbleiben muss und wie der nächste Schritt aussieht.«

»Du hast genau das Richtige getan, indem du sie begleitet hast, Sohn.«

»Die Frage, ob ich sie allein gehen lassen sollte, hat sich für mich gar nicht gestellt.«

»Kommen sie zusammen hierher, wenn Jordan aus dem Krankenhaus entlassen wird?«

»Das weiß ich alles noch nicht.«

»Okay, halt mich auf dem Laufenden. Ich wollte nur mal hören, wie es bei euch steht.«

»Ich bin froh, dass du das getan hast. Danke, Dad. Ich schreibe dir und Finn, wenn ich weiß, was los ist.«

»In Ordnung. Hab dich lieb, Kumpel.«

»Ich dich auch.«

Riley wandte sich erneut seinem Buch zu und hatte zwei Kapitel gelesen, als Nikki wieder auftauchte. Sie schien zu zögern. »Wie geht es ihr?«, fragte er.

»Besser. Sie wollen sie heute entlassen.«

»Das sind sehr gute Neuigkeiten. Bringst du sie nach Hause, nach Gansett?«

Bei ihrem Gesichtsausdruck geriet sein Herz ins Stottern. »Sie möchte nach L. A.«

Ein Gefühl des Fallens, wie er es noch nie erlebt hatte, überrollte ihn, als er begriff, was das hieß. Sie kam nicht mit zurück nach Gansett. Jedenfalls nicht jetzt. Ihre Schwester würde sie brauchen, während sie sich erholte, und natürlich würde Nikki bei ihr sein wollen.

»Ich komme zurück, sobald sie sich erholt hat. Das verspreche ich dir.« Ihre ausdrucksstarken Augen flehten ihn an, zu verstehen, was sie tun musste.

Riley zwang sich zu einem Lächeln, selbst als etwas in ihm zerbrach bei dem Gedanken, auf unbestimmte Zeit von ihr getrennt zu sein. »Dieses Versprechen wirst du halten müssen.«

Drei Stunden später saß Riley im Flieger nach Providence, während Zanes Jet Nikki und Jordan nach L. A. brachte. Er hatte es kaum geschafft, einen schnellen Abschiedskuss von Nikki zu ergattern, bevor sie weggeeilt war, um sich um Jordan zu kümmern und sie nach Hause zu bringen. Sie hatte versprochen, ihm, sobald sie gelandet waren, zu schreiben.

Während das Flugzeug an Höhe gewann, hatte Riley das schreckliche Gefühl, dass er einen fürchterlichen Fehler gemacht hatte, weil er nicht bei ihr geblieben war. Aber er hatte einen Job und ein Leben, in das er zurückkehren musste, nicht dass sein Leben auf Gansett ohne Nikki so toll sein würde. Die Zeit mit ihr zusammen, das waren die besten Tage seines Lebens gewesen.

Was würde er tun, wenn sie nie zurückkam? Er würde ihr hinterherreisen. Das war es, was er tun würde. Was auch immer geschah, er würde sie nicht ein zweites Mal entwischen lassen, nicht, bevor sie nicht die Chance hatten, herauszufinden, was zwischen ihnen möglich war.

* * *

Am aufregendsten Tag ihres Lebens wachte Abby McCarthy mit einem dicken Kopf, einem Kratzen im Hals und einem beginnenden Husten auf. Sie weigerte sich, diesen Tag durch so etwas wie eine lästige Erkältung ruinieren zu lassen, nahm Medikamente und saß neben Adam im Auto, während sie darauf warteten, auf die Neun-Uhr-Fähre zu fahren. Es war bedeckt und stürmisch, und normalerweise hätte Abby sich an einem Tag, an dem die Überfahrt rau zu werden versprach, keiner Fähre genähert. Heute bemerkte sie kaum die Gischt oder die Wellen, die gegen die Mole von South Harbor schlugen.

Eine Babyschale, die sie von Laura bekommen hatten, die drei davon besaß, war auf dem Rücksitz befestigt. Sie hatten gestern zwei Stunden damit verbracht, alles zu bestellen, was sie für das Baby benötigten, und würden sich, bis die Sachen geliefert wurden, mit Geliehenem über Wasser halten. Mit Adams Geschwistern und seiner Cousine, die alle ein Baby nach dem anderen bekamen, hatten sie das meiste, was sie brauchten, vor Ort. Und falls nötig, würden sie einfach improvisieren.

Nachdem sich die Neuigkeit von dem Baby verbreitet hatte, waren jede Menge Nachrichten mit Ideen und Vorschlägen eingetroffen. Zum Beispiel hatte Maddies Schwester Tiffany ihnen geraten, eine Kommodenschublade zu benutzen, bis sie eine Wiege hatten.

Adam hatte das »gutes altes Yankee-Improvisationstalent« genannt.

»Worüber denkst du nach?«, wollte er wissen.

»Yankee-Improvisationstalent.«

»Die Idee mit der Kommodenschublade ist brillant.«

»Auch wenn es nicht gerade das ist, was ich mir vorgestellt habe, ist es eine ziemlich gute Idee.«

»Es muss nicht perfekt sein, Abs. Das einzig Wichtige ist, dass wir ihn jetzt schon lieben. Er wird sich nicht daran erinnern, dass er anfangs in einer Kommodenschublade schlafen musste.«

»Das stimmt wohl.«

Er griff nach ihrer Hand und hielt sie fest, bis sie loslassen mussten, weil er das Auto rückwärts auf die Fähre manövrieren musste. Sie war immer froh, wenn er derjenige war, der das übernahm, da sie sich sicher war, sie würde das Auto dabei noch mal ins Hafenbecken fahren.

Sie saßen in einer der Passagierkabinen, als Adam einen Anruf von seinem Vater entgegennahm. Er machte den Lautsprecher an, damit Abby mithören konnte. »Hallo, Opa, wie geht's?«

»Daddy! Wo seid ihr?«

»Auf der Fähre, die gleich ablegen wird.«

»Mom und ich könnten uns nicht mehr für euch freuen.«

»Danke, Dad. Wir freuen uns auch unglaublich.«

»Wir können es gar nicht abwarten, ein Foto von ihm zu sehen und seinen Namen zu erfahren.«

»Wir senden beides so schnell wie möglich.«

»Wir warten sehnsüchtig. Wir haben euch lieb, Leute.«

»Danke, Dad. Wir lieben euch auch. Wir schicken Fotos.« Adam beendete den Anruf und steckte das Handy zurück in die Tasche. »Ich glaube fast, er ist genauso aufgeregt wie wir.«

»Würde mich nicht überraschen. So ist er eben.«

»Ich habe eine Nachricht von Ned bekommen, der uns ebenfalls wissen lässt, dass er überglücklich für uns ist.«

»Unser Sohn wird von so viel Liebe – und Großeltern – umgeben sein, dass er vermutlich gar nicht weiß, was er damit anfangen soll.«

»Und Cousins. Viele, *viele* Cousins.«

»So wird er wenigstens kein einsames Einzelkind.«

»In dieser Familie wird er niemals einsam sein.«

»Oh, hallo, da sind ja die glücklichen Eltern«, begrüßte Seamus O'Grady sie mit seinem melodischen irischen Akzent. »Alle sind so froh für euch.«

»Danke, Seamus.« Adam schüttelte ihm die Hand. »Wir sind ein bisschen aufgeregt, um es mal vorsichtig auszudrücken.«

»Das kann ich mir vorstellen. Ich wollte nur sagen …« Er hielt inne, schien die nächsten Worte genau zu wählen. »Wie auch immer es dazu gekommen ist, Eltern zu werden war eines der großartigsten Dinge, die mir je passiert sind. Ich habe das Gefühl, es wird euch beiden genauso gehen.«

Adam und Abby standen beide auf, um Seamus zu umarmen. Er und seine Frau Carolina hatten zwei kleine Jungs adoptiert, deren Mutter gestorben war.

»Danke«, erwiderte Abby und wischte sich die Tränen weg. »Wir wissen die ganze Unterstützung, die wir bekommen, sehr zu schätzen.«

»Es könnte heute etwas rau werden, aber wir bringen euch sicher zu eurem Kleinen. Macht euch keine Sorgen.«

»Mit dir am Steuer sind wir in guten Händen«, erklärte Adam.

»Wir sehen uns drüben.«

Nach einem langen Tuten des Horns legte die Fähre einige Minuten später von South Harbor ab. Als sie außerhalb der Brandungslinie waren, schaukelte und schlingerte die Fähre über die Wellenkämme und fiel dann ins Tal, dass man es deutlich im Magen spürte.

»Alles okay?«, erkundigte sich Adam.

»Ja. Ich habe die Augen fest aufs Ziel gerichtet.« Sie warf ihm einen Blick zu und fragte: »Erinnerst du dich an das letzte Mal, dass wir so eine raue Überfahrt zusammen erlebt haben?«

Ein Grinsen ließ sein attraktives Gesicht aufstrahlen. »Als du betrunken warst und den Männern abgeschworen hast? Wie könnte ich das vergessen? Dieser Tag hat mein Leben für immer verändert.«

»Ich war beschwipst, nicht betrunken.«

»Wenn du das sagst.«

»Der Tag hat auch mein Leben für immer verändert. Manchmal frage ich mich, was passiert wäre, wenn ich ein früheres Boot genommen hätte oder du ein späteres.«

»Glücklicherweise sind wir ja beide auf derselben Fähre gelandet.«

Sie legte ihren Kopf an seine Schulter, hielt seine Hand fest, während die See immer rauer wurde, je weiter sie sich von der Insel entfernten. »Ich habe dich getroffen, als ich am Ende meiner Geduld angekommen war, was Männer und Romantik und den ganzen Unsinn, der damit verbunden ist, betrifft.«

»Mir ging es ganz genauso. Perfektes Timing.«

»Das hier mit Liam fühlt sich ebenfalls wie perfektes Timing an. An der medizinischen Front funktioniert nichts, also haben wir jetzt die Chance, auf andere Weise Eltern zu werden.«

»Es ist perfektes Timing. Er braucht uns. Wir brauchen ihn. Alles wird gut.«

»Glaubst du?«, wollte sie wissen und hob den Kopf von seiner Schulter.

»Ich weiß es. Wir werden großartige Eltern sein.«

»Ich hoffe wirklich, dass du recht hast.«

»Wann habe ich das mal nicht?«, fragte er mit dem selbstsicheren McCarthy-Grinsen, das er genau wie sein Vater, seine Onkel, Brüder und Cousins besaß.

Die eine Stunde Überfahrt und die fünfundvierzig Minuten bis nach Providence schienen zwei Tage zu dauern. Als sie endlich ankamen, trug Adam den Autositz hinein, wo sie von Maura, der Sozialarbeiterin, die sie zu Hause auf Gansett Island besucht hatte und ihnen mit dem Haufen Papierkram, der für den Adoptionsantrag nötig gewesen war, geholfen hatte, mit einer Umarmung begrüßt wurden.

»Herzlichen Glückwunsch, Mom und Dad«, empfing Maura sie mit einem Lächeln.

»Vielen Dank«, erwiderte Abby. »Wann können wir zu ihm?«

»Ich brauche nur noch ein paar wenige letzte Unterschriften, dann bring ich euch hin.«

Sie unterschrieben die Formulare und warteten, während Maura sie beglaubigte und Kopien für die Akte machte, die sie ihnen überreichte. Sie hatte erklärt, dass es sechs Monate dauern würde, bis die Adoption abgeschlossen sein würde, und sie in den nächsten paar Wochen einen Gerichtstermin mitgeteilt bekommen würden.

»Können wir etwas über seine biologischen Eltern erfahren?«

»Es sind zwei Teenager, die sich nicht um ihn kümmern können, aber sie wollen, dass ihr wisst, dass sie ihn sehr lieben. Die Entscheidung ist ihnen nicht leichtgefallen, trotzdem glauben sie, dass es die richtige ist.«

»Sie werden es sich doch nicht anders überlegen, oder?«, fragte Adam und sprach damit seine größte Angst aus.

»Das kann ich natürlich nicht abschließend versprechen. Ich glaube allerdings, in diesem Fall ist das ziemlich unwahrscheinlich. Ihr wisst ja, dass es die sechs Wochen gibt, während deren die biologischen Eltern es sich anders überlegen können. Wenn ihr lieber wollt, dass wir uns in dieser Zeit um ihn kümmern, können wir das tun. Das haben auch andere Adoptiveltern schon so gehandhabt, damit nicht die Gefahr besteht, sich zu stark aneinander zu binden, bevor die Zeit vorbei ist.«

Verzweiflung erfüllte Abby bei dem Gedanken an so ein Szenario. Sie warf Adam einen Blick zu und bemerkte die Anspannung um seinen Mund. Ihm gefiel dieser Gedanke genauso wenig wie ihr.

»Was möchtest du tun?«, fragte er sie.

Ohne ihr Baby wieder nach Hause zu fahren war nach der Aufregung der letzten paar Tage unvorstellbar. »Ich bin bereit, das Risiko einzugehen, wenn du es auch bist.«

Er nickte. »Ich will, was immer du willst.«

Obwohl sie wusste, dass es in eine Katastrophe münden konnte, wollte Abby ihren Sohn kennenlernen.

Adam nahm ihre Hand und hielt sie fest, während sie Maura ins Besprechungszimmer folgten, wo eine weitere Frau von der Agentur mit dem Baby wartete.

Abby warf einen Blick auf das kleine Bündel, das in eine gestreifte Decke gewickelt war und ein wollweißes Strickmützchen auf seinem kleinen Kopf hatte, und verliebte sich sofort in sein verknautschtes Gesichtchen. Sie hätte später die Frau, die ihr das Baby in die Arme legte, nicht beschreiben können. Von der Sekunde an, in der sie die Augen auf das kleine rote Gesicht gerichtet hatte, konnte sie nichts anderes mehr sehen als ihn – und seinen Vater, der die Arme um sie schlang, während ihm Tränen über das Gesicht liefen.

»Hallo«, flüsterte Adam und strich dem Baby mit einem Finger zärtlich über die Wange.

Sein Tonfall passte genau dazu, wie sie sich fühlte – überwältigt.

»Er ist so wunderschön.« Abby nahm ihm das Mützchen ab und enthüllte einen Schopf dunkler Haare. »Er hat sogar dunkles Haar wie wir.«

Sie hatte keine Ahnung, wie lange sie im Besprechungszimmer waren, das Baby bestaunten und berührten und seinen Anblick in sich aufsogen. Das Baby, nach dem sie sich gesehnt hatten. Wenn sie sich später an diesen Tag zurückerinnerte, war alles ganz verschwommen. Das Einzige, was sie ganz deutlich vor sich sah, war sein Gesicht. Liams Gesicht und seine großen grauen Augen, mit denen er sie voller Fragen und Neugier und Weisheit anschaute.

Adam machte ein Selfie von ihnen dreien und schickte eine schnelle Textnachricht an seine Familie und Abbys, stellte ihnen Liam Callahan McCarthy vor. Sein Telefon meldete sich mit Antworten, aber er steckte es sich in die Tasche. Sie hatten jetzt Besseres zu tun, als auf Textnachrichten zu antworten.

»Dürfen wir ihn wirklich mitnehmen?«, fragte Abby Maura, ohne den Blick von dem Baby zu wenden. Ein Gefühl von Ungläubigkeit umfing sie. Passierte das hier tatsächlich? Würde sie aufwachen und herausfinden, dass alles nur ein wunderschöner Traum gewesen war?

»Ihr dürft ihn mitnehmen und behalten«, erklärte Maura, amüsiert von der Frage. »Herzlichen Glückwunsch an die neue Familie.«

»Vielen Dank für alles, was du für uns getan hast, Maura«, sagte Adam.

»Es war mir ein Vergnügen, euch dabei zu helfen, eure Familie zu vervollständigen. Wir werden bei euch vorbeischauen, und wir müssen zwei weitere Inspektionen zu Hause durchführen, bevor die Adoption rechtskräftig ist. Ich werde euch anrufen, um Termine abzusprechen. Laut der Akte ist er gefüttert und frisch gewickelt, also sollte er bereit für die Reise nach Hause zur Insel sein.«

»Na, dann mal los«, erwiderte Adam mit einem nervösen Lachen.

Abbys normalerweise so ruhiger, cooler und kompetenter Ehemann war alles andere als das, als er ihr den Säugling abnahm und in die Babyschale legte.

Zusammen brauchten sie mehrere Versuche, bis er richtig angeschnallt war. Dem Baby schien es nichts auszumachen, dass sie keine Ahnung hatten, was sie da taten.

Abby saß bei ihrem Sohn auf dem Rücksitz, während Adam sie zurück zur Fähre brachte. Sie warteten darauf, dass das Baby unruhig werden würde, doch es wirkte zufrieden damit, einfach zuzusehen, wie die Welt an ihm vorüberzog. Während sie sich wegen des Seegangs unwohl fühlten, schien das heftige Geschaukel Liam in den Schlaf zu lullen. Er schlummerte die meiste Zeit auf dem Weg nach Hause an der Schulter seiner Mutter.

»Das war nicht so, wie ich es mir vorgestellt hatte«, sagte sie zu Adam, »aber ich kann mir nichts Spannenderes denken, als wie dieser Tag verlaufen ist.«

»Ich stimme dir völlig zu. Der beste Tag unseres Lebens.«

»Zusammen mit dem anderen Tag auf der Fähre.«

Er beugte sich über das Baby zu ihr, um ihr einen Kuss zu geben. »Okay, das stimmt.«

KAPITEL 24

In den zwei Wochen nach seiner Rückkehr aus North Carolina arbeitete Riley praktisch durchgehend – tagsüber im Wayfarer und jeden Abend in Eastward Look. Am zweiten Tag, nachdem Adam und Abby mit ihrem neuen Sohn auf die Insel gekommen waren, schaute Riley nach der Arbeit bei ihnen vorbei, um seinen neuen Neffen kennenzulernen, der sich gut einlebte. Seine Eltern waren müde, aber überglücklich, doch ihre Freude verstärkte Rileys Unzufriedenheit nur.

In Nikkis Abwesenheit führte er das Küchenprojekt weiter, hoffte dabei, dass es sie freuen würde, bei ihrer Heimkehr eine fast fertig renovierte Küche vorzufinden. Er achtete darauf, ihr von allen Arbeitsschritten noch etwas übrig zu lassen, da sie ja lernen wollte, wie man es machte. An manchen Abenden half Finn ihm, den Großteil der Zeit werkelte er allerdings allein.

Jede wache Minute etwas zu tun zu haben hielt ihn davon ab, über der Frage den Verstand zu verlieren, wann er sie wiedersehen würde. Sie schickten sich regelmäßig und häufig Textnachrichten, sprachen jeden Tag. Trotzdem sagte sie nie irgendetwas darüber, wann sie auf die Insel zurückkommen würde, und er wollte alles nicht noch schwieriger für sie machen, indem er sie mit Fragen bestürmte.

Während sie sich also in Los Angeles um Jordan kümmerte, wurde Riley langsam, aber sicher irre auf Gansett Island. Er arbeitete, bis er vor Müdigkeit beinah umfiel, dann stolperte er meist zum Sofa und schlief dort bis zum Morgen, wenn alles wieder von vorn begann. Einmal hatte er versucht, in Nikkis Bett zu schlafen, doch der Duft ihres Shampoos auf dem Kissen und die Erinnerungen an die Nächte, die sie dort gemeinsam verbracht hatten, waren mehr, als er verkraften konnte.

Was, wenn sie überhaupt nicht zurückkam? Was, wenn die Zeit, die sie zusammen verlebt hatten, alles war, was er bekommen würde? Wie sollte er es überleben, sie gehabt zu haben und sie gleich darauf zu verlieren? Das würde nicht gehen. So einfach war es. Wenn sie nicht bald heimkehrte, würde er zu ihr fliegen.

Natürlich merkten die, die ihn am besten kannten, dass er völlig durch den Wind war. Sie ließen ihm so viel Raum wie nur möglich, aber Mac sprach ihn am Ende der zweiten Woche an.

»Deine Freundin Nikki, die du für den Job des Managers vorgeschlagen hast, wie steht es da?«

»Ich … Ich bin mir nicht sicher.«

»Ich wäre jetzt bereit, jemanden einzustellen, und du hast sie ja empfohlen, daher wollte ich sie mir mal näher anschauen. Kommt sie zurück?«

»Das kann ich leider auch nicht sagen.«

Mac musterte ihn eindringlich. »Ist das der Grund, warum du in letzter Zeit bei der Arbeit so durchhängst?«

Riley zuckte die Achseln. Was wollte sein Cousin von ihm hören? Er würde jedenfalls nicht zugeben, dass er ein Narr mit gebrochenem Herzen war.

»Es ist für jeden klar zu erkennen, dass du nicht bei der Sache bist. Das geht leider nicht, Riley. So was führt dazu, dass jemand verletzt wird. Nimm dir das Wochenende frei, und reiß dich zusammen. Komm Montag wieder, wenn du dich auf die Arbeit konzentrieren kannst.«

»In Ordnung«, erwiderte Riley. »Tut mir leid.«

»Das muss es nicht.« Mac drückte ihm die Schulter. »Mir ging es nicht anders, als ich Maddie ganz frisch kennengelernt hatte, und es war völliger Mist.«

»Ja. Genau. Ich fühle mich, als würde ich den Verstand verlieren.«

»Dann fahr zu ihr. Tu, was du tun musst, Riley. Ich meine das nicht böse, aber in deinem jetzigen Zustand nützt du mir gar nichts.«

»Ich weiß. Und es tut mir wirklich leid. Ich reiß mich zusammen. Nach der Hochzeit dieses Wochenende entscheide ich, was ich tun werde.«

»Lass mich wissen, was dabei rauskommt, und bitte sie, sich bei mir zu melden, falls sie immer noch Interesse an dem Job hat.«

»Mach ich. Danke, Mac.«

»Bei unserem Treffen heute Abend können wir ein bisschen Spaß haben und etwas Dampf ablassen. Das wird allen guttun. Der Winter hier dauert oft viel zu lange.«

»Absolut. Wir sehen uns nachher.«

»Wir werden dort sein.«

Die Männer wollten zu Mario, um Kevins morgige Hochzeit zu feiern.

»Worum ging's?«, wollte Finn wissen, als Riley wieder zu ihnen kam.

»Nichts.«

»Hoffentlich hat er dir gesagt, du sollst schauen, dass du deinen Scheiß auf die Reihe kriegst.«

»Ganz so hat er es nicht ausgedrückt.«

Finn lachte. »Aber die Botschaft war die gleiche. Schau mal, was für eine Textnachricht mir Clint geschickt hat.« Er hielt sein Handy hoch. »Du hast sie auch bekommen.«

Ihr beide bringt mich um. Ich hätte euch liebend gern zurück, doch da ich nichts von euch gehört hab, muss ich andere Alternativen ins Auge fassen und neue Leute einstellen. Lasst es mich wissen, falls ihr jemals wieder in die Gegend zurückkehrt.

»Um es mal zu übersetzen: Wir hängen hier jetzt offiziell bis auf Weiteres fest«, erklärte Finn, und seine Stimme hallte in dem höhlenartigen Gebäude.

Auf der Insel festzuhängen erschien Riley lange nicht mehr so verlockend, wie es noch vor wenigen Wochen der Fall gewesen war. »Wir müssen sowieso erst fertig machen, was wir angefangen haben. Dann können wir weitersehen.«

Finn seufzte tief. »Missy bekommt einen Anfall, wenn ich ihr sage, dass ich bis Mai, vielleicht sogar bis Juni hierbleibe.«

»Missy muss andere Alternativen ins Auge fassen, so wie Clint es tut.«

»Du kannst gerne versuchen, ihr das beizubringen.«

»Vielleicht solltest du's ihr einfach genau so sagen.«

»Äh«, antwortete Finn. »Du weißt genau, wie sehr ich es hasse, alle Brücken hinter mir abzubrechen.«

Riley verdrehte die Augen. »Das ist eine Brücke, die du schon längst hättest abbrechen sollen.« Kurz darauf trennten sie sich, um sich für die Party zurechtzumachen. Da er mehr oder weniger in Eastward Look lebte, während er die Renovierungsarbeiten erledigte, fuhr er dorthin statt in die Wohnung, die er sich mit Finn teilte. Hier fühlte er sich Nikki auch näher, schließlich war es das Haus, das sie so liebte.

Auf dem Weg hielt er inne, um einen Sixpack Bier und eine Tüte Eis für die Kühlbox, die er aufgestellt hatte, zu kaufen. An der Eingangstür gab er den vierstelligen Code ein, der, wie Nikki ihm erzählt hatte, ihr Geburtstag war – und Jordans natürlich. In der Diele zog er sich die schmutzigen Arbeitsschuhe aus und hängte seine Jacke auf, sehnte sich danach, Nikki die Treppe runterlaufen zu sehen, das dunkle Haar hochgesteckt, in Yogahosen und T-Shirt, was sie als ihre Arbeitskleidung bezeichnete, vor Freude strahlend, weil er von der Arbeit zurückkam. Aber das Haus war still und leer, bar jeden Lebens, weil sie nicht hier war, um es zu einem Zuhause zu machen.

Er vermisste sie schmerzlich. Er zog sich mit einer der Bierflaschen aufs Sofa zurück, legte seine Füße auf den Couchtisch und lehnte den Kopf nach hinten, auf mehr als eine Weise erschöpft. Sein Handy vibrierte, eine neue Nachricht von seinem Onkel Frank, in der er ihm die Anfangszeit der Party bestätigte.

Riley antwortete ihm und begann, Nikki zu schreiben, von der er seit gestern nichts mehr gehört hatte. Er dachte lange darüber nach, was er sagen konnte, das nicht hauptsächlich aus »Ich vermisse dich«, »Ich liebe dich«, »Ich brauche dich«, »Wann kommst du zurück?« und »Bitte verrat mir, was aus uns werden wird« bestand. Da das alles ausschied, tippte er etwas völlig anderes.

Was hältst du von Hunden?

Sein Herz machte einen glücklichen kleinen Satz, als er sah, dass sie zurückschrieb.

Ganz allgemein oder als Haustier?

Als Haustier.

Sie schickte ihm ein Daumen-hoch-Symbol, ein Herz und ein Hunde-Emoji.

Mit oder ohne Katzen?

Ohne.

Gute Antwort. Katzen machen mir Angst. Sie wissen zu viel.

Stimmt. Wie war die Arbeit?

Gut. Ich bin froh, dass Freitag ist.

Sind alle schon ganz aufgeregt wegen der Hochzeit?

Ja, alle außer mir, wollte er erwidern, tat es dann aber doch nicht. Das Letzte, was er wollte, war, dass sie sich schlecht damit fühlte, wie sie die Dinge zwischen ihnen hatte hängen lassen müssen.

Was hältst du von der Farbe Gelb?

Ganz allgemein oder im Besonderen?

Wie in »Farbe für die Küche« …

Das wird gut aussehen.

Freut mich, dass du das auch findest.

Sein Telefon gab den Ton von sich, der den Eingang einer Nachricht begleitete, und ihm blieb fast das Herz stehen.

Was hältst du von Kindern?

Er ermahnte sich, einen kühlen Kopf zu bewahren und nicht zu viel in eine unschuldige Textnachricht hineinzulesen.

Das war eine Riesenherausforderung, wo er doch *alles* in die fünf Worte reindeuten wollte. In dem Versuch, nicht überzureagieren, gab er »witzig« den Vorzug vor »ernst«. Im Allgemeinen oder als Haustier?

Als Haustier. Eindeutig. Sie fügte ein lachendes Emoji hinzu.

Keine Einwände, aber ich ziehe es vor, wenn sie den Erwachsenen im Haus zahlenmäßig nicht überlegen sind.

Gute Antwort.

Der Schmerz, der ein dumpfes Dröhnen in der Gegend um sein Brustbein gewesen war, intensivierte sich mit jeder Nachricht, die sie hin- und herschickten, sodass er sich allmählich zu fragen begann, ob die Sehnsucht nach einem anderen Menschen dazu führen konnte, dass man einen Herzinfarkt bekam.

Auf dem Display seines Handys leuchtete eine neue Nachricht auf. Habe ich dir schon erzählt, dass Zwillinge in meiner Familie häufig sind? Mein Vater ist einer, und Cousinen meiner Mutter sind es auch. Allerdings keine eineiigen, das ist eine biologische Anomalie.

Willst du mich warnen?

LOL, ich will dir nur alle Fakten nennen.

Weil er es keine Sekunde länger aushielt, ohne ihre Stimme zu hören oder ihr Gesicht zu sehen, wechselte er zu Skype. Im Zimmer war es dunkel genug, dass sie nicht würde erkennen können, dass er bei ihr zu Hause war. Er wollte sie mit all der

Arbeit, die er in ihrer Abwesenheit in der Küche erledigt hatte, überraschen. Er hoffte, sie würde an irgendeinem Punkt hierher zurückkommen, sodass er die Chance erhalten würde, es ihr zu zeigen.

Sie erschien auf seinem Bildschirm, sah hübsch und frisch und sexyer aus, als irgendeine Frau das Recht hatte auszusehen. Alles an ihr gefiel ihm, und so war es von Anfang an gewesen.

»Hey«, sagte sie lächelnd.

»Selber hey. Du siehst klasse aus.«

»Nein, tu ich nicht. Ich bin ganz verschwitzt vom Yoga.«

Er verkniff sich ein Stöhnen, als Bilder von ihr, wie sie sich in interessante Positionen verbog, auf ihn eindrangen, sodass er ganz steif wurde. Er musste sich sehr beherrschen, um sie nicht anzuflehen, zu ihm heimzukommen.

»Du siehst müde aus. Alles okay?«

»Es war schon besser. Du bist viel zu weit entfernt.«

»Ich weiß«, erwiderte sie seufzend. »Glaub mir, ich empfinde genauso. Knapp fünftausend Kilometer sind viel zu viel.«

»Wie geht es bei dir?«, fragte er, weil er es nicht aushielt, nicht zu fragen. Er musste es wissen.

»Es wird jeden Tag ein bisschen besser. Der gebrochene Arm ist das Schlimmste. Dadurch ist es ihr praktisch unmöglich, selbst die einfachsten Dinge zu tun.«

»Ich bin froh, dass sie sich langsam erholt.«

»Sie hat mit einem Anwalt gesprochen und will die Scheidung einreichen, was das erste Mal ist, dass sie das Wort tatsächlich in den Mund genommen hat. Vielleicht wird er jetzt wirklich ihr Ex-Mann. Endlich.«

»Das ist ein Schritt in die richtige Richtung.«

»Ich bin vorsichtig optimistisch.«

»Wie hältst du dich?«

»Ist schon okay, aber du fehlst mir. Ich wünschte, ich könnte bei dir sein und mit meinem Vorschlaghammer Wände einschlagen ... Unter anderem.« Die letzten Worte sprach sie in einem zweideutigen Ton aus, der seine Qualen vergrößerte.

»Du hast keine Ahnung, wie sehr du mir fehlst und wie sehr ich wünschte, du wärst hier.« Voller Verzweiflung stützte er den Kopf in die Hände. *Komm zurück*, wollte er sagen. *Bitte komm zu mir zurück.* Es kostete ihn seine ganze Selbstbeherrschung, diese Worte zurückzuhalten, die ihm brennend auf der Zunge lagen. »Mac hat mir heute erzählt, dass er so weit ist, einen Manager für das Wayfarer anzustellen. Er wüsste gerne, ob du grundsätzlich weiter interessiert bist.«

»Das wäre mein Traumjob. Kann ich dir in ein paar Tagen Bescheid geben?«

»Sicher.« Es gab so viel, was er aussprechen wollte, doch er konnte es nicht. Nicht jetzt. »Ich vermute, ich sollte jetzt duschen und mich für die Party meines Vaters fertig machen.«

»Oh, die ist heute. Das wird ganz sicher super. Er freut sich bestimmt darüber, wie viel Mühe du und Finnbar euch gebt.«

Ohne dich ist nichts super. Alles ist Mist. Jede einzelne Sache. Sogar zu hören, wie du meinen Bruder Finnbar nennst, tut weh. »Ja.«

»Riley ...«

Er musste auflegen, bevor er etwas Dummes oder Verzweifeltes sagte. »Ich rede morgen mit dir, okay? Bin mir noch nicht sicher, wann. Mit der Hochzeit wird hier alles ein bisschen chaotisch.«

»Schick mir eine Textnachricht, wenn du kannst. Ich denk an dich. Die ganze Zeit.«

Es half, das zu wissen, aber es tat dennoch weh. »Geht mir genauso, Baby. Wir sehen uns.«

»Bye.«

* * *

Nikki legte ihr Handy hin und lehnte sich über die große Kochinsel. Er sah schrecklich aus, und das war allein ihre Schuld. Sie hatte ihn zurückgelassen, ohne auch nur eine Ahnung zu haben, wann sie einander wiedersehen würden. Er hatte sie bei allem unterstützt und hatte nie seine Bedürfnisse in den Vordergrund gestellt, was sie mehr zu schätzen wusste, als er je ahnen würde.

Sie hatte sich nie mehr hin- und hergerissen gefühlt zwischen dem, was sie *brauchte*, und dem, was sie *wollte*. Und Gott, sie begehrte ihn mit einer Art von Sehnsucht, die sie nie für möglich gehalten hätte, bis sie gezwungen gewesen war, ihn zu verlassen, um sich um ihre Schwester zu kümmern.

Jordan kam in die Küche und blieb beim Anblick von Nikki, die sich über die Insel lehnte, jäh stehen. »Was ist los?«, wollte sie wissen. Ihre Haut schimmerte nach einem Nachmittag am Pool golden. Die Blutergüsse in ihrem Gesicht waren zu einem fahlen Gelb verblasst, und ihre Lippe verheilte langsam.

»Nichts. Brauchst du was?«

»Nur mehr Wasser.« Sie benutzte ihren gebrochenen Arm, um die isolierte Wasserflasche an sich zu drücken, und schraubte sie mit der gesunden Hand auf. Vor einer Woche hätte sie selbst das nicht allein geschafft. Sie benutzte den Spender mit gefiltertem Wasser in der Tür des Kühlschranks, um die Flasche zu füllen. »Du solltest zurück nach Gansett«, sagte sie, als wäre es nicht das Größte, was sie zu ihrer Schwester sagen konnte. »Ich komme schon allein zurecht.«

»Es besteht keine Notwendigkeit für dich, allein zurechtzukommen«, erwiderte Nikki und zwang sich zu einem Lächeln.

Jordan lehnte sich gegen die Arbeitsplatte. »Ich weiß, du bleibst hier, weil du Angst hast, dass ich zu ihm zurückgehen könnte, aber das wird nicht passieren.«

»Das ist nicht der Grund, warum ich hier bin.«

»Doch, und lass dir versichern, es ist nicht notwendig. Ich habe ihn aus meinem Leben gelöscht, und mein neuer Anwalt kümmert sich um ein Kontaktverbot, damit er nicht mehr in meine Nähe gelangen kann.«

Nikki starrte ihre Schwester stumm an. Sie hatte Jordan nie so entschlossen darüber reden gehört, dass sie Zane aus ihrem Leben entfernen wollte, selbst nachdem das Video veröffentlicht worden war. Da war sie einfach nur am Boden zerstört gewesen. Jetzt war sie endlich wütend. Nikki wollte in Jubel ausbrechen.

»Ich werde niemals zu ihm zurückkehren. Das kann ich dir bei meinem Leben schwören. Es ist vorbei.«

Und zum ersten Mal glaubte Nikki ihr wirklich.

»Sosehr ich auch schätze, was du alles getan hast, ich kann erkennen, dass du dich danach sehnst, woanders zu sein. Du solltest gehen, Nik. Ich verspreche dir, ich schaffe das ohne dich.«

»Die Presse …«

»Ich habe heute jemanden eingestellt, der sich um alle Anfragen kümmert. Ich habe sie angewiesen, überall zu verbreiten, dass ich nicht über Zane reden werde, jetzt nicht und niemals. Sie werden mich in Ruhe lassen, wenn sie begreifen, dass sie nichts von mir bekommen werden.«

»Wer bist du, und was hast du mit meiner Schwester getan?«

Jordan lächelte. »Deine ahnungslose Schwester ist endlich aufgewacht, in einem Hotelzimmer in Charlotte. Es tut mir leid, dass es so lange gedauert hat, bis ich selbst drauf gekommen bin, was du und alle anderen, die mich lieben, längst wussten.«

»Wir wollen nur, was das Beste für dich ist.«

»Glaub mir oder nicht, das möchte ich auch. Ich werde eine Weile brauchen, um herauszufinden, was das Beste für mich ist, doch ich bin entschlossen, es hinter mir zu lassen und ihn endgültig loszuwerden. Ich hab einen Termin mit Yvonne gemacht.« Das war die Therapeutin, die ihnen nach der üblen Scheidungsschlacht ihrer Eltern geholfen hatte.

»Ich bin wirklich stolz auf dich«, erklärte Nikki.

»Das verdiene ich aber gar nicht. Noch nicht jedenfalls, ich hoffe allerdings, an irgendeinem Punkt schon.«

»Natürlich verdienst du es.« Nikki ging zu ihr und umarmte sie, achtete darauf, dass sie ihr nicht wehtat. »Ich möchte, dass du sicher bist, glücklich und geliebt.«

»Das möchte ich ebenfalls.« Jordan versetzte ihr im Spaß einen Stoß, der die Umarmung beendete. »Geh zu deinem Freund zurück, Nik. Ich weiß, das willst du.«

Das wollte sie mehr als irgendetwas anderes, und jetzt, da Jordan ihr sagte, sie solle gehen, fühlte sie sich zum ersten Mal seit Wochen aufgeregt. »Sein Vater heiratet morgen.«

»Wenn du heute Abend einen Flug bekommst, kannst du rechtzeitig zur Hochzeit da sein. Oder noch besser, lass ausnahmsweise mich alles für dich regeln.«

»Ich kann mir mein eigenes Ticket kaufen.«

»Ich möchte das für dich tun. Bitte lass mich. Du bist immer für mich da, wenn ich dich brauche, selbst wenn das bedeutet, dass du dein eigenes Leben auf Eis legen musst. Nach dem, was du mir über Riley erzählt hast, hast du eine echte Chance auf ein Happy End mit ihm. Das Letzte, was ich möchte, ist, dem im Wege zu stehen.«

Der Gedanke daran, Riley wiederzusehen – und das bald –, erfüllte sie mit der Art Freude, die sie nicht gekannt hatte, bis sie ihn getroffen hatte.

»Bist du sicher, dass du allein zurechtkommst?«

»Absolut.«

»In dem Fall bin ich überglücklich, mich von dir zurück nach Gansett schicken zu lassen.«

KAPITEL 25

Riley zwang sich, sich für seinen Dad zusammenzureißen, der überglücklich wirkte, was auch Riley Grund zur Hoffnung gab. Es schien, als ob jeder Mann in der Stadt gekommen wäre, um mit Kevin zu feiern, Big Mac, Frank und Ned eingeschlossen, außerdem Mac, Adam, Shane und Grant, der mit seiner Frau Stephanie aus Los Angeles zur Hochzeit hergeflogen war. Dazu waren Luke Harris, Blaine Taylor, Seamus O'Grady, Owen Lawry, Joe Cantrell, David Lawrence, Quinn und Jared James, Alex und Paul Martinez, Niall Fitzgerald, Shannon O'Grady und Chelseas Bruder Andrew Rose da.

Mario hatte, wie von Riley und Finn bestellt, ein italienisches Buffet aufgefahren, dazu gab es Bier und Whiskey.

Nachdem alle gegessen hatten und schon ein gutes Dutzend Bierkrüge geleert worden waren, standen Riley und Finn auf und pfiffen, um für Ruhe zu sorgen.

Während er unter den Männern saß, die er auf der Welt am meisten liebte, strahlte Kevin vor Glück. Vor noch gar nicht so langer Zeit hatte Riley sich gefragt, ob sein Vater jemals wieder lächeln würde. Doch dann hatte er Chelsea getroffen.

»Unser Job als Trauzeugen ist es, dafür zu sorgen, dass Dad am Ende des Abends hackevoll ist. Daher ihm bitte immer schön nachschenken«, verkündete Riley.

Kevin legte eine Hand über sein Glas. »Wenn ich hacke-voll nach Hause komme, wird Chelsea mich verlassen. Und das würde der Hochzeit nicht guttun.«

Diese Antwort wurde mit lautem Lachen aufgenommen.

»Dad, Finn und ich sind so glücklich für dich und Chelsea, und wir freuen uns unfassbar darauf, die großen Brüder von unserem neuen Geschwisterchen zu werden. Allerdings möch-ten wir auch nicht unerwähnt lassen, dass wir finden, es ist wirklich unfair, dass du deine zweite Ehefrau und Familie bekommst, während manche von uns nicht einmal ihre ersten haben.«

Wildes Gejohle und lautes Gelächter folgten auf diese Bemerkung, vor allem von Kevin.

»Nachdem das vorausgeschickt ist, lass dir versichern, wir lieben dich, und wir wünschen dir und Chelsea nur das Beste. Auf Kevin!«

»Gut gemacht«, lobte ihn Finn. »Super auf den Punkt gebracht.«

Riley toastete seinem Bruder zu. Vielleicht konnte sein Vater sich wirklich nicht einfach betrinken, aber es gab nichts, was ihn davon abhielt. Was auch immer notwendig war, um den unerbittlichen Schmerz in seiner Brust zu lindern, der ein-fach nicht nachlassen wollte.

* * *

Verkatert und schlecht gelaunt nach einer Nacht mit zu viel Alkohol, duschte Riley am nächsten Morgen, bevor er den dunklen Anzug rauslegte, den sein Dad für ihn auf dem Festland gekauft hatte. Kevin hatte sich geweigert, ihn selbst dafür zah-len zu lassen, hatte darauf hingewiesen, dass es ja schließlich seine Schuld sei, dass Riley den Anzug überhaupt brauchte.

Sein Handy klingelte, als er sich gerade den letzten Rest Rasierschaum aus dem Gesicht wischte. In der Hoffnung, es wäre Nikki, griff er danach, sah dann jedoch »MOM« auf dem Display. Oh, oh. »Hey«, sagte er, »was ist los?«

»Ich habe in den letzten paar Wochen kaum mit euch gesprochen, daher dachte ich mir, ich melde mich mal.«

An Dads Hochzeitstag?, wollte er fragen, tat es aber nicht. »Wir haben jede Menge an dem neuen Wayfarer zu tun. Wir geben uns Mühe, es für die Saison fertig zu bekommen. Es wird allerdings knapp werden.«

»Riley ...«

»Was möchtest du wissen, Mom?«, fragte er und fand sich damit ab, darüber zu reden, auch wenn er es nicht wirklich wollte.

»Ich bin nur ...«, sie klang irgendwie weinerlich und niedergeschlagen. »Ich hab gehört, dein Dad heiratet.«

»Ja, in ungefähr zwei Stunden.« *Tja, Mom, wie man sich bettet, so liegt man.* Riley liebte seine Mom. Sie war eine super Mutter für ihn und Finn gewesen, aber er war nicht bereit, an dem Tag, an dem sein Vater erneut heiratete, eine Gesprächstherapie mit ihr zu führen. »Genau genommen muss ich mich beeilen. Ich soll in zwanzig Minuten bei Dad sein.«

»Dann will ich dich auch gar nicht aufhalten. Bitte richte ... richte deinem Vater aus, dass ich ihm Glück wünsche.«

»Mach ich.«

»Ich hab dich lieb, Ri.«

»Ich dich auch, Mom.« Riley beendete das Telefonat und stöhnte. Das war wirklich unangenehm gewesen. Was wollte sie von ihm hören? Sie war doch diejenige gewesen, die die Ehe beendet hatte. Was hatte sie geglaubt, dass sein Dad tun würde? Irgendwo rumsitzen und für den Rest seines Lebens in Selbstmitleid zerfließen? Die Affäre, die seine Mutter gehabt hatte, war nicht von Dauer gewesen. Zweifellos bereute sie viel, aber sie hatte ihre Entscheidung getroffen, und jetzt musste sie mit den Konsequenzen leben.

Er wollte heute nicht darüber nachdenken, nicht, wo sein Dad es verdiente, dass er sich voll und ganz auf ihn konzentrierte, ihn unterstützte. Auf dem Weg zum Haus seines Vaters, wo er ihn abholen wollte, beschloss er, die Glückwünsche seiner Mutter nach der Hochzeit und nicht vorher auszurichten. Es bestand keine Notwendigkeit, Kevins Ex-Frau an diesem Tag ins Spiel zu bringen und alte Verletzungen wieder aufleben zu lassen, kurz bevor er mit Chelsea offiziell ein neues Leben beginnen wollte.

Riley hätte viel dafür gegeben, wenn Nikki hier bei ihm hätte sein können, mit ihm feiern. Selbst ein freudiges Ereignis wie die Hochzeit seines Vaters war etwas, das er ohne sie an seiner Seite mehr aushalten musste, als dass er es genoss. So weit war es also gekommen. Er war sich voll und ganz darüber im Klaren, dass es so jedenfalls nicht weitergehen konnte.

Später wollte er mit Mac kurz darüber reden, ein paar Tage Urlaub zu nehmen, damit er zu Nikki konnte und mit ihr sprechen, sie hoffentlich davon überzeugen, mit ihm heimzukehren. Er verspürte nicht den geringsten Wunsch, ans andere Ende des Landes umzuziehen, aber er würde es tun, wenn das hieß, dass er mit ihr zusammen sein konnte. Einer musste nachgeben, bevor er vor lauter Abgelenktheit noch sich – oder jemand anders – mit der Nagelpistole in den Kopf schoss.

Als Riley in die Einfahrt des kleinen Hauses einbog, das Kevin mit Chelsea bewohnte, kam sein Dad im Anzug und mit schiefer Fliege rausgelaufen, ein breites, glückstrunkenes Grinsen auf dem Gesicht. »Es ist so weit!«

»Steig ein, und schließ die Tür. Sonst erfriere ich.«

»Ich merk schon, du bist wieder in deiner üblichen Festtagsstimmung.«

»Ich hab einen Kater.«

»Und wessen Schuld ist das?«

»Deine. Wenn du nicht heiraten würdest, wäre ich gestern nicht bei deinem Junggesellenabschied gewesen.«

Kevin lachte. »Deine Logik ist genauso im Eimer wie der Rest von dir.« Er blickte Riley an. »Was kann ich für dich tun, Sohn?«

»Nichts. Mach dir um mich keine Sorgen. Heute ist dein großer Tag.«

»Ich werde mir immer um dich Sorgen machen, und ich hab versucht, dir in den letzten paar Wochen Raum zu lassen, doch es ist nicht leicht für mich, tatenlos mit anzusehen, wie du so offensichtlich leidest.«

»Ich bin okay, das schwöre ich. Heute ist dein und Chelseas Tag. Da soll es nicht um mich gehen.«

»Liebst du sie denn, Ri?«

Die Frage traf ihn wie ein Pfeil ins Herz. »Ja.«

»Dann geh zu ihr.«

»Das will ich. Morgen.« Auch nur einen Tag länger darauf zu warten, sie zu sehen, würde ihn umbringen.

Kevin nickte zustimmend. »Gut. Das ist auf jeden Fall richtig. Wenn du es nicht tätest, würdest du dich immer mit der Frage quälen, was hätte sein können. Ich möchte nicht, dass du irgendetwas zu bedauern hast.«

»Das tue ich bereits. Aber es ist nichts, was nicht in Ordnung gebracht werden könnte.« Wenigstens hoffte er, dass das der Fall war. Er fuhr Kevin zu Big Mac und Linda, wo sie warten würden, bis es Zeit war, zur Trauung den Hügel hinab zum Hotel zu gehen. Onkel Frank war bereits mit seiner Verlobten Betsy Jacobson dort, die Kevin mit einer Umarmung begrüßte.

»Wir sind so glücklich für euch«, erklärte sie.

»Danke«, erwiderte Kevin und ließ sich von Big Mac, Linda und Frank ebenfalls umarmen.

»Champagner für alle«, rief Linda. »Lasst uns mit der Party beginnen!«

»Wo ist Finn?«, fragte Riley.

»Ich bin hier«, antwortete sein Bruder, der gerade eintrat und dabei schon seinen Mantel auszog. Er nahm das Glas, das seine Tante ihm reichte.

Linda hob ihres zum Toast. »Auf die wahre Liebe und ein Happy End.«

»Darauf trinke ich gern«, sagte Kevin.

Riley lächelte, während er mit seinem Vater anstieß, und war wild entschlossen, sich mit ihm zu freuen, auch wenn sein eigenes Herz so schmerzte.

* * *

Die Braut war atemberaubend in einem sexy weißen Kleid, die lockigen blonden Haare zu einer eleganten Frisur aufgesteckt. Einen Strauß aus weißen Rosen und Lilien in der Hand, kam Chelsea am Arm ihres Bruders zu ihnen, strahlte vor Glück und Liebe zu Kevin, dem beim Anblick seiner wunderschönen Braut Tränen in die Augen traten. Sie gaben sich das Eheversprechen vor dem brennenden Feuer im Kamin, der den großen Saal im McCarthy's Gansett Island Inn beherrschte.

Riley stand zwischen seinem Dad und seinem Bruder und folgte seltsam gerührt den Worten, mit denen Kevin und Chelsea versprachen, einander bis zum Ende ihres Lebens zu lieben.

Onkel Frank, ein pensionierter Richter des Obersten Gerichtshofs von Rhode Island, übernahm die Trauung und brachte dabei die versammelten Familienmitglieder und Freunde im einen Moment an den Rand von Tränen, im nächsten Moment zum Lachen.

»Kevin, Chelsea«, sagte Frank, »jeder, der auch nur fünf Minuten in eurer Gegenwart verbracht hat, kann bezeugen, wie sehr ihr einander liebt und dass ihr wie füreinander geschaffen seid. Als Kevins älterer und weiserer Bruder habe ich die große Ehre, euch beide zu Ehemann und Ehefrau zu erklären. Kevin, du darfst deine Braut jetzt küssen.«

Als Kevin seine Hände an Chelseas Gesicht hob, um genau das zu tun, ging die Eingangstür auf, und ein Schwall kalter Luft drang ins Zimmer.

Riley blickte hoch, um zu sehen, wer da kam, und dann stockte ihm der Atem, als er Nikki entdeckte. Einen Sekundenbruchteil lang dachte er, er hätte ihr Bild mit seiner Sehnsucht heraufbeschworen, aber nein, sie war es wirklich, und seine gesamte Familie stand zwischen ihnen, während Kevin und Chelsea Glückwünsche und Gratulationen entgegennahmen.

»Ui«, bemerkte Finn. »Nicholas ist zurück.«

»Glaubst du wirklich, du musst mir das sagen?«

Finn brach in Gelächter aus. »Soll ich dir helfen, damit du zu ihr kommst?«

»Teufel, ja, und benutze all die schmutzigen Tricks, die wir beim Hockey gelernt haben.«

»Geht klar. Mir nach.« Finn bahnte ihm einen Weg durch die Menge, setzte dabei, wenn nötig, auch seine Ellbogen ein.

Riley war direkt hinter ihm, und sein Herz klopfte so fest und so schnell, dass er schon fürchtete, zusammenzubrechen, bevor er bei ihr ankäme.

Da alle zu spüren schienen, dass etwas los war, teilte sich die Menge, um sie durchzulassen.

Finn war als Erster bei ihr. »Nicholas, ich bin so froh, dass du da bist. Du hast gar keine Vorstellung davon, was ich mit dem da durchmachen musste, seit du fort warst.«

»Schön, dich zu sehen, Finnbar.« Sie schlüpfte aus ihrem Wintermantel und reichte ihn Finn.

Riley sog ihren Anblick förmlich in sich auf, vermerkte jede Einzelheit – eng anliegendes schwarzes Kleid, sexy High Heels, Korkenzieherlocken, Lippenstift. Der Himmel mochte ihm beistehen, sie war unfassbar sexy, und er liebte sie wie verrückt. Riley stieß seinen Bruder beiseite und schlang die Arme um sie. Erleichterung pulsierte durch ihn wie ein zweiter Herzschlag. Als er ihren vertrauten Duft einatmete, löste sich das Engegefühl in seiner Brust, und der Schmerz wich endlich zurück. »Was tust du hier?«

»Ich hatte gehofft, es wäre okay, wenn ich hier einfach reinplatze.«

»Du warst ja eingeladen, aber das habe ich gar nicht gemeint. Was tust du hier? Auf Gansett? Und wo ist Jordan?«

Sie blickte ihn mit ihren seelenvollen braunen Augen an, die ihn in den schrecklichen Wochen ohne sie bis in seine Träume verfolgt hatten. »Jordan ist in L. A. und versucht rauszufinden, wie der nächste Schritt in ihrem Leben aussehen soll. Und ich bin hier auf Gansett.«

»Warum?«, fragte er, obwohl er vermutete, dass er die Antwort bereits kannte. Er wollte es von ihr hören.

»Weil du hier bist.«

»Ich bin in meinem gesamten Leben nie zuvor so glücklich gewesen, irgendjemanden zu sehen«, erklärte Riley.

»Ich auch nicht.«

Er nahm sie bei der Hand und führte sie in das Büro seiner Tante Linda, schloss die Tür hinter sich, damit er sie so küssen konnte, wie er es sich wünschte, ohne dass seine gesamte Familie zuschaute. Nach dem längsten, leidenschaftlichsten und sexysten Kuss seines Lebens verkündete er: »Du kannst mich nie wieder verlassen. Ich bin prima zurechtgekommen, bevor ich dich hatte, aber jetzt geht es nicht mehr ohne dich. Ich bin beinahe durchgedreht.«

Sie klammerte sich an ihn, küsste sein Gesicht, seinen Hals. »Mir ist es ohne dich genauso ergangen, und ich möchte nirgendwo anders sein als da, wo du bist.«

»Ich liebe dich so sehr, Nik«, flüsterte er mit belegter Stimme.

»Ich liebe dich ebenso sehr, Riley.«

Das waren die besten Worte, die er je gehört hatte.

* * *

Niemand konnte wie die McCarthys feiern, sogar mitten im Winter. Der Champagner floss in Strömen, während ein köstliches Dinner aus Rinderbraten und Hummer serviert wurde. Als die angeheuerten Servicekräfte die Tische abgeräumt hatten, stand Riley auf und klopfte mit seinem Messer gegen ein Glas, um die Aufmerksamkeit aller auf sich zu ziehen.

»Mein Mittrauzeuge und ich möchten uns gern bei allen bedanken, die heute Abend hier sind, um uns zu helfen, Chelsea in der Familie McCarthy willkommen zu heißen. Chelsea, du hast genug Zeit mit uns verbracht, um dir vollumfänglich darüber im Klaren zu sein, auf was du dich damit einlässt.«

Chelsea nickte und lachte. »Ich hab keine Angst.«

»Sie hat unser volles Potenzial noch nicht gesehen«, warf Mac ein und rieb sich die Hände. »Jetzt, da sie verheiratet sind, können wir wie gewohnt weitermachen.«

Big Mac versetzte seinem Ältesten dafür eine Kopfnuss, was alle zum Lachen brachte.

»Wie gesagt«, fuhr Riley fort. »Finn und ich möchten die Ersten sein, die dich in der Familie offiziell willkommen heißen, und uns gleichzeitig schon im Voraus dafür entschuldigen, was auch immer als Nächstes passiert.«

»In Ordnung«, erwiderte Chelsea und gab ihm ein Daumen-hoch-Zeichen.

Kevin lächelte und küsste sie.

Mit Nikki an seiner Seite, die die ganze Zeit während des Essens unter dem Tisch mit ihm Händchen gehalten hatte, hatte sich Riley endlich entspannen und die Hochzeitsfeier genießen können, selbst wenn er viel lieber mit ihr allein gewesen wäre. Aber bald, versicherte er sich. Sehr bald.

»Ich möchte nur noch anfügen, dass es für mich und Finn und alle anderen in diesem Zimmer offen auf der Hand liegt, dass wir hier Zeugen wahrer Liebe sind, und wahre Liebe ist schwer zu finden und noch schwieriger zu halten.« Er blickte kurz zu Nikki, dann fuhr er fort: »Wenn man sie findet, dann sollte man sie mit allem festhalten, was man hat, so wie Dad und Chelsea es getan haben. Ich liebe euch beide und wünsche euch ein langes und glückliches gemeinsames Leben. Finn, jetzt bist du dran, und ich entschuldige mich schon im Voraus für alles, was auch immer er jetzt gleich sagen wird.«

Riley setzte sich, legte seinen Arm um Nikki und küsste sie.

»Dad und Chelsea«, begann Finn, »ich bin nicht so widerlich romantisch veranlagt, wie es mein Bruder geworden ist, seit Nicholas in sein Leben getreten ist, doch lasst mich seinen Worten noch hinzufügen, dass ihr ein prima Paar seid und wir euch beide wirklich lieben. Auf Kevin und Chelsea.«

»Ich werde ihn erschießen«, murmelte Riley halblaut.

»Tu das nicht«, entgegnete Nikki. »Ich hab Besseres mit dir vor, als dich gegen Kaution aus dem Gefängnis zu holen.«

»Was denn zum Beispiel?«, wollte er wissen.

Sie flüsterte ihm ins Ohr: »Sex.«

»Das ist unfair, wo wir noch stundenlang nicht ungestört sein werden.«

Sie schenkte ihm ein Lächeln, bei dem er am liebsten die ganze Hochzeit hätte sausen lassen. Aber das ging nicht, wenn der Bräutigam sein Vater war und er einer der beiden Trauzeugen.

Owen forderte Braut und Bräutigam auf, auf die Tanzfläche zu kommen, und mit Evans Unterstützung spielte er eine Akustikversion von »Beginnings« von Chicago, einem von Kevins Lieblingsstücken.

»Himmel, dieser Song«, bemerkte Finn. »Wie viele Millionen Mal haben wir ihn als Kinder gehört?«

»Zehn Millionen«, antwortete Riley. »Mindestens.«

»Ich kenne den gar nicht«, erklärte Nikki.

»Ehrlich?«, erkundigte sich Finn. »Dann kannst du unmöglich in die Familie einheiraten. Tut mir leid.«

»Finn!«, warnte ihn sein Bruder.

Finn lachte. »Entspann dich. Aus irgendeinem Grund steht sie total auf dich. Nicht mal ich kann sie verjagen.«

»Genau«, bestätigte Nikki. »Also verschwinde, und lass uns in Ruhe.«

»Du bist die beste Freundin, die ich je hatte«, verkündete Riley.

»Sie ist die einzige Freundin, die du je hattest.«

Finns Leben wurde durch Adam und Abby gerettet, die mit ihrem Sohn Liam die Runde machten und bei ihnen stehen blieben.

»Nikki, das ist mein neuer Neffe Liam, an seine Eltern Adam und Abby erinnerst du dich ja noch.«

»Meinen Glückwunsch«, meinte Nikki und warf dem Baby einen sehnsüchtigen Blick zu. »Er ist wunderschön.«

»Wir sind selbst völlig hingerissen«, erwiderte Abby.

»Sieht ganz so aus, als würdet ihr beide das mit dem Elternsein hinbekommen«, stellte Riley fest.

»Langsam, aber sicher«, antwortete Abby. »Es ist nur gut, dass Liam keine Ahnung davon hat, wie unbedarft wir sind.«

»Weißt du, was das Beste an einer Adoption ist?«, fragte Adam und blickte seinen Sohn voller Liebe an.

»Was denn?«, wollte Riley wissen.

»Man muss nach der Geburt nicht sechs Wochen warten, bevor man wieder in den Sattel steigen kann«, erklärte er mit einem vielsagenden Grinsen in Richtung seiner Frau.

Während Finn, Riley und Nikki lachten, boxte Abby ihn in den Arm. »Adam! Sei still!« An Nikki gewandt meinte sie: »Ich entschuldige mich für ihn.«

»Nicht nötig«, entgegnete Nikki. »Das war witzig.«

»Da ist nichts witzig dran«, hielt Adam dagegen und wackelte anzüglich mit den Augenbrauen.

Abby bedachte ihren Ehemann mit einem finsteren Blick. »Und das ist das Stichwort. Es ist Zeit, Liam nach Hause und ins Bett zu bringen«, erwiderte Abby.

»Sie hat ›Bett‹ gesagt«, verkündete Adam.

Ohne ihn weiter zu beachten, wandte sich Abby an Finn und Riley: »Bitte richtet eurem Vater und Chelsea unsere besten Wünsche aus.«

Braut und Bräutigam hatten nur Augen füreinander.

»Das machen wir«, versprach Riley.

»Sie sind so nett«, bemerkte Nikki. »Und das Baby ist wirklich niedlich.«

»Sie haben die Diagnose erhalten, dass sie keine Kinder kriegen können, daher haben sie sich für eine Adoption entschieden. Und sie hatten großes Glück, weil ein anderes Paar absagen musste.«

»Wie schön, dass es sich für sie so ergeben hat.«

»Genau. Sie sind ein tolles Paar.« Er senkte die Stimme und fügte hinzu: »Und hier habe ich ein bisschen Familienklatsch für dich. Lange bevor Abby mit Adam zusammengekommen ist, war sie die Freundin seines Bruders Grant.«

»Welcher ist Grant?«

Riley zeigte ihn ihr. »Er und seine Frau Steph verbringen den Winter in L. A. und sind für die Hochzeit extra angereist.«

»Wie fand er es, dass sein Bruder mit seiner Ex zusammen ist?«

»Er war so glücklich mit Steph, dass es ihm überhaupt nichts ausgemacht hat. Das ist längst vergangen und vergessen.«

»Wie geht es Shane?«

Riley blickte zu dem Tisch, an dem Shane mit Katie, Laura, Frank, Betsy, Joe und Janey saß. »Sieht ganz okay aus. Ich bin sicher, an Courtneys Tod wird er noch eine Weile zu knabbern haben. Wir sind alle für ihn da und achten darauf, dass er sich auf die Gegenwart konzentriert.«

»Du hast wirklich eine großartige Familie, Riley. Ich hoffe, du weißt, wie glücklich du dich schätzen kannst.«

»Allerdings.« Gestärkt durch Champagner und die Freude darüber, sie wieder in seinem Leben zu haben, wagte er einen weiteren Schritt. »Vielleicht wirst du eines Tages auch eine McCarthy sein.«

Lächelnd antwortete sie: »Ja, das wäre doch was, oder?«

Heute war er vom absoluten Tiefpunkt bis auf den höchsten Gipfel des Glücks gelangt, und alles, was dazu nötig gewesen war, war, dass sie durch die Tür gekommen war. »Bist du schon im Haus gewesen?«

Sie schüttelte den Kopf. »Jordan hat mir einen Privatflug direkt auf die Insel spendiert. Es gab ein paar Verzögerungen beim Abflug in L. A., daher war ich etwas zu spät. Aber ich bin direkt vom Inselflughafen hierhergekommen.«

»Ich bin froh, dass du noch nicht dort warst. Ich möchte dir nämlich etwas zeigen.« Er beugte sich vor und küsste sie, ließ sich dabei Zeit, obwohl alle zuschauen konnten. Seine Liebe war heimgekommen. Und nichts anderes war wichtig.

EPILOG

Da beinahe alle im Hotel übernachteten, war es nicht leicht, sich davonzuschleichen, aber nachdem sein Vater und Chelsea die Feier um elf verlassen hatten, entschied Riley, es zu versuchen. Er hatte schon vor Stunden aufgehört, Alkohol zu trinken, damit er sie nach Hause fahren konnte. Er und Nikki schlüpften in ihre Mäntel, verabschiedeten sich und traten in die eisig kalte, windige Dunkelheit.

Riley verfrachtete sie in seinen Pick-up und lief um den Wagen herum zur Beifahrerseite. »Ich kann immer noch nicht glauben, dass du wieder zurück in meinem Auto bist, wo du hingehörst. Ich werde nicht aufwachen und feststellen müssen, dass ich das alles nur geträumt habe, oder?«

»Ich bin tatsächlich hier, und dieses Mal bleibe ich. Ich habe mit Mac über den Job gesprochen, und er sagt, er gehört mir, wenn ich will.«

»Und willst du?«

»Ja, das möchte ich wirklich. Ich würde liebend gern meinen Teil dazu beitragen, das Wayfarer wieder auf die Beine zu bringen und zum Erfolg zu führen.«

Er stellte die Heizung höher und griff nach ihr, küsste sie fest auf den Mund. Sie zu küssen fühlte sich für ihn fast so natürlich an wie Atmen. Er konnte einfach nicht genug von ihr bekommen. »Wir werden den Rest des Wochenendes im Bett verbringen. Nur dass du Bescheid weißt.«

»Danke für die Warnung, aber das ist voll okay.«

Riley zwang sich, sie loszulassen und sich aufs Autofahren zu konzentrieren, auch wenn er nur einen Wunsch hatte, nämlich mehr von ihr. Sobald sie auf dem Weg zu Eastward Look waren, griff er nach ihrer Hand, liebte das Gefühl, wie ihre Finger sich um seine schlossen. »Ich wollte morgen zu dir kommen.«

»Ach ja?«

»Ja, frag meinen Vater. Ich hab's ihm vorhin erzählt.«

Sie drückte seine Hand. »Ich glaube dir, und ich wäre wirklich froh gewesen, dich zu sehen.«

Als sie schließlich in der Einfahrt vor dem Haus anhielten, war die Stimmung zwischen ihnen so aufgeheizt, dass Riley schon Sorge hatte, er würde sich spontan selbst entzünden. Er fragte sich, ob sie eigentlich eine Vorstellung davon hatte, wie vollkommen er ihr verfallen war oder wie verzweifelt er sie begehrte.

Er ließ ihre Hand los, damit sie aussteigen konnten, und dann legte er seinen Arm um sie, damit sie mit diesen verrückten hochhackigen Schuhen nicht ausrutschte. Als sie trotzdem zu wanken begann, hob er sie kurzerhand auf die Arme und trug sie über den Rest der Strecke.

Ihr Gelächter hallte durch die Stille und machte ihn überglücklich. Es gab einfach keine anderen Worte, um es zu beschreiben.

»Sperr die Tür auf«, verlangte er.

Sie tippte den Code ein, und als sie drinnen waren, stellte er sie gerade lang genug auf die Füße, um ihr und sich die Mäntel auszuziehen, dann hob er sie wieder hoch.

»Riley! Ich kann allein gehen.«

»Aber so ist es viel besser. Halt dich an mir fest.« Er konnte ihre Überraschung spüren, als er sie in die Küche trug statt die Treppe hoch. »Und jetzt mach das Licht an.«

Sie drückte den Schalter und schnappte nach Luft, als sie die neuen weißen Schränke sah, den zur Hälfte fertigen Fliesenspiegel und die silbern-weiße Quarzarbeitsplatte, mit einer freien Fläche, wo sie noch ein Stück anbringen musste. »Riley ... O mein Gott! Hast du das alles allein gemacht?«

»Mit ein bisschen Hilfe von Finn. Gefällt es dir?«

»Ich bin begeistert! Ich kann gar nicht glauben, dass du das getan hast.«

»Ich hab gehofft, es würde dich nicht stören, wenn ich weiterarbeite. Ich wusste nicht, wie lange du fort sein würdest.«

»Natürlich stört es mich nicht. Doch ich möchte immer noch, dass du mir zeigst, wie all das geht.«

»Ich habe einen Teil von den Fliesen und von den anderen abschließenden Sachen übrig gelassen. Ich bring dir alles bei, was du wissen willst, aber nicht heute Nacht.«

»Warum?«, fragte sie und tat ganz unschuldig. »Gibt es etwas anderes, das du heute lieber tun würdest?«

Er nickte und trug sie nach oben, küsste sie dabei, was er nur unterbrach, um sie neben dem Bett abzusetzen.

Sie fuhr mit den Händen unter sein Anzugjackett und schlang die Arme um seine Mitte. »Falls ich vergessen habe, es zu erwähnen, in dem Anzug bist du höllisch sexy.«

»Nicht mal annähernd so sehr wie du in High Heels.«

»Magst du sie?«

»Auf jeden Fall.« Er küsste sie erneut, vertiefte den Kuss, und sie erwiderte ihn mit der gleichen Leidenschaft. Sie begannen sich gegenseitig auszuziehen, lachten, als sie sich in ihrem Kleid verheddderte und kurz darin stecken blieb.

Während Nikki ihm mit fliegenden Händen das Oberhemd aufknöpfte, bewunderte Riley ihre sexy schwarze Spitzenunterwäsche.

»Konzentrier dich, Riley. Unser Ziel ist ›nackt‹.«

»Ich konzentriere mich ja.« Er fuhr mit dem Mund über die Spitzen ihrer Brüste, die aus den Körbchen ihres BHs quollen. »Ich konzentriere mich sogar sehr.«

Kichernd machte sie sich an seinem Gürtel zu schaffen und hätte ihn beinahe entmannt bei ihrem Versuch, ihn aus seiner Hose zu befreien.

»Vorsichtig da unten, Tiger, oder es ist vorbei, bevor es angefangen hat.«

»Dann hilf mir!«

»Gern doch.« In null Komma nichts hatte er sich Anzughose und Boxershorts abgestreift und war ihr aufs Bett gefolgt, lag auf ihr und atmete ihren verführerischen Duft ein. »Ich werde mich an drei entscheidende Dinge von der Hochzeit meines Vaters erinnern«, erklärte er, während er sie auf den Hals küsste.

»Welche drei Dinge?«

»Erstens, dass er und Chelsea wirklich glücklich sind.«

»Stimmt.«

»Zweitens, dass du zu mir zurückgekehrt bist.«

»Ich konnte nicht noch eine Minute länger fortbleiben. Nicht bei dir zu sein hat mich fast umgebracht.«

»Ging mir genauso. Ich bin förmlich süchtig nach dir.«

Mit den Händen an seinem Gesicht erkundigte sie sich: »Was ist die dritte Sache, an die du dich erinnern wirst?«

»Dass der Tag, an dem mein Vater geheiratet hat, derselbe Tag war, an dem ich mit Sicherheit wusste, dass ich den Rest meines Lebens mit dir verbringen will.«

»Riley«, flüsterte sie.

»Es mag zu viel oder zu früh sein, doch du musstest nur reinkommen, und alles, was vorher falsch war, wurde richtig.«

»Es ist nicht zu früh. Ich möchte das Gleiche wie du. Ich möchte dich und ein Leben mit dir.«

»Hier auf Gansett Island?«

Sie nickte. »Dies ist unser Zuhause. Gansett Island und Eastward Look sind mein Zuhause.«

»Gansett Island und Eastward Look und *du* seid mein Zuhause. Nichts ist das ohne dich, Süße.«

Nikki schlang ihm die Arme um den Hals und keuchte auf, als er mit einem tiefen Stoß in sie eindrang. »Ja, Riley. Himmel, *ja*. Ich habe dich so vermisst.«

»Ich dich auch. Aber jetzt bist du zurück, und ich lass dich nie wieder gehen.«

»Das ist für mich mehr als okay.«

DANKSAGUNG

Danke, dass Sie »Blütenzauber auf Gansett Island« gelesen haben. Über Riley und Nikki zu schreiben hat wirklich Spaß gemacht, und wie stets hat es mir große Freude bereitet, den Rest der großen Gansett-Island-Familie wiederzusehen. Können Sie sich vorstellen, dass das nächste Buch in dieser Serie, in dem Finn McCarthy die Hauptrolle spielen wird, Nummer 20 in der Reihe sein wird? Ich auch nicht. Aber da haben Sie es, und ich könnte nicht glücklicher damit sein, weitere Gansett-Island-Bücher zu verfassen, zehn Jahre nachdem »Liebe auf Gansett Island« entstanden ist. Von unserer Lieblingsinsel wird noch viel mehr zu hören sein, daher bleiben Sie am Ball über meinen Newsletter und meine Webseite http://www.marieforce.com. Wenn Ihnen dieser Roman gefallen hat, überlegen Sie bitte, ob Sie nicht eine Rezension dazu schreiben könnten, um anderen Lesern zu helfen, dieses Buch zu finden.

Um mit anderen Lesern über Riley und Nikki zu sprechen, sollten Sie sich bei der »Mine After Dark«-Lesergruppe auf Facebook registrieren und ganz grundsätzlich regelmäßig in der Gansett-Island-Lesergruppe vorbeischauen, um keine Neuigkeiten zur Serie und zu neu erscheinenden Büchern zu versäumen. Haben Sie alle meine Bücher gelesen? Wenn ja, dann sind Sie ein »Marie-Force-Superfan«! Werden Sie Mitglied in der Superfan-Lesergruppe.

Wie immer danke ich meinem Ehemann Dan Force und dem unglaublichen Team, das mich im Hintergrund unterstützt, bestehend aus Julie Cupp, Lisa Cafferty, Holly Sullivan, Isabel Sullivan, Nikki Colquhoun, Anne Woodall, Kara Conrad, Linda Ingmanson und Joyce Lamb. Ohne ihre Hilfe und ihre Unterstützung könnte ich nicht tun, was ich tue. Besonderer Dank geht an meine Autorenfreundin Marie Rose Dufour, die mir mit ihrem Wissen über Adoptionen in Rhode Island ausgeholfen hat. Und ein dickes Dankeschön auch an die Mitglieder der Gansett-Island-Lesergruppe, die mir geholfen haben, einen Titel für dieses Buch zu finden.

Riesigen Dank all meinen Lesern, die mir eine so wunderbare Karriere ermöglichen und die dafür gesorgt haben, dass Gansett Island bis zu Buch Nummer 19 weitergegangen ist. Ich bin froh über jeden und jede Einzelne von Ihnen!

xoxo

Marie

Zeitfracht Medien GmbH
Ferdinand-Jühlke-Straße 7
99095 Erfurt, Deutschland
produktsicherheit@kolibri360.de

Druck:
CPI Druckdienstleistungen GmbH
im Auftrag der
Zeitfracht Medien GmbH
Ein Unternehmen der Zeitfracht - Gruppe
Ferdinand-Jühlke-Str. 7
99095 Erfurt